洞庭湖生态经济区建设与发展湖南省协同创新中心"人文洞庭"项目(湘教通[2015]351号)研究成果

湘西北文化与文艺发展研究中心、湖南省城市文化研究基地研究成果

20世纪中国乡土文学综论

夏子科 ◎ 著

中国社会科学出版社

图书在版编目(CIP)数据

20世纪中国乡土文学综论 / 夏子科著. —北京：中国社会科学出版社，2019.5（2021.8 重印）

ISBN 978-7-5203-4943-7

Ⅰ.①2… Ⅱ.①夏… Ⅲ.①乡土文学—文学研究—中国—20世纪 Ⅳ.①I207.6

中国版本图书馆 CIP 数据核字（2019）第 195829 号

出 版 人	赵剑英
责任编辑	任　明
责任校对	周　昊
责任印制	郝美娜

出　版	中国社会科学出版社
社　址	北京鼓楼西大街甲 158 号
邮　编	100720
网　址	http://www.csspw.cn
发 行 部	010-84083685
门 市 部	010-84029450
经　销	新华书店及其他书店
印刷装订	北京君升印刷有限公司
版　次	2019 年 5 月第 1 版
印　次	2021 年 8 月第 2 次印刷
开　本	710×1000　1/16
印　张	16.5
插　页	2
字　数	274 千字
定　价	95.00 元

凡购买中国社会科学出版社图书，如有质量问题请与本社营销中心联系调换

电话：010-84083683

版权所有　侵权必究

哲人海德格尔说,诗意的栖居不是飞升于现实之上,而是在大地上;诗人库泊说,城市是人造的,乡村是神造的。无论何种说法,都源于一种原初情感:对于故乡,对于土地,对于父母,对于童年,对于根之所系的我们的来路和归宿,我们始终心存感念!

——题记

乡土文学发生发展的文化动因（代序）

每个人心中都装着一方乡土，诚如莫言体味的那样，"对于生你养你、埋葬着你祖先灵骨的那块土地，你可以爱它，也可以恨它，但你无法摆脱它"①。尤其对现代人来讲，在经历太多的游弋、撞击、厮杀、迷惘之后，乡土，不仅仅呈现为一种物质实存，而且更是一处内化的精神住所，一个充盈着诗意的文化母题，一份久久萦怀的共同情结。

这也就是乡土文学所以能够不绝如缕的动力所在。

一 文化固守：传统审视及乡村情感的诱发

"文化本来就是传统，不论哪一个社会，绝不会没有传统的。"② 这就表明，文化首先是一种传统文化，传统文化是母体，是其他一切文化的根柢。传统文化的自身根柢又是什么呢？对此，梁启超早已看出，文化一般都发源于大河流域；而在西方语言中，文化（Culture）一词本身就意味着"耕耘""栽培"，文化与农业生产紧密联系，文化就是一种"耕耘智慧"，同时也是一种艺术，在中国文化传统中，"艺"的本义亦即耕耘、耕作。因此，人们断言"农业文化是传统文化的根柢"③，农耕——一种原始的柔韧状态，"是乡村社会、生活和文化的'根'"④。依据这样的"文化寻根"，也就不难理解，作为一种文化形态的文学中，为什么会有自成一脉的乡土文学存在。

中国有着悠久的农耕文明历史，"中国是乡土的中国，中国问题首先

---

① 莫言：《我的故乡和童年》，《星光》1994年第11期。
② 费孝通：《乡土中国》，生活·读书·新知三联书店1985年版，第51页。
③ 参见邹德秀《中国农业文化》，陕西人民教育出版社1993年版。
④ 胡潇主编：《世纪之交的乡土中国》，湖南出版社1991年版，第120页。

是农村问题"①。则文学的视点首先也应在广袤的乡村大地。农业经济使中华民族魂系土地、固守家园，因此又形成了最富人情和人性纯美的乡土精神与乡土人生范式。无论处于什么样的文化背景之下，人们始终没有表现出对这种文化传统的疏离和冷淡，相反，一旦滋长了与此相悖的某些态势，这种文化自矜和"回归"的呼声就更加强烈，比如，以工业化为主要特征的现代主义时期及以高科技为表征的后现代主义时期，乡村的田园生活和宗教般的诗意与宁静就总是给浮躁的现实以有力的回击。诚然，传统并不意味着只有美丽，传统的丑陋是令人无法忍受的，比如宗法制的残酷，重体验和直觉而弱于分析的溟蒙狭隘，阿Q式的农民顽症及其他一系列文化劣根性（"庸见""和平主义""超脱老滑"②）等等一切，都是审视批判的对象（乡土文学实际上已就此作出太多努力）。但是，由进步与失败、创造与破坏、开发与掠夺等诸多矛盾纠结而导致的现代文明之病，同样是令人无法忍受的，而恰恰是在这层意义上，美的传统成了一种需要！乡土文学便应和着这类焦虑、期待而悄然参与着种种文化调节：既揭示古老文化传统的固有魅力以抗拒现代文明之病，也袒露传统的愚顽落后以呼唤新的文明进步，这种立足乡土，前瞻未来，企图重塑一个完美现实界的努力最终使它自身获得了生存和延续的理由。

对传统农耕文化的审视是一个文化命题，也是符合人们审美趣味与艺术需要的积极的文化建设，因而大量"乡村蒙太奇"的组接和浓烈"乡村情感"的袒露成为历史必然。"中国人民对自己乡土的爱是生命之爱、自然之爱，是人类天生的情与爱"③。尤其是作为精神家园的"乡土"，象征着纯粹的自然造化，凝结着人们的期待与追求，甚至宗教般的"乐土"向往。这类乡村情感弥漫今古，包容广阔。最典型的实证是"回归自然"的种种探寻和努力，包括诸如古典哲学中"天人感应""天人合一"的思想，老子"道"论揭示的天然之美，庄子放弃自我而契入自然规律从而达到大化境界的主张，儒家所描画的"天下为公"的"大同"图景以及玄学所高扬的自性的自然与自然的自性等等，无一不是纯净乡村情感的流露。现代人同样在发掘自然人性，在荒野、在田间地头、在造化之功、在

---

① 胡潇主编：《世纪之交的乡土中国》，湖南出版社1991年版，第6页。
② 参见林语堂《中国人》，郝志东、沈益洪译，学林出版社1994年版。
③ 张洪明：《构建文化的通天塔——谈中国文化乡土化、民族化、现代化的关系》，《中国文化研究》1995年夏之卷。

古朴之中去寻真求美。混乱动荡不是道德应然,人们渴望宁静与秩序,这就是乡村情感,也是一种传统的民族情感。李大钊就曾称中国文化"为安息的",称西方文化"为战争的",建立在辽阔幅员与农业经济基础上的这种"安息"文化,更能体现中国性格,因此,传统的"安息"情感衍化而为今天的大众情感。人们厌恶过稠的欲望所造成的破坏,甚至于人的活动背后总是潜在着某种担忧——生态伦理式的担忧:人真的是处于主体地位吗?"在技术化的千篇一律的世界文明的时代中,是否和如何还能有家园?"① 对人类中心论的自觉挑战是需要道德勇气的,也是受乡土情感的驱策和支配而诱发的有关生命本体的思考。这种平和,这种田园理想,这种将人当作存在的看护者的姿态,既是一次深刻的哲学革命,也是人类的理性自觉。借助自然来表现对生命本意的追寻,"就把'家园'意识引向了更深层次的'生命'意识"②。乡土文学正是以其理性姿态,表现了处理人与自然关系问题上的道德进步,或者毋宁说是对传统民族化情感的皈依。

乡土世界特有的纯净、明丽、朴实、恬淡,造就了人们的固守情结,乡土文学实践则成功地表现了这一情结。这一情结的本质就是对朴素的"安息"人生目的的追求,因而,乡土文化传统满足了深层次的文化需要,千百年来,像磁石一样使人们的心灵吸附其上,由此,我们也看到了乡土文学的艺术生命力。

二 文化对抗:现实反观与"荒原"意识的催生

这是一个物化和泛商主义时代,也是生存哲学与文化的"转型"时代。不容否认,物质基础在日益雄厚,新的观念与生活方式显示出强劲的吸引力,传统的惰性越来越成为冥顽不灵的掣肘,"富而不贵或是贵而不富的现象大量存在。这种身份价值与社会价值的分化和重构及其不同价值属性的错位,以及人们对这个现实的承认与适应,都充分体现了社会正在发展一种与过去上下等级结构走向相反的平列建构"③。各种新的倾斜制造着种种不平衡态势,无序包含机遇,象征着道德更新,显示着合理性,乡土文化传统看来注定要成为历史陈迹。

---

① [德] 马丁·海德格尔:《海德格尔全集》第 13 卷,人民出版社 2008 年版,第 243 页。
② 朱晓进:《三十年代乡土小说的文化意蕴》,《中国社会科学》1993 年第 5 期。
③ 胡潇主编:《世纪之交的乡土中国》,湖南出版社 1991 年版,第 119 页。

但是，乡土文学理智地站立起来，在对文化传统进一步作出反思的同时，勇敢地肩负起了对现实界的一切既存事实进行反观的使命。实际上，人们仍然依恋着"云淡风轻近午天"的闲适生存方式：乡间别墅成为时髦，有丰富民间传说的自然景点会集了找轻松的四方游历者，质朴野趣作为俗文化牢据一方市场，连农民本身也怡然自矜于他们的生活图式："依山傍水，瓦屋几间，朝也安然，暮也安然……大米白面日三餐，早也香甜，晚也香甜。的良的卡身上穿，长也称心，短也如愿。人间邪恶我不干，坐也心闲，行也心安。晚归妻儿话灯前，古也交谈，今也交谈。农民政策喜心田，如今欢乐在人间，不是神仙，胜似神仙。"① 这不也正是传统社会里"高人雅士"们倾心向往的文化境界么！所有这一切，都具有文化反拨与抵抗意味，体现了某种深刻的文化不适。比如，与物质繁荣相伴生的拜金主义和极端物欲，使乐善好施的侠义传统丧失殆尽；与市场机制相伴生的功利主义思想，滋生了权钱交易、党性淡漠、人格低下等等"浮躁"情绪；与权力下放相伴生的集团利益、"自我利益"观念，使组织纪律观念逐渐淡化，个人主义、利己主义、地方分散主义甚至无政府主义等日渐嚣张；与竞争机制相伴生的种种不正当谋利手段，消解了正当发展和优秀的经营传统……文化生活领域同样令人不适：五花八门的"城市文明"以及环境恶化、道德"滑坡"、遍地术机，甚至自然灾害也成了某些人"封爵"发财的喜庆时刻……真可谓一片冷冰冰的闹哄哄。艾略特曾经把物欲横流的现实界比作"荒原"，人们确实衍移着一种"荒原意识"，即对浮躁现实进行反思进而探索解决问题契机的企图与努力。同沈从文当年划分"城里人"和"乡下人"一样，都市疏离感和物质冷漠带来的不适，使"荒原"中的人们更需要乡土文化的亲切感。另外，人们也试图以宗教的形式连接彼此，增进沟通，在浮躁浅薄的现实界，亦即"荒原"，人类必得以宗教的圣洁来拯救自己。虽然这种努力毕竟效用有限，却也不能不承认是一种较为普遍的文化心态。

对现实诱惑的抵御及"荒原意识"的形成，使整个中国文化空间内呈现出复杂气象。其具体表现是，一方面，文化类别趋于细致多样，划分角度也难以统一，另一方面，各种文化现象互有优劣，在一定条件上呈交叉互补状态。尽管如此，我们还是能够把握文化群体内的大致脉络。首

---

① 徐光华：《农民王驾远写中堂》，《人民日报》1983年2月24日第2版。

先，由经济、政治转型所决定的主流文化（时代文化）形态，影响和制约着人们的总体意趋，规范和调节社会历史发展的总体流向。其次，受主流文化影响，大众文化（流行文化、俗文化、快餐文化）形态"近几年变得不可一世"①，其特征是浅约粗放，时髦轰动，活泼多变，比较符合大众的消费心理，因而功利色彩比较浓厚。再次是地域文化（或民俗文化），作为"一定群体内自发流传并习以为常的价值观、行为方式和精神文化产品"②，它更为真实具体，一旦为大众熟知和接受，也便蔓延为一种大众文化。最后还有一类以知识分子群体为主导队伍的精英文化形态，尤其那种"雅皮士"形态在较长历史时期内曾经是很风光的，目前则"陷入了根本危机"③。透过上述文化构架可以看出，"雅""俗"关系正在发生变化。雅文化不得不正视俗文化的冲击，而俗文化也正在逐步通过自我扬弃提高品位，形成规范，以至由大众文化和民俗文化两种形态构成了一个庞大的文化空间——民间空间，亦即"相对于1949年以后我国政治意识形态在各个领域占绝对主导地位而言"④，随着整个文化转型而形成的以平民阶层和平民趣味为主导的复杂而丰厚的空间，非意识形态性、变化性和自发性是其主要特征。因为"来自老百姓"，所以"这个空间更适合于你我"⑤。这种老百姓自己制造或沿袭的文化空气与氛围同样也更适合于乡土文学。乡土文学作家本身就来自民间空间，对这个空间深觉熟悉和适应，因此，他们（无论是"侨寓的"，还是"土著的"——很少包括"游历的"）都力图展示着各自的地域特色与原乡情韵，以此遣散现实困扰，作为对抗"荒原"世界的具体形式。虽然民间空间是粗放的、可变动的，但它有不变的本真品质，这种可贵本性能够"助人以求真弃假、从善摈恶、爱美恶丑及得乐解忧"⑥，能够将人们导向更高形式的开化和文明，使人更真切地贴近生命本质，所以它成了乡土文学的文化基础

---

① 高丙中：《精英文化、大众文化、民间文化：中国文化的群体差异及其变迁》，《社会科学战线》1996年第2期。
② 同上。
③ 同上。
④ 刘心武等：《文化效应和民间空间》，《上海文学》1996年第1期。
⑤ 同上。
⑥ 曹廷华：《论雅文化的俗化与俗文化的雅化——群众文化发展的一种现象性思考》，《社会科学战线》1995年第1期。

和现实存在的依据，乡土文学就是面对着政治、经济、文化的转型而生成的用民族化的叙事写意方式，以披示地域风情为主要表征，描绘乡土人生，抒写原乡情韵，传导民族化审美意蕴，格调素雅清新的一种民族文学形态。

三 文化重构：精神家园的召唤

转型时期，也是整个价值观念和价值体系的新旧交替时期。人们期待物质丰富，也渴望建立新的生活秩序，渴望规范与宁静，希望伟大和崇高，愿意关怀人类的终极存在意义，也乐于回到平凡人生中寻找普普通通的温情。这是一种召唤，也是一种使命。乡土文学积极呼应着这种召唤，担负起时代使命，企望通过自身努力去调节这一冲突，抚慰焦渴的心灵，实现对人类命运与前途的终极关怀。其具体途径就是试图寻求传统与现代、市场与文化的融合会通，以此营造新的精神家园。

现实界仍然是一个富于魅力的人间世。尽管新的道德体系尚未建立，失衡现象依然存在，人们对必然身处的生存空间还是倾注着全部激情和希望。事实上，"人类的终极与过程是紧密联系在一起的，没有过程也无所谓终极，因此关注终极首先要关注现实的具体"[①]。现实是通向未来的桥梁。这里，解决现实危机的契机即在于，营造现实家园，决不可以短视，不可以浮躁，一切现实行为内涵的终极指向应该是人类未来，或者说，一种共同的未来精神、未来激情就是烛照现实、衡量现实的圭臬。具体讲，现实行为的中心话语是建设，不是破坏和掠夺。乡土作家们强烈的责任感和使命意识也就在于，他们从乡土世界的立足点出发，通过种种乡土人生图式指出人类合理的和不应有的一切，表现了对命运前途的大悲悯、大关怀，流贯着深刻的人文理想，反映出转型期的整体价值取向。

关注现实，需要激情，更需要一种境界，一种出于世俗而又高于世俗的神圣。陀思妥耶夫斯基说过："假如上帝不存在，一切都是可能的！"信仰和信念是人类生存的根本理由，"老庄气"与"痞子相"只会生产堕落和沉沦。人文精神的实质即在于向极端肤浅的世俗诉求挑战，用传统与现代的文化合理性构建新的理性精神。实际上，无论是政治生活中还是经

---

① 王光东：《小说转型期的审美特征与问题——论近几年的小说创作》，《当代作家评论》1994年第3期。

济生活中，都很容易看到这种神圣与崇高。文学上的崇高也同样是主流，放弃这一努力是一种矫情，貌似"潇洒"，实则虚空。这种实际同样激发着乡土文学的道德勇气，在那些清新、爽净的乡土画面里寄托理想，在乡土积重与残缺中凸显关怀，其内在精神是昂奋积极的。

"随着经济建设的高潮的到来，不可避免地将要出现一个文化建设的高潮。中国人被人认为不文明的时代已经过去了，我们将以一个具有高度文化的民族出现于世界。"① 这是新中国在她诞生之初面向世界发出的动员和宣言，似乎也是今天的中华民族面向新世纪的一种呐喊。借此，我们也仿佛看到了乡土文学融会于时代大潮的鲜活姿态，感受到它强劲的生命律动。

---

① 《毛泽东选集》第 5 卷，人民出版社 1977 年版，第 6 页。

目 录

导语：乡土、乡土文学及其 20 世纪流变 ……………………………（1）
第一章　长夜难明与旷野呐喊：五四及 20 年代乡土文学 …………（18）
　第一节　现代乡土文学发生的文化背景 ………………………………（18）
　　一　人类文明轨迹与乡土文学寻踪——世界文化背景 ………（18）
　　二　古典哲学与人文历史传统——民族文化背景 ……………（22）
　　三　现代乡土文学的发生——五四新文化背景 ………………（28）
　第二节　鲁迅的乡土文学实践及其发轫意义 …………………………（31）
　　一　鲁迅的乡土文学观 ……………………………………………（32）
　　二　鲁迅乡土小说的理性深度与人文历史内蕴 ………………（35）
　　三　鲁迅乡土小说的文体意义 …………………………………（39）
　第三节　发生期乡土文学要略 …………………………………………（45）
　　一　乡土小说作为"为人生"的"问题小说"之一种 ………（45）
　　二　20 年代的乡土小说派 ………………………………………（50）
　　三　发生中的乡土诗作与乡情散文 ……………………………（60）

第二章　山雨欲来与冬末萌芽：30 年代乡土文学 ……………………（66）
　第一节　谐和着革命旋律 ………………………………………………（66）
　　一　与革命直接关联的"普罗"乡土文学实践 …………………（66）
　　二　浸透着乡土地血与泪的艰难抗争 …………………………（68）
　第二节　着眼于农村阶级分析与社会批判 ……………………………（73）
　　一　以经济凋敝为表征的悲凉的乡土 …………………………（73）
　　二　牛马人生的呜咽与古老土地的觉醒 ………………………（76）
　第三节　偏重在表现田园诗意 …………………………………………（83）
　　一　废名皈依自然的文化选择 …………………………………（83）
　　二　沈从文反观家园的文化实践 ………………………………（88）

  三 表现田园诗意的其他创作实践 …………………………………（97）
第三章 寒江乍暖与大地本色：40—70年代乡土文学 ……………（105）
 第一节 赵树理的"本色"及其艺术影响 …………………………（105）
  一 赵树理的乡土小说"本色" ……………………………………（106）
  二 赵树理的艺术影响 ………………………………………………（111）
 第二节 与战争相关的现代乡土传奇 ……………………………（115）
  一 弥漫着硝烟的英雄传奇 ………………………………………（117）
  二 氤氲着诗意的浪漫传奇 ………………………………………（122）
 第三节 与建设相关的乡土"巨变" ………………………………（127）
  一 就物质生活基础而言 …………………………………………（128）
  二 就精神文化现象而言 …………………………………………（131）
  三 纳入主流话语系统之后 ………………………………………（133）
第四章 人间正道与泥土沧桑：80—90年代乡土文学 ……………（135）
 第一节 对乡土历史的热情关注 ……………………………………（135）
  一 唱一曲严峻的乡村牧歌 ………………………………………（135）
  二 泥土社会的精神负累 …………………………………………（137）
  三 重现古典 …………………………………………………………（144）
  四 民族精神——永恒的文学艺术母题 …………………………（148）
 第二节 对家园现实的理性解读 ……………………………………（152）
  一 分享艰难 …………………………………………………………（152）
  二 乡关何处 …………………………………………………………（155）
  三 物化与泛商的最后屏障 ………………………………………（158）
  四 强化乡土民间特质 ……………………………………………（163）
 第三节 创作实证——荆楚文化濡润下的沅澧大地 ……………（166）
  一 少鸿乡土小说的大地品格 ……………………………………（167）
  二 世纪乡村及其记忆伦理——读少鸿乡土小说新作
    《百年不孤》 ……………………………………………………（176）
  三 少鸿小说的意义阈 ……………………………………………（184）
  四 寻找生命和谐——评《溺水的鱼》 …………………………（192）
  五 似水绵延——《水族》阅读印象 ……………………………（197）
  六 沅有芷兮澧有兰——当代常德地方文学论略 ……………（203）

第五章　家园反观与百年印象：20世纪中国乡土文学的价值取向与文化轨迹 …… （210）

第一节　解构与颠覆：在否定既成价值系统中发生，又在新的否定中完成世纪之旅 …… （211）
一　道德情感式否定 …… （211）
二　文化理性式否定 …… （214）

第二节　认同与重构：以一种本色的价值观念去烛照和表达乡土"本然" …… （221）
一　民间认同 …… （222）
二　革命认同 …… （225）
三　精神认同 …… （228）

第三节　回归与救赎：在土地怀想及家园玄思中凸显乡土"当然" …… （231）
一　梦回故园 …… （232）
二　皈依自然 …… （233）
三　重返家园 …… （237）

附录　论乡土文学的总体特征 …… （240）
后记 …… （248）

导 语

乡土、乡土文学及其20世纪流变

实际上，乡土是由人类最初始情感与最深刻理性集合成的一种文化形态。文学意义上的"乡土"，既是一种物质实存形态，更是一种精神现象，是一种文化象征和文化信念，"乡土是我们的物质家园，也是我们的精神家园"①。一方面，从人类文明起源来讲，广袤的乡村大地才是人类文明的真正故乡。在欧洲语言中，Culture（文化）的本意即"耕作""栽培"，文化从一开始就与农事或一种乡土密切相关、紧密相连，而Civilization（文明）则只是后来城市化的结果，是一个有着明显人工或人为痕迹的文化范畴。中国更是乡土的中国，是传统农耕文化根柢十分深厚的文明古国，"中国社会的基层是乡土性的"，"乡下人离不了泥土，因为在乡下住，种地是最普通的谋生办法……这样说来，我们的民族确是和泥土分不开的了"②。生生不息、绵绵不已的华夏大地是所有黑眼睛、黄皮肤的炎黄儿女共同的故乡，是她衍生着中华文明史。而另一方面，从人类自身身世来讲，"你是从土而出的。你本是尘土，仍要归于尘土"③。古训谓"地之吐生万物"，《易》说"至哉坤元，万物资生"，《管子》说"地者，万物之本原，诸生之根菀也，美恶、贤不肖、愚俊之所生也"，现代人说"村庄是人类的胎盘"④，这都表明了乡土、故乡、土地的原型或母体意义，其间当然也生衍了土地的子民们，即人类的自身身世必须从这里才能得到最后解释。每个生存个体都是大地之子，每个人内心都拥有一方乡

---

① 张洪明：《构建文化的通天塔——谈中国文化乡土化、民族化、现代化的关系》，《中国文化研究》1995年夏之卷。
② 费孝通：《乡土中国》，第1—2页。
③ 《圣经·旧约·创世纪》。
④ 力夫：《井》，《诗刊》1995年第3期。

土,"它是你的来路和归宿"①,"对于生你养你、埋葬着你祖先灵骨的那块土地,你可以爱他,也可以恨它,但你无法摆脱它"②。这种体验(甚至某种宗教感悟)实际表达了一种理性的认同和皈依,承认了乡土的"原型"式存在。这是一种命定,是脱不开的精神纠缠,是人类永远的文化情结,这种纠结就像是一根脐带联结起文化的故乡,一旦失去这种联结,人就将饱尝失去归宿的无根之苦,就将经历孤独无依的精神流浪。

乡土的这类文化意义最终成为乡土文学的存在依据,而由乡土地孕育、生成的乡村习俗、景观、乡土情感、乡土精神等实际形态则成为具体抒写对象并由此蒸馏出"回家"这样一个根本的现代主题,即在现代意义上,乡土内涵已不再仅仅停留于文明发源地或某种神造乐土一类原始理解与宗教判断,其超越性在于,从"原型"的意义上看,乡土的确是造化之力赐予人类的共同的故乡,而从现代意义上来看,乡土则是现代人永远的精神家园和心灵栖息地,"故乡的'原始含义',或者至少说是一种重要含义,是与一种'乡土'相连的"③。这样说来,"回家"就是回乡,是人们徜徉于自己内心的故乡,以固守既定文化信念而对"恶心"境遇或"荒原"世界引起的种种不适的调试、背离或对抗,其所体现的是一种灵魂拷问,一种哲学思辨。这既是一个文化母题,又是一个时代命题,乡土文学正是以此作为基本主题而显示了自身存在的独特性、合理性。乡土文学作家们就是常常"回家"并企图导引人们一同"回家"的"游子"的代表。在经历了太多的游弋、撞击、挣扎、躁动和反叛之后,在为创造与破坏的撕扯而倦怠而心力交瘁的时候,他们率先记起了"家"——由蓝天碧水和疏星朗月、由厚实的泥土和野旷的风雪……所组成的"故乡",那也便是童年,是童话,是根系,是"原型",是溶进血液的与生俱来的文化精神与人性特征,回到这个家,就可以重新调整和校对一切,就能够重获一种安宁和拯救。

在外围地透视这种文化基础之后,当我们走近乡土文学本身时,便发现由乡土小说、乡土诗、乡土影视,乡情散文等实际形态所组成的"乡土家族"表明乡土文学"不但是客观存在,而且是一个巨大的存

---

① 张炜语,见陈占敏《沉钟》附录,上海文艺出版社1997年版。
② 莫言:《我的故乡和童年》。
③ 罗强烈:《故乡之旅》,四川文艺出版社1994年版,第35页。

在"[1]——自"三百篇"甚至上古初民文学（歌谣、传说、神话等）以降，有深远历史渊源和丰厚传统根柢的一个赫然清晰的文化事实，有人甚至认为它是整个20世纪文学史的主导事实。第一次发现、看到并明确地以"乡土文学"这一术语来指称和界定该类文化事实的是鲁迅。在1935年写作的《〈中国新文学大系〉小说二集序》这篇著名历史文献中，鲁迅以审美史学家的眼光发现了一种由"被故乡所放逐，生活驱逐他到异地去了"的文化群体为表达特定乡村情感（比如"隐现着乡愁"）与对乡土地的不同认识或理性判断而"将乡间的死生，泥土的气息，移在纸上"所形成的独特文学现象，进而得出"凡在北京用笔写出他的胸臆来的人们，无论他自称为用主观或客观，其实往往是乡土文学"的重要论断。诚然，鲁迅并不"自招为乡土文学的作者"，他提出并规定乡土文学内涵时的立足点、着眼点，只是20年代中羁旅北京的一批年轻作家描写自己故乡生活、表达各自体味与感受的那一类创作，他没有、也来不及对这一创作的发展潜力及未来走势作充分的估计与更深入的理论思考，但他对乡土文学本质的最初认识，仍有着"筚路蓝缕，以启山林"的意义，正是在这一认识层面上，人们才得出这样的结论：鲁迅首次亮出了乡土文学大纛并使之成为20世纪中国乡土文学作为一大存在的基本标识。

然而，真正较早有着理论自觉并极力加以倡导的，却是周作人、王伯祥、张定璜等人。由于看到了"问题小说"带来的狭隘与空泛诸类自身"问题"，也由于不满因过多地译介和模仿外国文学导致的欧化作风，而鲁迅先生的文本实际恰恰又提供了某种范型或启示，这都使他们对一种有着浓厚地方色彩与鲜活民族特色的"乡土艺术"产生了更多倚重。周作人是一位"导夫先路"的急先锋。在《人的文学》（1918）、《平民文学》（1919）、《个性的文学》（1921）、《地方与文艺》（1923）、《〈旧梦〉序》（1923）、《〈竹林的故事〉序》（1925）等一系列文字中[2]，他较系统地建构了对于乡土艺术的理论认识。首先，其理论前提基于这样一种认识："这几年来中国新兴文艺渐见发达，各种创作也都有相当的成绩，但我们觉得还有一点不足。为什么呢？这便因为太抽象化了，执着普遍的一个要求，努力去写出预定的概念，却没有真实地强烈地表现出自己的个性，其

---

[1] 雷达：《小说艺术探胜》，湖南人民出版社1982年版，第264页。
[2] 许志英：《周作人早期散文选》，上海文艺出版社1984年版。

结果当然是一个单调。我们的希望即在于摆脱这些自加的锁枷，自由地发表那从土里滋长出来的个性。"(《地方与文艺》) 这实即阐述了所以要倡导乡土艺术的理由。在周作人看来，失去了从土里滋长出来的个性的依托与支撑，任何概念或外来艺术都是站不住脚的，而这样的"艺术"也必定不能站立于世界文学之林，所以，"创作不宜完全抹煞自己去模仿别人……个性是个人唯一的所有，而又与人类有根本上的共通点"(《个性的文学》)，也就是说，个性是品牌，是标识，是走向世界的通行证。其次，在具体凸显个性的方法论问题上，周作人特别强调一种乡土趣味或地方趣味、风土的影响以及个性的土之力的作用。他认为艺术个性来自作家创作个性，创作个性则源于特定风土的熏染所给予的文化个性。"现在只就浙江来说吧，浙江的风土……我们姑且称作飘逸与深刻。第一种如名士清谈，庄谐杂出，或清丽，或幽玄，或奔放，不必定含妙理而自觉可喜。第二种如老吏断狱，下笔辛辣，其特色不在词华，在其着眼的洞彻与措语的犀利。""所以各国文学各有特色，就是一国之中也可以因了地域显出一种不同的风格"，因此，要体现个性，就要"推重那培养个性的土之力"，要如尼采在《察拉图斯忒拉》中所说的那样"忠于地"，要"跳到地面上来，把土气息泥滋味透过了他的脉搏，表现在文字上"(《地方与文艺》)。应该说，这类认识触及乡土文学本质，乡土气息或地方色彩正是乡土文学内核，甚至也是判别乡土文学与非乡土文学的一种外在标志。再次，在艺术的审美价值判断上，周作人并不孤立、狭隘地"提倡地方主义的文艺"，而只是强调了"地方和文艺的关系"(《地方与文艺》)，力图将乡土艺术放在整个文化传统与世界文学的大背景或总格局中判别其固有艺术价值。这体现了一种辩证的艺术态度。一方面，乡土艺术的价值必须因某种参照而得以显现："我轻蔑那些传统的爱国的假文学，然而对于乡土艺术很是爱重：我相信强烈的地方趣味也正是'世界的'文学的一个重大成分"，另一方面，在具体价值判断上，乡土趣味或地方色彩则成为艺术的判定标准："知道的因风土以考察著作，不知道的就著作以推想风土。"(《〈旧梦〉序》) 周作人上述艺术认识与理论张扬为乡土文学的发生发展做出了建设性的贡献，也使人们对乡土文学本质的认识从一开始就抵达了一定的理性深度。在他的影响下，"五四"的一批文学理论家也都自觉地加入乡土文学理论建设工作中来，比如1923年9月，上海《文学周报》就连续发表了王伯祥的《文学的环境》《文学与地域》，表明新文坛对地方色彩的重视；张定璜也在 1925 年 1 月号的《现代评论》上通过对鲁迅个案的研究倡导"满熏着中国的土气"的乡土艺术；甚至连与乡土文学无甚关联的诗人闻一多也撰写了《〈女神〉之地方色彩》，主张"真要建设一个好的世界文学，只有各国文学充分发展其地方色彩"，表明了乡土文学的理论自觉。

如果说周作人、王伯祥、张定璜、鲁迅等理论建设者对乡土趣味或地方色彩的强调更接近于乡土文学的本质属性的话，茅盾、郑振铎等人的理论倡导则因为对某种普遍观念的强调而表现出对固有属性的游离，由此也产生了对乡土文学本质理解上的分歧，并由此开始了绵延近一个世纪的争论。在为《〈中国新文学大系〉小说一集》所作的导言中，茅盾使用了"农民小说"这一泛化概念，表露了清晰的阶级意识与革命功利主义态度。在 1936 年第 6 卷第 2 号《文学》上发表的《关于乡土文学》一文中，他首先具体考察了马子华《他的子民们》这一乡土小说文本事实，继而指出："我以为单有了特殊的风土人情的描写，只不过像看一幅异域的图画，虽能引起我们的惊异，然而给我们的，只是好奇心的餍足。因此在特殊的风土人情而外，应当还有普遍性的与我们共同的对于运命的挣扎。一个只具有游历家的眼光的作者，往往只能给我们以前者；必须是一个具有一定的世界观与人生观的作者方能把后者作为主要的一点而给与了我们。"平心而论，茅盾强调的是风土人情与普遍性世界观人生观的融合，这没有什么不对，甚至是对乡土文学更深入的一种思考，体现了一种建设姿态。他并没有丢弃风土人情这一基本依托，而事实上，乡土文学也的确要流贯着作家的情感与思考，要表达一定的价值理念。问题在于，把"一定的世界观与人生观""作为主要的一点"之后，"风土人情"或地方色彩这一内核就会被稀释，乡土文学自身特质就会被消解，而特质的丧失也便意味着事物本身的消亡！因此，茅盾这一主张的负面影响是巨大的，它不仅仅导致新中国成立后三十年乡土文学的创作萎缩，也导致人们对乡土文学本质的根本颠覆，比如老作家孙犁就曾经这样"告诫"刘绍棠："就文学艺术来说，微观言之，则所有文学作品，皆可称为乡土文学；而宏观言之，则所谓乡土文学，实不存在。"[①] 这一认识颇具代表性地体现了对乡土文学的泛化与消解态度。

---

① 孙犁：《关于"乡土文学"》，《孙犁文论集》，人民文学出版社 1983 年版。

任何一个事物之所以能够独立存在，就因为它有着区别于他事物的独立自足的个别性与特殊性，亦即拥有自身特质，这些特质就是人们感兴趣的关注与研究对象。那么，乡土文学究竟有着怎样的特质呢？

首先，乡土文学是一种文化形态，其内核或主导成分是一种乡土气息或原乡况味，即特定地域的特殊生态景观、风土习俗、文化品格、乡土情感或乡土精神、乡土理念等文化因子的圆整和合，不能泛化为所有农村题材或抽象的时代理念。一般地讲，所有文学作品，特别是农村题材作品都确实或多或少地描绘了某些风俗习惯，摹写了各种自然景物，具备一定的"地方色彩"或"生活气息"，体现出某种文化品格，但它不一定就属于乡土文学范畴，艺术的分野就在于是否在质地上全方位地通体显示出原乡况味或"个性的土之力"。当刘绍棠在谈到这一区别时，曾将自己的创作同浩然作了一个比较，结果发现"浩然主要写京东山村，反映农村的重大变化；我主要写京东水乡，描写农村的风土人情"①，二者的艺术视角与创作质地是截然不同的。简言之，"风随少女至，虹共美人归"（上官仪《八咏应制》），此乃庙堂文学；"自君之出矣，明镜暗不治"（徐干《室思》），此为士人文学；"阿婆不嫁女，哪得孙儿抱"（北朝乐府），是为农村题材文学；"老女不嫁，踏地呼天"（北朝乐府），这才是乡土文学，因为短短两句，运用了乡土语言，活画了乡土性格，袒露了乡土情感，涵盖了乡土精神，总之，通体体现了"个性的土之力"或乡土气息。

其次，乡土文学立足民间，是从整个文化人类学视阈对民间形态与民间精神的审美表达，其间流贯着创作主体个人的乡村情感、人文意识、乡土意识、哲学思考和理性批判，不能等同于民间文学、大众文学或通俗文学。按照陈思和先生的理解，作为一种文化形态的"民间"是指产生于"国家权力控制相对薄弱的领域""自由自在"而又"藏污纳垢"的形态。② 无论如何，这一认识具有方法论的意义，即它发现了一个视角，使人们看到了一个事实上的存在——由芸芸众生所营造的生活空间和精神空间，涵盖着普通老百姓真实生态景观、人文景观的庞大的文化空间。存在并不意味对抗，对抗是为了实现唯一，而民间只是一个（非唯一）存在。历史地看，文化（culture）本来就生于民间，艺术（诗、剧、小说、歌、

---

① 刘绍棠：《急起直追 迎头赶上》，《北京文学》1983年第10期。
② 陈思和：《民间的浮沉——从抗战到"文革"文学史的一个解释》，《上海文学》1994年第1期。

舞、乐等）本来就源于民间，乡土文学则更自觉地站立于一种民间视角，通过仰视、俯视、平视这一文化空间或其他空间而表达多样价值选择与审美判断。这体现为一种更高本质，即乡土文学本质上仍然属于一种所谓精英文化，是现代知识者从文化人类学视角对民间化乡土的审美观照，或者说是附丽于传统乡村情感与乡土人生、流贯着觉醒的现代意识和哲学思辨的一种理性审视。正是在这一意义上，乡土文学与大众文学、民间文学、通俗文学等区分开来。也就是说，乡土文学来源于民间文化诸形态而又已经超越了那类形态——恰如作家本人那样，是走出乡土的知识者，也因此，乡土文学无法不深烙着作家情感与思想意识的印痕。

再次，乡土文学以乡土写实和浪漫写意的基本表达式营构事理或抒写乡思，立足本土而又多维整合，铸炼民族风格。在艺术本质上，乡土文学总是把对历史、现实场景的实录或描摹同主观化的浪漫传奇与抒情写意糅合在一起，展现出或严峻或飘逸的牧歌式人生图景，表达独特的审美价值取向。应该说，这是深得传统要领的一种表达式。自唐变文开始，中经宋元话本、北杂剧南传奇再到明清拟话本、拟宋市人小说，再加上民间故事与传说、民间说书及各种草台样式，我国的叙事文学已经走向圆熟并积累了丰富的艺术经验，比如人物塑造、布局谋篇、叙事形态、程式性与虚拟性的表现方法等都是有代表性的民族艺术传统（尽管它们在新文学运动之前一直被摒弃在正统"文学"之外），乡土文学正是在汲取这种民族艺术精华的基础上，融会新的时代特点，创造了写实与传奇相结合，"通俗性与艺术性相结合，读和听相结合"[①] 这样一种人们喜闻乐见的表达方式，从而也构成为自身艺术的精髓。同时，乡土文学艺术本质还表现在文体意识方面，即强化文体意识，在各种具体艺术问题上更为自觉地追求民族本色。在人物塑造上，采用传统的白描手法和性格化方法为人物画像、画骨；在情节问题上，既强调故事前后发展的关联性、整一性和传奇性，也注重情节的结构功能；在语言上，重视积累和融会农民或市民口语，融会传统白话小说、评书、草台戏等的当行语言，糅合新的时代语言，创造一种生动传神、清新畅达的话语体系，形成了独特的叙述口气。另外，这类大众化艺术实践丝毫也不排斥对别国良规的学习和借鉴，尤其是从外域乡土文学与西方现代派艺术那里汲取了有益的艺术养料并消融了这种影

---

① 刘绍棠：《我为乡土文学抛砖引玉——答谢河南农村读者》，《中岳》1982年第4期。

响，铸炼了颇具特色的乡土艺术风格，而这一特色反过来又给予世界文学以深刻影响，为整个中国文学走向世界做出了积极有益的探索。

最后，乡土文学就是表述着人类普遍的乡村情感，以知识者觉醒的现代意识和哲学眼光审视特定乡土历史文化，传达某种原乡况味，包括特殊乡村习俗、地域风情、时代特征及人文理想等的民族文学形态。

就实际创作而言，20世纪中国乡土文学首先抒写着对有特殊文化内涵的乡土的眷爱与关怀，以及缘于这种爱而凝成的"剪不断，理还乱"的乡土情结。"我溺爱、偏爱着中国的乡村，爱得心痴、心痛，爱得要死，就像拜伦爱他的祖国的大地一样。我知道，我最合适于唱这样一支歌，竟或许也只能唱这样一支歌。"① 应该说，这是一种传统情感，也是全人类的共同情感；是乡土文学的特有主题，也是整个文学的最初主题，文学的诞生似乎就为着要表达某种乡土情感。从上古的零星吟唱，中经《诗经》、屈原、乐府民歌及陶渊明、李白、杜甫，到词、曲、杂剧等，整个古典文学发展中有一条清晰可辨的"思乡""思归"的情感轨迹，这一文学传统与主题渊源客观上已构成了乡土文学雏形，也成为现代乡土文学发生的一种文化动因。鲁迅最先开启了这一传统。他关于童年故乡的记忆一下子定格为一个范式，使一个世纪的"故乡"都透射着"金黄的"静穆而高贵的气质，甚至连那种"童年视角"也成为一种基本格式，从后来的王鲁彦、许钦文、蹇先艾、废名、沈从文、芦焚、萧乾、周立波、汪曾祺、刘绍棠、何立伟等作家那里都可以见出这一师承。乡土诗人及乡情散文作家们则更直接地袒露着各自的乡恋、乡情、乡思、乡风及故乡土地的特殊文化内涵，由周作人、许地山、"湖畔"诗人群、李广田、陆蠡、丰子恺、艾青、臧克家、陈所巨及90年代的一群"新乡土诗"作者等构筑了一道世纪风景线。在他们看来，故乡土地上"两岸的树林沙渚""江岸的农舍，农夫，和偶然出现的鸡犬小孩"等一切都"好像是和平的神话里的材料"②，甚至连一向"厌恶故乡，咒诅故乡"的乡土逃离者、叛逆者们也一再申辩："我所厌恶，所咒诅的，是故乡底社会，故乡底城市；至于故乡底山水，我始终恋念着，讴歌着，以为远胜于西湖的。"③

---

① 臧克家：《泥土的歌》序文，见杨义《二十世纪中国文学图志》，《新文学史料》1994年第1期。

② 郁达夫：《还乡后记》。

③ 刘大白：《〈龙山梦痕〉序》。

可见，人之于土地的关系，的确是一种与生俱来的，无法厘清，撕扯不断的精神纠缠，文化怀乡也便是一种永远的诱惑或"原型"式存在。

其次，受强烈乡村情感的驱策和导引，乡土文学具体反映了特定的乡村生活场景并从而表达一种乡土"本然"，即透过这类具体场景，或展示乡土苦难与生命沉重，或描画时代本真与牧歌图景，或活现地域风习与民间精神，总体呈现出一种土性的本色与力量。这里显然形成了两大主要传统，一个是乡土写实传统，另一个是浪漫乡村情感主义传统。乡土写实主义传统可以直接追溯到古代的"悯农"主题，这一主题同样贯穿在自《诗经》以降的上下几千年中，并成为乡土文学较典型的主题形态和某种外在的文体标识。真正现代意义上的乡土文学正是在表达这一主题中起步的。所谓现代意义上的乡土文学，狭隘地看，就是那种"侨寓文学"，较宽泛地看，则是指世纪之初出现的以鲁迅开展的文化批判为主体的五四乡土文学，20年代"为人生"的乡土文学，30年代以反映地域文化为主要表征的乡土文学，40年代以阶级意识、民族意识为轴心的乡土文学。这类乡土文学所具有的"现代意义"，主要是一种主题传统与内在本质特征方面的"经典"或"标本"意义，即烛照、影响甚至规约着后世乡土文学的意义。浪漫乡村情感主义传统同样根源于古典文本传统。我们完全可以在远古神话、传说中，在"江南采莲"的柔曼清新中，在上天入地的奇情逸思中，在"云淡风轻近午天"的雅士情怀中，甚至在六朝以来的宗教玄虚中去感受、领略这种建立在乡村情感基础上的浪漫精神。这一传统与那种透露着沉重哀愁的写实传统相比，更多地显示出轻盈灵动的牧歌情调与英雄气息，即便是哀伤与歌哭，也只是透着甜蜜的淡淡忧伤或壮士临行的怆然而已，其本质并不指向沉重，恰恰相反，是一种清丽超逸，显然，废名、沈从文、孙犁、汪曾祺、刘流、刘绍棠、刘知侠、周立波等就极具这种清丽与超逸。

再次，乡土文学展现了特定的乡土文化精神，表达了一种乡土"当然"或"应然"，即通过特定的乡土精神与土地玄想体现了对于乡土地的理性审视和哲学思考，传达了人类共同的家园意识。这类土地玄想颇具理性色彩与形而上意义，而这同时也就将乡土文学本身置于更高层面之上，其主题与题材阈限也被突破，走向更为开阔的境地。实际上，这仍然是一个传统命题。古代人们老早就有了一种"乐土"理想，而那些心存高远的文人雅士们或高蹈避世者们更把这一理想推向具有鲜明宗教偏执色彩的文化极端。需要加以甄别的是，这种土地玄想或家园意识并不等同于田园牧歌情怀，因为其所体现的是一种理性思考与人文关怀。现代土地玄想是"借乡土说事儿"，乡土基本上已被虚拟化、能指化，而田园牧歌则仍然是"说乡土地上的事儿"，乡土仍然是一种客观"在场"，是一个所指。或者说，田园牧歌是对乡土本然诗情画意的索要，而土地玄想则是本然之上的一种诗性应然的赠予，因而，回家就绝不是简单地回到实存意义的某个故乡，它只能是一种精神返乡，所谓故乡或乡土便只是一个精神理念，一种内心召唤。现代乡土文学作家们，无论是侨寓者还是游历者，都是远离故乡的游子，他们仍然关怀着自己苦难的乡土，他们的精神奔走在都市和故乡之间，经历着物质的和精神的双重漂泊、流浪，尤其是作为现代都市的边缘人、零余者，也许他们尚能忍受物质的窘迫，却无法忍受灵魂无依的煎熬，于是，他们成为亲和乡野、疏离都市的文化怀乡者，乡土，便成为最后的归宿——精神流浪的"家园"。如此，我们也便理解了为什么早在世纪之初，朱自清先生就因为"颇以诱惑的纠缠为苦"而向人们发出"回去"的约请[①]，理解了废名为什么要履行实践意义的返乡，理解了老舍为什么会揪心地想念那个并不见得有多么可爱的北平，理解了为什么郭沫若会有新吻大地的"怪异"，为什么沈从文要构筑他的"湘西世界"，为什么郁达夫要写一个青年的"沉沦"……

最后，同上述现代范型与文化轨迹有所区别的是，在中华人民共和国成立后的十几年内，随着时代翻天覆地的"巨变"，乡土文学有了新的内容：或表现现实乡村生活与固有习惯的矛盾冲突，或描画乡土世界的政治、经济、文化新变，或体味乡土地上的艰苦过去与新的生活幸福，或展示农业社会主义改造的具体图景与画面等等。乡土文学作家们对于乡土的态度也实现了某种时代转变，即仰视农村和农民，接受和认同于农村所发生的一切，以农民为时代骄傲，从乡土民间视角去审视、判断生活现实。关于这一点可以从当时乡土文学作家的实际行止得到证明，像赵树理、柳青、周立波、艾青等那样一批极有影响、极富号召力的作家也都下乡"定居"了。此时人们的心目中，"乡土"再不是别的什么，不是一个抽象的文化概念，乡土就是农村，回家也是实践意义上的返乡，这也就是我们关于那个时期"乡土"问题的基本印象。

---

① 朱自清：《毁灭》。

本来，就作家对待乡土的态度及农村所受的政治重视这类条件来讲，这一时期乡土文学是该有较深入的发展的，但从实际创作情形来看，则基本丢失了地域文化特色这个乡土文学灵魂。坦率地说，这种"乡土文学"服从于表达"社会—政治"主题的需要，从农村这一角度去演绎整个社会变革与政治斗争，通过农村一隅来为社会政治意图寻求合理注解，为了这一中心，具体乡村生活环境都是泛化的抽象背景，由地域文化特色形成的"乡土气息"不再成为"前台"的焦点，而被淡化为某种点缀物，淡化为一种任何一部农村题材作品都能找得出的"艺术特色"，这不能不说是违背乡土文学基本精神并从而要消解、否定其自身存在的最后原因。乡土文学的核心是乡土气息或地方色彩，亦即某一地域特殊自然景观、风俗习惯、人文精神等的圆整和合，是特定生存状态和精神现象组成的特有情状，这些内容通过具体作品就构成为特定生存空间内的"土气息泥滋味"，从中透射出来的，是一种"个性的土之力"———一种原乡况味。显然，这一时期乡土文学是比较少传达这种况味的，因而才导致了乡土文学近三十年的创作萎缩（有人说是出现了一个断层，亦非确论）。由于偏离了表现的重心，在人物思想感情、人物关系及情节发展等诸多艺术问题上，也使乡土文学创作陷入某种危机。就一般情形而言，当时的这种"农村题材"写作存在的问题还有思想感情的贫弱、表现生活简单化、平面化、情节发展缺乏生活的必然逻辑与必要的文化依托等，比如当时创作中有一个共同现象，就是当表现农村社会主义新人、写农村的巨大变化时，基本上是从概念出发的，因而显得悬隔而滞涩，而一旦写到"落后"人物，往往就会运笔灵动，摇曳多姿，较充分地呈现历史的纵深感和思想的丰厚度，这一现象使我们几乎要得出这样一个结论：一个文本中"落后"人物越多，就越可能有深度、有成就。

探讨一下产生上述失误的原因，有助于进一步加深对这一时期乡土文学发展的认识。先看历史原因。社会历史变化和清晰的政治意图，的确给乡土文学发展指明了方向，作家们甚至纷纷下乡，也确曾从农民那里获得了不少东西，然而，"食其福者亦未尝不受其累"[①]。受累于社会政治，作家便迷失了主体创造性，因为一切判断与选择都已经清清楚楚，只要将关于阶级的、路线的现成结论和思维、意识的固有模式拿来用上就行；受累

---

① 梁漱溟：《中国文化要义》，学林出版社1995年版，第5页。

于"农民化"的时代要求,作家也便开始变得懒惰,他所做的,就是将自己亲眼所见、亲耳所闻或亲身经历的一切虔诚复制出来,根本就无须、也无法去审视什么,批判什么,更无须什么"乡土意识""哲学意蕴""现代意识"之类的思考与探求!当然,说完全没有人意识到乡土气息或原乡况味的缺失,也是不准确的,但这种关注只不过体现在方言土语的运用,甚或照录一些乡妇村夫骂人的粗话以为"点缀"罢了,至于在强化文化底蕴,挖掘独特内涵方面,则几乎丧失了乡土文学作家应有的自觉。另外,我们也看看乡土文学自身发展的原因。如果说,30年代以茅盾、叶紫、萧军、臧克家等为代表的乡土文学体现着由五四乡土文学的文化批判意识向阶级意识、民族意识转换、过渡的特征,40年代的解放区文学完成了这一转换,则新中国成立后17年的乡土文学已经随着主体精神的失落而更为坦然地抛弃了文化批判精神。在这一影响下,特别是在赵树理模式的直接作用下,乡土文学走向革命功利主义,不愿指出生活的复杂性,更不愿对体现着时代要求的乡村新人作深刻的文化审视,最后终于沦为抽象政治观念的载体。

历史往往在跳跃式地发展着。那种以峻切、深刻的人文批判和现代意识为表征的五四文化精神在徘徊、停滞一个时期之后,又骤然出现在80年代初的思想解放运动中,挣脱束缚,打破禁锢,倡导科学与变革精神的呼声,绵延而为整个80年代精神。处于这一背景下的乡土文学,再一次回到反封建主义这个"现代文学的基本主题"[①]上,高举起五四乡土文学的人文主义旗帜,人,以及人的生存现状和出路问题又成为主要问题。当然,我们无意为唯心主义的历史循环论提供依据,历史发展绝不是一种平面、机械的简单推衍,所以,80年代乡土文学又是有着自己的特殊内涵的。谐和着当时的社会思潮,乡土文学首先也汇入宣泄苦难的潮流中去,对"文革"期间中国农村发生的一幕幕悲剧状态化地加以展览,紧接着陷入"沉思",通过对人本身、对中国乡土社会过去和现在的深刻解剖与理性批判,最终燃烧起新的现实激情。在这一过程中,文化审视与批判成为新的视角,特定地域内的特殊历史文化成为主要对象,通过这一对象所传达的独有的人性力量、人文内涵、社会历史内涵以及蕴藏其间的或认同,或反拨倾向,已然清晰地显示出某种"人本—历史"主义精神。同

---

① 曹文轩:《中国八十年代文学现象研究》,北京大学出版社1988年版,第24页。

时，80年代是个洋溢着诗意的时代，因此，无论乡土是怎样的冥顽丑陋，无论乡土苦难怎样萦绕不去，希望总在升腾，燃烧的激情总是氤氲着乡土之思，这就使我们分明在历史沉重之中，强烈地感受到生存的意志力与酒神的悲剧精神，体味着一种充盈着诗意的浪漫情怀。

首先，以高晓声、古华等为主体的一批"土著"型作家，高扬着20年代乡土派"为人生"的旗帜，以融会、统一鲁迅和赵树理传统的新姿态投入乡土，摹写现实生存状态，描画着乡土社会的风情与人生图景。他们保留着"土生土长的土性"[①]，其创作便属于那种具有深广社会生活内容，着力刻写命运维艰、性格复杂的人物形象的社会风俗画。这类创作在历史纵深感和现实针对性兼而备之的同时，又具备风俗画的特性，是乡土文学中颇具文体意义的一种形态，其主要特点就在于与社会历史发展基本保持同步，较为客观地展开乡土写实，并在特殊的风土人情之中，寄寓着"普遍性的与我们共同的对于运命的挣扎"。但是，尽管这类形态透着"人本—历史"主义的沉重，却也不排除某种遣散现实困扰的浪漫诗意。事实上，"人本—历史"主义态度与浪漫情怀在这里是二位一体的东西：在对具体社会历史审视与观照的前提下，对人们的习俗及其涵盖的人文历史内容必定作出浪漫的诗性判断和解释。这样做并非有意回避人生苦难的本质，而是为了实现某种超越，即以智慧和理性超越痛苦，减轻一些本已沉重的心灵困苦，比如刘绍棠、陈所巨等都宁愿展示一种美好，这一做法也就成为该时期乡土文学的一般表达式。

其次，以郑万隆、韩少功等为主体的一批"游历"型作家，突兀地扯起"寻根"旗号，掀起一股在特定区域的乡土地上发掘文学之"根"的潮流。应该说，这一努力是积极可取的，因为它起码在下面三层意义上与本时期乡土文学基本精神是一致的。第一，"它们往往以一个地方或地域的风土人情作为特定的描写对象"[②]，而这一点又正是判别乡土文学与非乡土文学的基本标志，乡土文学就是要通过披示特定地域风情、抒写乡土人生和原乡情韵而显示特殊的风土之力；第二，它们企图通过各种地方风情或乡土文化展示特定的人及其生存情状，使人们获得关于整个民族文化历史及民族性格渊源的全部印象，而这种从民族文化传统的历史背景上

---

① 刘绍棠：《关于乡土文学的通信》，《鸭绿江》1982年第1期。
② 田中阳：《区域文化与当代小说——对中国当代小说一个侧面的审视》，湖南师范大学出版社1996年版，第364页。

观照特定乡土人生与乡村习俗的努力，恰恰是乡土文学摆脱诸如拘泥于狭小地域、满足于把玩奇风异俗等局限而得到深化提高的基本途径；第三，这种以文化寻根为表征的乡土文学在价值评判问题上，体现了颇具浪漫色彩的"人本—历史"主义情怀，无论怎样寻根，无论寻找哪种文化的根，优根还是劣根，态度大都是积极的、认真的，这与乡土文学传导民族化审美意蕴的基本要求是一致的。

再次，以汪曾祺、莫言等为基本力量的一批"侨寓"型（或称"农裔城籍"型）作家，显然继承了文学的田园传统与名士传统，在废名、沈从文、孙犁、蹇先艾、艾芜等的直接作用下，比较专注地以故乡事为蓝本，描绘一种浪漫的牧歌图景，表达一种原始生命的柔韧自然。这类乡土文学虽也不乏社会历史内容和人生命运曲折，但与实际生活总是保持着某种"间离"，有意识地通过对自己故乡土地上古往今来的风俗人情、美好传统或纯净风光的叙写，抒发乡情乡思，力扬传统美德，寄寓人格或历史的某种理想，因而也更具浪漫精神。如果细致地加以区分，这类乡土文学又有两种基本情形。一种是田园牧歌曲式，以汪曾祺、刘绍棠、姜滇、叶蔚林等为代表。从其展示的"高邮风情"等实际形态来看，无论是追忆往昔之梦，还是展示现实故乡之景，都着意体现诗情画意这样的基本审美特征，细嚼其中况味，总会于淡淡的笔墨中得到悠然怡神的审美愉悦。另一种情形就是历史传奇式，以刘绍棠、林斤澜、邓友梅、冯骥才、尤凤伟、莫言等为代表。这种历史传奇极典型地宣扬了乡土文化传统，而通过这类浪漫传奇，又牵发了人们对于乡土地上所有历史负累的深沉思考，同时也使乡土文学本身自然过渡到了另一个新的发展阶段。

90年代较之80年代而言，是一个失却诗意的物化与泛商主义时代。在这样一个市声喧腾、人欲汹涌的时代，想象与创造的热情让位于直接的功利目的，攫取与破坏的习性引发了广泛的社会危机，即便乡土社会亦莫能外，这就产生了尖锐的文化冲突：人们一方面期待着物质丰富，希望有所作为，另一方面也渴望着规范、宁静，乐于回到平凡人生中寻找普通而真切的温情。乡土文学应和着这类焦虑、期待，悄然参与着种种文化调节：既披示古老文化传统的固有魅力以抗拒现代文明之病，也袒露传统的愚顽落后以呼唤新的文明进步，在那些清新、爽净的乡土画面里寄托理想，在乡土积重与残缺中凸显关怀，用传统与现代、市场与文化的融合会通张扬新的理性精神，营造新的精神家园，促使本时期乡土文学走向一个更具形而上意义的阶段，其主导精神就是圣洁化、抽象化乡土与丑陋化、粗放化乡土的二元对立并存。在谭文峰、何申、李佩甫、阎连科、周大新、莫言、张继、刘恒、苏童等作家看来，乡土远非乐土，是应当背弃、逃离，甚至是应该仇视的。他们恣意张扬乡村之恶，放逐乡土之恋。在一片灰暗古旧、粗俗落后的土地上，人们拥有的只是感伤、失望和愤懑。与此相反，从傅太平、叶蔚林、刘醒龙、张炜、张承志、刘玉堂等人的创作中，人们看到的是"春天"和"如花似玉的原野"，感受到的是一种民间欢乐和乡村温柔，一种宗教般神圣的情结，一种如薄雾的轻纱微微拂动的透着甜蜜的淡淡忧伤！有人把这两种相悖的情形比做"同轴电缆"①，实在是深入乡土文学实际的天才发现。仔细比较分析一下它们的"文化—心理"背景和动因，就不难找出貌似背离的两种现象间某种内在关联或某种同一性—对抗。

首先，无论是抗恶主义者还是浪漫乡村情感主义者，在他们看来，处于心灵钝化的泛商主义时代，农业文明大势将去而未去，现代工业文明即将定型而尚未定型，一切原生或新生之恶都得以充分暴露，乡土世界是那样的冥顽不灵，道德滑坡，良知泯灭，人们的心里"浮躁"不安。一方面是由物质进步而伴生的心灵"荒原"和传统农业文明的淳厚，一方面是现代物质文明美丽的蛊惑与传统的丑陋，"其间要穿越的时间和空间，实在是太幽深迷茫了"②。如何调试这一矛盾呢？以逃离的方式对抗！于是，抗恶者直接撕破了恶并剥离陈列开来，却又并不作出直接的价值判断；浪漫感伤者则站立于传统情感基础上，将乡土理想化，内化为某种心灵住所或栖息地，以此表明逃避式对抗。

其次，这两种文化对抗的深层心理驱动是介入，逃避或对抗只是表象，是手段。它们所反映、所宣泄的，实在不过是一种社会群体的心理和情感，表现的是整个世纪之交人们共同的惶惑、期待、躁动和挣扎。所以，介入是深层的文化主题。张承志所提倡的"清洁精神"，张炜所寻觅的"精神家园"，傅太平勾画的"乡村春天"，并不是无视乡村的苦难与丑陋，其精神实质，无非是用乡村的田园生活和宗教般的宁静诗意，向极端肤浅的世俗诉求挑战；而所谓逃离乡土者，仇视乡土者，并非不具备乡

---

① 丁帆、林道立、王菊延：《乡土文学——世纪末的回眸与前瞻》，《文论报》1993 年 4 月 17 日第 3 版。

② 罗强烈：《故乡之旅》，第 1 页。

土文化意识与乡村之爱,相反,像谭文峰、周大新、阎连科、何申等这类作家,对乡土的情感是深藏不露、极其真切的,正是这种复杂深沉的情感态度,使他们对于乡土的认识更具理性,更能凸显一种较为切实的关怀。这两种"介入"表明,恰恰是因为具备了清醒的乡土文化意识,恰恰是因为对乡土世界命运前途的深切关爱与责任意识,才使乡土文学作家们生出仇懑与期待,才有了感伤与批判、逃遁和重构的重重尝试。

再次,对抗的最终目的是实现文化重构,即营造新的精神家园——新的道德理想与文化精神,从而实现所谓终极关怀。具体来看,"人类的终极与过程是紧密联系在一起的,没有过程也无所谓终极,因此,关注终极首先要关注现实的具体"①。现实界仍然是富于魅力的,它是通向未来的桥梁。这里,解决现实危机的契机即在于,营建现实家园,决不可以短视、浮躁,一切现实行为内涵的终极指向应该是人类未来,或者说,共同的未来精神,未来激情才是烛照现实、衡量现实的圭臬。乡土文学作家们强烈的责任感和使命意识也就在于,他们从乡土世界的立足点出发,通过种种乡土人生图式指出人类合理的和不应有的一切,表现对命运前途的大悲悯、大关怀,流贯深刻的人文理想与哲学思考。正是从这样的价值立场与认识论出发,乡土文学才最后找到丰厚的现实依据和坚实的哲学理性文化支撑,而正是在这一意义上,"无论'大地''乡土'还是'荒原',都属于那类语词,在文化、文学话语中,其语义关联域早已广阔到无边无际了"②。也就是说,就乡土文学的关注视阈来讲,建立在一种世界范围内的反现代化思潮或文化守成主义理念(Cultural Conservative)③ 文化思想基础之上的乡土文学,早已超越了某个乡土地域的关注阈限,而将整个乡土问题升华为一种以家园意识为主体的普遍情感或人文理念,一种精神模型或理想烛照,一种现实途程中的心灵休憩与理疗,其题材领域也已"广阔到无边无际",而不再仅仅局限于乡村世界。

诗人库泊曾说,城市是人造的,乡村是神造的!这一表述绝不是在做

---

① 王光东:《小说转型期的美学特征与问题——论近几年的小说创作》,《当代作家评论》1994年第3期。

② 赵园:《乡村荒原——对于中国现、当代乡村小说的一种考察》,《上海文学》1991年第2期。

③ [美]艾恺(Guy S. Alitto):《世界范围内的反现代化思潮——论文化守成主义》,贵州人民出版社1999年版。

着某种形而下意义的城乡比较的努力，而只是在表达某种忧虑，体现某种关爱或企图建树一种家园理想。尽管它有别于科学主义的理想主义，却仍然有着深刻的人文主义思想基础，同时也有着人类共同的大地根基的物质基础，"世界上只要还有泥土存在，只要人们赖以生存的还主要是靠农作物，那么乡土文学就不会消亡。更重要的是，……你永远割不断民族文化的内在联系"[①]，因此，乡土文学将一如既往地蓬勃着她的固有热情，也必将出现不断的新的生命升华！

---

① 丁帆、徐兆淮：《新时期乡土小说的递嬗演进》，《文学评论》1986 年第 5 期。

第一章

长夜难明与旷野呐喊：五四及20年代乡土文学

由世纪之初的社会改良及五四新文化运动激发的人道主义、平民主义思潮直接催生了现代意义上的乡土文学。也就是说，人本主义或民本主义思想及东、西方乡土文学传统等构成现代乡土文学发生发展的历史文化基础，而物化背景下的各类碰撞、冲突——特别是对乡村世界的震荡则成为乡土文学发生发展的现实文化基础，两种基础的实质与核心是一种平民主义思潮，即人们的关注视点公然转移到乡村民间，更多地思考着社会最广大下层平民的辛苦遭逢与命运前途，体现着对普通人的真切关怀。作为民间这一文化空间的主体部分，乡土世界不可避免地要走进启蒙主义者的关注视阈，乡间的死生与病苦、乡村特有文化品格、乡土精神与文化理念等这类极为具体的形态，一旦被摄入启蒙文学视野，乡土文学也便应运而生。就发生期乡土文学创作实绩来讲，鲁迅乡土小说成为一个世纪乡土文学的奠基之作，可以说，是鲁迅造就了20世纪中国乡土文学，因为世纪以来的乡土文学传统几乎都可以在鲁迅那里得到最后解释。除鲁迅之外，叶圣陶、杨振声、王统照、刘半农、刘大白、废名及20年代侨寓群体的乡土小说流派等等也较典范地体现了发生期乡土文学成就。

第一节 现代乡土文学发生的文化背景

一 人类文明轨迹与乡土文学寻踪——世界文化背景

乡土文学的确是一种世界性的文学现象。

在漫长的农业文明史进程中，文学自始至终都是与某种乡土相关联的。作为整个人类文明史的开端，石器时代（前文字时代或黄金时代）、青铜（铁器）时代那种原始粗陋的"石器文明""青铜文明"——生产工具、化石、武器、器皿、雕刻、图案、饰物等等人类初始性的物质生产生活实践活动与精神生产生活实践活动的结晶，十分直观地"记录"了当时人们的生产样式与生活方式，包含着人类最初的心态、思维，体现了特定的价值观念与审美情趣。"这些成果不仅显示了人类祖先所走过的最初文明的轨迹，而且对人类文明后来的发展有着十分重要的意义。"[①] 从物质生活方面来说，采集与狩猎这两种主要的经济基础作为最初的生存经验，为人类进化发展提供了经典的生存模式，以精致、自觉的栽培、耕作（culture）与家畜饲养为主要表征的传统农业文明就正是这种古老经验的延伸。从精神生活方面来讲，原始群居及血缘家族等组织状态在萌生制度、机构、分工、规范等一类文明概念的同时，其所萌生的那一类原始幻想、神灵崇拜、宗教观念等质地已经构成一种乡土文学基因，昭示了日后的乡土文学可能，而后来建立在传统农业文明根基之上的思想文化史也的确涵盖了乡土文学这一事实存在。

在导语部分，我们已然谈到，乡土文学更是一种活性的、能动的主体自觉，而不仅仅只是一种被动无性的状态化自在。古典乡土文学比较欠缺一种理性自觉，因而它只能是牧歌式的静态自在，即便体现出一定的理性思考，也只是一种缺乏参照系的凝固的文化感悟，其视界始终不能超出农业文化的独立自足的系统阈限。按照摩尔根、泰勒等人类学学者们的解释，农业文化系统内部也经历过大的革命变革，最主要的是从以被动采集、狩猎为表征的蒙昧、野蛮时代向主动开始栽培农作物、人工饲养家畜的崭新的农业文明时代的转变，并最终形成以西亚、东亚、中南美洲为代表的世界上最早的农业中心。这一发展变革过程是艰难而漫长的，天——自然的启示往往是革命变革的原初动力。在这样一种相对独立封闭的系统内，人们更多的是寻求一种修补和完善，传统乡村情感或牧歌人生也便成为一个很经典的文化母题。但是，这类文化感悟和独立自足的文化陶醉"只有社会向工业时代迈进时，整个世界和人类的思维发生了革命性变化后，在两种文明的冲突中……才显示出其意义"[②]，即在近代以来以工业革命、信息革命为主要表征的变革浪潮中形成了前后两种现代文明，这类文明对传统农业文明的对比、撞击，使整个社会历史具备了前所未有的现

---

① 李世安：《世界文明史》，中国发展出版社2000年版，第3页。
② 丁帆：《中国乡土小说史论》，江苏文艺出版社1992年版，第1页。

代品格，这个时候，人们的乡村情感与牧歌体验也便具有了特殊的现代意义，尤其是进入20世纪以后，乡土田园更成为世界性的文学主题，真正现代意义上的自觉的乡土文学也因此而发生。

作为一种能动自觉的现代文学模式，最早出现的"乡土文学"（local color）也许应该追溯到19世纪二三十年代弥漫于欧美文学中的"风俗主义"运动时期。至南北战争（1861—1865）以后，乡土文学则以其地方特色、方言土语、社会风俗画等趋于成熟的特色而风行美国，出现了全国性的乡土文学运动，且历时长达30多年，其先驱人物当推以"边疆小说"饮誉文坛的J. F. 库帕、擅写西部的B. 哈特、为黑人代言的H. B. 斯托夫人、描画密西西比风情的马克·吐温等。20世纪美国乡土文学承接上述传统，强化了乡土意识和本土地域观念、地域文化色彩（新英格兰地区、南方地区、中西部地区、西部地区），并以此表达某种文化对抗，伊迪丝·华顿、艾伦·格拉斯哥、F. 哈特、赫姆林·加兰、约翰·斯坦倍克、赛珍珠、福克纳、沃克·珀西、弗兰纳莉·奥孔纳等堪称代表，而民歌民谣乃至乡村音乐、现代主义运动与现代表现技巧、黑人文学与黑人文学寻根、通俗文学与民间文学等等一类艺术实践也从思想到艺术给予美国乡土文学以全面的启迪和影响，丰富了整个乡土文学实践。

地处欧罗巴本土的英、法、德、意等国作为近、现代西方文明的真正故乡，其现代化进程呈现了大致相似的经历，即由启蒙运动所倡导的科学主义与人本主义最后战胜了封建神性，而政治、经济、文化领域的一系列革命则使各国社会结构发生了根本性的变化，资本主义终于替代封建主义而成为西欧主导力量，特别是19世纪的最后几年至一次大战前的十余年几乎成为西欧各国共同的"美好的年代"[1]，产业革命的深化促进了社会经济与工具理性的极大发展。然而，新的文明同时也伴生着新的不适，"美好的年代"犹如一枚硬币，必然存在着正反两面。当利润（profit）日渐丰厚时，贪欲也在膨胀，另一种贫弱在滋生蔓延着，越来越多的农民从清新宽敞的乡村世界被吸纳到肮脏拥挤的城市和环绕在城市周围的吐着浓浓黑烟的工业区，疲惫不堪的雇佣工人被抛向饥饿寒冷的城市街头。这种背景下的乡土文学第一次被赋予了另一样意义，即表达着一种强烈的对抗。英国的托马斯·哈代、意大利的维尔加、法国的埃米尔·维尔哈伦、

---

[1] 张泽乾等：《20世纪法国文学史》，青岛出版社1998年版，第1页。

德国的A.巴特尔斯、赫尔曼·伦斯、F.利恩哈德、A.巴尔德尔等就都带着强烈的主观抒情性来描写风景如画的田园生活与田园风光,以此来抵御资本主义"物"的侵蚀——再不是面对静态画面的单纯陶醉了。"美好的年代"过去,极度的贪欲终于衍化成具体的物化形态——世界大战,乡土大地成为苦难、狂热、流血、困惑、失望、愤懑等等的物质承载,也成为各种现代主义艺术实践的巨型实验室。至战后,伴随着寻求经济复苏的努力,尤其是世纪末期信息技术与信息革命的新兴,乡土文学才被赋予了清醒的思辨力量,表达了坚定的理性固守。

在俄罗斯文学中,对乡土文学追踪可以追溯到屠格涅夫、契诃夫、托尔斯泰等文学巨匠那里,而苏联文学史中更不乏从事乡土文学创作的作家。从高尔基、绥拉菲莫维奇、肖洛霍夫等到20世纪下半叶的拉斯普京、别洛夫、戈卢布科夫、阿勃拉莫夫、艾特玛托夫、博罗德金、特卡琴科等,由他们倡导的"返乡题材文学""迁居题材文学"等具体显示了乡土文学成就。他们面对着两种文明冲突,站在城乡交叉连接点上作出了各自不同的艺术追问与价值判断,表达了颇具理性的价值取向,同时也使乡土文学具备了新的品格与意义。

值得一提的是,20世纪拉美土著主义文学运动及爆炸文学运动给整个世纪乡土文学带来的强烈震撼。世纪之初开始的"土著主义文学运动"在反映印第安人痛苦生活的同时,着重描摹本民族的民间习俗、宗教信仰、古老传统和日常生活,这种乡土文学实际上成为整个拉丁美洲文学的先导和主体。土著主义文学是拉美文化寻根运动的重要组成部分,它根植于印第安传统文化土壤,实际表达的即是一种觉醒意识和对殖民统治的反叛意识,是民族独立运动在意识形态领域的一次革命。土著主义的代表人物有罗莎里奥·卡斯特利亚诺斯、卡多·波萨、米格尔·利拉、博尔赫斯等,他们掀起的文学寻根可以说直接开启了拉美文学爆炸(boom),加西亚·马尔克斯就有这样一个经典的感叹:他妈的,小说竟可以这样写!这一启悟有如石破天惊,使拉美文学一下子"爆炸"开来一片新的天地,而最有意义的是,80年代中包括中国在内的全球性文化寻根潮流似乎就构成一种对拉美文学的世界性的世纪回应,如此看来,乡土文学的确显示了强大的艺术生命力!

20世纪东方乡土文学也在蓬勃发展着。即以印度来讲,无论是神秘主义诗人奥罗宾多,还是泛爱主义者泰戈尔,他们在世纪之初就谐和着印度民族革命运动的主旋律,表现着平民主义理想,其影响可以说是贯穿整个世纪印度文学的。在甘地那里,爱的理想与平民意识已经被现实革命化,而甘地政治的重心即在农村,将民族独立与民族解放的希望寄托于农业文明的复兴。这一政治意图必定要影响到文学创作理念,因而在以比那·伯鲁阿、迦林地钱楞·帕尼格拉喜、普列姆昌德、安纳德以及三个"班纳吉"等为代表的作家们的笔下,农村与城市成了互为对立的两个世界,传统农业文明总是被赋予某种价值肯定。1947年印度独立之后,这一倾向在边区文学(实即乡土文学)创作中得到进一步表现,以至这种边区文学本身也由独立之前倚重于方言俗语及风俗人情一类地方色彩的倾向朝着寻根型的文化心理积淀分析方向发生偏移。当然,这时候的边区文学对乡村世界的态度再不仅仅只是"恩爱有加",而是也开始认识其愚昧与冥顽丑陋了。R. V. 迪凯、戈帕尔·尼尔甘特·丹代尔克尔、希里帕德·那拉杨·本德赛、帕尼什沃尔纳特·雷努等就是边区文学代表,特别是丹代尔克尔的长篇《帕德迦瓦利》通过对"帕德迦瓦利"村庄演变史的描绘,象征了一套正在衰落的价值体系,对传统农业文明进行了冷峻的反思,而这一模式似乎也对我国当代作家产生了一定的影响,比如贾平凹的《土门》《高老庄》就暗合于这一模式。60年代边区文学进一步发展,新作家不时涌现,素描也好,工笔也好,已然做得非常精致。70年代和80年代,马拉提语边区文学进一步将乡村生活与各种实验性的文学技巧结合起来,企图从社会底层人物的不安和追求中,以觉醒的时代、文化意识去改造乡村社会,为乡村世界勾画前景。进入90年代之后,边区文学抛却现代主义那种隐晦、象征之类的语言习惯,追求乡村日常生活中朴实、形象的民间话语风格,竭力恢复失落的叙事方式,因而被称为"返回乡村运动",而这样的努力无疑也对贾平凹的"新汉语写作"提供了某种启迪。从上述简要勾勒可以看出,在具有相似文明进化史的东方古国,乡土文学始终是整个文学史不可或缺的重要组成部分。

总体来看,20世纪中国乡土文学谐和着世界乡土文学由静态到动态的主导律吕,在世界总格局内发生、发展,通过自身文化本色与特殊乡土人生表述着人类共同的价值诉求与文化主题,因而,它的出现就不是偶然的和孤立的文学现象,而是上述世界文化背景下的必然产物。

二 古典哲学与人文历史传统——民族文化背景

毫无疑问,现代乡土文学的发生、发展,与自己古老母土文化传承的联结更为紧密，其所给予的影响也更为深远。如果说异域文化更多的只是"拿来"作为某种启示或参照的话，母土文化传承则更多一种融会，更是一种基础和来源，可以说，现代乡土文学作为一种民族文学形态，其思想艺术的各个方面无不打上中华传统文化，特别是古典乡土文学传统的印记。

  从思想基础来讲，现代乡土文学显然是以传统农业文化及儒家传统民本思想、人本主义、道家回归理论等为哲学根柢的。在对土地的认识上，由于农业生产在国民经济中始终占据主导地位，哲学视野中的土地便成为安身立命的基本据点，一种"尚土"的观念也牢固确立，乡土、故乡、土地等物质形态从一开始就被赋予了特定的文化内涵。"至哉坤元，万物资生，乃顺承天……坤至柔而动也刚，至静而德方。"① "地者，万物之本原，诸生之根菀也，美恶、贤不肖、愚俊之所生也。"② 这就表明，故乡、土地等形态早就以其阴柔、虚静、包容"万物"的至德与品格而被视为一大母题。随着农业生产的发展，人们对土的感情由早期无限崇拜喜悦逐步积淀为深厚情结和最具代表性的民族文化心理，"皇天后土"，是中国文化典籍的重点所在，"故土难离""安土重迁""叶落归根"的心态普遍存在于华夏民族的后裔中，产生着无穷的凝聚力、向心力。由土地崇拜而在先秦时就开始了"以我齐明，与我牺羊，以社以方"③ 的祭祀活动，而安土重迁积久形成的土性也成为炎黄子孙的天性、本质属性或集体无意识。费孝通先生在论述"中国社会是乡土性的"这一论断时也谈到了这种土性特征，并援引他的老师史禄国先生谈到的一个事例说明问题，说即便"远在西伯利亚，中国人住下了，不管天气如何，还是要下些种子，试试看能不能种地"，"真象是向土里一钻，看不到其他利用这片地的方法了"④。这一点不禁令人想起陈奂生——那个即使"出国"以后，仍然老想着把人家的草坪铲掉再种上菜的人物，那个第一次以中国传统土地文明正面、直接抗衡西方文明的中国农民，于此我们也一样能够看到与泥土有着深厚联结的中华文化的深刻影响。这的确是一种命定，一种血缘连接，是无法摆脱的"原型"式自在，乡土文学就是这类自在的再现。

---

① 《易·坤卦》

② 《管子·水地》。

③ 《诗经·小雅·甫田》。

④ 费孝通：《乡土中国·乡土本色》，三联书店 1985 年版。

在对待民众的态度问题上,受传统农耕文化影响,民贵君轻、重农、抑商的儒家政治文化及"民胞物与"①、仁爱诚信等封建伦理文化一类影响,传统哲学体现了对人、对民众的士大夫式关怀,形成了中国人本主义思想传统。由于农业地位的重要,历代君王几乎都接受了"舟所以比人君,水所以比黎庶,水能载舟,亦能覆舟"②的观念,其间有所谓仁政、圣人,无非是因为具有一点善待民众,认同农耕文化的开明胸怀罢了,农家许行甚至更走向一个极端。在孔子看来,如有人做到"博施于民而能济众"③,就不是一般的仁人,而是"圣人";在管子看来,圣人就是"明于治乱之道,习于人事之终始"④的伟大人物;在墨子看来,"圣人,以天下为事者也"⑤;在老子看来,能"处无为之事,行不言之教"⑥者为圣人;在韩非看来,因为"上古之世,人民少而禽兽众,人民不胜禽兽虫蛇",有人出来"构木为巢以避群害","钻燧取火,以化腥臊"⑦,于是,他也就成为万民拥戴的圣人……这类寓言式的哲学玄想都认为,圣人就是有大德于民众的人,赢得了民众,也便赢得了天下。这类思想同样对中国历史产生了深远影响,也形成了独具特色的伦理政治文化。受这一文化浸润便产生一种传统士大夫文化。一方面,传统文化人格追求自我完善,讲究个人修为和以天下为己任,因而,对于民生疾苦与命运前途表示了极大关注,另一方面,却又认为民众是难以教化的冥顽之徒,自视清高的救世努力往往并不很能奏效,不光民众不甚买账,人主也往往并不以为然,于是就将责任索性一并交给几位"仁德"之君,将匡时救弊的希望押在贤能的天子或所谓"清官"身上,一旦希望落空至于失望,剩下的也便只有怨天尤人,或干脆退隐山林去了。这类复杂态度在乡土文学中得到充分体现,从而也构成现代乡土文学的一种基本态度。

在人与自然关系问题上,现代乡土文学显然也表述着一种回归理想,表现了对传统哲学理性的极大认同。回归自然是个古老而又常新的反现代

---

① 《张载集·西铭》:"民,吾同胞;物,吾与也。"集中体现了北宋"关学"派理学思想。
② (唐)吴兢:《贞观政要·教戒太子诸王》。
③ 《论语·雍也》。
④ 《管子·正世》。
⑤ 《墨子·兼爱上》。
⑥ 《老子·第二章》。
⑦ 《韩非子·五蠹》。

化命题，其具体意义变化不定，回归道路、回归方式、回归目的等也千差万别，形态不一。简单来说，中国传统回归理想主要体现为一种道文化精神。道家经典回归理论强调了人的"被动""无性"特性，摒弃能动自觉，主张一切顺乎天然，以抵达无知无欲的无为境界，而在对待人的外部自然问题上，则倡导"绝圣弃智"，毁除一切文明，退回自然原始。应该说，这一思潮对 20 世纪中国乡土文学的发生发展也产生了深刻影响，尤其像周作人现代"隐士"的文化实践、废名"美在自然中"及沈从文"神在生命中"的文化体验、林语堂"闲适幽默"的文化追求、丰子恺"无常之恸"的文化感悟、汪曾祺"适意自然"的文化观念、贾平凹"静虚无为"的文化态度等等堪当典型实证。

　　古典文学主题传统也对现代乡土文学发生发展产生了极大的影响。首先是怀乡思归主题传统。当然，怀乡思归并不是中国乡土文学的独有主题，也不是乡土文学既定主题，而是世界所有文学共同的母题，但是，各类文化怀乡的内涵与层次仍然是千差万别的。因为，母题的真正意义即在于，它既是一种历史沉淀，具有相对稳固性，但它最初也一定是某个时代的中心话题，在历史发展中，它一定要被注入新的内涵，因此，母题不是不变的，其所以成为母题，就因为它最能接纳新的时代要求，能精练、准确地表达出时代要义。同时，新的历史也必然在产生、凝结着新的文化母题，也就是说，经过时代的砥砺、撞击，当时代的倾斜与阵痛趋于完结时，一些即时性的话题被淘洗、冲刷、淡忘了，留下的便是具有永恒意义的母题。毋庸置疑，怀乡思归主题在不同时期，不同地域是具有不同内涵的，即以中西怀乡传统来讲，西方怀乡思归似乎从一开始便具有更多哲学玄想成分在内，而东方中国怀乡则是更具体实在的一种恋土情结。古希腊时代荷马史诗《奥德赛》就象征式地写到俄底修斯在特洛亚战争之后返乡，虽然历经十年海上漂泊与磨难，仍然坚守"回家"信念，寓言式地表现了一种怀乡意识，而此后西方文学怀乡基本上也就体现为一种理性模式。中国古典怀乡主题则融会着更切身的生命与生活体验，它较少神话化、虚拟化，因而显得更人间化、情感化，这一传统特点也就使现代中国乡土文学在表达怀乡主题时更愿意走近故乡生活场景和自然风物，其怀乡思归便有了现实依托和时代特征。其次，我们看看古典悯农主题与忧患传统的影响。既然乡土文学必定要流贯着某种人文理性观照与思考，也就必定要引发对土地与乡土人生的艺术思考。传统士大夫文人往往喜欢走情绪化的极端,即在表达济世豪情时体察着民生之多艰,而一旦失意则又退避到某种田园怡乐之中。土地与乡土人生似乎只是他们对政治的一种言说方式和寻求自我价值实现的一种途径而已,其悲悯与关怀实际上较少贴近血肉的现实大众人生,而更关乎自身遭际与命运感叹。有的学者曾感到奇怪,为什么几千年的文学史中竟没有出现一部真正反映乡土人生场景与农民生活苦难的大部头呢?为什么"中国古代文学几乎没有创造出什么成功的农民形象","唯一一部主要以农民为描写对象的小说《水浒传》,所写的也只是'准农民'"呢?为什么"真正富于典范意义的乡村生活并不在作家的视野之内"[①] 呢?其原因恐怕就在于前文论及的士大夫文人的一种复杂态度和面对乡土人生的更私人化的考虑。一种以救世主姿态站立着的清高使他们并不能真正了解或不愿意全面了解民生疾苦,而另一种自认清高又使他们并不能或不愿心甘如饴地附丽于政治权力,两种清高使他们无论在表现乡土人生方面还是在寻求价值实现方面都受到局限,因而最终决定了他们不可能真正关注乡村的日常生活与苦难人生。这类影响对现代乡土文学的意义在于,20世纪中国作家从某种负面影响中真正吸取了教训,加之20世纪中国革命与中国政治始终在向土地问题渗透和集中,走近民间,融会民间的努力终于使乡土文学也全方位跃动起来。

文化与艺术的民间传统对现代乡土文学的发生发展也起到了积极作用。民间是极有意义的文化命题,甚至也是一种方法论,对文学而言,民间几乎是所有艺术的最后源头,乡土文学亦莫能外。刘绍棠认为"民间文学是乡土文学的一个来源,一条主根"[②],这是很有道理的。当然,乡土文学的民间人文艺术传统并不仅仅只表现为民间文学传统,其所给予乡土文学的影响是全方位的。可以说,乡土小说、乡土诗、乡土散文、乡土戏剧等艺术门类的起源都在民间,民间提供了乡土文学发生发展的各种养料与"维生素"。大致来看,乡土文学的"养料"之一就是民间习俗文化与风物传统,而这一点也正是乡土文学的艺术生命所在。我们已经知道,乡土文学的主要特征或文体标识就是其特殊的地域色彩与风俗景观,无疑,民间就是富含这类艺术养料的所在。民间虽然也是一个共时概念,但从发展与影响的角度来讲,我们更愿意将其视为一个历时概念,因而它也

---

① 陈继会:《20世纪中国乡土小说的历史形态》,《郑州大学学报》1997年第1期。
② 刘绍棠:《土著人生》,上海文艺出版社1998年版,第176页。

就更指向一种传统,尤其像习俗风物一类形态,其生成本身就是一种过程和沿袭,正是各处不同的民俗风习使现代乡土文学成为个性独具的艺术门类。乡土文学的"养料"之二就是多样的民间生活,或清静,或繁忙,或劳作,或休闲,或富足,或苦难,或村镇,或都会……都成为乡土艺术的表现对象。一般认为乡土文学只能表现农村生活,这一识见是狭隘的。其实,乡土文学更是一种文化形态,是一种气息,一种独特思考所站立的一个艺术视角,而且,即使市民文化往往也透露着某种乡土气息,因为它隶属建立在农业文明基础上的总体文化格局,因为它律动着民间的脉搏与呼吸。《东京梦华录》序中有这样一段记述:

> ……太平日久,人物繁阜。吊髫之童,但习鼓舞,须白之老,不识干戈,时节相次,各有观赏。灯宵月夕,雪际花时,乞巧登高,教池游苑。举目则青楼画阁,绣户珠帘。雕车竞驻于天街,宝马争驰于御路。金翠耀目,罗绮飘香。新声巧笑于柳陌花衢,按管调弦于茶坊酒肆。八荒事凑,万国咸通……

这是公元 1102 年京师汴梁的繁华气象,却又实实在在是农业文化的一角,是"一种农业文明中的市民文化"[①],是乡村民间那些做傀儡戏的、做影戏的、驱傩的、说书的、卖唱的、玩百戏的……文化个体或文化群体对市民空间的暂借甚至占据,是农业文化对市民空间的填充或交融。此处记述的生活,与上古歌谣传说及"三百篇"一类艺术所描摹的生活当属同一性质——乡土的生活,它们都成为乡土文学存在的物质基础。乡土文学"养料"还包括那些既成艺术传统——俗讲与话本等大众文学的传统、公案与传奇等通俗文学传统及民间文学传统本身等。应该说,这类既成艺术传统对现代乡土文学发生有更直接的催生作用。考察一下乡土文学作家,甚至所有作家的创作生平与经历,就会发现一个普遍的事实,那就是故乡民间文学与民间艺术的熏陶对于其品格与创作的影响,这种影响几乎就转化为一生的艺术追求。赵树理受益于民间说书与上党梆子,刘绍棠也不止一次地表白他"非常热爱和醉心民间文艺"[②],诸如此类的一系列个

---

① 唐文标:《中国古代戏剧史》,中国戏剧出版社 1985 年版,第 83 页。
② 刘绍棠:《土著人生》,第 59 页。

案都证明了，没有民间艺术传统的浸染，没有作家们的"偷艺"，就不会有乡土文学艺术的产生与独立，也就谈不上新的艺术的开拓与创造。而从现代乡土文学实际创作情形来讲，无论是乡土写实，还是浪漫传奇，无论描摹风物，还是抒写原乡情韵，都说明了一样的道理：乡土文学作为一种民族文学形态，必定是站立于本民族历史文化与文学传统根基之上，与民族气质流贯一致的特殊艺术品。

三　现代乡土文学的发生——五四新文化背景

在洋人的坚船利炮强行撬开古老中国国门的耻辱中，有一批人最先觉醒，研究西方，改良社会成为一时风气。然而，改良所付出的代价是沉重的，因为民众尚未唤醒，"祖宗的章程"还有至高无上的威慑力，只是到了五四新文化运动时期，先行者们才有了彻底的、不妥协的决绝态度，古老文化的根基也才开始动摇。

文学被推到了时代的前沿，而唤醒民众的努力使文学终于眼光向下，劳工的神圣、平民的生活真正走进文学启蒙主义者视野，一种新的启蒙文学也因此而发生。从本质上讲，启蒙文学实即平民文学，其文化思想基础就是一种人道主义、平民主义思潮。最早从理论上倡导"为人生"的"人的文学"与"平民文学"主张的是周作人。在他看来，建设新文学的当务之急是把西方人道主义精神引进来，在中国"辟人荒"，"从新发现'人'"，新文学从创作态度到作品内容，都要贯彻人道主义精神，"用这人道主义为本，对于人生诸问题，加以记录研究的文字，便谓之人的文学"①。周作人"人的文学"所标示的人道主义文学思潮，开启了20世纪中国文学极重要的一页，甚至可以说，整个新文学的诞生及其最初的发展，都曾受惠于"人的文学"主张。"平民文学"主张是"人的文学"主张的发展与延伸，是更具现实内涵与生活指向的创作主张。它要求"以普通的文体，写普通的思想与事实……记载世间普通男女的悲欢成败"，"因为英雄豪杰才子佳人，是世上不常见的人；普通的男女是大多数，我们也便是其中的一人，所以其事更为普遍，也更为切己"②。这一主张就使得现代民主主义观念与人道主义精神有了更明晰的文化内蕴。周

---

① 周作人：《人的文学》，《新青年》1918年第5卷第6号。
② 仲密（周作人）：《平民文学》，《每周评论》1919年第5号。

作人的一系列理论倡导很快有了回应。刘半农强调"我们对于文学之眼光,也当然从绅士派的观念,转入平民派的观念"①;胡适更具体地指出,新文学作家要注意描写"工厂之男女工人,人力车夫,内地农家,各处大商贩及小店铺,一切痛苦情形"②;1918年11月16日,当蔡元培在天安门前庆祝协约国取得大战胜利时发表演讲,第一次喊出了"劳工神圣"③的口号;李大钊、陈独秀、沈雁冰、俞平伯等也表示了对平民文学主张的赞赏与认同……这些,都使平民文学思潮成为一种主导思潮,切近民众,把自己的命运与大众的命运紧密联系甚至等同视之的努力,使反对封建文化的彻底性不妥协性最终获得了深厚的力量源泉。

与理论倡导相呼应的是平民文学创作实践。当"劳工神圣""劳农神圣"的口号、思想流行时,胡适、刘半农、刘大白、周作人等都从事着各自的平民文学实践。鲁迅等新文学先驱也从不同角度强调了新文学应该揭示人生社会,写普通人,特别是人民大众精神上的病苦,强调新文艺要为"国民""指出确当的方向,引导社会"④,而鲁迅小说更是做出了典范性的艺术实践。1919年上半年之前,《新潮》《新青年》的作者群所创作的诗与小说,或极力描写民间疾苦,或表露对自由与爱情的追求,都流贯着人道主义精神和个性解放思想,显示了平民文学的创作实绩。

作为一种总体时代精神,平民主义思潮究竟对文学有哪些影响,提出了怎样的要求呢?

首先,这一思潮要求平民文学的思想内涵必须是"为人生"的平民主义。五四时期是平民主义左右一切的时代,"对抗各种强权的根本主义,为'平民主义'"⑤。平民主义实际上已成为主要社会思潮,不管是什么样式的文学,都流贯着平民主义精神,而平民化的"为人生"的文学则囊括了一切新文学的思想内涵。这种内涵是极为丰富的。它所表现的不是特殊阶级的人生,而是包括城乡劳动者的广大平民的人生;不是一人一家的人生,而是一社会一民族的人生;即便那些特别强调抒写自我的作品,也是要透射民众人生的折光的。因此,新文学为平民的人生是个含义

---

① 刘半农:《中国之下等小说》,《中国新文学大系·文学论争集》。
② 胡适:《建设的文学革命论》,《新青年》第4卷第4号,1918年4月。
③ 《新青年》第5卷第5号,1919年;第7卷第6号,1920年5月。
④ 鲁迅:《随感录四十六》,《鲁迅全集》第1卷,人民文学出版社1981年版,第322页。
⑤ 毛泽东:《湘江评论·创刊宣言》。

极为宽泛的概念,不能仅仅理解为一种物质人生,还应包括人们对平民生活的态度、对人的价值和精神价值的认识;文学为平民的人生,不只是文学的服务对象或描写对象发生了根本性变化,文学家自身的价值或地位也发生了根本性的变化;文学为平民的人生,既可以是广大平民的悲苦人生,也可以是理想生活和理想的人生。

其次,这一思潮要求平民文学必须具备唤醒民众的社会功能。为平民人生的文学的中心任务就在于把唤起平民的觉醒同改造整个社会人生联系起来,把个人解放同整个国民的解放联系起来,把改造国民性同社会变革与社会进步结合起来。启蒙主义者们往往都是国民灵魂的解剖师,由他们创作的为人生的平民文学的突出特征和主要功能就是勾画出一幅国民灵魂图,仿佛在广阔的历史文化背景上展开了一部中华民族心理发展史和一幅现代国人灵魂的剖面图。而刻画现代国人的种种灵魂的最终目的,在于通过针砭、解剖、疗治、改造或颂赞,来塑造国民的理想人格,来锻造具有现代意识的国人灵魂,从而真正唤起人的觉醒、国民的觉醒和民族的觉醒。五四平民文学是较好地完成了这一任务、起到了应有的作用的,尤其是鲁迅先生刻画国民灵魂、展开文化批判的乡土小说系列,其所给予人们的震撼是强烈的,因而对社会历史、对文学发展产生了深远影响。

再次,平民主义思潮还要求为人生的平民文学必须是体式大解放的白话文学。新文学的启蒙性和人生化、平民化,必然带来形式上的语体化,即白话化,通过清新通脱的大众话语创造自由灵便的新体式,冲破旧体式的陈规戒律,砸碎旧体式的镣铐,使文学真正走近平民人生。实际上,作为一种文化空间的民间早就有了野史、俗讲、小戏、民歌等等艺术实践,为白话语体提供了很好的范本,特别是民歌、话本、拟话本一类民间体式更成为现代文学艺术的直接源头。需要丢弃的是封建正统文学的迂腐酸臭,需要的是诗体大解放,需要的是离开庙堂,重返民间,以民间白话入诗,向诗文注入清新的空气。这一努力虽不是一蹴而就的,但态度是决绝的,变化是巨大的。如果说刚开始的时候仍不免"带着缠脚时代的血腥气"[1]的话,则之后的创作就真正是一个天足的女孩,彻底地、毫无羁绊地甩掉脚镣跳舞了,格律等所套上的一切束缚都被解开,自然的句式,舒展的旋律,显示了一双"天足"的活泼、跳脱,语言也已经完全口语化、

---

[1] 胡适:《尝试集·四版自序》,人民文学出版社1984年版。

白话化，显得格外灵动畅达，排比、象征等则表明从传统比兴模式中走出来，更多地具备一种现代修辞品格……这一系列变化是一种彻底的语言革命，更是一场深刻的意识革命。

最后，上述背景表明，世纪之初的文化改良及五四新文化运动直接催生了现代意义上的乡土文学，其直接作用主要表现在启蒙主义文化先驱所倡导的人道主义、平民主义思潮方面。人道主义、平民主义所要求的，是关注普通男女的现实人生，是表现大众的喜怒哀乐，文学所要做的工作，是改良平民人生，其目的"不是为饱食终日的贵妇人服务，不是为百无聊赖、胖得发愁的'几万上等人'服务，而是为千千万万劳动人民，为这些国家的精华、国家的力量、国家的未来服务"[①]，因此，大众的或平民的一切生活与精神现象（包括习俗、语言等）都必须成为新文学的主体内容。毫无疑问，平民空间或民间空间的主体或基础是乡村世界，乡土地上的一切——乡间的死生与病苦、乡村特有文化品格与文化个性、乡土精神文化理念等一类文化形态也便成为平民文学的主体内容。如果说最初的平民文学实践主要是反映城市平民人生或寄居城市的知识者人生，乡村还只是不甚清晰的某种布景或点缀的话，则随着平民文学观念的普及和创作实践的深入，人们的关注视点终于从城市平民人生公然转移到乡村空间，更多地思考着社会最广大的乡村下层平民的辛苦遭逢与命运前途，体现出对乡村普通人生的真切关怀，现代乡土文学的出现与形成正是这样一种平民文学实践的必然结果。

第二节　鲁迅的乡土文学实践及其发轫意义

将鲁迅只纳入乡土文学范畴的确是不当的，而且尽管他最早提出了乡土文学概念，却并不"自招为乡土文学作者"[②]，其创作成就也绝不只表现在乡土文学方面。但是，仅就乡土文学范畴而言，鲁迅又确实是具有很高起点的一个艺术开端，最早写作乡土文学小说的正是鲁迅，其小说确实是具有乡土小说特色的，并且成为整个现代乡土文学艺术之源。还在鲁迅

---

① [苏] 列宁：《党的组织和党的出版物》，《红旗》1982年第22期。
② 鲁迅：《〈中国新文学大系·小说二集〉序》，《鲁迅全集》第6卷，人民文学出版社1981年版。

乡土小说创作之初,就已经有人敏感到"他的作品满熏着中国的土气,他可以说是眼前我们唯一的乡土艺术家"①,今天,人们也大都承认,"鲁迅以乡土为题材的小说,恰恰是不折不扣的乡土文学"②。的确,鲁迅造就了 20 世纪中国乡土文学。

一 鲁迅的乡土文学观

"乡土文学"这一概念是鲁迅第一次明确提出来的。在具体考察新文学十多年来的艺术实践的基础上,结合自己的创作体会,鲁迅对这一文学现象或文化事实存在予以了肯定,并从理论上对其进行了一系列界定。

他首先强调了乡土文学作者的身份特征:"凡在北京用笔写出他的胸臆来的人们,无论他自称为用主观或客观,其实往往是乡土文学,从北京这方面说,则是侨寓文学的作者。但这又非如勃兰兑斯所说的'侨民文学',侨寓的只是作者自己,并不是作者所写的文章,因此也只见隐现着乡愁,很难有异域情调来开拓读者的心胸,或者炫耀他的眼界。"③ 这就表明乡土文学作者往往是那种"被故乡所放逐,生活驱逐他到异地去了"④ 的侨寓异地的文化群体,当初为着"走异路,逃异地,去寻求别样的人们"⑤ 而离别故土,但侨寓的艰难苦楚却往往又使他们记起了故乡的种种好处或种种苦难,对故乡的回忆便产生了"隐现着乡愁"的种种文字。所以,侨寓的作者往往最能体味某种游子情怀,这一点与文学史家勃兰兑斯所提到的法国侨民文学是有本质区别的,即侨寓生活本身并不在侨寓作者视界之内,尽管这种生活对乡土文学有催发作用,甚至侨寓的情绪感受总能在表述故乡生活的文字中流露一斑,但总体艺术视点仍然只是故乡,乡土文学就是描写作家生身之地的风物人生,以此透露出一种原乡况味的侨寓之作。

其次,鲁迅特别强调了乡土文学表现内容上的地域色彩:"塞先艾描述过贵州,裴文中关心着榆关,……黎锦明……蓬勃着楚人的敏感和热

---

① 张定璜:《鲁迅先生》,《现代评论》1925 年 1 月号。
② 凌宇:《二三十年代乡土小说中的乡土意识》,《文学评论》2000 年第 4 期。
③ 鲁迅:《〈中国新文学大系·小说二集〉序》。
④ 同上。
⑤ 鲁迅:《〈呐喊〉自序》。

情……"①，另外还有许钦文、王鲁彦、尚钺、台静农等，都以表现各自地域特色而引人注意。地域特色是乡土文学的生命，是显示流派特征的关键因素，鲁迅对此给予了高度重视。他不止一次地强调："有地方色彩的，倒容易成为世界的，即为别国所注意。"② 而他本人的创作即是如此，"S会馆"的那群文学青年几乎也将他尊崇为绍兴师爷，很大程度上就因为某种地缘文化认同使然。

再次，鲁迅特别强调了乡土文学必须有"隐现着乡愁"这一情感基调。当然，与传统思乡思归一类乡愁、乡恋主题有所区别的是，鲁迅并不把乡愁视为一个纯粹情感层次的范畴。他在论述王鲁彦乡土文学创作时，特别提到作者借"秋雨"所表达的苦恼，即失去的欢乐和人世间的悲苦。这一愁绪自有着深层的文化动因："地太小了，地太脏了，到处都黑暗，到处都讨厌，人人只知道爱金钱，不知道爱自由，也不知道爱美。你们人类的中间没有一点亲爱，只有仇恨。你们人类，夜间像猪一般的甜甜蜜蜜的睡着，白天像狗一般的争斗着，撕打着……"正是这一深层心理驱动使作者对失去的"天上的自由的乐土"倍加珍爱，倍加思念，并表示"在野蛮的世界上，让野兽们去生活着罢……我现在要离开这世界，到地底去了……"③"秋雨"的故乡是天上，离开"故乡"来到地上，却是满目疮痍，遍地凄凉，这种感悟当然就不是一种单纯情感体验了。所以，在鲁迅看来，乡愁所体现出来的深层文化力量应该是情感体验基础上的灵魂震撼，如果失却厚重的、立体的文化心理内涵，乡愁便是苍白的、单薄的和肤浅的。实际上，鲁迅自己常常就是把乡愁作为一种承载和寄托，其表现乡愁的真正目的是展开深刻的文化批判，表达自身价值选择与文化取舍。

鲁迅还特别强调了乡土文学必须有多样化的艺术表现方式，具体指出了在手段的运用上大抵可以有"主观的""客观的"和"玩世的"几种④。"客观"实即新文学所倡导的写实主义，是主要方式；"主观"即抒情写意，表达一种充分感觉化、体验化、经过作家情感过滤的社会人生，与客观写实互相对应，互为补充；"玩世"则是曲笔，是"用冷静和

---

① 鲁迅：《〈中国新文学大系·小说二集〉序》。
② 鲁迅：《致陈烟桥》，《鲁迅全集》第12卷。
③ 王鲁彦：《秋雨的诉苦》。
④ 鲁迅：《〈中国新文学大系·小说二集〉序》。

诙谐来做悲愤的衣裳，裹起来了，聊且当作'看破'"①，也就是说，这是更具现代主义色彩的曲笔达意方式，"但在玩世的衣裳下，还闪露着地上的愤懑"②。应该说，各种手段之用本身并无什么优劣短长，只是作家表达方式上各有自己选择而已，但相对而言，前两种方式更具直接性和宣泄性，后一种方式表现力更具厚重感，类似于传统文论所谓的"以乐景写哀，以哀景写乐，一倍增其哀乐"境界③，因而更宜于表现一种现代理性。

另外，从鲁迅实际创作来看，他是十分讲求乡土文学所应该具有的理性深度与人文历史蕴含的，而他对柔石、叶紫、萧军、萧红、艾芜、沙汀等人创作的评论，更明确表露了这一乡土文学观念。茅盾对所谓"农民小说"所提出来的要求也表明，乡土文学除在表现特殊的风土人情之外，还应该表现"普遍性的与我们共同的对于运命的挣扎"，应该"在悲壮的背景上"加上"美丽"④，而且他似乎特别看重一种时代历史内容，要求乡土文学不能仅仅为了猎奇。鲁迅同样表现了对民族文化批判功能与乡土文学作家理性思考、乡土文学作品阶级性、战斗性、时代性、民族性的重视。在《革命时代的文学》《文学和出汗》《柔石作〈二月〉小引》《"硬译"与"文学的阶级性"》《我怎么做起小说来》《叶紫作〈丰收〉序》《白莽作〈孩儿塔〉序》等一系列文章及致力于译介弱小国家文学作品的实践中，很清晰地表明了他对乡土文学应有的社会功能及人文历史蕴含的倚重和强调。

最后，从上述述评可以看出，鲁迅对乡土文学的要求与界定是很全面的，它不仅对同时代的乡土文学创作起到积极的指导作用，也对整个20世纪乡土文学观念产生了深刻影响。当然，鲁迅在做出这一系列理论界定的时候，其主要依据是他所处时代的实际创作，他没有对这一存在的未来发展及所具有的艺术潜力做充分估计，对有些相关理论问题也并未作系统深入的理论阐述，但是，作为一名主潮作家，他的感受力的精锐与思辨的穿透力，已经使人们对乡土文学的认识站立于很高的起点之上。

---

① 鲁迅：《〈中国新文学大系·小说二集〉序》。
② 同上。
③ 王夫之：《姜斋词话》。
④ 茅盾：《关于乡土文学》。

二 鲁迅乡土小说的理性深度与人文历史内蕴

"有一回,我竟在画片上忽然会见我久违的许多中国人了,一个绑着的是替俄国做了军事上的侦探,正要日军砍下头颅来示众,而围着的便是来赏鉴这示众的盛举的人们……从那一回以后,我便觉得医学并非一件紧要事,凡是愚弱的国民,即使体格如何健全,如何茁壮,也只能做毫无意义的示众的材料和看客,病死多少是不必以为不幸的。所以我们的第一要著,是在改变他们的精神,而善于改变精神的是,我那时以为当然要推文艺,于是想提倡文艺运动了。"①"所以我的取材,多采自病态社会的不幸的人们中,意思是在揭出病苦,引起疗救的注意。"② 鲁迅的确是怀着一颗悲哀的大心,在对"病态社会的不幸的人们"表示深深同情和深厚悲悯的同时,流露出忧愤深广、宏廓犀利的悲剧意识。有人说阅读鲁迅感觉很累,那是因为他不了解鲁迅所身处的那个时代的悲哀有多沉重,那是因为盯着"精品"与"休闲"的人们背负着物化负累而忘却了使命!在鲁迅的视界内,乡土地上不幸的人们所承载的苦难与沉重(物质的和精神的双重负累、历史的和现实的双层重压)已然走近极限,封建礼制文化的"吃人"本质、国民积弱与冥顽不灵的人性丑陋、乡土人生的悲哀、专制的阴森等一类精神负累与荒原气象已使乡村世界留不出什么轻松的空隙,在这样非人间的浓黑的悲凉布景上,所有的只是令人窒息的沉重和衰亡民族的默无声息。正是这一文化动因,使鲁迅坚毅地立于旷野,向历史、向社会、向人性发出了战斗的"呐喊"!

鲁迅乡土小说的理性深度在于,其审美价值取向趋向于将悲悯与忧愤上升为凝重的悲剧意识,把乡土人生的展示立体化为对产生痛苦的本原的内省与拷问。作为大地之子,鲁迅同样与文化的故乡存在着无法割裂的精神纠结,而作为思想的巨子和文化先驱者,他所怀有的是阔大的文化心胸与文化器识,所体现出来的是一种对于乡土不幸人生的大悲悯、大深刻,是无泪的歌哭,是痛定之后的长歌当哭,是透射着理性的冷峻的悲剧意识。从《呐喊》到《彷徨》,从精神的病苦到灵魂的震颤,都表述着一种悲剧体验。悲剧来源于痛苦,痛苦来源于人生有价值的东西的毁灭,毁灭

---

① 鲁迅:《〈呐喊〉自序》。
② 鲁迅:《我怎么做起小说来》。

呈露于社会的历史的人性的各个层面的各类"恶心",这就是鲁迅乡土小说的一种内在的认知结构和体现的理性深度。

对于乡土苦难,鲁迅较少做出某种形而下的展示,更多的是一种体察或某种象征图示,通过这一类体察或象征,通过那些从乡镇走来的一个个"这一个"的面影,人们所看到的和体味到的已不是具体的乡镇人生,而是出于乡土但又已经超越乡土的形而上意义,所引发的是灵魂深处的强烈震撼。具体来讲,鲁迅乡土小说所呈露的各个层面的各类"恶心"及由此而产生的悲剧体验与文化反省大体可以归纳为四个方面。

首先,是"曝光"鲁镇停泊千年的那只乌篷船中暗藏的残忍与阴谋。"丁举人"是读书求仕的"成功者",用鲁迅的话来说就是暂时做稳了奴隶,因为侥幸到达了预设的终点——举第为官,权势俱备,于是成为封建科举文化的自觉维护者。相对而言,孔乙己的运气就差多了。一场科举考试将一些人推到权要之位,也将一些人掷向生活的底层,构成社会两极端点——上层统治阶层与下层零落群体。这样形成的便是冷酷而复杂的社会关系了。"丁举人"只因中举做官便有钱有势,但他不仅没有同情、照顾失意落魄的同道之人,相反得理不饶人,将孔乙己往死里打,致使孔乙己腿残,而后在孤寂中默默死去。"丁举人"所引发的"恶心"体验与悲剧震撼在于,作为科举制度的"硕果",其"成功"绝不是因为他所学的东西比孔乙己于国于民有用,而是他具有的腐朽无用的东西更多,正是靠这些无用的"知识"才中举及第,成了封建文化的精英人物,因此,本质上讲,这是一个具有否定意义的人物。这个人物从未正面出现,但却无处不在,似阴魂笼罩在小镇的天空,攫俘着镇上人们的灵魂,甚至成为集体的价值标准,这不能不让人感受着一种刻骨铭心的悲哀。而"鲁四老爷"们所给予人们的体验,则是浸透骨髓的阵阵寒意了。这位"讲理学的老监生",封建道统的铁卫士崇尚的是"事理通达心气和平",骨子里却一点也不肯与人为善,不光对社会变革的事实极为反感,一有机会便"大骂其新党",就是对一个乡村普通妇女极其低微的求生要求也不肯满足。可以说,祥林嫂悲剧与其是叫两个"死鬼"的纠缠造成的,毋宁是鲁四老爷这一乡间活魔给逼的。"鲁四老爷"所蕴含的悲剧体验还在于,这是一缕不死的阴魂,一缕附体于整个世纪的固执的阴魂,一旦缝着合适的气候和土壤,它就要还魂,就要站出来叫嚷这也不许那也不行!由此,我们也可以看出鲁迅的伟大的确就在于,他所具备的悲剧意识和批判力量已经突破了时代与乡土的阈限,他所以能够以文化巨人的姿态站立,就因为思想的穿透力和对人类精神现象的揭示所展现出的永恒意义。在《离婚》中,鲁迅则寻找到一个特殊视角展开了深刻的社会批判。"爱姑"的婚变是一个具体视角,"七大人"的调停则使婚姻矛盾得以最终解决,在这场纠纷中,庄(娘家)施(婆家)两家以及"慰老爷""七大人"之流,手中所凭借的解决纷争的武器全部是封建礼教,是道统文化弥合了封建家族裂痕。鲁迅对这类腐恶的灵魂毫不留情地予以解剖、杀戮,把庄、施两家会见,写成一个表里不一、形神相离的喜剧性场面,这个场面上充斥着虚伪、矫揉造作和上流社会的空虚、腐朽、堕落,显示了深刻的否定与批判力量。

其次,是对愚弱国民和麻木民众表达一种深深悲悯与深刻批判。一方面,对于"病态社会的不幸人生",对于乡村民众经历的苦难和背负的沉重,鲁迅给予了深深的体谅和同情,另一方面,对于冥顽不灵的乡村丑陋,对乡村民众的麻木、愚昧,则给予了深刻的解剖、批判,痛切地提示了"中国人向来就没有争到过'人'的价格,至多不过是奴隶"[①]这一悲剧体验。在《祝福》中,围绕鲁四老爷家的四次"祝福"这一年俗活动,透视了"祥林嫂"这一普通乡间妇女的悲苦人生和沉重的精神负累。鲁四老爷教会了鲁镇人关于生活与生命的一切,也支配着鲁镇人的一切人生,而鲁镇人似乎也心甘如饴地接受着这一切,一切也就维持着一种奇怪的"和谐",一旦偏离了这一"和谐",便陷入一个怪圈,永无解脱之日。祥林嫂就是偏离这种"和谐"的人群中的一个,因为她于祖宗不洁,所以被鲁镇的权威视为"谬种",而一旦被"权威"视为不干不净的罪人,所有寻求解脱的努力也便成为徒劳。问题其实又简单得惊人,祥林嫂也根本没必要去付出捐门槛之类于事无补的努力,只要鲁四老爷轻轻地点一下头,说一声:"祥林嫂,摆碗筷罢。"祥林嫂马上就可以得救了。但是问题哪里会如此简单呢?鲁四老爷哪里肯如此苟且呢?所以,祥林嫂的唯一出路就只有悄然死去(反抗是不太可能的),只能作为天地圣众歆享的一份牲醴——"吃人"礼教的祭品!至于"孔乙己"式的迂腐、"闰土"式的隔膜、"华老栓"式的愚昧、"单四嫂子"式的无望的"明天""阿Q"式的"革命"……所给予人们的寒噤与悲哀,同样要使人压迫到近于

[①] 鲁迅:《坟·灯下漫笔》。

窒息了!

再次,是"玩世"式地"看破"了渗透到乡村世界近代革命的悲剧本质,由此体现深刻的社会批判意识。继《药》中对夏瑜那种单枪匹马式的革命的叹惋与对新的救国良方的期待之后,鲁迅又较直接地在《风波》中通过辫子问题思考了辛亥革命失败的原因——产生悲剧的根源问题。《风波》以1917年张勋扶植清废帝溥仪复辟这一历史事件为背景,描绘了这起短命的政治丑剧在江南水乡引起的一场带戏剧性的"风波"。农民出身的船工七斤在辛亥革命时被强行剪去辫子,皇帝坐龙廷的消息传来后,作为封建势力代表人物的茂源酒店主人赵七爷借机报复,声言失去辫子理当杀头,大发淫威,可见一条辫子比一颗脑袋更有价值——在主子的奴隶们看来就是这样。辛亥革命并没有被除笼罩在村民心头的魔影,赵七爷这样的乡绅依然称霸乡里,他的一句话几乎就成了这个偏僻乡村裁定人们吉凶祸福的法律。而更具悲剧意味的是,七斤根本不明白,也无意去弄明白为什么会有这场使他丧魂落魄的风波的根由,七斤和七斤们更在意的是女儿摔破了一个瓷碗,至于谁坐龙廷实在是不关他们痛痒的事!尤具讽刺意味的是,小说结尾,七斤的女儿六斤按照祖传老例裹脚,一瘸一拐地捧着补了十八个铜钉的旧碗做着千古不变的家务活,这一暗含机巧的煞尾使全篇的批判性陡然增加了分量。在《阿Q正传》中,鲁迅更立体、更复调式地展开了对以社会历史批判为主体,同时包含了对人性、民族文化积淀的负面作用等等的全方位的否定与批判,从而对辛亥革命作了更为严峻的批判。辛亥革命在未庄的本质,就是砸了静修庵那块"皇帝万岁万万岁"龙牌,随手抄走了观音娘娘坐前的一个宣德炉,未庄"革命"的本质就是换了一个招牌,饱了几个私囊,除此而外,并无丝毫变动。未庄"革命"的本质还表现在阿Q就是阿Q,他至死也未褪尽流氓无产者习性,虽说"革命"的愿望很强烈,动机却不甚崇高,"洋先生"也并不许他"革命"。所以,农民解放才是中国革命的根本所在,土地问题才是革命的核心问题,未庄的"革命"哪里顾得了这些呢?

最后,鲁迅乡土小说表现了面对现实"恶心"而导致的改造现实和向美的文化故乡实现精神回归的强烈愿望。即以《故乡》来讲,记忆中的故乡(文化理念中美的"故乡"范型)与现实故乡反差如此强烈:"阴晦""苍黄"的底色,"悲凉"的基调,"萧索"的构图,"冷风"的点染,浓缩为一种深重压抑。为什么会这样呢?鲁迅的解释是因为"没有什么好心绪",这一解释在突然间袒露了一颗悲哀的大心——看看那个被民间与王权两头遗弃的孔乙己,看看单四嫂子无望的"明天",看看"七斤"们对于时代的漠然,看看祥林嫂们的一身鬼气……谁还会有什么好心绪!流贯在这类悲剧形态中深刻的悲剧体验,是衰亡民族的默无声息与同道难觅的孤独茫然。此时,鲁迅表明了两种倾向。一种是表现了对新的救治良方与社会变革的热切期待。他最不希望看到的是衰亡民族的默无声息,感到最苦痛的是"梦醒了无路可以走"①,因此,在《药》中,他"特地挑选处于《百家姓》二十姓以后的华、夏二姓,而华、夏又为中华民族的代称,这就隐喻着他要探索中华民族的命运,以'药'为题,也暗示人们去思考救国良方"②。在《药》的结尾,夏瑜坟头出现一个红白相间的小小花圈,使人们在悲哀与沉重之中看到一些亮色——准确说是作家本人更希望有如此亮色!在《故乡》中,鲁迅明确地表示了"宏儿""他们应该有新的生活,为我们所未经生活过的"。而在《长明灯》中,则更直接地通过"疯子"要吹熄吉光屯社庙里梁武帝时就已点起的长明灯,及至因不准吹熄而放言要"放火"烧毁整个社庙的象征图示,表明了作者自己的一种决绝态度。与这类变革期待相对应的另一种态度或倾向则是向美的故乡的逃离态度,具体讲是向童年记忆中透射着金黄而静穆的光的故乡的精神回归态度。尤其在《社戏》中,鲁迅空前绝后地展示了自己的乡土小说中最为轻松亮丽的乡土一角,而这一角很快便被定格为一种精神范型。此处的悲剧意味在于,回归故乡的本质是伤感的,是人生命运途程中的心灵暂憩,是无由抵达的精神彼岸。

鲁迅乡土小说的文化意义早已超越了"乡土"这一形态本身而深化渗透到社会历史的广阔人生。因此,对于这样一部关于生活乃至宇宙人生的"大书",我们的确无法穷尽其蕴藏的精神要义,所能做的,唯有面对这一寓言状态而各自用心,体味一份"我之所得"而已。

三 鲁迅乡土小说的文体意义

鲁迅乡土小说的发轫意义是全面的,由以鲁迅式的人格力量、文化情怀与批判理性为主导品格形成的"鲁迅风"给世纪乡土文学的烛照、影

---

① 鲁迅:《坟·娜拉走后怎样》。
② 杨义:《中国现代小说史》(第一卷),人民文学出版社1986年版,第162页。

响是全方位的。

　　严格意义上的鲁迅乡土小说文本大抵只有《孔乙己》《药》《明天》《风波》《故乡》《阿Q正传》《社戏》《祝福》《长明灯》《离婚》这样10个，这10个文本却创造了起点很高的文体模式（包括思想内容、思维方式、文化蕴涵、艺术形象塑造等，此处并不单纯指向某种形式因）。其实，说鲁迅乡土小说提供了文本模式也是不确切的，因为它们给予20世纪中国乡土文学的影响呈现为一种潜在的、无拘束的隐形力量，至于有的作者自己要做出硬性模仿，那也许是因为他们并未揣摩到鲁迅的精髓和要义，没有融会这一影响而进行再创造的缘故。真正好的影响不是皮相的模仿，而是经过转化形成的新的精神能量。刘绍棠谈到这一影响时的体会很能说明问题："我的生活经历，使我对鲁迅先生的《风波》和《社戏》感受最多，也最深刻。在我写作中篇小说《蒲柳人家》的时候，从《风波》和《社戏》中所得到的潜移默化，暗暗起到很大作用。《蒲柳人家》并无模仿或脱胎于《风波》和《社戏》之处，在整个写作过程中，也没有想到过《风波》和《社戏》。然而，自从我11岁读了《风波》和《社戏》之后，鲁迅先生的小说的艺术情趣，几十年来对我的影响根深蒂固，不知不觉地便流露出来，我要把读者带进我的童年时代的运河滩，被我的家乡的风光所迷醉，为我的乡村的美德所感动，只有我也返回童年时代，充当读者的向导。《蒲柳人家》中那个扮演穿针引线角色的顽童何满子，我便是他主要的生活原型。我想，这可能是从《社戏》得到引发。不过，读者并不是从平桥村乘白篷船，月夜到赵庄看铁头老生翻筋斗，而是到运河滩上感受京东的乡情。"[①] 相比之下，"S会馆"的那群小同乡们则往往对他们的"绍兴师爷"做了硬性模仿，终于因此而露出斧凿痕迹。可见，鲁迅乡土小说所给予一个世纪乡土小说的意义（非简单硬性的模式）只是一种"潜移默化""暗暗地起到很大作用"的意义。

　　首先，鲁迅乡土小说凸显出作家继承传统乡村情感传统和士人忧患传统并融合时代理性而形成的现代文化品格与人性力量，一种大爱怀抱和使命意识构成了永远的文化浸染与精神烛照。鲁迅首先是人格的楷模。"鲁迅的骨头是最硬的，他没有丝毫的奴颜和媚骨，这是殖民地半殖民地人民最可宝贵的性格。鲁迅是在文化战线上，代表全民族的大多数，向着敌人

[①] 刘绍棠：《我是刘绍棠》，团结出版社1996年版，第42页。

冲锋陷阵的最正确、最勇敢、最坚决、最忠实、最热忱的空前的民族英雄。"① 这一略显政治化的定性的确很本质地概括了鲁迅的基本人格特征，而透视这一特征的基本切入点仍然离不开乡土。探究鲁迅人格形成及其思想根源时，离开了有关他对农业中国的基本态度与基本观念的考察，就很难得出实事求是的结论。就他与乡土中国的情感联结与文化渊源关系来讲，显然呈现出某种二元悖反现象。作为大地之子，他与文化的故乡有着无法割裂的精神纠结，他一样有着不可开解的恋乡情结，关于这一点，有的学者就曾列举了一个实证：鲁迅写作《风波》时恰恰是北京目睹张勋复辟，并脱离教育部到东城避难的时候，但他并没有去写北京的巷战兵祸，不写个人的外感内伤，却把自己一枝金不换的笔伸向山川悠远的江南水乡，可见他对农村的劳苦大众怀有一副赤心热肠，对其苦难和命运是无日不在关注着的。② 但是，作为思想的巨子，鲁迅毅然放逐了乡土之恋，直面惨淡的人生，选择了理性审视，背负着"揭出病苦，引起疗救的注意"的沉重使命，走进历史文化深层，用他特有的峻切犀利的解剖刀去杀戮一个个腐恶的灵魂。因此，在鲁迅看来，所谓乡土，注定只是一种物质载体，而非终极价值取向。当解决上述悖反冲突时，鲁迅将一种传统乡村情感升华为一种大爱胸怀，在悲悯与忧愤的总体格局中，理性主宰基本占了上风。这一人格与意志力量对于乡土文学创作是非常必要的。如果首先不是怀着对乡土地的深沉的关爱，就无法真正融会到乡土人生中去，就不能获得真切的艺术感受，而如果不能站立于一定的历史的理性高度去审视乡土人生，则往往要放纵自己的感伤与爱恋，显示不出真正大气的品格力量，这一点也是为整个世纪乡土文学实践（无论成功与否）所证明了的。

其次，由《故乡》《社戏》《祝福》《明天》等乡土小说形成了极大地影响后来乡土文学创作的特殊文化情韵与文本风致。这类小说已被人们视为一种传统，一种特有的文化情感传统，它所体现的是一种人道主义式的道德关爱，而在乡土文学文本生成方面则已成为一大范型。《故乡》即是具有典范意义的乡土小说，它流露出对闰土式农民自上而下的人道主义同情，也为知识者与下层平民之间存在的文化隔膜而寒噤不已。这里存在

---

① 毛泽东：《新民主主义论》。
② 参阅杨义《中国现代小说史》（第一卷），第172—173页。

着一个潜在的价值效准,即在与"杨二嫂"所代表的小商业文化的对比中,传统农业情感起着更重要的支配作用——作为士文化代表的"我"是无论如何也不会像厌恶尖酸势利的土商人杨二嫂那样去厌恶淳厚如泥土的闰土的,对于闰土,他只有哀怜和期待,闰土的变化所引起的只是失落和怅惘,绝不至于产生厌恶。《社戏》与《祝福》《明天》等也采用了这一效准作为视角。《社戏》与《故乡》都回忆了童年的故乡生活,勾画了一个金黄色的童话的世界:"深蓝色的天空中挂着一轮金黄的圆月,下面是海边的沙地,都种着一望无际的碧绿的西瓜,其间一个十一二岁的少年,项带银圈,手捏一柄钢叉,向一匹猹尽力的刺去,那猹却将身一扭,反从他的胯下逃走了。"(《故乡》)"我于是日日盼望新年,新年到,闰土也就到了……第二日,我便要他捕鸟。他说:'这不能。须大雪下了才好。我们沙地上,下了雪,我扫出一块空地来,用短棒支起一个大竹匾,撒下秕谷,看鸟雀来吃时,我远远地将缚在棒上的绳子只一拉,那鸟雀就罩在竹匾下了。什么都有:稻鸡、角鸡、鹁鸪、蓝背……'我于是又很盼望下雪……"(《故乡》)"两岸的豆麦和河底的水草所发散出来的清香,夹杂在水气中扑面的吹来;月色便朦胧在这水气里。淡黑的起伏的连山,仿佛是踊跃的铁兽脊似的,都远远地向船尾跑去了,但我却还以为船慢……月还没有落,仿佛看戏也并不是很久似的,而一离赵庄,月光又显得格外的皎洁。回望戏台在灯火光中,却又如初来未到时候一般,又缥缈得像一座仙山楼阁,满被红霞罩着了……离平桥村还有一里模样,船行却慢了。摇船的都说很疲乏,因为太用力,而且许久没有东西吃。这回想出来的是桂生,说是罗汉豆正旺相,柴火又现成,我们可以偷一点来煮吃的,大家都赞成,立刻停了船;岸上的田里,乌油油的便都是结实的罗汉豆……"(《社戏》)这真是一个色、香、味、趣等齐全的纯净得透明的童话世界,是立于传统情感基础上的古典意境的再现。这里,一切都"好象是和平的神话里的材料"[①],连天空的那一轮圆月,也生气勃勃地跳脱着各种欢悦的姿态。《祝福》《明天》等的色调就显得凝重多了,但在思想内蕴方面则仍然同前者一样,表现了一种道德层次的悲悯与关爱,与传统的渊源关系也甚为密切。这两类文化态度形成了两种基本的文体生成格式,由此也形成相互有别的风致格调,即一种较为灵动清新,具有更多

---

① 郁达夫:《还乡后记》。

古典浪漫情怀,另一种凝重沉郁,更富现实批判激情,两种风调共同构成特殊文化情韵范型。

再次,由《狂人日记》《孔乙己》《药》《风波》《阿Q正传》等乡土小说文本构成一种理性批判式范型,这一范型以其思想的深刻性和艺术的现代性给予后来乡土文学以影响和启迪,因而是一种更高层次的艺术表现形态,也是人们感到不太容易达到的一种艺术高度。一般认为,整个20世纪中国乡土文学发展中存在着一个所谓"阿Q家族",先后出现了一系列"阿Q"形象,较具代表性的有鼻涕阿二(许钦文《鼻涕阿二》)、阿长贼骨头(王鲁彦《阿长贼骨头》)、天二哥(台静农《天二哥》)、运秧驼背(王任叔《疲惫者》)、白眼老八(王任叔《孤独的人》)、骆毛(蹇先艾《水葬》)、侯七(张宇《活鬼》)、陈奂生(高晓声《陈奂生上城出国记》)等。这一系列"阿Q"并不意味着可以进行某种简单复制,虽然同属一个家族,也不能"克隆",而只能是"娘生九子,各各不一",否则,艺术上就是失败的。当然,"家族"的基本特征,或者说,潜存在血脉中的某些内在基因,基本的生命组织形式还是起作用的,所以,我们仍然能够看到阿二、阿长、陈奂生等人物身上潜存的阿Q这一共同"祖先"的胎记,这就是一种内在血脉,即鲁迅小说提供的又一种范式。他在以故乡绍兴的乡村和小镇为背景进行人物刻画和命运写真,吸引来自五湖四海的乡土文学作家群的同时,又以一种批判理性超越了道德情感层次,将一种文化情怀上升为具有泛意义的文化批判,从传达一定的人文历史内涵上升到引发充满理性之光的强烈的思想震撼。这也就使乡土文学一下进入一个很高的层次,能否进入这一层次也就成为判别艺术品高下的基本尺度。当然,这里并不是说《故乡》与《祝福》的传统就是等而下之的,不是只有理性的批判传统才能构建上品,实际上,无论情感层次还是理性层次,都可以构建乡土文学艺术上品。在这个问题上,有些学者的认识是存在某种误区的。他们认为后来的乡土文学作家之所以很难达到鲁迅的高度(按其本来的说法是后来的乡土小说作家为什么不能与鲁迅同日而语),原因就在于这些作家思想上只能囿于《故乡》《祝福》式的内涵表现,原因就在于不能达到《阿Q正传》那样的思想力度。[①] 诚然,《阿Q正传》是达到了很高的艺术高度,主要也确实是因为

---

① 丁帆:《中国乡土小说史论》,第38页。

具备了一定的思想力度才有了这样的高度，但我们并不能因此就对《阿Q正传》所具有的人性深度和情感震撼的能量等一类艺术存在装作视而不见，而且，这一认识隐含的一个结论或一种对比就是，《故乡》《社戏》这一范型是劣于《阿Q正传》范型的，因为它只能表现某种内涵，而不能体现出思想力度！这种认识显然是有欠公允的。另外，我们特别强调了，文化批判本来就是一个较宽泛的范畴，谁能说《故乡》《社戏》等创作之中就没有隐含着现实文化批判呢？还有，我们也强调了，文化批判本身并未规定某种简单模式，每个人的思维视角与识见或器识、胸怀等本来就允许存在差别或区别，况且，一定的思想力度也可能还是要考虑到不同时代的要义，所以，谈鲁迅乡土小说的影响与文体意义，不能自相矛盾，更不能犯静止的、片面的和教条的错误，不能将鲁迅范型模式化为外在尺度，而只能将其内化为一种潜在器识。

最后，鲁迅乡土小说的文体意义还表现在地域色彩与风俗画之类文体特征及叙事的童年视角等具体建设方面。作为一位乡土小说的伟大实践者，鲁迅为乡土小说提供的不仅仅是深邃的哲学文化批判意识和博大的文化襟怀等风格因素，还有颇富个性的地域文化特色，这种固有的"个性的土之力"（周作人语）就使流贯着的作家人文意识与理性观照有所附丽，从而也成为乡土文学的基本文体特征。在鲁迅乡土小说中，吴越农村的乡土气息不仅极有魅力地展示了人物的特定性格，同时给人的审美情趣也是韵味无穷的。《孔乙己》《药》《风波》《阿Q正传》《社戏》《祝福》等杰作中对绍兴古镇的景物、风习、摆设、服饰、土产……的描绘，多年来已使人们将其沉淀为温馨的文化记忆，甚至连"咸亨酒店""茴香豆"等地方风物，也依然生动灿烂在今天的街市，令现实途程中的人们常常驻足，求得"一碟"久违的文化，与抽着雪茄、有着慈爱的笑的先生开始心灵的对话……

童年视角是一种全过去时态视角，它比较适宜于表现明丽轻松的美好情景及原初的纯粹本真等内容，其哲学根柢仍然基于一种回归理想。童年只是一种象征图示，是一种美好，同时又是一种忧伤——人，毕竟不可以再回到童年！于是，童年便只能转化为一种理想形态的一个指称，所谓"回家"，也便包含了关于童年记忆的心灵畅游。因此，从本质上讲，童年视角所关涉的仍然是现实人生，是理想对现实的一种烛照。当然，作为艺术视角的一种，童年视角肯定是有局限的，鲁迅也只是偶一为之。事实上，他采用最多的是现在与过去时态并存的叙事方式，在不断的"闪回"中展现人事历史的变迁，这种交错时态也给现代"还乡"之作开辟了一个叙述视角。另外，鲁迅还是最早的现代艺术实践者，第一篇乡土小说《狂人日记》就借鉴了象征主义、印象主义、神秘主义等表现方法，这一点也使得20世纪中国乡土文学从一开始就有了多样化的艺术实践，正是鲁迅自己的一系列出色创造，使乡土文学一开始就显示了成熟的文体特点。

第三节　发生期乡土文学要略

假如不是那样拘谨的话，乡土文学发生可以说是经历了较长历史时期的。即以乡土小说门类来讲，由平民化运动与相应理论倡导等形成的巨大合力的催化，终于出现了以鲁迅为中坚的最初的乡土文学实践。作为对鲁迅的创作呼应，初期为人生的问题小说作家也因为反映下层平民问题而创作了大量乡土小说。最初的这种乡土文学实践很快引发了另一种回应，即文学研究会麾下的一些成员创作的乡土小说与更直接受到鲁迅影响而形成的乡土写实小说流派创作的乡土小说终于使乡土文学成为普遍的事实，并由此而最终实现了乡土文学的全面发生。

一　乡土小说作为"为人生"的"问题小说"之一种

习惯上，人们总是将初期"问题小说"及"五四"以后的"人生派小说"同"乡土写实派小说"进行了严格的区分划类。实际上，这一做法是不甚科学的，因为"问题派"也好，"人生派"也好，他们当中许多作家都是从广袤的农业社区进入了繁华喧嚣的都市，在封闭落后的封建宗法制度和光怪陆离的城市文明的冲突中，他们更深切地体会到下层社会的不幸，尤其是乡间的悲苦人生与关于乡土地的惨痛记忆。因而，作为对鲁迅乡土小说创作的呼应，他们也从一开始就是致力于乡土小说创作的。如果把这类反映农村苦难的乡土小说拒斥于乡土文学门外，就等于否定了这类小说的乡村平民问题性，而这也就等于将鲁迅乡土小说及其在乡土文学史上的地位一并否定、消解了。因此，对于这类与乡土文学独立品格默然神合的乡土小说是不能够忽略的。

小说界革故鼎新的最初成果，是"为人生"的"问题小说"的兴盛，鲁迅的启蒙主义——平民主义文学似乎也可以纳入这一范畴，这样一来，乡土小说（反映乡间的死生与病苦，披示乡村积重，唤起乡村民众的小说创作）就在客观上具有了举足轻重的地位——乡村世界乃农业文明古国的最大部分！

从成立于1918年冬的"新潮"社来讲，其主要作者汪敬熙（1897—1968）、杨振声（1890—1956）、叶绍钧（1894—1988）等基本上是以乡间苦难作为艺术的关注视点的，他们是紧接着《狂人日记》之后最早创作乡土文学的一群作家。严格地讲，汪敬熙的《雪夜》（《新潮》1919年1卷1号）应该是现代中国乡土文学的开篇之作（《狂人日记》还不是严格意义的乡土小说），它通过一个贫苦家庭披示"苦人的灾难"①，从人道主义同情的角度诉说了一个普遍关心的穷苦人们悲惨命运的故事。《雪夜》之后，汪敬熙还在《现代评论》上发表又一乡土小说《瘸子王二的驴》，显示了作为乡土文学先驱人物的最初成就。汪敬熙之后，是杨振声。他在《新潮》上的乡土小说有《渔家》《贞女》和《磨面的老王》，以《渔家》最具代表性。渔民王茂，遇上连天风雨，不能出海打鱼，家里已有两天揭不开锅了，妻子儿女经受着饥饿煎熬，即便这样也不敢动用准备交渔旗子税的两块大洋，结果，雨水冲倒了破房的后墙，砸死了他的儿子，妻子晕了过去，自己也被逼税的水警抓走，家中唯剩可怜的女儿的哭声凄厉在风雨交加的暗夜里……《贞女》则写到一个少女嫁给一个木头牌位，最后由绝望而自杀，突出了乡间习俗的冷酷，艺术上也已显示出较成熟的品格。"杨振声是极要描写民间疾苦的"②，因为他从小在家乡蓬莱度过，对农村现实黑暗和劳苦大众的悲惨境地有着极为深切的感受。叶绍钧也以《一生》《低能儿》而开始了对生活在最底层的劳苦大众牛马人生的冷静谛视，这一努力使他的创作超越了那种形而下形态的苦情渲染，使乡土文学具备一种理性审视品格，因而，他在"新潮"作者群中较早呼应了鲁迅的文化批判。

即使像冰心这样与乡土文学没有什么关联的问题小说作家，也偶尔要将其艺术笔触伸向乡土地的悲苦人生，足以见得开创期乡土文学影响之大

---

① 鲁迅：《〈中国新文学大系·小说二集〉序》。
② 同上。

了。一篇《还乡》，通过国民政府局长以超"还乡"的心理活动和具体行为的描写，展示了农村的贫困化、愚昧化、落后化事实：尽管已经"民国"多年，农民的物质生活与精神面貌仍未出现丝毫变化，积久的封建旧习仍盘踞着农村文化中心，宗法思想观念使苦难的人们对以超表现了令人心寒的恭敬，希望这位"救命菩萨"能拯救他们脱离苦海，而建立在这一心理基础上所表现出来的善良、淳朴则使人更多地感受到一种不适！与《还乡》中愚昧的一群所不同的是，《三儿》以更多笔墨凸显了穷苦人民的骨气。三儿是个拾破烂的穷孩子，为了活命竟去靶场拾弹头，结果中弹。毫不讲理的军官不仅不承担责任，反而斥责三儿"不认识字"！三儿毫不乞怜，咬着牙站起来，同母亲一道背着筐回家，由于无钱医治，终于死去。通过这一悲剧，小说对封建制度造成的社会贫困化与惨无人道的兽性进行了血泪控诉，同时也毫不客气地触动了乡村乃至整个社会问题的某些本质方面。

以《小说月报》为核心的文研会诸作家的乡土小说创作则已达到相当高度，取得了很大的艺术成就，对此，茅盾曾有过非常精到而概括的评述：

> 我们看见了……描写年青而好胜的农村木匠阿贵的悲哀的《乡心》（潘训，《小说月报》13卷7号），我们又看见了很细腻地表现了卖儿女的贫农在骨肉之爱和饥饿的威胁两者之间挣扎的心理的《偏枯》（王思玷，《小说月报》13卷第11号），我们又看见了巧妙地暴露世俗所谓"孝道"的虚伪的《两孝子》（朴园，见同上）。这几篇，不但在题材上是新的东西，就是在技巧上也完全摆脱了章回体旧小说的影响，它们用活人的口语，用"再现"的手法，给我们看一页真切的活的人生图画。……许多面目不同的青年作家在两三年中把"文坛"装点得颇为热闹了。……那时有满身泥土气的从乡村来的人写着匪祸兵灾的剪影（如同徐玉诺），……也有以憎恶的然而同情的心理写了农村的原始性的丑恶（如同许杰）。创作是在向多方面发展了。题材的范围是扩大得多了。[①]

[①] 茅盾：《〈中国新文学大系·小说一集〉导言》。

另外，茅盾也更具体地论述了"这一时期，描写农村生活的作家"所创作的"农民小说"成就，认为徐玉诺小说的"对话是活生生的口语"，潘训的《乡心》"喊出了农村衰败的第一声悲叹。主人公阿贵是抱着'黄金的梦'从农村跑到都市去的第一批的代表"，从中也使我们"看到了近年来农民从农村破产下逃到都市而仍不免于饿肚子的大悲剧的前奏曲"。茅盾还认为王任叔《疲惫者》中的运秧驼背形象同阿贵一样"也是个倔强汉"，但也只是让我们"看见了盲目挣扎者的后半世的下场"，而彭家煌和许杰看待乡土人生"都是纯客观的态度，两个都着眼在'地方色彩'，两个都写了农民的无知"，尤其像彭家煌的《活鬼》，"在这一篇诙谐的表面下，有作者对于宗法社会的不良习俗的讽刺"①。茅盾可以说是文研会诸同人文学创作的知情人了。他对于内部成员反映乡土题材的那一类创作所做的概览和点评，较准确地把握住了文研会乡土文学创作的实际。文研会作家普遍地关注社会人生的结果，必然会促使他们进一步关心构成中国社会生活主体的农民的人生，必定会出现较成熟的乡土文学，因此，人生派出现乡土文学创作不是偶然的。这种乡土小说与鲁迅描写农民生活的杰作相呼应，与乡土写实小说流派相勾连，在鲁迅及其他先行者激励下，在关注乡村命运前途的旋律中，人们产生了心灵与创作的和谐共振。

除上述茅盾提及的创作之外，人生派从事乡土小说写作的同人中还不能忘记叶绍钧、王统照（1879—1957）、许地山（1893—1941）等人。同五四时代的乡土题材创作一样，叶绍钧继续使用着人道主义武器，冷静谛视着他所了解的乡土人生。当然，他的创作成就主要体现在反映乡村教育生活方面，农民题材并不是他的主要摄取对象，但从《阿凤》（《一生》姊妹篇）、《晓行》《悲哀的重载》《潜隐的爱》《某镇纪事》等有限的几篇来看，作者对农村社会与农民精神本质的把握仍然是很准确的。相对而言，王统照乡土小说具有更成熟的现实主义特点，对生活的体验也更为细腻具体，而这一特点的形成是与作家现实人生经历及创作观念发展变化所给予的影响分不开的。最初，他也曾站立于人道主义立场，认真鼓吹着"爱"与"美"，但是，战争的威逼与生存的困窘使他越来越真切地体会到爱与美之类空想的乏力，加之鲁迅创作的启示等因素的影响，他终于转

---

① 以上所引均见茅盾《〈中国新文学大系·小说一集〉导言》。

向了现实主义，长篇《一叶》（1922）、《湖畔儿语》（1922）、《黄昏》（1923）就是这一转变的最初标志，而到了《沉船》（1927）、《刀柄》（1928）、《山雨》（1933）那里，则表明他已经趋于一种成熟的现实主义。与王统照现实主义道路相类似的是许地山。他在创作早期也是站立于人道主义旗帜之下，通过带着浓郁的南国风光、异域色彩的传奇经历表达他对人的问题的艺术思考。《命命鸟》《缀网劳蛛》《商人妇》《换巢鸾凤》等一类小说就题材而言，自然不能说是取自乡土的材料，但从内在质地上来讲，却恰恰就是属于乡土文学的。我们知道，乡土文学并不意味着只是一种农村题材文学，它既可以是作家站立于一定的文化立场对乡村文化空间的审美观照，也可以是站立于一种乡土民间文化立场而对非乡土文化空间的特殊审美观照。这中间，一定的乡土意识（就作家创作而言）和乡土神韵（就文本实际而言）才是真正关键的因素。因此，乡土文学并不完全关涉题材问题，农村题材未必就一定会构成乡土文学，而农民视界和识见内的城市、商人、知识者等等内容也不能说就不能构成乡土文学。这类逻辑表述的目的是要证明，天空、海洋、工业、城市等一切皆可以成为乡土文学的表现对象，则与许地山传奇相关的南国风物习俗——热带森林和海岛、椰、榕、槟榔、露兜树和木棉花、"恩斯民"曲调、雀翎舞、粤讴等等一类物象与事象，谁又能说不成其为一种很纯正的乡土文学质地呢？当然，这一类弥散着浪漫气息的"地方色彩"，这样一种"空山灵语"式的特殊风调，与乡土写实主义的气息是有所区别的。浪漫传奇式所关注的不是地方色彩中的民俗文化内容，而是对抗着物化世界的诸多不适的心灵栖息，一种特殊乡野气息和世外风味对现实人生的校对与调试。关于这一点，我们会在废名、沈从文、艾芜、汪曾祺乃至90年代乡土文学群体的创作那里，结合"楚辞"与陶渊明传统作更详细的说明。另外，许地山常常站立于一种宗教文化立场上，其对社会人生的洞察往往带有佛的空明澄澈及道的轻灵旷达，这一特点也表现出一种乡土文学属性，因为，佛道常常是属于民间空间范畴的，其本质往往体现为一种平民主义哲学，也就是说，它们表现的其实是一种更为民间化的神祇和哲学。

许地山后期的创作也转向了现实主义，虽然仍然有前期创作的传奇性，但在总体风格上逐渐趋向于凝实、苍劲。《春桃》是这种现实主义风格的代表作。主人公春桃是一个骨子里极为传统的妇女，其可贵就在于她以柔弱的肩挑起来自历史、现实、社会、人性等等的众多背负，体现了生命的顽强和高贵。《玉官》则以一个女基督徒的经历为线索，侧面地反映了 20 年代的农村现实，艺术上也弥漫着浓郁的民间气息，显示了较本色的乡土小说特质。

创造社成员的文学创作似乎对于乡土人生问题乃至整个外界社会较少表现出直接关联，因为他们更看重主观感受与自我抒情，客观现实界也便往往只是感觉化的世界。就乡土世界而言，创造同人们一般并不将其视为一个贫困、愚昧的所在，相反，与污秽的都市相比，那里倒恰恰是一片祥和闲适的天地。这种对于乡土世界的认识更多地存在于创造社某些乡情散文之中。

二 20 年代的乡土小说派

差不多在"问题小说"兴盛的同时，以侨寓在北京的一批来自浙东、贵州、湖南等地的文学青年为主体而形成的"乡土小说"异军突起，掀起了一股绵延甚久的乡土文学创作潮流，其主要成员有王鲁彦（1901—1944）、许钦文（1897—1984）、蹇先艾（1906—1993）、台静农（1903—1990）、黎锦明（1905—1988）以及前文提到的王任叔（1901—1972）、侨寓上海的彭家煌（1898—1933）、许杰（1901—1993）等。他们大多数都是出身于中小城镇或乡村，而又被生活放逐到了大都市的"流寓者"，未及赶上"五四运动"令人激昂的高潮，却尝够了落潮时的苦闷，目睹了透着腐气的都市，经历了流浪者的落寞，其创作便往往以回忆故乡，描写故乡来排遣内心的愤懑与失望、感伤。谐和着这一情感旋律，这一类乡土小说便更多地关注着乡间苦难，以写实主义笔调再现乡间习俗的冷酷和农村衰败的现实，传达出悲凉乡土地上牛马人生的哀吟，形成了悲凉沉重的基本调性。

乡土小说派的产生，除了文化心理、个人经历、理论提示一类动因之外，在很大程度上，同鲁迅乡土小说实践与文化活动之类影响有更紧密的关系。事实上，"二十年代和三十年代的作者，尤其是北京的青年们，多数是在鲁迅的扶植下，或者受了他的小说的熏陶才从事写作的"[①]，乡土小说派主要代表多数都可称鲁门弟子。他们大都直接或间接地受到鲁迅诱

---

① 蹇先艾：《我所理解的"乡土文学"》，转引自春荣《新时期的乡土文学》，辽宁大学出版社 1986 年版，第 4 页。

掇，受鲁迅影响很深，有人甚至干脆硬性模仿鲁迅，被鲁迅亲切地称为"吾家彦弟"的王鲁彦就是如此。由于他们的小说都自觉靠近鲁迅作风，便有论者将乡土小说派的创作视为"一座纸上的'S会馆'"。① 因此，乡土小说派的创作初衷，是企望达到鲁迅的创作高度，尽管实际情形未必如此，但仍然在情感式否定与理性式否定两个认识层面上表达了他们的文化批判与社会批判，仍然体现了一定的积极意义。

在情感式否定层面上，乡土小说派主要通过比较形而下地展示乡土地的苦难，发掘了乡村社会的非人本质，表达了一种比较情感层次的道德式的悲悯与忧愤以及对乡土社会本质的道德式否定。

其一，是通过各种各样的乡村苦难，"喊出了农村衰败的第一声悲叹"②。浙东派代表作家之一的潘训最先发出了这一沉重叹息。在《乡心》（1922年7月《小说月报》13卷7号）中，作者通过年轻的木匠阿贵的求生经历，就具体展示了农村衰败后，小生产者脱离土地流入城市艰难生存的悲剧人生。王任叔的《疲惫者》（1925年11月《小说月报》16卷11号）也通过"光棍党"运秧驼背的生活行止与人生感慨表现了相同主旨。萧楚女1924年写作的《中国农民问题》曾指出："农业户数及耕地面积为之减少，和某地面积为之加多，农业生产上有这么多名额的生产力为之减退。但这许多放弃了农业的人，到哪里去了呢？自然有许多转入了工业或商业方面的，然其大部分要必归于失业。这些失业的农民，以什么为生呢？兵、匪、盗、丐、娼妓、杂业——便容纳了他们。"这一论述揭示了20年代农业社会的本相，而乡土小说派艺术地揭示的，也正是这一种衰败现实。在他们笔下，满是血泪、汗水、挣扎、苦难与哀号，也不乏赤裸而残酷的暴虐、压榨与戕害，记录了古老乡村贫瘠土地上老中国的儿女们艰难的步履。

徐玉诺的乡土小说，则从另外的角度对农村破败的悲剧作了更其深刻的揭示。《祖父的故事》（1923年12月《小说月报》14卷12号）写到，祖父母年轻时候立志要建起一份家业。他们亲手开辟了100多亩河滩"大荒地"，却被大财主霸占，强行用"六四开"的"优待"租佃给了祖父。四年过去，种上的高粱，偏又被水淹去一半，好容易收了五车高粱

---

① 彭晓丰、舒建华：《"S会馆"与五四新文学的起源》，湖南教育出版社1995年版，第159页。

② 茅盾：《〈中国新文学大系·小说一集〉导言》。

穗，却被财主运走……这一抢劫性质的地租剥夺直观地展览了一个吃人的乡村社会，于此我们也便理解了为什么"阿贵"们要生出逃遁并发出愤怒的质问！

为农村的衰败喊出了一声悲叹的，还有许钦文和王鲁彦。在《父亲的花园》中，许钦文通过昔日花园的美景悲叹着破败萧条的现实故乡景象，而同一悲叹在《一生》《疯妇》和《石宕》中表现得最为凄切，因为这一组作品极为具体地展示了乡村生活惨象。至于鲁彦，鲁迅说他是极端不满丑恶现实，向往着天上的自由乐土，但往往无法逃脱。这是就王鲁彦小说集《柚子》这一实际创作而生发的感慨。《柚子》集里的一些代表篇目，像《菊英的出嫁》《黄金》《阿长贼骨头》等就都是关于地上人间的苦痛悲哀展示，比如故乡宁波农村生活中的"冥婚"陋习，陈四桥地方的小有产者如史伯伯所面对的世道人心，"天才的小偷"阿长为生活与环境所逼迫而逃遁的悲苦遭际等等。

另外，台静农也以《新坟》《红灯》《人彘》《拜堂》等一系列表现故乡农村现实人生的佳作喊出了农村衰败的一声悲叹，鲁迅对此给予了很高评价。

乡土小说派那种道德式否定形态之二，是对于各式各样透着冷酷的乡间习俗的发掘与批判。一种有别于科学理性的感知式思维的形成，其主要的文化心理基础就是幻想，由幻想而培植的感知思维一经普遍接受，便成为一种集体习性，共同的习性反映在具体现实上面，便最终获得某种物质形式，比如神话、习俗等。在中国这样一个传统农业文化根柢十分深厚的国度，疏于精细分析，崇尚整体感知的共同习性，使许多约定俗成的东西自有其无道理的道理，各地方的民间风俗习尚就是这样。同时，科学理性又并不总是显得很有意义："没有一个中国人会愚蠢到去写一篇关于冰淇淋的博士论文，并且在一系列的观察与分析之后得出令人瞠目的结论说'糖（在冰淇淋的制作中）最重要的功能是使冰淇淋发甜'。"[1] 因而，感知思维往往也自有其现实合理性。但是，二者总是一对矛盾存在，并经常要引发现实冲突，乡土小说派往往就在描绘习俗中具体表现出这种冲突。他们不再仅仅像传统那样"博采风俗"[2] 以"极风采之异观"[3]，不以猎

---

[1] 林语堂：《中国人》，郝志东、沈益洪译，学林出版社1994年版，第97页。

[2] 司马迁：《史记·乐记》。

[3] 左思：《魏都赋》。

取奇风异俗悦人耳目为满足,而是怀着痛楚与愤懑,揭露习俗的野蛮冷酷。因此,这类乡土小说中,写乡土风尚的画面上,色调虽然鲜明,人们看到的,远不是恬淡闲适的悠然南山,感受的远不是浪漫气息,而是由满幅凄风苦雨和人生血泪凝固的滞涩沉重。

习俗是愚昧的。王鲁彦告诉我们,"冥婚"这一形式居然还有模有样地存活在乡村大地,死后生存,死后的鬼能和活时一样的生长,真是活见鬼了。这样的原始信仰,到了现代文明时代居然还有这样的支配力量,不能不令人为之悲哀! 我不妨将作者描画的愚昧图示照录下来,以为后世警鉴。

> 最先走过的是两个送嫂。她们的背上各斜披着一幅大红绫子。送嫂约过去有半里远近,队伍就到了。为首的是两盏红字的大灯笼。灯笼后面八面旗子,八个吹手。随后便是一长排精制的,逼真的,各色纸童,纸婢,纸马,纸轿,纸桌,纸椅,纸箱,纸屋,以及许多纸做的器具。后面一顶鼓阁两杠纸铺陈,两杠真铺陈。铺陈后一顶香亭,香亭后才是菊英的轿子。这轿子与平常花轿不同,不是红色,却是青色,四围结着彩。轿后十几个人抬着一口十分沉重的棺材,这就是菊英的灵柩。……后面跟送着两个坐轿的,和许多预备在中途折回的,步行的孩子。

习俗又是丑恶的。彭家煌刻意营造的"谿镇"系列就各自展示了不同的闹剧式的丑陋习俗。《怂恿》中,为了家仇,政屏居然就听从牛七怂恿大行苦肉计,不惜鼓动自己妻子去"仇人"族中的原拨家里上吊,然后倒打一耙,结果自己砸自己的脚,妻子白白地受了一通侮辱。《活鬼》也体现了大致相似的构思。荷生请人要驱赶的"鬼",恰恰是老婆招来的,请鬼赶鬼,焉得不出鬼——那驱鬼者原来就是装神弄鬼之人,俏皮的描写更强化了封建婚俗的丑恶。更典范、更能集中体现出社会陋俗丑恶的是台静农、许杰及后来的柔石、罗淑等作家共同写到的"典妻"问题。最早触及这一问题的是台静农。《负伤者》中的吴大郎被迫卖妻,《蚯蚓们》中的李小卖妻,所得的是"四十串钱",同时却也换来了心底的流血!许杰在《赌徒吉顺》中,一石二鸟地击中了封建陋习的要害,赌博与典妻之间因果相连关系,共同反映了畸形乡土社会的丑恶。这类作品的意义在于,作者并没有简单地指责被迫典妻的那些不幸者,而是写出了他们复杂而痛苦的心灵实际,不同程度地揭示了导致典妻悲剧的社会原因。即以"吉顺"来讲,使他陷于染上赌博恶习并最终输掉妻子的非人生活的原因,一方面是都市文化的罪恶侵蚀,另一方面是农村衰败不安引起人心的迷惘苦闷,是这一类从物质贫困到精神贫困的一系列苦痛酿成了"吉顺"们的悲剧。

习俗更是冷酷、残忍的。许杰的一篇《惨雾》,使我们"见识"了宗族械斗的残酷,"领略"了无谓的流血所给予的惊惧与战栗!引发玉湖庄与环溪村之间械斗的原因,表面看起来是为了始丰溪溪流淤积起来的一片沙渚的归属权和开垦耕种权问题,实际上,却是根深蒂固的宗法思想和族权观念在作祟。无论环溪村还是玉湖村,宗法思想都是支配全村男女老幼的共同力量,族权观念一概成了约束人们行为的准则。一片沙渚,一宗财富,被村里的人当作了各个阶级共同享有的家族的利益,为了争夺这个利益,两个家族之间的纠纷愈演愈烈,终于酿成了一场又一场械斗。狭隘的械斗唯一的结果只是无谓的流血牺牲,随鲜血和生命一同而去的,是尚未实现的人生期待、青年人正在做着的好梦和羞涩的爱情,而这一切都成了贡献于早已死亡的朽恶的宗族制坟头的祭品!

塞先艾在《水葬》中也诉说了一种乡间习俗的冷酷野蛮:抓到了小偷,可以私下处置,由村里人将其活活淹死。被处以水葬之刑的人名叫骆毛,31岁,本是一贫如洗的佃农。绅粮周德高退了他的佃,他报复了,偷了周家的东西,惹了别人不敢惹的一脸横肉的大绅粮,这就招来了杀身之祸。就一般道德情感而言,偷东西的确不是什么光彩荣耀的事情。但是,依据一种所谓商谈伦理学(Discussethics)[①]的哲学认识论,人们对于特定意识行为是可以而且应该有不同的价值判断与道德评价的,也就是说,对于道德现象世界的把握与评判,应该进行具体历史地协商、审验、论证,要"对异常困难复杂的个别情况用极大的努力判定其真实性质"[②],从而得出正确结论,而不应该笼统地、简单地以某个一成不变的伦理律令为依据作出简单粗暴的定性和处理。从这一认识出发,我们终于找到了骆毛为什么要去"偷"的真实性质和现实合理性——试想,还有什么更道

[①] 参阅薛华《哈贝马斯的商谈伦理学》,辽宁教育出版社1988年版。
[②] 《列宁选集》第四卷上,人民出版社1972年版,第223页。

德的方式能使处于冻馁状况下的农人不去铤而走险"偷"回原本属于自己而实际被剥夺的东西么？难道说"偷"这一方式不是具体历史中的最高道德和最大价值么？也许正因为有这类合理意义存在，骆毛才会满不在乎，甚至愤怒地吼骂那些嬉笑着看热闹的人们："嘿！瞧你们祖宗的热闹！老子把你们的婆娘偷走了吗？叫老子吃水？你们也有吃火的一天？烧死你们这一群狗杂种！"临到受刑的一刻，他又愤怒而悲壮地叫道："尔妈。老子今年三十一！再过十年，又不是一条好汉吗？"这个时候的骆毛，几乎就是一个最先觉醒的英雄了——水葬陋俗所显示的本质，实即地主勾结官府用来对付民众的手段，是用来镇压那些敢于忤逆的"不法之徒"的残暴的刑具，难道不是这样吗？惩治"小偷"的"法律"不是为有钱人而设吗？穷苦大众可有什么财富值得小偷"光顾"吗——他们不是被真正的大偷大抢弄得一贫如洗了吗？骆毛临死的时候似乎意识到了一点什么，只可惜已经晚了。

乡土小说派体现的道德式否定形态之三，是流贯在具体创作中的伤感和忧愁，透过这时隐时现的感伤使人们窥见血泪人生的本相。这种隐现着乡愁的伤感之风最先是从鲁迅那里吹来的：

> 我冒了严寒，回到相隔二千余里，别了二十余年的故乡去。
> 时候既然是深冬，渐近故乡时，天气又阴晦了，冷风吹进船舱中，呜呜的响，从篷隙向外一望，苍黄的天底下，远近横着几个萧索的荒村，没有一些活气，我的心禁不住悲凉起来了。
> 阿！这不是二十年来时时记得的故乡？

鲁迅在这里渲染了一种凄冷的氛围，表现了浓重的感伤情调，从而定下了一种凄哀清冷的基本调性，由此也形成了一种很典范的文本格式——乡土文学的基本特性之一就是要求在创作中流贯着作家自己的乡土情感与对土地的文化哲学思考。鲁迅的这种伤感之风，其实是包含了依恋、向往、期待、憎恶、失落、悲哀、祝福等多种复合的情绪体验的，虽然写的是故乡，实际写的就是自我心境："故乡本也如此，——虽然没有进步，也未必有如我所感的悲凉，这只是我自己心情的改变罢了，因为我这次回乡，本没有什么好心绪。"当然，这类心境又是因故乡而起，与故乡相关联的，不是毫无来由的，想望也好，厌恶也好，期待也好，都关乎故乡，关乎故乡的过去、现实和未来，关乎"我"在同故乡的来来去去中的个人遭际——伤感的情绪体验就变得相当复杂了。

与故乡的这类情感联系，自然是每个人都或多或少地保持着的，所以，乡土小说派诸作家很快也协奏了以感伤为基调的和声。

就上述情感的内涵及相关的社会人生内涵来说，乡土小说派的伤感的故乡风，也深深地打上了那个时代的烙印，同时明显表现着这些被生活驱逐到异地的作家们的特殊经历和感受。他们的感伤，根植于社会生活的土壤，饱和着历史进程的内容。热爱故乡，同情农民，而又无法在故乡人民的苦难面前闭上眼睛去编造一些充满诗情画意的故事，因而，沉重的使命感，迫使他们必须面对长夜难明的时代，一旦拿起笔来，眼前就浮现出了一幕幕乡间惨剧，没有办法用悦耳的音乐和醉人的花香装点那血泪的乡土人生，甚至无法脱离乡土唱个人的休戚。他们的热泪，他们的灵魂，他们的躯体和热血都混合着故乡的泥土气息，表现了颤抖在心灵深处的悲哀。许钦文《秋雨的诉苦》《石宕》、王鲁彦《父亲的花园》、蹇先艾《到家的晚上》《水葬》、王任叔《暴风雨下》、台静农《新坟》、黎锦明《复仇》等都是感伤之风的代表，尤其像《水葬》这篇乡土小说，在表现母爱的伟大时就是浸透着感伤的泪水的。当人们捉住骆毛的两臂，要往小沙河水下投他的时候，骆毛狠心把眼一闭，老母的慈爱、艰辛和所有的哀伤、期盼便纷然而至：

> 天依旧恢复了沉寥的铅色，桐村里显得意外的冷冷落落……
> 村后远远的有一间草房，圮毁的伫立坡上，在风声中预备着坍塌。木栅门拉开后，一个老妇人挂着拐杖走出来。她的眼睛几乎要合成一条缝了，口里微微喘气，一手牢牢的把住门边；摩挲着老眼目不转睛的凝望，好似在期待着什么。看她站立在那里的样子，虽然身体非常衰弱；脸上堆满了皱纹，露出很高的颧骨；瘦削的耳朵上还垂着一对污铜的耳环，背有点驼，荒草般的头发，黑白参差的纷披在前额。她穿着一件补丁很多的夹衣，从袖子里伸出来的那只手，颜色青灰，骨头血管都露在外面。
> 她稳定的依傍着门柱，连动也不动一下，嘴唇却不住的轻颤。最后她将拐杖靠在一边，索性地门限上坐下来了，深深的蹙着额发愁道：

"毛儿为什么出去一天一夜还不回来?"说着又抬起头来望了一望。

这是一位老母的悲苦与哀伤,是骆毛的悲苦与哀伤,也是人们能够体味得到的悲苦与哀伤——这一时刻,我们对骆毛的痛楚与伤感产生了强烈的认同,因为,在生活的凄风苦雨中,在即将屈死于强权的最后时刻,骆毛最不能舍弃的,就是风烛残年的老母。老母在期待儿子回家的时光中尚有一种支撑,一旦知道儿子再也不能回来,她会怎样呢?正是这一类最普通的温情使我们产生了情感认同,或许,这也是鲁迅对此要予以肯定的关键。

乡土小说派还通过地方风物的描绘,在强化文体特征的同时,帮助表达他们对现实人生的道德式否定。我们说,乡土文学的本质内核就是特殊的地域色彩或乡土气息,即如周作人所讲的"个性的土之力",也就是我们强调的一种原乡况味。在论述鲁迅乡土小说创作的一节里,我们谈到,鲁迅特别注重风俗画效果,注重地方风物的描绘。实际上,也正是鲁迅开启了乡土文学的这样一种现代传统,比如《风波》的一开始,就是一幅民间民俗风情画:

> 临河的土场上,太阳渐渐的收了他通黄的光线了。场边靠河的乌桕树叶,干巴巴的才喘过气来,几个花脚蚊子在下面哼着飞舞。面河的农家的烟突里,逐渐减少了炊烟,女人孩子们都在自己门口的土场上泼些水,放下小桌子和矮凳;人知道,这已经是晚饭时候了。
>
> 老人男人坐在矮凳上,摇着大芭蕉扇闲谈,孩子飞也似的跑,或者蹲在乌桕树下赌玩石子。女人端出乌黑的蒸干菜和松花黄的米饭,热蓬蓬冒烟。河里驶过文人的酒船,文豪见了,大发诗兴,说,"无思无虑,这真是田家乐呵!"

这里,难怪文豪会有如此感慨,此时良辰美景,小院风情,田园气息……确实风味酽酽,使人醺醺!但是,这位文豪恰恰感慨错了——鲁迅本意并不在写什么田园怡乐,他是要借助这一"道具""演绎"一番道理,否定这种宁静。

乡土小说派的创作几乎都涉及世风民情的描绘,发掘并表现了土生土长的土性，从而体现出有写实风格的浓郁的乡土气息。"土气是因为不流动而发生的。"① 我国农村由于存在着古老的宗法制的历史，各地的乡土特色相对来讲尤其显得鲜明、浓郁。乡土小说派笔下的乡村世界，就是各具形胜、各有千秋的，它们以不同的色彩，反映了这个幅员广大、人口繁多的老大古国千差万别的风物、习俗、情调与气氛，构成了这类乡土小说相互鲜明对比的地方色彩。浙东派中，许杰写出近山农村的强悍民风，许钦文写出古老乡镇的阴郁空气，王鲁彦写出滨海农村的悲苦情调，同一地区只有县份不同，地方色彩已有差异。台静农（安徽）所写的农村只同王鲁彦隔了一个省，风气比较起浙东来却更其闭塞，比如"天二哥"，就是个无所事事混天黑，与外界毫无接触的酒鬼赌徒。彭家煌、蹇先艾这些从老远地方走出来的人，对故乡的闭塞自有一种理解，那就是萧条、愚昧加残忍……

乡土小说派展示乡风民情的目的，当然也是为表明某种情感态度服务的。大致讲，他们的道德评判与情感态度有两种情形。其一是直接表达对故乡风物习俗的某种否定，一般指向乡村世界的愚昧、落后等等宗法制弊端，其间包含着关心乡间父老兄弟命运的作家们深深的哀伤与忧愤。值得注意的是，与这一总体指向相对应，还存在一个特殊的新的指向，即外来工业文明侵蚀所引发的乡村苦难与乡土之恶。王鲁彦也许是体现这一否定指向的最早的人了。《桥上》即写到伊新叔受到机器加工的排挤，他的手工舂米生意和小本南货生意已经无法维持；《李妈》中的主人公在乡村经济破产的驱逼下到城市当娘姨，由原先土头土脑的乡下人竟变成了精于算计、爱贪便宜的"老上海"……鲁彦这个滨海乡村已经受到外来工业的多方渗透、影响和破坏，世代务农、终老是乡的规矩开始受到冲击，即便传统商业也已经受契约化和价值规律的考验甚至打击，乡土地开始凝滞生新的丑恶形态……所以，王鲁彦开了批判现代工业文明之病的先河，不过他又并不以乡土之美为武器，这一点与上述总体否定指向又是一致的。

第二种情形就是通过故乡风物之美与风俗之淳，间接表达对与之相对应的现代城市文明的拒斥与否定，这一点主要在废名、沈从文那里表现得最为突出，但出于体例安排上的考虑，此处暂不论及。在其他作家那里，美丽的故乡景色一样令人神往。许杰在《惨雾》中描画了傍山流水的村

---

① 费孝通：《乡土中国》，第2页。

落——碧水青山、尖头篷船的美丽江南,这安谧祥瑞的气象越发加强了人们对械斗带来的愁云惨雾的憎恶;许钦文《疯妇》描画的浙东水网地区美景是秀丽诱人的:"她的面前只有白洋洋的一片水,但她的眼睛里似乎只有一只尖头的白篷船,载着她的丈夫飞也似的从东边破浪而来,拨起无数的泡沫,向西边过去……"这似真似幻、亦真亦幻的景致无疑是糅合了主观情感的,景语和情语合为一体。在《父亲的花园》中,则又通过展览适逢节令的江浙花卉,使人们嗅到了家的气息;彭家煌、黎锦明、沈从文等也通过对湖湘大地各处风物的描绘,让我们听到了亲切的乡音,感受了强悍淳厚的民风,使我们的心灵得以"回家",使我们的身心得到休憩。

在比较形而下地展现乡土苦难方面,乡土小说派确实取得了令人瞩目的成就,而在体现作家思想认识,表达深刻的文化批判理性方面,乡土小说派也做了一定的形而上努力,发出了不同程度的旷野中的呐喊,像《天二哥》(台静农)、《惨雾》(许杰)、《水葬》(蹇先艾)、《疯妇》《鼻涕阿二》(许钦文)、《阿长贼骨头》(王鲁彦)、《集成四公》(蒋牧良)、《怂恿》《活鬼》(彭家煌)等都将艺术视点提升到文化精神的否定层面。但无论从批判的角度还是批判力度来讲,都远远不及鲁迅的宏廓广大与犀利深邃。这一方面是由于自身文化修养、文化器识的局限,另一方面也由于受"为人生"等社会价值论的影响,使他们对鲁迅文化精神作了皮相的模仿,放纵了自己的感伤与同情,因而其眼光便只能专注于外部本然乡土,较难于揭示关于乡土的那一类当然意义。

尽管如此,乡土小说派仍然在创作中不同程度地注入了五四人文精神,并以这种精神透视乡村苦难,展开文化批判,对乡村情感实现了某些超越。表现较为突出的是王鲁彦、台静农、蹇先艾、彭家煌等。"王鲁彦一直是被视为乡土小说流派的中坚人物来看待的。他的乡土小说之所以有吸引力,就因为他能够非常准确地表现五四以来反封建的主旨——改造愚昧落后的国民劣根性。他的小说主题甚至有许多是鲁迅思想的诠释,或是鲁迅小说主题内涵的翻版。"[①] 因此,被鲁迅称为"吾家彦弟"的王鲁彦的确是得到鲁迅的某种"真传",颖悟到鲁迅艺术思想的某些谛诀的。其实,鲁彦乡土小说的批判意识也并不全然只是一种简单模仿,比如前文提

[①] 丁帆:《中国乡土小说史论》,第47页。

到的对新生工业文明的批判就是为鲁迅笔下所未曾有过的,这种"小农—商业"经济的混合形态显然是对鲁迅较纯然的乡土中国文化批判范式的一种补充和发展。

事实上,受鲁迅影响的并不只有鲁彦一人,也不是只有鲁彦才体现了鲁迅式的文化批判精神,同属"S会馆"的其他成员,其文化批判也必然要体现出鲁迅式的刚韧特点,面对苦难,他们一样做出了认真思考。许钦文正是从鲁迅作品获得启迪,仿照鲁迅小说尖锐犀利、深广忧愤的格调,抨击封建文化与不合理的社会制度。台静农是鲁迅主持的未名社成员,与鲁迅交往密切,小说集《地之子》就带有明显"鲁迅风"的影响。彭家煌甚至在笔法上都酷似鲁迅,为体现文化批判,也采用了诙谐幽默,甚至调侃的喜剧手法,而体现的批判效果也更见强烈。总之,乡土小说派的文化批判意向是明朗的,态度也是坚决的,其所涵盖的情感体验与批判指向是复杂多维的,即在对故乡的传统情感与故乡现实苦难之间的冲突中,既体现了各自的乡村情感,又能进行总体理性审视与文化反省。

三 发生中的乡土诗作与乡情散文

文学史的事实说明,诗与散文是文学正宗,是正经文人心智的结晶,也是最能灵动自由地抒写性灵、寄托理致的艺术样式。发生期的乡土诗歌与乡情散文以白话文为表现工具,在吟诵乡思、咏叹苦难、描摹人生、表达理想等方面同样有着奠基意义。

乡土诗文的创作发生,当然也与五四平民主义思潮影响有着直接的关系。由平民主义思潮启发、推动诗文走进乡村民间,贴近大众生活和大众心灵,同时在语言表现形式上下功夫实现白话化,使诗文真正脱胎换骨。可以说,诗文的解放才是文学革命的主要任务。相对而言,小说与戏剧早就由民间勾栏瓦肆或草台地头产生,它们从一开始就是与乡土紧密联系着的,因而,现代小说、戏剧与传统并不构成所谓断裂,相反,二者存在着某些一致。诗文的情形就不大一样了。由于诗文很早就高居庙堂华屋,与大众的距离拉得太远,所以理所当然地成为现代白话文革命的重点对象。诗文的革新,其基本标志就是重归民间——大众化的语言,民间化的人生内容与生活内容等,五四回到民间的口号也主要是针对诗歌散文而言的。还有一个因素也对促成乡土诗歌与乡情散文的创作发生起到积极作用,那就是对民间文学与民俗学的开发研究。1918年,北京大学发起了一次大的活动，在全国范围内征集民间歌谣，并由此诞生了中国民俗学。征集来的歌谣先是连续登在《北京大学日刊》上，后来又于 1922 年 12 月 17 日专门创办了《歌谣周刊》。这一活动显然也是直接为着响应平民化运动号召的，却对现代白话诗文产生了积极影响。关于这次活动的目的，《歌谣周刊》"发刊词"说，是希望能从歌谣这种民俗学的资料中"编成一部国民心声的选集"——好像是要弄出一部新的《诗经》来！这种"从民歌里考见国民的思想、风俗与迷信等"[①] 的努力，使平民主义理论找到了现实根基，也使乡土诗文从这里寻找到自身发展的契机。

发生中的乡土诗文显然有其独特的思想艺术意义。

第一，乡土诗文站立于五四人道主义立场，关注现实乡土人生，对乡村劳苦大众的悲苦辛酸表示了真挚的理解和同情。尤其在初期白话诗中，咏叹苦难，悲悯农人的创作占了很大篇幅。胡适（1891—1962）的《人力车夫》是这类新创作的第一篇，虽说写的是准农民，虽说看着不怎么像诗，却表露了作者对劳苦大众的一腔坦诚。另一首《老洛伯》（译诗）也通过农村劳苦人们的爱的悲剧表明了胡适鲜明的情感取向。如果说胡适做这类诗还有些生涩的话，在刘半农（1891—1934）、刘大白（1880—1932）、沈玄庐（1878—1929）等诗人那里则地道得多了。刘半农是出色的"平民诗人"，艺术上很注重学习民间歌谣，其诗歌代表作《瓦釜集》就仿照了江阴民歌。思想上，刘半农乡土诗作主要体现出尖锐的社会批判意识，处女作《相隔一层纸》就表现了贫富对立，《游香山纪事诗》（十）甚至表明了一种阶级意识，《铁匠》《敲冰》则更关涉某种品格。鲁迅同乡刘大白也很注意学习歌谣体，以民歌形式歌咏农村苦难，其《田主来》《卖布谣》《脱却布裤》《收成好》《金钱》《渴杀苦》等就是这种诗作的代表。另外，康白情（1896—1959）在《草儿》集中也以一种暖色调表现了农人之苦，亦即诗作淡化了悲情苦绪，悯农之叹被稀释到类似农家乐的有浓郁生活气息的风俗画中。比如《草儿》一诗，通过描写"我"与"耕牛"一前一后埋头耕地的艰苦情景，象征式地勾勒了农耕生活的苦情苦景。值得一提的还有沈玄庐诗作《十五娘》，其意义不仅在思想上表现了十五娘与五十的悲剧人生，形式上也因为是新诗坛第一首叙事诗而在乡土诗歌史上占据一席地位。

---

① 周作人：《自己的园地·歌谣》。

散文中，表现唯农最苦这一民主思想的代表作有李大钊《五峰游记》、孙伏园（1898—1962）《伏园游记》、绿漪（苏雪林）《绿天·扁豆》等，限于篇幅，于此不予展开。

第二，乡土诗文充分发挥了自身艺术优势，描画乡村风光，抒写故园相思或家国之思。思乡是一种传统情感，同时也是一种时代情感；是一种人生体会，也是一种文化感悟，因此，乡思、乡情、乡恋的本质意义，不是单纯的羁旅之思，而是复合的情感态度，一种特殊的文化心理，这类情感或心理的基本依托就是故园之景或乡村记忆。胡适的那首有名的《一念》，也许就是最早抒发乡思之情的乡土诗了。在诗中，诗人是彻底地、毫无羁绊地放飞了他的相思："才从竹竿巷，忽到竹竿尖，忽在赫贞江上，忽到凯约湖边。"这"区区的心头一念"，可以穿越古今，可以消除距离，因为，故乡就在心里，故乡就在自由的生命和意志之中！

其实，表达乡思是一个基本的文学母题，不独只有乡土文学才能涉及这一母题。然而，问题在于，究竟是通体乡思呢，还是把故乡景物和思乡情结仅仅作为一种点缀呢？当代有一部散文诗式的影片叫《我的父亲母亲》，置于剧作前台的便是乡土传奇人生、乡村情感、乡村习俗等等内容，所谓历史，被轻轻地搁置在幕后，我们甚至可以忽略它的在场。这就是乡土文学了。反之，如果将历史推到前台，那就是对某个社会政治概念的阐释，其间虽也是同样的场景和人物，"味"可就不一样了。因此，判别乡土诗歌或乡情散文的基本标识，就是要看是否通篇体现乡土文学内质。

应该说，发生期乡土诗文表达乡思乡恋的起点也是很高的，其具体表现有两个方面。

其一，是以纯熟的传统技艺描山绣水，表达乡思。胡适之后，穆木天（1900—1971）《心响》以对故乡的热切思念表达赤子情怀，冯乃超（1901—1984）《乡愁》以优美意境抒发思乡之情。乡情散文中，朱自清（1898—1948）醉心于梅雨潭的"绿"（《绿》），徐蔚南（1902—1952）、王世颖（1902—?）流连于故乡的大自然（《龙山梦痕》），叶绍钧于喧闹中静听故乡秋虫的鸣奏（《没有秋虫的地方》）……这类名篇佳作将景与情、物与思完美融合，艺术上当属于一种乡村风景画范畴。

其二，是糅合实际生活内容与现代表现技巧，通过展现纯净乡土人生寄托乡土依恋之情。尤其是在乡土散文领域，乡村生活的宁谧安适与人性人情的淳厚美好得到了充分展示，这些又常常给客居他乡的游子以心灵的抚慰，使他们体验着一种独特的人生情味。《山野掇拾》（孙福熙，1898—1962）为域外游记代表作，法国乡下的自然风光、村人纯朴、温厚、乐天、勤劳的性格，都使人生发出浓厚的乡土情思。《乡愁》（罗黑芷，1898—1927）则以童年的故乡生活图景表达一种乡土依恋：童年教作者看萤火虫的嬷嬷，送他蝉子的挑水的老王，亲热地偎傍着他却要被说给人家的姑娘，还有那卖水果的老蒋和他担子上香脆的桃子，有白糖馅的糯米团子，锯木师傅和他养的斑鸠，还有门口的石狮，天井里绿色的光的世界……都"隔着彭蠡的水，隔着匡庐的云，自五岁别后，这一生认为是亲爱的人所曾聚集过的故乡的家，便在梦里也在那儿唤我回转去"。故乡的人和物是如此令人魂牵梦绕，这朴质的村镇，是流浪他乡的游子引起哀愁的心的理想乐土！

更典范的代表应该是周作人（1885—1967）以"平和冲淡"的笔致深情流连于故乡风物的那类风物散文。作为"现代隐士"的一种文化实践，风物散文也许只是作家个人心境与生命态度的物化形式，但洋溢在故乡风物中的那种激情的乡土之恋，却是实实在在蕴藏着乡土文学内质的极其纯粹的艺术品，《泽泻集》（北新书局1927年版）集中收录了这一类艺术品。《故乡的野菜》从妻子买菜看到荠菜，想到浙东乡间妇女小儿采菜的情景以及小孩们唱的歌，又援引了《西湖游览志》和《清嘉录》的有关记载，还联想到鼠曲草和小孩赞美的歌辞，以至清明扫墓时所供的麻果及日本的"草饼"等等，舒徐自在，信笔所至，展示了人情世俗的纯美，抒发了悠闲的人生况味，充满了对故乡的深情。《乌篷船》则对故乡"三明瓦"予以绘影绘形的描写，对乌桕、红蓼、白苹、小桥、渔舍及江南民俗一一予以罗列，令人心生向往。从艺术上来讲，这种风物散文当属于一种乡村风俗画范畴。

发生期乡土诗文独特的思想艺术意义还有第三个方面的表现，即以一种哲学理性审视乡村风光与乡土人生，表达知识者自身的文化艺术思考，从而赋予乡土文化形态以一定的形而上意义。

乡土诗作中，周作人写作的白话诗史上第一首长诗《小河》，就象征化地表现了具有五四时代精神气质的文化感悟："一个农夫背了锄来，在小河中间筑起一道堰。下流干了，上流的水被堰拦着，下来不得，不得前进，又不能退回，水只在堰前乱转。水要保她的生命，总须流动，便只在堰前乱转。堰下的土，逐渐淘去，成了深潭。水也不怨这堰，——便只是想流动，想同从前一般，稳稳的向前流动。"这是一个看似简洁实际含蕴丰富的复杂的编码系统。这里的河水与个性，与人格，与生存，与民众……大概都是存在某种关联的，而"堰"却人为地（而且是被"农夫"自己）隔断了这一类关联，"水"当然要"乱转"了。"五四运动的最大成功，第一要算'个人'的发现。从前的人，是为君而存在，为道而存在，为父母而存在的，现在的人才晓得为自我而存在了。我若无何有于君，道之不适于我还算什么道；父母是我父母，若没有我，则社会、国家、宗族等哪里会有？以这一种觉醒的思想为中心，更以打破了械梏之后的文字为体用，现代的散文，就滋长起来了。"[①] 这一理性表述在《小河》里就被形象化、能指化了。同时，《小河》在语言表达形式上也是有着无拘无束的自由品格的，作为一首较早的散文诗，充分体现了甩掉脚镣跳舞的特点，似一位天足的村姑乡妇，似空中飞鸽，殊无忸怩羁绊。

朱自清的一首《毁灭》（《小说月报》1923年3月号）堪称那个时代乡土诗歌创作的一个奇迹，无论思想还是诗艺在当时都算得是上乘之作。这首长达250行的抒情诗描写"踯躅在半路里，垂头丧气"的"我"所经历的情感梦游，其间上天入地，登山涉水，吟风弄月，抚昔追今，种种情态，种种感受，随着诗人探求"回去！回去！"的路的步履罗列纷陈。这是立于旷野的另一种呐喊，是最早的"回家"的声音。艺术上，或写意，或镂形，或铺排，或象征，都恰到好处地表现出抒情主人公的形象，而语言运用上多用排比复沓的形式，而且各节都采用由低抑而逐渐转为轻扬的律调，吟诵起来就像一首旋律优美的抒情曲。

乡情散文同样表述着这种现代皈依倾向。在作家们心目中，故乡或乡土就代表着纯净的自然，是与一切污秽别扭的空间全然不同的另一世界。在这样的乡村世界，"同现代的物质文明产生出来的贫苦之累，渐渐的被大自然掩盖了下去……穷人的享乐，只有陶醉在大自然怀里的一刹那。在这一刹那中间……与悠久的天空，广漠的大地，化而为一"（郁达夫《还乡记》）面对"两岸的树林沙渚""江岸的农舍，农夫，和偶然出现的鸡犬小孩"等"好像是和平的神话里的材料"（郁达夫《还乡后记》），连一向"厌恶故乡，咒诅故乡"的刘大白也忙不迭地申辩着："我所厌恶，

---

① 郁达夫：《〈中国新文学大系·散文二集〉导言》。

所咒诅的，是故乡底社会，故乡底城市；至于故乡底山水，我始终恋念着，讴歌着，以为远胜于西湖的。"（刘大白《〈龙山梦痕〉序》）对于自然的亲近本质上是一种逃避或对抗，其具体指向就是现代文明之病恶及由各类病恶所引起的各种不适。

乡情散文也体现了对乡土地的理性审视并赋予其特定的哲学文化内涵。许地山可以作为一个代表。短短的一篇《蝉》（辑入《空山灵语》）只有百把来字，却通过蝉、蚂蚁、风雨等等自然物象揭示了人生痛苦的各种根源，以小见大，发人深省。蝉，是一切弱小生命或芸芸众生的代表，急雨也许就是深不可测的命运之神或冥冥中的神秘主宰，而蚂蚁鸟雀之类物象则代表着人世之恶，统观这三者之间关系，就会看出作者明显是在演绎、阐释佛教教义，表达佛家关于人生本质（生本不乐）的观念——事实上，也是整个《空山灵雨》的一个基本表达式。这里，所谓"乡土"只是一种虚拟化的存在，或者说已被转化为佛教文化形态——一种人间化、众生化的世俗文化形态，所以它只是一种隐形"在场"。当然，许地山也并不总是远离尘嚣在那里玄思默想，乡土人生或大众生活也一样在他的视界之内。《三迁》中的花嫂子为避免孩子重蹈她丈夫读书致死的覆辙，竟三迁住所，不让孩子读书，其间就体现了对乡土人生的深刻的悲剧性思考，而那篇有名的《落花生》也同样发掘了生长在泥土中的生命要义。

在整个五四与20年代布景上，乡土世界确实写着暗夜、苦难、愚昧、落后、贫穷、静穆、淳厚、原始等等一类背景词。老中国的儿女们背负了太多文化与生活积重，岁月和苦难锻造了一种敦厚朴质，却也钝化了灵魂与感知，外部世界的震荡在这苍莽的原野竟然无甚反响，先驱们的激情呐喊似乎也在尴尬的自语中渐渐消歇……沉睡得太久的大地，不知何时才能醒来！

第二章

山雨欲来与冬末萌芽：30年代乡土文学

外来经济掠夺与文化渗透、地主豪绅的盘剥、天灾人祸的打击，都使得农业经济破败与农民运动成为历史必然。五四的呐喊在这里也终于有了呼应，人道主义、平民主义逐渐为日益清晰的阶级意识所取代。因此，30年代中国乡土文学围绕阶级意识这一文化中轴，表现了乡村大地的痛苦、迷惘、抗争和觉醒。这一新的文化视角拓展了人道主义内涵，拓宽了乡土文学疆域，使其更切实际地走近乡土社会人生，体现了对乡土社会血肉现实人生的真诚关注。在反映乡村大众生活的同时，乡土文学表达方式也更其自觉地追求大众化效果，由此形成一些新的乡土文学理念。左翼作家、"普罗"文学群体及四川、东北等地缘文化群体以阶级意识为中轴的乡土文学实践构成一种主导旋律。同时，以废名、沈从文、艾芜等作家为主体形成了另一种流贯着新人文理性精神的乡土文学传统——新田园传统。

第一节 谐和着革命旋律

一 与革命直接关联的"普罗"乡土文学实践

土地和革命是贯穿世纪的中心话题，也是世纪乡土文学主题，"普罗"乡土文学最早表现了这一主题。

不过，"普罗"文学本身历来却是一个颇有争议的话题，而且，一般教科书大都认为"普罗"文学是算不得真正意义的文学的，到后来，人们甚至连其存在的必要性都要表示怀疑了。这中间的原因当然是因为有那个"革命+恋爱"的公式存在，而瞿秋白、茅盾等为华汉（阳翰笙）的小说《地泉》写的那些序（《革命的浪漫谛克》《〈地泉〉读后感》等）中对此又公开地、毫不客气地表示了不满。实际上，瞿秋白、茅盾等人只是批评了"普罗"艺术的生糙,根本就没有否定其存在的合理性,相反,他们的批评恰恰体现出一种建设性的态度。所以,对"普罗"文学的无端诟病是不科学的。"如同任何伟人都有用袖口揩鼻涕的时候一样,无产阶级革命文学也有它的幼稚阶段。呀呀学舌,的确听不清楚,满脸鼻涕,的确不美观,但那认真的劲头,那可掬的稚态,又逗人喜爱。它是新生命的表现,它预示着成长。"①

其实,鲁迅也早在同时代就不止一次地表明了对于革命文学的鲜明的支持态度,同时也以建设的姿态告诫革命文艺必须注重文艺性,并具体指导青年作者应该在深入生活的基础上"多看大作家的作品",不要迷信"小说作法""小说法程"之类"骗子",也不要从报纸上的材料中找生活敷衍成篇②。这种对待革命文学的科学态度,应该是我们具体评价"普罗"文学创作时必须坚持的。

"普罗"乡土文学是取得了一定成就的,其主要方面表现为应和了农民革命运动这一时代主题,起到了宣传鼓动作用,其眼光是敏锐的,用心也是真诚的。蒋光慈(1901—1931)长篇《咆哮了的土地》(1930年写成,1932年出版时改名《田野的风》)具体体现了这一成就。作品前25章主要描写主角张进德的生活经历与社会状态,后22章主要描写革命党人发动和组织的农村革命风暴,其背景则是1927年大革命失败前后湖南农村的农民革命运动。小说描写了存在着阶级对立的三组人物,即农运组织者张进德、李杰,农运骨干群众王贵才、吴长兴、刘二麻子和李木匠,地主豪绅李敬斋、何松斋、张举人,由这三组人物演绎了革命党人发动农民组织农会,建立自卫队,对抗地主武装——民团,最后"走向金刚山(井冈山)入伙去","四·一二"与"马日事变"后还乡团的嚣张等等一系列斗争历史,这一形象化的革命史无疑是有相当认识价值的。

阳翰笙系列长篇《地泉》(包括《深入》《转换》《复兴》)试图表现蒋介石"四·一二"政变后,南昌起义、秋收起义、广州起义相继失败,井冈山根据地开辟中国革命新路的历史。《深入》显然受到蒋光慈的创作影响,写江南一个村庄在大革命高潮中成立过农会,被反动军队打散后,火种并未熄灭,不久,旱天歉收,无法交租,当年的农会又自发地起

---

① 张大明:《踏青归来·阳翰笙》。
② 鲁迅:《且介亭杂文二集·不应该那么写》。

来组织领导农民进行武装反抗的一般土地革命史进程。小说着重描写了新农会主任汪森和小学教师梁子琴组织农会，以梭镖和大刀攻打地主庄园和警察局，开创革命局面的斗争，总体来看，与《咆哮了的土地》真是没有什么区别。《转换》与《复兴》分别写到知识分子革命与城市工人运动复兴的历程，与乡土文学已无甚关联。

其他"普罗"乡土文学作者还有戴平万、楼适夷、孟超等，其创作亦无特出蒋光慈、阳翰笙之右者，故不予赘述。

"普罗"乡土文学留给人们的艺术思考是多方面的，我们认为至少有两个方面的问题值得注意。

第一，究竟应该怎样看待乡土革命的实际或实质。"普罗"乡土文学显然也"犯了性急的错误"[①]，没有认清和把握乡土革命的本然实际，其所表现的革命就显得幼稚可笑。《深入》中，革命者梁子琴灵机一动，略施小计，反动警察头目胡奎就上当了；农会领袖汪森振臂一呼，地主庄舍就土崩瓦解了；暴动的农民竟然如此欢呼革命："不难！不难！啊啊，不难！不难！"哪里会有如此轻松呢？时代潮流或主流意识形态对乡土地产生影响，历来都要经过长期消化与浸润的过程，因为农民总是农民，不会有知识者的敏锐的感知力与不关实际的热情，否则也就不是农民了。"当东北四省为敌人侵占，邻近各省受到威胁，尚时时有所感觉；远处南方各省便日渐淡忘，而无所觉。这都是国太大，人们感觉迟钝之例。"[②] 可见，唤醒老中国儿女们起来革命，不是光靠热情甚至一厢情愿的狂热幻想就能解决问题的。

第二，究竟如何联结革命观念与实际乡土革命。问题不在于革命热情与革命观念本身，"革命+恋爱"也不是不可以，关键是如何与乡土实际相扭结、相融合的问题。乡土革命实际肯定是主体，是依托，而不是用来演绎观念的傀儡，这也就是照顾乡土文学的文学性的问题。这一教训是深刻的，它甚至影响了整整一个世纪的乡土文学，我们将在以后的创作中真切地看到这样的负面影响。

二 浸透着乡土地血与泪的艰难抗争

对革命的乡土文学一开始就有的公式化、概念化问题的批判，使作家

---

① 《邓小平文选》第三卷，人民出版社1993年版，第140页。
② 梁漱溟：《中国文化要义》，学林出版社1987年版，第6—7页。

们终于收敛了知识者的放纵的热情,向写实主义传统回归。较早体现这一转变的是丁玲,另外,柔石、罗淑、叶紫、萧军、萧红、马子华、李劼人、艾芜、田汉等一系列作家也都较真实地传达了乡土地血的反抗的消息。

20 年代到 30 年代,丁玲经历了一条"从离社会,向'向社会',从个人主义的虚无,向工农大众的革命的路"①,其乡土小说《田家冲》《水》《过年》《母亲》《奔》等较典范地代表了她在 30 年代的大众化创作。《水》以 1931 年长江泛滥后中国 16 省遭水灾的历史为背景,展现了遭灾的农民群众所面对的各种斗争——同洪水及洪水一样的阶级压迫,同饥饿,同逃难城市的官吏绅士的放赈,同自己队伍中的动摇思想等等,以及在这些斗争中农民的阶级意识、革命意识的逐步强化。《水》的意义,不仅在思想上显示了农民阶级作为群体的斗争力量,更重要的,是表明了"过去的'革命与恋爱'的公式已经被清算"②,因此,《水》的发表标志了新的革命化乡土小说的诞生。短篇《田家冲》写到的是同一模式的故事:三小姐来到风景秀美的田家冲,用革命道理启发为地主种地的农民觉悟起来,终于使农民明白了自己的阶级身份,革命的火种也蔓延开来,原先"安分守己"的佃户,渐渐意识到自己被剥削被奴役的阶级地位,千百年来的无意识生存有了思想先导,自觉地站起来表达抗争。《田家冲》是作者第一篇乡土小说,社会影响虽不及《水》,却是作家个人思想转化的最初标志,也是关于乡土地抗争消息的最早报道。《过年》《母亲》《奔》等乡土小说则因为在传达抗争消息的同时描画了农村的人情风习,艺术上显得更趋本色。

乡土地血与泪的艰难抗争,在柔石等左翼作家那里得到更为充分的体现。柔石(赵平福,1902—1931)在《二月》中对乡土人生的体味充溢着苦涩和愤怒,因为芙蓉镇上的现实尚有太多凡庸和丑恶,触目之处依旧是凄凉和苦难,但这同时也就在召唤着革命的到来。短篇《为奴隶的母亲》则达到了新的思想艺术高度。作品在悲惨的典妻故事中正面描写了当时中国农村妇女的悲惨遭遇,通过农村的苦难一角展示了阶级对立,并初步揭示了黄胖典妻这一悲剧的社会原因,真实刻画了春宝娘柔韧善良而

---

① 冯雪峰:《关于新的小说的诞生——评丁玲的〈水〉》。
② 茅盾:《女作家丁玲》。

又无可奈何的性格心理,强化了现实主义表现力度。罗淑(1903—1938)也在短篇《生人妻》中表现了与《为奴隶的母亲》大致相似的思想内容。巴蜀沱江上游西岸一个山坳中的一对夫妻,在生存濒临绝境状态中,男人竟以三个铜板的价格将女人卖给胡大作"生人妻",使自己妻子沦为他人发泄最原始淫欲的工具。与柔石的较纯一的悲郁伤感有所区别的是,罗淑笔下的"生人妻"第一次意识到生命的尊严,并以自己微弱的力量和毁灭的代价表现了"生人妻"式的反抗。在巴蜀另一位乡土作家艾芜(1904—1992)那里,"生人妻"式的反抗到了抗战时期则更清晰地表现为坚定的阶级对立,而"生人妻"那种"时日曷丧?予及汝偕亡"的毁灭形式也转化为顽强的生存意志与坚韧的生命个性,这位可敬的女性就是巴蜀山中勤苦能干的石青嫂子。

被茅盾称道为"在悲壮的背景上加了美丽"的一部乡土小说是马子华(1912—1996)的《他的子民们》。作者在《跋》中说:"南中国,封建制度是更深的表现于那特有的土地生产关系上。这中篇所描述的一切故事的发展,除了人名地名以外,向壁虚构者少,而真确的事实倒很多。"这"表现于那特有的土地生产关系上"的封建制度整个浓缩在一个"他"——统治着那块土地的一切的沙土司身上。但是,一位名叫高佑权的年轻人终于站立起来,联合了一群淘金沙的奴隶,"号召着林子里和田里的弟兄一同起来打倒那专制魔王"[①] 了。这里的可贵在于,奴隶一样的人们终于开始了自发的暴动,虽然其结局不免是惨烈的失败的悲剧,但这反抗的星星之火却显示了悲壮的美丽。这里的可贵还在于,小说透射着"个性的土之力",那特殊的风土人情、特定的人格力量,那挣扎着的血与泪的乡土人生都给人们带来无穷的审美餍足。

受到鲁迅肯定与扶掖的那对年轻人——萧军(1907—1988)和萧红(1911—1942)以及叶紫(1912—1939)等也同马子华一样,发掘了暗涌在中华大地上的抗争的力量。萧军、萧红是代表着东北流亡作家群体的乡土文学创作的,其各自的乡土文学代表作——《八月的乡村》与《生死场》,体现着东北流亡作家群体乡土文学创作的基本成就。这一群体更多地表现了外族野蛮入侵制造的乡土苦难和黑土地的浴血抗争,最早反映了全民族的反侵略意识。他们看到了沦陷的故乡土地所承载的双重灾难,同

[①] 茅盾:《关于乡土文学》。

时也率先看见了黑土地所培育的双倍的刚烈与不屈的中华民族的心!《八月的乡村》难能可贵地写到了一支由中国共产党领导的抗日游击队——中华人民革命军第九支队,在极其艰苦的条件下同日寇、伪满军进行的血与火的斗争,表现了东北人民不甘当亡国奴,誓死保卫家乡,争取民族解放的战斗风貌,揭示了"不前进即死亡,不斗争即毁灭"的时代主题,同时也体现了对不抵抗主义的愤怒抨击,而特定的"八月乡村"图景,司令陈柱、队长铁鹰及李七嫂、李三弟、肖明等脊梁式人物群体则充分展示了黑土地的固有文化个性。《生死场》更是"北方人民的对于生的坚强,对于死的挣扎"的一幅"力透纸背的画卷"①。作品没有流贯全篇的整一故事,只是自成单元的众多生活画面与场景的组合,而浸透在这些画面中的总体精神则是广大农民在共产党领导下坚决抗日、争取民族解放的不屈的生存意志与民族伟力。东北流亡作家群体是一支很大的队伍,其他代表成员还有端木蕻良、舒群、骆宾基、罗烽、白朗等。他们的乡土文学都有着浓郁的东北地方色彩,表现了陷于魔掌的故乡人民的深重灾难与愤怒反抗,同时,作为以民族意识为核心的乡土文学的先导,其意义还在于为之后民族解放旗帜下的乡土文学创作打下了坚实基础。相对于上述乡土文学作家而言,叶紫写农民群众的觉醒和反抗,最富地域特点和最值得珍视的,是直接描写了1926年到1927年的中国大革命、特别是湘中农民运动。《星》就是当时描绘这一历史风云的少见的一部乡土小说。作品通过春梅姐这样一个普通的农村妇女在大革命波浪中经历的时代变化,反映了那场革命在农村造成的动荡,革命失败后的白色恐怖,革命留给农村的影响。尽管《星》以凝重的笔调写到了惨痛的失败,但已经觉醒的春梅姐渴望摆脱二流子丈夫陈德隆虐待,渴望与革命者黄的爱情,跨出家门投身农运等这一系列努力,仍然体现了乡土地的革命抗争实际,展现了大革命在广大农村妇女心灵深处所引起的深刻变化。《丰收》则以1927年大革命失败后湖南农村为时空背景,以标本式的中国农民代表云普叔的辛苦遭逢与挣扎苦斗为事实依托,更清晰、更典范地展现了那个特定的30年代乡土中国社会,表达了中国农民对于革命的强烈愿望,预示了农村必将掀起更大革命风暴的历史趋势。

乡土剧作也加入了表达愤怒抗争的勇敢的和声,尤其是乡土话剧。本

---

① 鲁迅:《且介亭杂文二集·萧红作〈生死场〉序》。

来，作为一种外来艺术，话剧样式并不源自民间，尤其是除了有闲阶级之外，乡村大众似乎也并不将其视为自己的艺术。然而奇怪的是，它一来到中国，便很快找到适合自己生长的土壤与气候，作为新的文明戏而逐渐被接受下来，并发展成为有民族特色的大众艺术形式。这大概同中国社会的乡土性质有关：淳厚、求同、中和、包容等等。乡土艺术中本来就有一座"草台"，民间的所有悲欢歌哭都用各种格式储备陈列着，有空的时候，人们便备好桌椅，就着一份心情取出来慢慢享用。中国乡土世界早就制造了巨大的戏剧奇观，话剧这个东西也就被轻松笑纳，道一声"文明戏"，就像一个殷实人家收下一份小小的馈赠，一位长者偶尔一个玩笑一样的从容——那心底自有一种优越和同化一切的自信。

然而，话剧最终走向了乡土社会人生，走向了变化着的时代，而其乡土写实传统则可以追溯到1918年由南开新剧团演出的五幕剧《新村正》（由留美归国的张伯苓、张彭春兄弟组织南开师生编演）。这一"不可多得的写实主义剧本"[①]以辛亥革命失败后的中国北方农村为背景，写地主吴二爷与进步青年李壮图之间的较量，吴二爷最后终于靠财势夺得村正职位，并逼迫乡民们送"万民伞"表示拥戴，又刻毒地嘲笑村民内心真正拥护的李壮图："小孩子们就是念念书，毕业以后，也不过是个教书匠，这一代的事没有他们的，还得让咱们！"洪深（1894—1955）、田汉（1898—1968）等人从一开始就继承了乡土写实戏剧传统，早在20年代即已创作了《赵阎王》《获虎之夜》等民族文化底蕴深厚的乡土戏剧，至30年代，他们的乡土剧作则在更广阔的时代背景上展示了乡村社会的艰难抗争。尤其是洪深。他在30年代的乡土话剧创作已经开始有意识地反映农村的阶级斗争，表现农民的反抗精神了，最为突出的是他在1930—1932年间完成的"农村三部曲"（《五奎桥》《香稻米》《青龙潭》）。"《五奎桥》所写的，是乡村中残留的封建势力。《香稻米》所写的，是农民经济破产。……《青龙潭》所写的，是'口惠而实不致'的结果。"[②]"三部曲"中公认的是以《五奎桥》成就为最高。"五奎桥"代表着以周乡绅为首的封建地主阶级的权威与利益，而李全生代表的农民阶级则老实不客气地拆了这"桥"，破了地主家的"风水"，取得了抗争胜利——30

[①] 陈白尘、董健：《中国现代戏剧史稿》，中国戏剧出版社1989年版，第85页。
[②] 洪深：《农村三部曲·自序》，上海杂志社公司1936年版。

年代农民抗争史上的成功的亮色!

从"普罗"乡土文学那种以革命热情与革命幻想对乡土大地浪漫的诗性赠予,到现实主义乡土文学对乡土革命因子的索要与发现,显示了以革命抗争为主体的乡土文学希望回归艺术与文体自觉的尝试和努力,也就是在意识到革命的乡土文学"不应当这么样写"之后,人们跟着就在思考着究竟应该怎么样写的问题了。瞿秋白、郑伯奇、茅盾等也曾提出过一种所谓"唯物辩证法的文学方法",要求作家按照辩证唯物论去写作,用文学作品中的活的形象来表现和证实唯物辩证法的原理,甚至把作品是否符合辩证的逻辑的某一规律的程度当作是作品艺术性的基本标准。事实证明这一倡导是行不通的,革命的乡土文学也幸亏没有按照这一逻辑发展,而是按鲁迅所希望的从生活实际出发的方向发展了。因此,鲁迅在指导、诱掖革命的乡土文学方面所付出的努力,终于使这种创作获得丰收,并形成一种基本的30年代气象。

第二节　着眼于农村阶级分析与社会批判

与对农民革命更感兴趣的那一类乡土文学作家不同,相当一部分作家对乡土的关注点仍然在真实的社会人生上面。他们自觉接受了马克思主义理论指导,运用阶级分析、经济分析等社会分析方法去剖析乡土社会人生,或状绘农村生活困境,或鞭挞各类形态的乡土之恶,或感悟乡村美质,或期待农民觉醒,充分体现了对于乡土世界的真诚关怀。

一　以经济凋敝为表征的悲凉的乡土

农民问题在30年代又有了一系列新的内容。

现代乡土文学史上,鲁迅最早将农民请进文学殿堂唱主角,通过老中国儿女中"不幸"而又"不争"的那一群农民(包括像阿Q那样的流氓无产者),批判了资产阶级旧民主主义革命的不彻底性,从启蒙主义角度提出了中国革命中重要的农民问题。20年代乡土写实小说派积极应和了鲁迅的启蒙主义呐喊。

30年代农村所面对的,是更其艰难的生存境况。伴随着帝国主义列强凭借特有的工业技术与经济强力,将低成本、低价格的商品,大量倾销到中国市场，从根本上改变中国农村原有自给自足的自然经济状况，同时也从根本上冲击了与这种经济状况相联系的民族加工业，洋货咄咄逼人的经济态势的出现，令中国国货市场、原材料加工市场明显处于竞争劣势，出现了大规模经济萧条，洋货走俏，国货及原材料滞销就是最基本的萧条形态，"丰收成灾"，也就成为特有的30年代景观。

茅盾在其乡土小说"乡村三部曲"（《春蚕》《秋收》《残冬》）中第一次全面系统地描画了"丰收成灾"这一惨烈图景，形象地演绎了丰收成灾现象的发生背景、社会原因、发展趋势和农民觉醒的艰难、农村出路等一系列问题。由茅盾的这一类艺术思考引发了乡土文学对该现象的普遍关注，形成了包括叶圣陶《多收了三五斗》、叶紫《丰收》、吴组湘（1908—1994）《一千八百担》、洪深《香稻米》等反映丰收成灾问题的乡土文学系列。

茅盾对农民问题及乡土文学创作问题上的前瞻性，使乡土文学对农村与农民问题的认识达到了一个新的高度。

《春蚕》中的老通宝是位标本式的传统农民，正是通过他，作品毕现了老一代中国农民心灵上的沉重跋涉及其命途乖蹇。与一切土性深重的中国农民一样，老通宝的生命所系，就是土地，失去土地也便失去了存在的依据和生命根本。老通宝家原本是幸运的，因为养蚕"十年间挣得了二十亩的稻田和十多亩的桑地，还有三开间两进的一座平屋。"可是到老通宝本人那里就没有那么幸运了。使他贫穷困厄的原因，固然有社会变故的因素，但滞重的土性的束缚也是造成其悲剧命运的更其深刻的原因。他的视界内只有土地，他的眼光也仅仅只能局限在"绿油油的桑叶→雪白的茧子→当当响的洋钱"这一线性逻辑境域，传统农耕文化观念使他看不到别的生存方式，因而经不住任何一点变故，承受不了任何一点冲击，土里刨食的农耕传统规定了他只能走农耕蚕桑一条路，结果越穷越耕，越耕越穷！

这种悲剧个性表现了与经济变化、社会变化的极大冲突，而老通宝更加令人悲哀的地方就在于他置身这一冲突竟浑然无觉，更谈不上作丝毫的调整改变，更谈不上去参与社会抗争了！在《秋收》中，尽管春蚕的丰收而导致的经济歉收使老通宝或老通宝们失却了往日的期盼与虎虎生气，却始终不肯去思想一下怎样作出有价值的新的生存选择，耿耿于怀的仍然是俭啬的土地作风，谨诚恪守的还是传统的道德戒律。在自己恪守的生活信条屡遭挫折，特别是家人也敢于生出大胆的不和谐、新式农民多多头的成功真正击碎他关于水稻丰收的好梦之后，老通宝似乎才有所醒悟，而对洋玩意也表示了某种妥协，当然，这也是被逼无奈的事。

生活终于将老通宝推临绝望的深渊：蚕事的打击，田土里稻谷丰收希望的破灭，也许都只会激发他明年再来的抱负，可是，等到失去了土地，老通宝则是真正彻底地泄气了。《残冬》里的他陷入了无根的痛苦和最后挣扎，在寂然哀怨中饮恨死去——带着属于他的那个时代和他的怨恨，带着他对新的农民斗争的迷惑走了。

茅盾显然驾驭着两套叙述系统。一方面，以他对传统农业文化的深刻了解，他不可能不对传统农民的生存方式进行解剖透视；另一方面，他又是站在时代前列的进步的知识者，时代新变不可避免地要形诸笔端，不可避免地要对笔下的人物及其生活方式进行新的社会分析和理性解释。这样就出现了茅盾乡土文学的奇异的组合：既有对古老乡村习俗与古老生活传统的精当传神的再现，又有对新时代条件下乡土世界所应该有的一切的合理阐释，有对于新的农民出路的特别指点，也就是非常难得地达到了他自己给乡土文学规定的艺术目标——除特殊的风土人情而外，应当还有普遍性的与我们共同的对于运命的挣扎。这两种目标的扭结是很困难的，而以后的乡土文学实践也证明了这一点。茅盾的可贵与成功即在于，他认识到了唤醒老中国儿女的艰难的事实，因此，他根本就没有指望老通宝们会在一个早晨突然觉醒，他的期待寄托在老通宝周围的人们身上。老通宝所代表的时代及文化心理基础早已成为过时的风景，新一代农民也必定是要适应时代新变，与建立在旧经济基础上的文化负累作决绝告别的——多多头们所显示出来的文化个性就已经具备鲜明的时代特征。

这便是一种复合式思维，其存在当然是建立在对中国乡土社会本质的深刻领会与准确把握基础上的。相对而言，叶紫、叶圣陶、洪深等人对农民命运与农村出路问题就作了简化的、基本属于线性发展的解答，即表达了一种农民境况危急，路路断绝，官逼民反，只能起来暴动的线性逻辑建构。倒是吴组湘《一千八百担》是个例外。这部乡土小说并没有正面地写农民的苦难生活与社会危机，而是将农村经济破产冲击下的富豪乡绅置于前台位置，通过各色人物表演形象地展示各阶级、各阶层的利益冲突。在一派冷冰冰的闹哄哄之间，那"一千八百担"囤积起来的稻谷"成了叫花子手里的黄金，要做这样，要做那样"，最根本的，却是宋氏宗族原本要合起伙来盘剥农民，而此刻，面对谷价下跌的事实，又急于要瓜分甚至抢夺这从农民手中搜刮来的积谷。那"一千八百担"喜剧性的去向——那个将"俄国""共产"挂在口边的贰臣逆子"竹堂"发动农民冲进后堂仓房"抢"回自己果实的结局，实在是出人意料而又在情理之中。这里没有关于农民觉醒的线性发展与逻辑演绎，却"速写"式地横向揭示了错综复杂的乡村社会关系及农村历史发展的逻辑必然。

二 牛马人生的呜咽与古老土地的觉醒

"农民诗人"臧克家（1905—2004）在其乡土诗作《老马》中，曾给30年代农民画像，并将其雕塑式地凝固为一幅经典构图：

> 总得叫大车装个够，
> 它横竖不说一句话，
> 背上的压力往肉里扣，
> 它把头沉重的垂下！
>
> 这刻不知道下刻的命，
> 它有泪只往心里咽，
> 眼前飘来一道鞭影，
> 它抬起头望望前面。

这幅构图与80年代罗中立的油画《父亲》实在是存在着艺术上的某种暗通关系的。它们都是关于中国农民的一种文化阐释，是潜存着丰富能指的一种寓言状态，所有关于农民、关于土地的重负、沧桑、韧性、善良、劬苦、悲伤、愤怒、渴望……都在里面了。

作为被污辱与被损害的一群的代表，30年代农民所背负的沉重是多方面的，而乡土文学即在更为广阔的时代背景上描画着乡土地形形色色的苦难，展示着牛马一样的血泪人生，诉说着来自社会最底层人民的悲苦辛酸与内心期待，表达着对黑暗社会的愤怒诅咒与对乡土觉醒的热切呼唤。

20年代成长起来的一些青年作家，随着时代发展和经验储备、人生阅历的丰富，很快就发表和出版了大量乡土文学作品。比如魏金枝1930年就出版了《七封书信的自传》，其中五个短篇都写出了古老农村的衰败变化，随后又有《奶妈》《白旗手》两个集子。《白旗手》写了农民失去土地以后不想当兵而又不得不当兵的苦涩无告的悲哀，堪称代表之作。彭家煌也有《喜讯》问世，通过他所熟悉的乡村风物和小人物的命运隐现中国农村生活的变化。蹇先艾在《朝雾》之后，1934年出版了《酒家》和《还乡集》，1936年出版《踌躇集》，1937年出版《盐的故事》，这些创作的背景多数都在贵州农村，主要人物是苦难的农民，大都属于乡土文学创作。

在乡土文学写农民苦难，写他们在苦难中逐步觉醒的时代内容的总体潮流中，较有代表性的还有沙汀、艾芜、师陀（芦焚）、王西彦、蒋牧良、端木蕻良、白朗及早在20年代就很有成就的王统照、鲁彦等。

沙汀与艾芜同为川籍乡土文学作家，同受鲁迅教导，其风格却迥然有别。沙汀（1904—1992）属于"土著"型乡土文学作家，因而也被称为"农民作家"。他熟知四川农村和市镇世情，特别是对于地方军阀在四川农村的基层统治和豪绅集团的腐败情形有较深的了解，这类储备便成为其创作的基本材料库存，常常用来以反讽式笔调剖析乡土人生，挞伐社会丑恶。1932年到1934年的短篇主要倾向于表现乡土人生苦难：《土饼》《战后》《野火》等反映农村和小市镇人民的生活痛苦与自发的暴动；《恐怖》《赶路》等揭露四川地方军阀的黑暗统治；《航线》《码头上》《平平常常的故事》《老人》等写到土地革命对农民的深刻影响；《法律外的航线》以侧笔手法写到苏区打土豪、分田地运动……我们通过《老人》这一代表性文本可以窥视这类创作之一斑。"老人"是位破产自耕农，闹红军时得到过一些利益，但他对此似乎并不怎么以为然。秋收时国民党军队"帮忙"收割的实质终于使他醒悟。这个文本实际上成为沙汀乡土小说创作的一个基本表达式，即在反讽中实现新的价值构建，这就使沙汀乡土小说具备了一种特出的现代文体品格。

在1935—1937年的乡土小说创作中，沙汀显然更自如、更成熟地驾驭着这一文本格式，表述着他对丑陋现实与凄厉人生的清醒认识。作家抑制不住一腔怒火，无情揭露和鞭挞了四川国民党势力和地方军阀势力共同制造乡土人生惨剧的种种兽道丑行。《丁跛公》和《代理县长》着重揭露了丁乡约和贺熙一类基层官吏对贫苦农民的敲骨吸髓的压榨。丁乡约征粮已征到了民国五十八年。贺熙不管天灾人祸，眼看村民被逼到了吃人肉的绝境，还要课以苛捐、杂税、征粮、派款等"民国万税"，农民真是处于一种如萨特所说的那个"极限境遇",而作家清晰的批判指向也正表明一种战斗性。《凶手》《兽道》和《在祠堂里》则着重揭露了反动军阀队伍横行乡里,无恶不作的流氓与野兽本性。《凶手》中,哥哥被迫枪杀自己的亲兄弟。《兽道》里,尚未满月的儿媳妇被大兵们轮番污辱,婆婆被迫喊出了"我跟你们来"的惨痛呼叫!《在祠堂里》,洗衣婆的女儿被迫嫁给一个连长后,只为追求真正的爱情,竟被残忍地钉在棺材里活活闷死……沙汀正是以这类极端形态和已经出离愤怒的批判表明了革命必然到来的写作意旨。

艾芜(1904—1992)大体属于"游历"型乡土小说作家,其边地小说主要展示南国风情,笔致细腻,体悟精到,给人以独特的审美感受。在这种主旋律中,他也常常制造一些变调,即"演奏"西南边境偏僻地方生活与物殊风习主旋律的同时,在《伙伴》和《变》那样的作品里也写到了农民出身的抬滑竿的伙计,在《强与弱》那样的作品里写到关进牢里的农民,以及《山峡中》被迫沦为山贼的农民。《山峡中》那个老实而又有着太多悲苦的农民小黑牛,躲开了家乡农村吃人的张太爷的拳击,与打家劫舍的山贼为伍,却又因为想要洗手不干逃跑而被抓,打成重伤之后被山贼头子魏大爷从索桥下扔进了怒吼着的江涛,完结了他的悲惨的一生。生命就是如此轻贱,穷苦人生来就只有受苦的份!光明与希望究竟在哪里呢?这一浸透着泪和血的追问,就是艾芜写作的灵魂。艾芜可以说是一位用生命从事写作的作家,《山峡中》就是关于生命追寻与亲身体验的真实的倾诉。他的边地小说不同于沙汀世情小说的地方,除了上述内容、题材、背景、阅历等方面之外,还在于生命体验方式上显示了各自不同的特殊风格。沙汀对社会丑恶的透视是冷峻的,他把自身强烈的情绪体验包裹起来,人们体味的往往是内敛着的愤怒。艾芜则在沉静的叙事中外显着自己的爱憎情感与生命燃烧,以一种流浪者真切的同情和体谅再现着野性的肉的搏击,结果与沙汀一样给人以强烈的心灵震撼。《松岭上》的那个长得像牛一样壮的长工,无奈中从地主家偷米回家给儿女活命;地主发现后将他吊在架梁上打得死去活来,并乘机污辱了他的妻子。长工被放回家后,杀了家人,又杀了地主一家,随后,自己也决绝于人世。这透现着男子血性的惨烈悲壮的自发反抗同样寄寓着作家本人的思考和期待,同样预示着蓄势已久的风暴的必然来临!

蒋牧良(1901—1973)的乡土小说则着重描画了湘南农民苦难的惨

象，表现了农村尖锐的阶级对立和地主阶级的凶残本性。《集成四公》写了地主集成四公的骄横、贪婪、悭吝与外强中干的灵魂，刻画了关于中国封建社会的破落的土财主形象。与集成四公的悭吝、贪婪相对应的，是短篇《赈米》所展示的惨淡人生与惨烈图像："满街满巷都是人，清一色的叫花子。娘儿们把粗麻布裹起小孩子背在背上，老头子挑着半边锅和烂棉絮都向大街上走。有些还是光着两条瘦腿子，高高儿地耸起两肩，把脑袋缩得像个乌龟那么的在铺着雪的街石板上移动着。""他们的太阳穴，都挖进去有寸把深，眼珠子大的吓人，还有颧骨像两个小小的山峰，耸在面上。"这实际上是浮雕式的 30 年代中国穷苦农民群像的展览，是乡土地曾经有过的真实，人们不应该丢弃这张已经泛黄的历史照片。

师陀（1910—1988）是 30 年代初步入文坛的。这位来自中国腹地的"暴徒"（ruffian），出手不凡，一鸣冲天。他的一系列渗透着血泪、散发着鬼气的乡土小说，绘制了一幅幅中原农村的"浮世绘"，在抒情氛围中表达对乡村痛苦与血泪人生的同情和对那个充满了官绅兵匪的贫穷动乱的农村的憎恶。本期师陀乡土小说主要收集在《谷》（1936 年）和《里门拾记》（1937 年）两个集子中，其写作动因与目的，在于"把所见所闻，仇敌与朋友，老爷和无赖，总之，各行各流的乡邻们聚集拢来，然后选出气味相投，生活样式相近，假如有面目不大齐全者，使用取甲之长，补乙之短的办法，配合起来，画几幅素描。……虽不怎么伟大惊人，倒也好算作一幅'百宝图'"[①]。代表作《寒食节》即通过关家三少爷回乡祭祖这一视角展现了一个全身上下透着腐气的废墟般的荒村，从而也成为一种经典图示。

王西彦（1914—1999）的乡土小说主要发表在上海的《文学》《作家》《文学界》《光明》《中流》等刊物上，代表作为《悲凉的乡土》。他生长在义乌农村，身经目睹了农村社会的黑暗和农民生活的悲惨，其乡土文学创作挖掘较深，体会也很真切。"当我采用短篇小说的形式来描写社会现实时，浙东家乡农民的苦难生活，就以一种十分鲜明的形象重现在我的眼前。我的第一篇习作，就是诉说农村妇女的深重苦难的。以后所写的反映浙东农民生活的作品，也几乎都可以从实际经历里找到真实的模特

[①] 师陀：《里门拾记·序》。

儿。"① 他笔下的农村笼罩着沉重的黑暗与悲苦情绪，就因为作家太熟悉他的故乡社会了，他的笔，也只能抒写乡土人生，尽管在抗战和解放战争中也有过其他创作，但始终未成为其创作主导。

铁蹄下东北农村土地沦丧后的另一样灾难人生，也成为广泛的关注对象。《鹭鹭湖的忧郁》《浑河的激流》（端木蕻良）、《没有祖国的孩子》（舒群）、《呼兰河边》（罗烽）、《轮下》（白朗）、《回家》（于黑丁）、《草原上》（刘白羽）、《忌日》（宋之的），甚至包括台湾乡土文学作家在内的一批创作，全面展现了充满灾难的乡土地从悲苦到奋起的广阔图景，这种潜涌着的热爱乡土、热爱祖国的激情，为唤醒民众的民族意识起到了积极作用，也提供了全国范围内大规模民族斗争必将出现的事实依据。

长篇乡土小说以更闳阔的画面展示了乡土地的艰难觉醒，其中最突出的代表是王鲁彦的《野火》与王统照的《山雨》。王鲁彦于1933年回到镇海乡下住了一个时期，在家乡认识了农村中各色各样的人物：有男女农民们、进步的农村青年人、小学教师，也有地主兼商人的老板、乡长和乡长的听差等等。他感到封建恶势力压迫的深重，真诚同情多灾多难的故乡农民，产生了对故乡现实社会的强烈爱憎。这类诱因促使他想写一部以农民反抗地主阶级统治的长篇，并计划用三部系列完成它：第一部题为《野火》，取"野火烧不尽"之意象征农民反抗的开端；第二部题为《春草》，取"春风吹又生"之意象征斗争的发展；第三部题为《疾风》，取"疾风知劲草"之意象征抗争的风暴中坚贞不屈的英雄。但是，由于当局查禁、作者逝世等原因，第三部并未写出，第二部也只写了七章，且背景已变为抗战，主人公变为知识分子。第一部由良友图书公司于1937年5月出单行本时受当局干扰，删改了群众抗争情节，1944年，鲁彦夫人覃英加以修订，改名《愤怒的乡村》重印，以表示与经国民党文化特务机关删改的《野火》相区别。这一经历表明了反映土地革命的乡土文学创作本身也曾有过的艰难抗争过程。

鲁彦真正最早较纯粹的写农村斗争生活的乡土文学尝试是1936年2月在《文学》6卷2号上发表的中篇《乡下》。作品写30年代农村三个农民相继惨死的悲剧。陈家村的阿毛、三品、阿利三位朋友不满伪乡政府压迫，立誓同他们"拼个你死我活"，但终因各自性格、遭遇、观念等区别

---

① 王西彦：《王西彦小说选·自序》。

未能遂愿，相反一个个含恨死去。这里，鲁彦明确表现了阶级压迫与阶级对立，也企图指出某种出路，但终究只是一种朦胧的期待，所寄托的希望也只是阿毛的儿子阿林。阿林的志向倒是要"杀尽那些狼心狗肺的东西"，至于是否能够兑现，鲁彦却无从交代了。

然而，鲁彦的尝试仍然是有意义的。《乡下》使鲁彦第一次明确了关于农村社会现实的清晰的批判指向，相对于前一时期乡土文学创作而言，这一变化仍不啻为一种进步，同时也是应和着鲁迅所倡导的"文学是战斗的"要求的积极的具体实践。到了《野火》中，鲁彦就试图回答《乡下》中遗留的问题了：农民应该联合起来，团结斗争，这样才有出路。为证明这一点，作品设计了三个回合的斗争，即农民暴动领袖华生打烂地主老板阿如家"丰泰米店"的货柜；华生率领众人用10个铜圆抗税；阿如收租打死人，华生、阿波等组织农民起来开展武装斗争。这几个回合，一次比一次规模大，一次比一次斗争激烈，而两种对垒也一次比一次尖锐，各自阵线一次比一次分明，"穷人"与"恶人""好人"与"坏人"渐次具备了某种固定属性与外在标识——这一影响可谓深远了。

但《野火》是成功的，因为它展示的是一种过程，过程本身就是美的。即便是华生，开始的时候也只是觉悟到"我——是人"！"我——不做人家的牛马"！而此时家中恰恰就有一个死心塌地"专门给人家做牛马的阿哥"——葛生！华生最初的觉醒也只是"人"的尊严、"人"的价格的觉醒，阶级意识的觉醒是后来发展中的事情。"过程"的意义还在于，鲁彦并没有发明"脸谱化"。他对一群地主豪绅及其狗腿子的形象的刻画是真实的，那个阿如老板、乡长傅青山，都没有予以简单丑化。

王统照的《山雨》（与茅盾《子夜》于1933年同年印行）则因其清醒的现实主义力量而传颂了"子夜山雨年"（1933）的文坛佳话。对于《山雨》，茅盾给予了很高评价："到现在为止，我们还没有看见过第二部这样坚实的农村小说。这不是想像的概念的作品，这是血淋淋的生活的记录。"[①] 茅盾这一评价是中肯的。他使我们看到了《山雨》同其他表现乡土觉醒的创作相比较而显示出来的区别，同时也就指出了乡土文学在表现农民觉醒问题上所应该持有的基本态度，即通过具体图景写出乡土觉醒的历史过程与历史必然，以"血淋淋的生活"实际为依托隐含革命功利主

[①] 茅盾：《王统照的〈山雨〉》，1933年《文学》1卷6期。

义价值判断，从现实的乡土特性与生活变迁中"侧面地透露出一些政治消息"①，这一点不是"想象的概念的作品"所能做到的。

《山雨》的成功就在于它是血淋淋的农村生活的记录。作家本意是为了"写出北方农村崩溃的几种原因与现象，以及农民的自觉"②，实际创作重点却放在乡土人生苦难的叙述上，这一努力反过来又更好地帮助实现了既定的创作意图。小说描写连年干旱的天灾，写阶级盘剥和匪盗劫掠的人祸，写战争频仍的兵荒马乱年代农民的另一重苦难，立体地展现了天灾人祸、大兵洗劫之后乡村崩溃的景象。作品的叙述角度是独特的。奚大有——一个老实本分，只知道下死劲出力流汗的农民，一个中农阶层的典型代表，他的光景并不差，向来就没有什么重大的忧虑，也没有什么强烈的欢喜，是一个习惯了凭力气度时日的、无什么大的欲求也无什么大的满足的人，他的全部生活内容，不过是在艰难时世里活下去。但是，"在'混蛋'们统治的社会中，人，从而他的自由和选择，不能不被打上折扣，甚至被根本取消"③。时代是一个不让人活的时代：预征钱粮、强派学款、旱灾、匪患、讨赤捐、出兵差、抓车、筑路、饿兵进村……这类祸事，你不去惹它，它也要自己找上门！更何况奚大有又特别具有那种中农式的死心眼，卖菜时大兵少给了八个铜板，就死缠着跟人家要，结果被镇上驻扎的饿狼似的兵们捆绑起来并强行勒索，家人四处借债才将人赎回。奚大有的结局只能是卖光田产，举家逃离故乡，因为他已经意识到，像他这样靠自己的勤苦支撑日月的人也支撑不下去了，硬留下来又有什么指望呢？

奚大有最后还是回到故乡去看望朋友的，但也只是目睹了更加衰落的乡村，引起更大的哀伤而已。茅盾对此一结局不甚以为然，认为破坏了全书的一贯性。他以为，《山雨》全书的一贯性，就是奚大有朋友徐利所说的："不能过了，这一来给个'瓮走瓢飞'，非另打算不行！"这表明"《山雨》的故事是从'昨日'联结到'今日'的，并且企图在'今日'之真实中暗示了'明日'的"，而且，"实际上，现在更普遍的农村现象是：虽然有少数农民逃出农村去'另打算'，却有大多数农民知道逃出去

---

① 老舍：《答复有关〈茶馆〉的几个问题》，《老舍文集》第16卷，人民文学出版社1991年5月版。
② 王统照：《山雨·跋》，上海开明书店1933年版。
③ 黄颂杰等：《萨特其人及其"人学"》，复旦大学出版社1986年版，第235页。

也没有活路而守在村子里'另打算了'。"① 其实，对奚大有的这种革命化要求是过高了，而且恰恰是这一要求就有可能真正破坏《山雨》的一贯性。因为，农民的苦难与哀伤才是作品真正的主旋律，才是符合作家创作本意的基本调性，也只有依着于这一主调，才能真正做到从"昨日"联结到今日，在"今日"之真实中暗示"明日"，至于奚大有们"明日"怎样，他们是否"守在村子里'另打算'"，实在已经超离《山雨》的写作阈限之外了——"山雨"应该只关涉觉醒一类语词，而尚未指向抗争或者革命。

第三节 偏重在表现田园诗意

一般认为，废名（1901—1967）与沈从文（1902—1988）开启了乡土文学的现代田园传统。的确，现代乡土文学的田园品格成型于废名、沈从文，而真正的源头却在周作人那里。周作人是最早热心地提倡文学的"乡土艺术"的，其平和冲淡、闲适雅致的风调则成为具体实践形式，而废名就是直接接受周作人艺术浸染的"得意门生"②。实际上，由周作人倡导，经废名过渡至沈从文定型的现代田园风格，与古典田园传统有更直接的关系，特别是与传统士大夫文人的雅士情怀、避隐倾向的渊源关系更为密切。40年代，孙犁糅合了时代内涵，使田园传统更走近传统静态牧歌曲式，显示了与第一期现代田园风格不同的特殊格调，刘绍棠、古华等人承继了这一格调。至于废名、沈从文传统则更多地在师陀、汪曾祺等人及90年代颇具理性的文化群体那里得以再现。这两种田园传统交互作用，纠缠绵延于世纪乡土文学的全部过程之中，以一种与乡土写实旋律相呼应的和弦，交会成整个世纪乡土文学的华贵辉煌的交响。

一 废名皈依自然的文化选择

也许是目睹着太多沉重而不忍再言沉重，或者是身历了太多惨痛而不愿滞留于惨痛，废名的艺术视线基本超然于现实苦难之上，神情中流露着

---

① 茅盾：《王统照的〈山雨〉》。
② 参阅黄伯思《关于废名》，《文艺春秋副刊》1947年第1卷第3期。

无以名状的淡淡的怅惘忧伤，跳跃着对美、善、真的固执的呼唤和企望！废名对于乡村自然有特殊情感和感悟，而且也有着几乎是与生俱来的乡土本性。他和徐志摩不同。"徐志摩才气横溢，风流倜傥……相反，废名是僻才，相貌'奇特'（似为周作人语），面目清癯，大耳阔嘴，发作'和尚头'式（非剃光），衣衫不检，有点野狍，说话声音有点吵嘎，乡土气重。"① 可见，废名本人就是未经"异化"的自自然然的一处风景，他何以特别偏爱乡村的和谐恬静与农人的热情淳厚，并且在抗战中选择实践意义上的返乡，这些就都不足为怪了。

　　大地之子的文化情怀，使废名醉心于美的自然。竹、柳、桃、槐、水、菱、塔、桥等自然物象构成废名乡土小说的主要背景点缀，其创作也便涂上了水墨的色彩，而凸显于其中的，则是对美的自然的执着向往。《竹林的故事》这篇轻漾着诗意的乡土小说，劈头就是这样的自然画面：出城一条河，河西坎脚下一簇竹林，竹林里一重茅屋，茅屋两边是菜园。竹林、菜园一类静物的灵魂是水，水的流动使所有景物都活了起来："四五月间，春雨之后，满河山水"，于是，"林里的竹子，园里的菜，都一天一天的绿得可爱"。这里，竹因水旺，水因竹清，竹水一体，蓬勃着生命的原色。《浣衣母》也有着相似的景致：出城一条河，河边是浓密的树木，林中也是几重茅屋，简洁的风水透现出无比的灵动与无限诗意。《菱荡》里的陶家村，《桥》中的史家庄，《桃园》中的桃园，也都是绿水修竹，四野皆碧，宛转氤氲着似真似幻的仙气！

> 　　菱叶差池了水面，约半荡，余则是白水。太阳当顶时，林茂无鸟声，过路人不见水的过去。如果是熟客，绕到进口的地方进去玩，一眼要上下闪，天与水。停了脚，水里唧唧响——水仿佛是这一个一个的声音填的！偏头，或者看见一人钓鱼，钓鱼的只看他的一根线。一声不响的你又走出来了。好比是进城去，到了街上你还是菱荡的过客。
>
> 　　这样的人，总觉得一个东西是深的，碧蓝的，绿的，又是那么圆。

---

① 卞之琳：《〈冯文炳选集〉序》，冯健男编，人民文学出版社1985年版。

这幽静明亮、自在怡人的风景画显然是一种写意，是对故乡景观的主观营造，是对客观自然的审美提纯，或即通过人化的和能指化的自然表示着某种精神固守。我们或许可以在这样的风景画中找到哈代、乔治·艾略特等人将景物生命化、人格化的影子，我们也可以说废名的写景艺术在精神气质上确实受到了陶渊明、王维、孟浩然等人的田园山水诗或晚明小品文的熏染，然而更主要的，我们所看到的还是作家个人的现代体悟与美学创造——蕴藏在这类田园风景画面中的深层文化动因与艺术内涵，也就是说，世间一切丑恶，无论原生或新生，在令人心颤的美景面前都已逃遁隐匿，世间一切沉重也被看轻，美的自然成为人们胸中的唯一存在，或者毋宁说是作家所期望的理想化的现实存在。

因此，美的自然实际包含的是作家本人的理想追求，其最后指向仍然是人以及人的现实。"三姑娘"就寄托着这种理想成分。这位清纯的乡村女子所具备的所有美质，都来自自然的钟灵毓秀，尤其是水。活化万物的水，实在是一种与三姑娘二而一的理念形态。水的灵动、纯净直接关联着作家心爱的人物，水的品格给人以深刻的文化启悟："水者，地之血气，如筋脉之通流者也。故曰：水，具材也。"[1] 三姑娘就是给沉重板结的土地人生舒筋活络的柔韧的水流，而那一泓清流在滋养万物的同时也滋养了三姑娘这一文化精灵，这也就难怪废名要特别钟情于水了。

废名乡土小说体现了对生命之真的热切向往。宁静明丽的自然所孕育的，恰恰就是生命本真。在关涉这一问题时，人们常常喜欢引述《竹林的故事》的相关内容：

> 其中有一位最会说笑的，向着三姑娘道：
> "三姑娘，你多称一两，回头我们的饭熟了，你也来吃，好不好呢？"三姑娘笑了：
> "吃先生的一餐饭使不得？难道就要我出东西？"
> 我们大家也都笑了；不提防三姑娘果然从篮子里抓起一把掷在原来称就了的堆里。

的确，这里体现的是令人心颤的生命的和谐本真，人们难免要生出

---

[1] 《管子·水地》。

"常恨春归无觅处，不知转入此中来"一类文化感喟！如水的清纯的三姑娘实在是一个美与真的精灵。《红楼梦》也在盛大的篇幅中礼赞着一群水做的女子，她们也有如水柔肠，也追求生命之真，对仕途经济一类浑事表示着极端的厌恶。不过，这又是一群有着雪肤冰肌、整日作宴赋诗、浑身透着冷艳与悲戚的过分"高洁"的贵族家门女子，她们要求于人的太多，比较欠缺一种融会，尤其是向大众人生的融会——一个乡下刘姥姥所带给她们的，只是一种降贵纡尊的开心而已。三姑娘则是属于世俗生命的。作为平平常常的乡村女子，她并不索求什么，只为平常如水的大众生命制造着实实在在的欢乐，她是清新的田野的微风，是跳动在人们心尖的久远而又常春的希望与祝福。

人生之真往往在童年，而随着岁月流逝，纯真的生命也便烟雾似地只轻漾在记忆之中。对于这种无法挽回的真切生命，废名是作了太多的追寻，流露了无尽的哀婉忧伤的。《柚子》《桥》就是表达这类忧伤的有一定情感关联的代表作品。柚子是"我"姨妈的女儿，和"我"都住在县城。那时候，年底去乡下的外婆家拜年，外婆便将饧糖分给我们吃。"我"常常是先吃完了，就再偷摸柚子的那份儿吃，柚子"很明白我的把戏，但她并不作声"——她常常就是很向着她的"焱哥"的。月光下一同唱月亮歌、做望月亮的游戏的纯净岁月很快成为过去，我也将要淡忘记忆中的柚子了。寒假由北京回家，就想着要去看看她，希望找回如梦如歌的童真岁月。不知"现在是怎样一个柚子呢"？"还是那个羞红了脸的柚子"么？现在见到的柚子，"身材很高，颜面也很丰满，见了我，依然带着笑容叫一声'焱哥'"，并不同"我"多讲话，然后，十年久别，一夕重逢的柚子妹妹，跟着她的骷髅似的母亲，在泥泞街上并不回顾我的母亲的泣别，渐渐走不见了。这真是天地之间、古今之间一个巨大的残缺——人不可以再回到童年。"我"怀揣着美好真切的希望去寻觅十多年前的一个梦，却再也找不回来了。哀怨伤感又掺和着甜蜜回忆的古歌，不知唱了多少代人；一丝温馨、一丝失落、一丝忧伤、几许感怀，竟不知往何处再觅那个童话的世界。在《桥》这部作品中，废名似乎更乐意建造一种成人的童话了。程小林、史琴子、细竹之间，所有的只是看山赏塔，采花折柳，并无仕途经济一类困扰。史家庄的一切都显得那样和谐、美丽，一切都氤氲着真心和诗意，连史家奶奶也只有慈祥，人们是集体地返璞归真了，而那"桥"，也只是渡引人们通往古朴率真的一种象征而已。

与对美的自然与生命之真的迷恋倾向相一致的是，废名乡土小说还体现了对人性之善的追求。人作为自然之子的重要部分，就是品格的自我完善和心灵的纯化。废名相信，善的力量是可以比暴力或者战争更为强大的，在这一点上，他似乎是接受了《巴黎圣母院》《悲惨世界》等的某种影响——同那些悲惨境地里的冉阿让们、爱斯米拉达们一样，"浣衣母"所体现的仁爱力量也几乎是万能的。"李妈"（《浣衣母》）就是寄托着废名关于仁慈、善良和爱之类美好而浪漫的企望的代表人物形象。她是灰暗的30年代布景下的一束孤光，因而显得格外耀眼。这一光束本身却是处于悲凉的浓黑之中的。她的酒鬼丈夫故去，留下的是"两个哥儿，一个驼背姑娘"和一间"茅草房"。李妈用门前清清的河水"包洗城里几家太太的衣服"，独立苦熬苦撑，"男孩子不上十岁，一个个送到城里去做艺徒"，驼背姑娘也实在帮不了什么忙。后来，就连驼背也死了，两个男孩，死的死去，当兵的当兵去，光景委实艰难。多亏来了一位中年汉子在门前开茶座，李妈与他合力共度艰难时月。但这样一来，李妈头上的圣洁的光环突然消失了，邻居王妈的谣言终于熄灭了黑暗王国的一线光明，毁掉了李妈营造的人心中的"圣地""乐土"！其实王妈常常是由着自己的"小宝贝"整天整天地赖在李妈家，自己"借此偷一点闲散"的，然而，受惠于人却视为应当、从无谢意。"城里太太们的孩子"也常常"舍不得这新辟的自由世界"，不肯回家，就是"太太们的姑娘，吃过晚饭"，也要央求李妈"在河的上流阳光射不到的地方寻觅最是清流的一角"，偶尔下河洗衣。这"在她们是一种游戏，好象久在樊笼，突然飞进树林的雀子"。洗完衣服就在李妈家休歇，"回家去便是晚了一点，说声李妈也就抵得许多责备了"。外乡过路人也常常得以喝杯凉茶，人们只是"感着活在世上最大的欢喜"。这块圣洁的乐土，竟使那些痞话连篇、举止粗鲁的大兵们也变得文雅温和起来。废名同雨果到底还是有区别的。他终究没有像雨果那样把爱、善良、仁慈看作是能够改造社会、拯救人类的绝对办法，他看到了善的力量的脆弱和非绝对性，因此，在《浣衣母》中，那个卖茶的汉子终于离李妈而去，李妈复又陷入了几乎无望的等待之中——善并不能最终解放她！

废名的乡土小说，实在是一首首极端精致的散文诗。实际上，小说与散文诗往往是有着特殊"姻缘"的，特别是在那种抒情体小说中，就常常能够发现一处处散文诗的段落。当然，散文诗在小说中的存在还并不是这种外显式的存在，其与小说真正的姻缘关系在于艺术质地上的某些共同方面，比如内在韵律、特定情趣与理致等。散文诗的情绪发展或（象征性）事理发展一般就构成一种内在韵律，比如许地山《空山灵雨·蝉》、郭沫若《白发》、鲁迅《野草》等，一般都在整篇文字内部流动着炽烈的诗情轨迹或沉潜的理性思辨轨迹，这一轨迹一般都不以外显的、可视的方式呈现于作品表象层，而往往以内敛的、可体悟的方式流淌、暗藏于作品深层，也就是一种内在旋律或内在情理。我们说小说创作中经常存在散文诗的质地，就因为小说创作也往往要将情绪、事理内敛在表象叙述之后，这样就使它具备了散文诗质地，而且有的小说（特别是短篇）常常通体体现出散文诗的质地。

废名的创作便是这种典型的艺术实证。《竹林的故事》《柚子》《浣衣母》《菱荡》《桃园》……哪一篇不可以当散文诗一样来读呢——散文的句式、诗的跳跃与节奏、韵味，的确显示了特有的张力、弹性和韵致。前面提及的《柚子》这一短篇，从回忆儿时的梦，到寻觅那过去的梦，再到人生失落的感喟，明显具备散文诗的结构章法和节奏韵律，或者说它就是扩展的散文诗作。至于像《桃园》中"王老大一门闩把月光都闩出去了。闩了门再去点灯"一类描写，就更是一种典范的散文诗的句式。

二　沈从文反观家园的文化实践

沈从文的内心装着他的家园——一个已被能指化的湘西世界。"伟大的小说家们都有一个自己的世界，人们可以从中看出这一世界和经验世界的部分重合，但是从它的自我连贯的可理解性来说，它又是一个与经验世界不同的独特的世界。"[①] 就"和经验世界的部分重合"这一层面来讲，沈从文的乡土文学创作中的确有一个地理意义上的湘西背景。有研究者指出，"历史上的湘西，指武陵山、雪峰山和云贵高原环绕的广大地区，是沅水中上游及其支流——酉水、武水、辰水、㵲水、巫水（史称"五溪"）汇聚之地。若按1952年后新的行政区划，湘西面积大幅度收缩，只保留了现在的土家族苗族自治州"[②]。沈从文作品中的湘西显然同历史概念上的湘西有更多"重合"，而绝不止于自治州甚至一个"凤凰"县

---

① ［奥］韦勒克、沃伦：《文学理论》，三联书店1984年版，第238页。
② 刘洪涛：《湖南乡土文学与湘楚文化》，湖南教育出版社1997年版，第192页。

城。但是，沈从文构筑的湘西世界"又是一个与经验世界不同的独特的世界"，它不是一种所指存在，而是一种复杂的能指式存在。它不仅是湘西的过去与现在的美丑善恶之类二元结构的能指化指称，而且，也"是在与都市社会对立互参的总体格局里获得表现的"①，"湘西"其实就成为体现着现代理性的某种精神固守或文化对抗。

  沈从文所表达的，首先是对抗着现代文明之病的对湘西世界古典辉煌的礼赞与依恋。作为（前）现代文明的主体，工业文明（商业文明）显然是一柄双刃剑，即在体力获得解放的同时，人们的精神世界及其面对的物质世界又伴生了诸多"恶心"（相对而言，以信息革命为主要表征的后现代文明似乎较少带来这类"副作用"，因为它不像工商业文明那样与农业文明有着更直接的文化冲突）。沈从文在其乡土文学创作中一般并不具体展示现代文明的"恶心"形态，而对抗这类形态的倾向也只是一种隐含判断或潜在前提，但这种对抗意向依然是清晰的。他不止一次地声称自己是个乡下人，其实就已经表明了对抗着都市各类畸形形态的总体态度，而在他有限的都市题材创作中，则明确地表明了这种态度。《绅士的太太》就是为了替都市所谓"高等人"造一面镜子，《八骏图》《自杀》《来客》《大小阮》等也恰似一面面镜子，映照出由达官贵人、旧家子弟、名媛、大学教授等构成的都市上流社会的面影。在沈从文的视界内，都市社会与都市人生已经发生畸变、异化，各种"恶心"所给予人的只是不适与厌恶，与此相反，乡村世界则是敦厚、古朴而又清新、纯净的。

  对湘西世界古典辉煌的眷恋，使沈从文不无感伤地再现着具有原始的原生美丽的生命形态、文化形态。他多次表明了对"农村社会所保有那点正直素朴人情美，几乎快要消失无余，代替而来的却是近二十年实际社会培养成功的一种唯实唯利庸俗人生观"②的文化事实的叹惋与忧虑，因此，对原生美丽的展示便具备了一定的建设意义。在《野店》《旅店》《月下小景》《阿金》《媚金·豹子与那羊》《七个野人与最后一个迎春节》《龙朱》《神巫之爱》《凤子》等乡土小说中，沈从文主要通过婚恋问题展示了一种原始古朴的美的生命形态，并企图将其作为一种理想范型给现代人以某种生命启示。这是一种未经现代文明染指的准乎自然的生命

---

  ① 凌宇、颜雄、罗成琰主编：《中国现代文学史》（修订本），湖南师范大学出版社1999年版，第334页。

  ② 沈从文：《〈长河〉题记》，《沈从文文集》第7卷，花城出版社1984年版。

形式，是都市社会里任何甜得发腻的虚伪情感都无与伦比的美的提纯。这里有古朴迷人的习俗，诸如跳傩、对歌、赛龙舟、狩猎、放蛊等。这里也充满原始野性的生命力量与人性本真，尤其是在对待爱情的态度上，敢爱敢恨的年轻人们绝少拖累与羁绊，因而几乎成为一切唯情主义者们理想的情爱模式。对待情爱的态度实际上也就是一种基本的生命态度，这一态度在《七个野人与最后一个迎春节》中得到极富浪漫气息的体现。"七个野人"因为不满清府在他们生活的北溪村设置官府，征收税款而逃避到了一个野山洞，重新建造了理想的生活乐园。他们善打猎，精拳棍，通医药，喜纵酒，更会"用一些精彩嘹亮的歌声，把女人的心揪住，把那些只知唱歌取乐为生活的年青女人引到洞中来，兴趣好则不妨过夜，不然就在太阳下当天做一点快乐爽心的事，到后就陪到女子转去，送女人下山"……无拘无束的自由生命构成一种现代神话，一种理想的象征。可以说，"野人"式的生活模型在现代社会是不存在的，但是它又并不全然属于子虚乌有。这一虚拟化的模型中流溢着的生命气质使人们宁肯相信这是曾经有过的生命真实，而作家的意图也正是希望借此为现代生存注入一些活力，使苍白乏味的人生更多一些生趣与真实而已。

在表述这种原始古典主义倾向的时候，沈从文的可贵之处就在于始终没有脱离大地根基与人性本来。"地方既在边区苗乡，苗族半原人的神怪观影响到一切人，形成一种绝大的力量。大树、洞穴、岩石，无物不神。狐、虎、蛇、龟，无物不怪。神或怪在传说中美丑善恶不一，无不赋以人性。因人与人相互爱悦，和当前道德观念极端冲突，便产生人和神怪爱悦的传说……落洞即人神错综之一种形式。"[①] 实际上，一切神祇都只是人化的神祇，尤其在东方人神合一的传统格局中，神的绝大多数都体现着属人的本质，它往往并不外在和对立于人，这与西方诸神传统是有所区别的。西方神祇带有更多超人或非人属性，它们在很大限度上形成对于世俗生活的阻隔，人类活动到达成功一般要付出对抗某种神力的艰辛和努力，神与人是两个不同的范畴。比如在荷马史诗《奥德赛》中，希腊英雄俄底修斯完成了特洛亚战争后，经历了长达十年的还乡努力才得以到达彼岸，而其间主要阻隔即在于神巫所制造的种种难题。中国传统神灵基本上趋于人间化、世俗化，这只要一个土地神就能说明问题了。土地就是完全

---

① 沈从文：《湘西·凤凰》，《沈从文文集》第9卷。

世俗生活化的神祇，他们的性格、行止都带有鲜明的人间痕迹。沈从文基本承接了民间神灵崇拜文化传统，其所展示的神力基本体现着世俗的人性力量，即神是具有人性的、体现着民间意志的超自我力量，因而人对神的皈依，与其说是出于畏惧，不如说是一种自我调适的努力，对于神的信奉与恭敬也便带有更多人情味，所体现出的也就不是一种对抗，而是一种融合、一种依赖。人神合一的典范实证很多。《山鬼》中的霄神就很有人的脾气，它有七情六欲，它一发怒，毛弟的大哥就疯癫了，于是，毛弟的母亲只好献给土地神一只鸡，并许愿年终献上一只猪作为牺牲。《雪晴》中的杨大娘，对神也抱着朴素的信仰，对神产生了极大依赖。这类实证表明，神祇并不可怕，只要表示恭敬，只要多保持联系与沟通，它们就成为一种庇护，得罪了神灵，灾难才会降临，而所有灾难也只是得罪神灵的结果，这个时候就必须禳灾祈福——人们是完全一厢情愿地构筑着一种理想，是依照自身意志企图把握住冥冥之中的主宰和力量，这种朴素的神灵文化也便显得尤其本真可爱，而神灵也实在不过是一种理想精神的感性显现。

由对自身臆造出来的神灵的崇拜也就产生了代神灵立言、代表人类向神灵走近的"神的儿子"——巫。巫文化是楚文化的基本表征，沈从文也特别注意到了这一精神现象。《神巫之爱》即以浪漫的笔调极力铺排了神巫被年轻女子爱慕追求的情形。听说神巫要到云石寨做法事，年轻美貌女子一早就聚在寨门外的大路上，等候着神巫的到来。她们把自己打扮得像一朵花，希望自己能得到神巫之爱，哪怕一夕之欢也尽够欣幸的了。由此可见，能沟通人神关系的巫在人们心目中有着崇高的地位，因为一切企求、期待、热望、梦想等等的最后实现，都不能脱离巫这一中介或桥梁。世俗中的人可以具备某种神性——一种人性神圣，却很难真正走近神，能走近神的只有巫。

在叙述这类原生态的神奇故事时，沈从文持取一种泰然镇定和怡然微醉的态度，也许正是这一态度激怒了那些站在社会批判立场关注现实人生的热心的人们，以致很长一段时间人们已经习惯了将沈从文视为"另类"，从而对乡土文学的异域情调也多有微词，导致了对美轮美奂的湘西世界的不小的误读与曲解。

其实，沈从文不过是在表达一种深深的忧虑，体现着对现代生存的理性关怀。他并没有忘记社会，也没有游离人生，更没有逃避现实积重。无论那个湘西怎么美丽,都遮盖不了作家流溢在美丽之后的凄然和哀伤,正所谓"背面所隐藏的悲惨,正与表面所见出的美丽相等"①——商风渐入所导致的原始美丽必然坍塌与走向隐没的文化事实,必定使作家的泰然超逸带着一丝悲壮气息,而现代文明作为一种新的参照,也必定要促使作家对他心目中的湘西世界进行冷静的谛视与理性反思,并在这一层面上实现对所谓迷醉与依恋一类体验的情感超越。

果然,沈从文发现了一种生命尴尬。"我实在是个乡下人。说乡下人我毫无骄傲,也不在自贬,乡下人照例有根深蒂固永远是乡巴佬的性情,爱憎和哀乐自有它独特的式样,与城市中人截然不同!他保守、顽固、爱土地,也不缺少机警却不甚懂得诡诈。他对一切事照例十分认真,似乎太认真了,这认真处某一时就不免成为'傻头傻脑'。"② 我们谈到,新的现代文明自有其进步性,同时,新文明也制造着新的腐恶,进步与腐恶并存的事实总体上提供了一套新的价值体系,"乡下人"在选择和运用新的价值标准的时候就必然会出现乡村世界新的价值倾斜与生命阵痛,新的乡村丑陋与价值观念冲突也就引发了沈从文的某种现代忧虑。他的乡土文学的主体部分,就是将原生状态的生活与生命情景置于一种现代参照之下,充分地展示出"乡下人"在性格特征、精神文化现象及生存境遇等方面与已经发生变异的现代文明的悲喜冲突。

《柏子》《萧萧》《老兵》《会明》《贵生》《丈夫》等就是表述这类现代忧思的典范文本。"这些作品里的'乡下人',一方面,其道德状态与人格气质与古老的湘西文化相连接,他们热情、勇敢、诚实、勤劳、朴素、人性准乎自然;但另一方面,与其道德状态、人格气质同源的理性精神的蒙昧,又使他们无法适应现代生存环境,从而导致他们的悲剧命运。"③ 实际上,沈从文所表达的这种现代忧虑是包含着复杂的文化体悟与生命思考的,即以《萧萧》来讲,萧萧的人生遭际就渗透了作家深刻的悲剧体验。从最初始的意义层面上看,萧萧的童养媳身份体现为具有广泛代表性的社会悲剧。童养媳的职能无非是一种工具,充当的社会角色就是保姆、牛马与生育机器,乡村妇女长期以来几乎无一幸免地被放置于这一毫无人性的残酷格局之中。与普遍性社会意义层面的悲剧体验相应的

---

① 沈从文:《湘西·凤凰》,《沈从文文集》第9卷。
② 沈从文:《〈从文小说习作选〉代序》,《沈从文文集》第11卷。
③ 凌宇、颜雄、罗成琰主编:《中国现代文学史》(修订本),第335页。

是，萧萧的情感与自由追求体现为深刻的生命悲剧。她的性爱带有强烈的悲剧色彩。随着生命觉醒一同而来的，是对自由情感的渴望与追求，而时代似乎也为萧萧提供了某种机缘，所以，在花狗引诱挑逗之下，她义无反顾地冲破樊笼，甚至还想跑到城里去燃烧、爆裂生命的能量，大胆地以身家性命去抗击、诅咒封建宗法制建造的生命桎梏。但是，萧萧失败了，她没有寻找到自己憧憬的幸福，残酷的生活早已为她预定了千篇一律的生命轨迹，一厢情愿的热望顷刻间化作过眼云烟，甚至在残留的记忆中都不曾留下一丝印痕。萧萧的悲剧还体现为一种深刻的命运悲剧。性格即命运。萧萧的性格本质是依顺型的，她的搏击的全部理由，似乎只是为一个靠不住的花狗和一个"女学生"的梦影，一旦花狗胆怯退让，她就再也找不到把握自身命运前途的其他方式与理由了。最令人痛心的是萧萧对命运安排的心甘如饴的妥协逃遁，这最后的妥协与逃遁一下子汇集了全部的悲剧力量，传达了作家深深的忧虑与沉重的叹息：

> 这儿子名叫牛儿。牛儿十二岁时也接了亲，媳妇年长六岁。媳妇年纪大，方能诸事做帮手，对家中有帮助。唢呐吹到门前时，新娘在轿中呜呜的哭着，忙坏了那个祖父曾祖父。
>
> 这一天，萧萧抱了自己新生的小毛毛，却在屋前榆蜡树篱笆看热闹，同十年前抱丈夫一个样子。
>
> 小毛毛哭了，唱歌一般哄他："哪，毛毛，看，花轿来了。看，新娘子穿花衣，好体面！……看看，女学生也来了：明天长大了，我们讨个女学生媳妇！"

新的时代风潮与现代文明带给萧萧们的竟然就是这种"觉醒"，那代表自由命运的"女学生"，那曾经是梦寐以求的美好向往，那一切新文明的种种诱惑都已发生变异，最终只被人们拿来当作哄毛毛的一个工具！牛儿娶童养媳妇，萧萧若无其事地看着热闹，对于即将步入与自己相同命运轨道的新娘，她竟然丝毫没有同情，丝毫触发不了曾经有过的某种生命感慨！而且她怀抱的毛毛不也一样处于亘古未变的悲剧性的格局之中么？对这一切，她怎么能做到浑然无觉呢？这里，作家展示了一种残酷的乡村真实，也袒露了他心灵深处的震撼与悲哀！

与萧萧对现代文明的误读及向乡村丑陋文化复归的悲剧经历不同，

《柏子》《丈夫》《老兵》《会明》等一类创作则表述着另一类生命尴尬与悲剧体验,即对身处变异的现代文明境地而懵然不觉的乡村文化事实的冷峻审视与叩问。乡下妇女们走出了贫穷的土地,而拜金主义与享乐主义的蛊惑却使他们发展了卖淫这一畸形"文明",走出土地也便失却了应有的意义。尤其可悲的是,这群不幸的人们却并没有意识到自己的不幸,最多在刚开始的时候有些羞涩,慢慢地就变得有了城里的太太们的那种"大方自由",一切屈辱难堪似乎都不存在了。看来,女人们出卖肉体的苦痛倒并不是那么强烈,男人们遭受的精神折磨却就有着切肤的体会。柏子创造了有普泛意义的柏子式生命态度。他无意成家,也无力成家,船上辛苦挣来的血汗钱毫无保留地扔到了水上妓女身上,然后再回船上出苦力,如此周而复始,对生活没有更多的奢望。柏子在伸张自由人性的同时最大限度地失去了常态人性与常态生命的自由,从而也就陷入了失掉生活热情与希望的最大的不自由,这就是悲剧所在。丈夫所经受的心灵煎熬则更令人吃惊。丈夫把妻子送出去挣钱,在看望妻子的过程中是经历了一次灵魂的炼狱的,尤其触目惊心的是,看到那"一上船就大声的嚷要亲嘴要睡觉"的客人时,这位丈夫不必指点,就知往后舱钻去,赶快躲起来。也许正是这一次的屈辱才终于唤醒了沉睡和麻木的人性尊严,而这一尊严一旦唤醒,所承受的辛酸耻辱也就更其强烈。老兵与会明同丈夫相比,则更直接地体现了一种观念、习性等等的文化不适,那一生自认为美好的生命准则面临着极大的挑衅,而可悲的是会明们对所处生存环境与战争本质并不愿意去寻根究底,结果使美的人性与丑陋现实发生扭结,最终导致了生命惶惑。

面对乡村世界的古典辉煌与现代文明浸染下的现实丑陋,沈从文在伤感与忧虑之中试图进行新的文化整合,实现新的思想超越,其具体表现就是对理想家园形态进行精心营构的努力与实践。

这个家园有着清丽澄明、洁净无瑕的乡村自然。这一自然在沈从文的文化襟怀中一生颜色不褪,而且始终是作家珍视的生活与生命的底色和背景。他的心中装满了乡土记忆,充溢着乡村情感,而其基本部分就是关于乡村自然秀色的永远的印象。他时时刻刻惦记着湘西故土,忘记不了孕育自己独特文化品格的秀山丽水。他从小就把美丽的凤凰城里的经济活动、人事活动、自然活动,以及各种声音、颜色、气味、万江百物的动与静……看成是自己看不完也学不厌的大书。这样一种乡下孩子的童年生活,得天然之灵气,天然的秀丽纯净不光洗浴着他的心灵,更融入他的血液,成为自身文化品格的一个部分。对于一生为之骄傲的故土家园的美丽,沈从文如数家珍,一处"边城",即已使人神往心倾,并定格为一种理想家园的物质模态:

> 那条河便是历史上的知名的酉水,新名叫白河。白河下游到辰州与沅水汇流后,便略显浑浊,有出山泉水的意思。若溯流而上,则三丈五丈的深潭清澈见底。深潭为白日所映照,河底小小白石子,有花纹的玛瑙石子,全看得明明白白。水中游鱼来去,全如浮在空气里。两岸多高山,山中多可以造纸的细竹,长年作深翠颜色,逼人眼目。近水人家多在桃杏花里,春天时只需注意,凡有桃花处必有人家,凡有人家处必可沽酒。夏天则晒晾在日光下耀目的紫花布衣裤,可以作为人家所在的旗帜。秋冬来时,房屋在悬崖上的,滨水的,无不朗然入目。黄泥的墙,乌黑的瓦,位置则永远那么妥帖,且与四周环境极其调和,使人迎面得到的印象,实在非常愉快。

不必说这里流动着歌的旋律、漫溢着诗的韵味、氤氲着画的气质,这类说法都显得有些轻描淡写。沈从文的态度是实在的。这是一种家园形态的物化写真,是实践意义上的文化还乡,是可以归去的自然家园。今天,人们看厌了虚拟的"自然"画面,受够了钢筋水泥铸造的心灵挤压,一群群自然之子们寻找和发现着机会,暂时走出虚拟的符号世界,远离喧腾的市声,到张家界的猛洞河,到慈利江垭的澧水,到石门壶瓶山的渫水,到黄果树,到九寨沟,到青海湖……到自然的怀抱——一个个文化家园尽享回归的恬静与家的温馨,尽享难得的心灵休憩。韩少功从海南"回家"定居,这一实证更代表着一种坚执的文化极端。沈从文本人也是一样,虽说身居北京,却是住在心灵的家园里,住得久了,也便常常谛听那"慢点慢点"的韵味十足的湘音,谛视着如练沅江上的一叶小舟与苗乡山寨中的袅袅炊烟,那升腾着的暖意也便令人酽酽至于微醺了。

同美的自然风景相映衬的是,这个家园也有着古朴质直的乡间习俗与淳厚本真的世风人情。《边城》中的两大民俗就极具代表性。端午节的龙舟竞渡,是乡下人最欢喜观看的一个节目,沈从文在他的乡土散文、小说中也曾写到这一极富生命激情的民俗样式。炮声一响,众船疾发,如箭矢弹射，竞相争渡，呐喊声，号子声，锣鼓声，响成一片。四围的观众也欢声竞起，为之鼓舞。这是一种生命张力的激情表达，是生活热情的集体放送，令人不能不为之心动！走马路与走车路的婚恋方式，又自有另一种淳朴的边地特色。走马路就是通过对歌倾诉爱情的自然方式，就是青年人摒弃用"碾坊"作陪嫁之类物质诱惑而坚守纯粹情感阵地的情爱模式；走车路即一种托人说媒撮合的人为方式，是一种添加了物质条件的非纯粹情爱模式。这一婚恋习俗被沈从文叙述得如泣如歌，充满诗意。翠翠与傩送（二老）之间的爱情就是一首瑰丽迷人而又千折万回的诗，而走马路与走车路的纠缠、选择就构成基本的诗情轨迹。"翠翠一天比一天长大了，无意中提到什么时，会红脸了。时间在成长她，似乎正催促她使她在另外一件事情上负点儿责，她欢喜看扑粉满脸的新嫁娘，欢喜述说关于新嫁娘的故事，欢喜把野花戴到头上去，还欢喜听人唱歌。茶峒人的歌声，缠绵处她已领略得出……"这是在清苦与艰难中慢慢锻打出的一块美玉。翠翠，这位无父无母的乡村女子，只在祖父的慈爱的呵护和山水的灵气的浸润中，自自然然地生，自自然然地长。岁月流逝，她逐渐产生了对傩送的爱恋，而傩送的哥哥天保（大老）也爱上了她，同时，团总的女儿也以一座碾坊作陪嫁，展开了向傩送的爱情抢夺。翠翠拒绝了天保，天保负气出走，途中船只失事，在水中淹死了。翠翠一下陷入爱情的困扰。傩送因为哥哥死去而冷淡了翠翠，但也没有顺从团总的女儿，与父亲吵了一架之后驾船出走。翠翠的祖父经受不住这类波折，溘然长逝，翠翠在伤心中独守渡口，开始了对傩送的长长的等待……在这复杂而绵长的情感流程中，走车路与走马路作为情爱选择的象征意象，在小说中反复出现，表达了边地男女凄恻动人的爱的追求。

　　习俗与人情是相互关联的二而一的文化结晶体，一种习俗必然体现着独特的世风人情。"边城"的人情世风同样成为理想家园的重要部分。生活在"边城"的人们，几乎都体现了淳厚本真的精神气质与文化习性，分占了质朴、温和、宽容、善良、单纯、敦厚、唯情、率直等一类人性品质。"由于边地的风俗纯朴，便是作妓女，也永远那么浑厚，遇不相熟的人，做生意时得先交钱，再关门撒野，人即相熟后，钱便在可有可无之间了。妓女多靠四川商人维持生活，但恩情所结，则多在水手方面……尤其是妇人感情真挚，痴到无可形容，男子过了约定时间不回来，做梦时，就总常常梦船拢了岸……性格弱一点儿的，接着就在梦里投河吞鸦片烟，性格强一点儿的便手执菜刀，直向那水手奔去。"① 对于爱的执着，是土地上的人群所共有的人性本然，连妓女也不例外，连她们也保留着边地人纯朴热烈的爱情和对待生命的认真态度，只为一个承诺，便能终生无悔！那位年逾古稀的老船夫，一样具备了边地人特有的气质和特征。他年纪老，经验丰富，勤劳俭朴，待人诚恳，忠厚而又坚韧，慈爱而又澹定。傩送的父亲，那位老船夫顺顺同样体现着边地老辈人的本真品性，正直、豁达、善良热情，尽管有四五条船，也是勤苦的汗水换来的，作了船总也没有多大"权势"，相反，多数时间在忙于调解纠纷，体现了勤苦人的本色。傩送二老简直就是边地青年男子的化身，勇敢、大胆、机智而又唯情，充分展示了边地青年特有的文化气质。

最能体现家园精神与家园情怀的是翠翠这个人物。翠翠是家园的骄傲，是乡间的灵魂，是一种文化指称。这位"在风日里长养着，把皮肤变得黑黑的，触目为青山绿水，一对眸子清明如水晶"，"自然既长养她且教育她，为人天真活泼，处处俨然如一只小兽物"的乡村姑娘，不但受到边地风情环境的影响，并且也深受以祖父为主导的老辈人文化品格的良好影响，自然和人工的力量合作雕琢了这一乡村精灵，使她形成了山野少女特定的文化品性：天真纯洁，热情坚韧，野性中含藏温情，朴实中怀抱浪漫，不娇艳，不夸饰，不狡黠，不滥情，仿佛造化之功成就的天然的璞玉，日月和苦雨也难掩那鲜亮的色泽；又像轻风中绰约着的婷婷的荷花，蓝天绿水映照了她的处子的风韵。在沈从文的观念中，翠翠是文化与美的象征，是对抗着现代文明社会一切病态的精神力量。翠翠是山间的一泓清流，是仙女潭水，没有受到任何污染，她的明澈与清晰，她的从容与坦然，她的坚定执着，鉴定一切世道人心。老船工的故去，年轻的翠翠抱着期待坚定地站立于渡口的等候与守望，恰恰表露了沈从文自己的文化情怀与人生企盼，同时也预言了人类家园存在的永恒！

三　表现田园诗意的其他创作实践

废名、沈从文带给京派作家乡土文学创作的影响是很显然的，芦焚与萧乾就是最具体的证明。同刘半农一样，芦焚也表明了对故乡的复杂情感，在《巨人》的开头就表示了，"我不喜欢我的乡土，可是怀念着那广

---

① 沈从文：《边城》，《沈从文文集》第6卷，第81、82页。

大的原野"。故乡除开乡村社会的龌龊之外，仍然有许多让人依恋的东西，特别是透现着诗意的乡村风景与牧歌情调，使芦焚仍然与废名、沈从文保持了某种艺术一致。芦焚对人世社会黑暗的诅咒对立，实际上与对自然的亲近是有深刻的文化关联的，对自然的亲和认同本身就暗含了某种社会批判，因此，这又是与表现田园诗意的乡土文学的总体精神和谐一致的。芦焚的田园诗意与乡村情感主要寄寓在乡村景物之中，那些沉浸在落日光里的田庄，那带有古战场遗迹的小山冈、荒蛮无人迹的蜈蚣岭、关帝大圣的神庙、路旁的小旅店等等，都被笼罩在古老的牧歌情调里，其间流露着显见的诗情的轨迹。萧乾（1910—1999）对于乡土的审视有一个特殊的视角，即孩童视角。《放逐》《皈依》《俘虏》等都是通过孩童的眼光与思维逻辑写景叙事，通过孩童的那种自然天真的价值判断同现实人生之间的悖反表现对命运前途的忧虑、对自然和谐的人际关系的渴望。《俘虏》中的小姑娘荔子十分排斥那些"讨嫌的臭男人"，而同时，"七月的黄昏。秋在孩子的心坎上点了一盏盏小萤灯，手上蝙蝠的翅膀，配上金钟儿的音乐。蝉唱完了一天的歌，把静黑的天空交托给避了一天暑的蝙蝠，游水式的，任它们在黑暗之流里起伏地飘泳。萤火虫点了那把钻向梦境的火炬，不辞辛劳地拜访各角落的孩子们，把他们逗得抬起头来，拍起手，舞蹈起来"。这样的孩童视角和鲜明的情感态度，这样的人与自然关系的象征图示隐含了批判与渴望、开启了人们关于乡土的记忆之门。

寓居上海的艾芜终于能够得以收拾清点他南国之旅中的一路艰辛与庆幸了。旅途中的惨厉与苦难、人性与兽性及西南边疆、东南亚一带的旖旎风光，最终在1935年10月结集出版的《南行记》中得以再现，其显示的边地风貌与异域情调赢得了人们的青睐。边地风貌与表现故乡景物的乡土文学是有所区别的。首先，作家的游历身份决定了叙事的眼光与风格不同于故乡题材的乡土文学。游历的眼光一般不会超离实际见闻之外，其展示的所见所闻中所融会的主观认识、情感态度与价值评判往往不如故乡题材乡土文学明晰、强烈，因而在总体风格上是较为沉着的"作壁上观"的冷静叙事。其次，由于比较注意异乡见闻的信度，边地风貌的展示主要是为了告知客观的现实人生，风物民情不过是一种物质依托，田园诗意更不是艺术重心。艾芜的边地与异域见闻正是这样，绮丽的风光与残酷的人生恰恰形成一种反差，这种反差又更强化了人生的残酷本质，《山峡中》就体现了这一特点。吞噬了小黑牛的那条江，景致却是格外的美丽："峰尖浸着粉红的朝阳。半山腰,抹着一两条淡淡的白雾。崖头苍翠的树丛,如同洗后一样的鲜绿。峡里面,到处都流溢着清新的晨光。江水仍旧发着声吼,但却没有夜来那样的怕人,清亮的波涛,碰在嶙峋的山石上,溅起万朵灿然的银花,宛若江在笑着一样",可是,"谁能猜到这样美好的地方,曾经发生过夜来那样可怕的事情呢?"在艾芜看来,美的景致只会加剧由人生残酷引起的不适与悲哀。

"原来姹紫嫣红开遍,似这般都付与断井颓垣。良辰美景奈何天,赏心乐事谁家院!"美的景致一旦置于人事丑陋之中,"良辰美景"也便只是更其深刻的悲哀。《端阳节》是记述"某乡风俗"的,而风俗本身也照例是非常诱人的:

>每间店铺门上挂着极绿的菖蒲和艾蒿。
>孩子们穿起新衣,额上涂着混洒的雄黄,衣襟的纽上,戴着五色的香荷包,手里玩着红布做的小猴子。
>煮熟的咸鸭蛋和粽子,大盆大盆地放在铺面上,又圆又大的李子和鲜红的鸡血李,一筐一筐地安置在街边,都在送来勾人食欲的气味。
>早上的天空,就已晴朗朗的,蓝的找不出一片云。凉润的空气里面,时时闻着一股股雄黄酒陈腊肉和艾蒿的香气。
>往天他们到人家铺子上,即使乞讨一点残汤剩饭,也是并不受人欢迎的。今朝可就不同了,一走到柜台前面,就有人"呵韩林"高兴地叫了一声,捧出几个蛋和粽子出来,递在他们的手上。去了时,老板和伙计还都笑嘻嘻地用眼睛送着他们的背影。
>这是千百年来的传说,将人们弄来发癫了:上午把一个花子装扮起来,大家欢迎他,奉承他,给他酒食,让他喝醉,做鬼中的王子。下午便驱逐他,围捕他,最后还把他抓来拷打,趁此出一口人类受鬼和瘟疫欺压的恶气。

这里分明展演的是乡村大地的"良辰美景"与"赏心乐事",然而,"千百年来"的美丽习俗已经变了味道,穷极无聊的人们其实已将端阳节追赶韩林以祛鬼被灾的象征仪式弄成寻求开心的恶作剧,堕向恶趣的贫血的热闹背后是比鬼怪更其可怕的生命之轻与精神空虚!

乡情散文始终是乡土文学的重要一翼。如果说 20 年代乡情散文作为一种开端就已经站立于一个很高起点之上的话，30 年代乡情散文则获得一种全面发展。综合起来看，这一时期乡情散文从审视乡土人生、抒写田园感受、表述文化体悟、记录乡土风情等各个方面形成了蔚为大观的创作气象。

乡情散文的第一类形态，就是描摹乡村风光，记述乡土人生，抒发乡村情感的那一类创作，我们暂且称之为乡情散文的"故乡情结型"。

茅盾、叶紫、吴组湘、许杰、阿英、夏征农、蹇先艾、艾芜等作家的乡情散文更近于一种乡土杂记或速写。他们一般都站在阶级分析的思想认识高度观察、分析乡村现实，力图表现社会底层的不幸与挣扎，揭示农村衰败的本质原因。茅盾特别强调了要以内容充实的战斗型小品文战胜消闲遣闷的旧式小品文，要求把小品文从"高人雅士"手里的"小玩意儿"改变成为"志士"手里的"标枪"和"匕首"[①]，而其乡情散文代表作《故乡杂记》《乡村杂景》等正是这样的"标枪"和"匕首"，斗争所指就是农村经济破产与天灾人祸的打击这一类社会弊端。叶紫的《古渡头》、夏征农《阿九和他的牛》《家信》、阿英《盐乡杂信》、许杰《椰子与榴梿》、吴组湘《黄昏》《紫》《女人》、蹇先艾《茅店塾师》、艾芜《漂泊杂记》等篇章，都与茅盾一样，在广阔的时代背景下展示了乡村凋敝的不同景观。

沈从文《湘行散记》、舒新城（1893—1960）《故乡》、鲁彦《鲁彦散文集》（覃英编选）、李广田（1906—1968）《银狐集》、吴伯箫（1906—1982）《羽书》、芦焚《黄花苔》、陆蠡（1908—1942）《故乡杂记》和《竹刀》、丽尼（1909—1968）《鹰之歌·原野》及《白夜·野草》、柯灵（1909—2000）《望春草》、何其芳（1912—1977）《还乡杂记》、方敬（1914—1996）《风尘集》等乡情散文则显得极为本色、地道。这类乡情散文一般都以故乡为背景，抒写乡思、乡恋、乡情、乡景。这群作家构成了来自乡村的强大的乡情散文阵容，可以说，是他们铸造了整个 20 世纪乡情散文的一次耀眼的辉煌。他们混迹于都市社会，而感到最熟悉、最亲切的还是自己的故乡，无论故乡人生多么艰难，故乡的山川日月、花鸟虫鱼等等一切仍然构成一种强劲的吸引。他们怀着浓郁的怀乡之

[①] 蕙（茅盾）：《关于小品文》，1934 年 7 月《文学》3 卷 1 号。

情，回顾乡野，透视乡村人生，缅怀故乡童年，感慨岁月流逝带来的人事变迁，向往乡野的纯朴、清新的牧歌情调，依恋平静的乡村的单纯、敦厚，呼吸泥土的馨香，叹惋美丽风景中的闭塞、落后、贫困、守旧、残酷等等一类现实积重……他们的笔触所至，无论南国水乡川泽，还是北方原野山冈；无论古老天地日月，还是塞外大漠孤烟，都令其纤毫毕观。

乡情散文第二类形态，已经上升为对土地的文化透视与田园体验，我们不妨把这类文字就称为"田园回归型"乡情散文。

能够做到返璞归真、适意自然得并不多，因为时代并没有为闲适虚静的文化追求提供多少现实可能，但是，不多的事实却代表着一种文化传统与精神现象的巨大存在。不必说道文化如何提倡，田园牧歌本来就是一个事实存在，不光老百姓有一份静态的怡然，为官者也常常心向往之。在陶渊明弃官归隐之后，历朝为官者几乎都有一种"鸟倦飞而知还"的深切感受。板桥家书就特别提到"一片荒城，半堤衰柳，断桥流水，破屋丛花"所给予人们的欣然怡然，为此，郑板桥还仔细设计了自己将来的悠然生活，嘱其弟"买地一大段"以便"他日结茅有在"。他日之"茅"的情景是迷人的："筑一土墙院子，门内多栽竹树草花，用碎砖铺曲径一条，以达二门。其内茅屋二间，一间坐客，一间作房，贮图书史籍笔墨砚瓦酒董茶具其中，为良朋好友后生小子论文赋诗之所……清晨日尚未出，望东海一片红霞，薄暮斜阳满树。立院中高处，便见烟水平桥。家中宴客，墙外人亦望见灯火……或曰：此等宅居甚适，只是怕盗贼。不知盗贼亦穷民耳，开门延入，商量分惠，有甚么便拿甚么去……"林语堂（1895—1976）认为，郑板桥的这种田园理想是建立在他对贫苦的农民充满博爱精神的诗一般的感情之上的，这一理想的人文实质更接近于道家精髓。曾国藩则更趋向于崇俭抑奢的儒家观念，其田园理想也更见人间烟火气息，因而以"养鱼、喂猪、种菜、种竹"为"家政四要"，表达了一种实实在在的农家生活向往。不管上述哪种田园生活模式都表明了，"田园生活的模式总被认为是最理想的生活方式。在艺术、哲学与生活中的这种田园理想，深深地扎根在中国普通人的意识中，它在很大程度上是我们今天的种族繁荣与健康的原因"[①]。农家乐式的田园保证了丰衣足食的基本生存条件，士人乐式的田园则获得了一种精神提升，两种模式虽然代表着

---

① 林语堂：《中国人》，第49页。

不同价值诉求，但都体验和自得了一种情感的怡乐与心灵的愉悦。

林语堂的闲适实践就站立于士人式田园传统文化基础之上。他也是隐居都市的田园怀想者，所期待和建造的是都市化的田园，因而，其所谓回归，大抵是一种生命态度而已，并不一定包含多少生活实践意义。

但是，林语堂仍然艺术地实践了他的田园都市梦想[1]。

林语堂构建的都市殿堂，往往离不开田园风光的掩映，正是田园风光使他笔下的都市多彩多姿，意味无穷，大自然的风景与气象不仅美好动人，而且宜于人类居住。写夏天的兰州，就着力渲染了令人迷醉的自然风光："夏日的兰州真是适合人们居住的好地方。它不仅环境特殊，北部及南部的崇山峻岭，此刻尽是一片翠绿，景致清爽宜人；还有一些不太容易明了却更为直接的好处。当一个城市和四周环境看来颇适合居住，总有难以分析的环境组合，即所谓城市的'气氛'。……这儿有令人心情开朗的山风，白天有点热，但并非热得无法忍受，晚上总是非常凉爽，睡觉时还必须盖毯子。"[2] 兰州古称"金城"，它在林语堂笔下显示了因自然风光和田园景色而产生的生命活力。

林语堂还认为，都市就如同人一样有自己的胸怀，因而，他着重考察和赞美了都市的博大。特别是北京，其博大性格获得了多方面、多层次的表现。它如同涵纳百川的大海，显示着吞吐万象的气魄，也沉淀着各式各样的美妙神奇。"北京像一个伟大的老人，具有一个伟大的古老的性格。因为城市正如人物一样，有他们的不同的性格。有些粗陋而鄙野，好奇心重，饶舌好问；别的却宽容，大量，胸怀廓大，一视同仁。北京是宽大的。北京是广大的。她荫容了老旧的和现代的，自己却无动于衷。"[3] 有容乃大，林语堂欣赏的就是北京的阔大的胸襟与宽容的气派，而对北京的欣赏实际也就是对博大精深的中华文化的自信。"北京代表了中国的一切——泱泱大国的行政中心，能够追溯到大约四千五百年前的伟大文化的精髓，世界上最源远流长、完整无缺的历史传统的顶峰，是东方辉煌文明栩栩如生的象征。"[4] 博大的都市其实是与一种乡土文化传统相关联的，那就是静态农业文明的独立自足与从容安详。

---

[1] 参阅王兆胜《林语堂的文化情怀》，中国社会科学出版社1998年版，第四章相关内容。
[2] 林语堂：《朱门》，《林语堂名著全集》第5卷，东北师范大学出版社1995年版。
[3] 林语堂：《动人的北京》，《林语堂名著全集》第15卷。
[4] 林语堂：《辉煌的北京》，《林语堂名著全集》第25卷。

田园都市的本质最主要的应该是一种生命态度。在《八十自叙》中，林语堂谈到，有一次，几个朋友问他："林语堂，你是谁?"林语堂坦率承认"我只是一团矛盾而已"。但是，人生的矛盾本质并不曾困扰、纠缠林语堂的心智，相反，他以一种坦然幽默的态度开解着一处处矛盾纠结。他"以自我矛盾为乐"，喜欢以平和的心境看交通宣传车撞伤人，看太监的儿子……总之，矛盾或生活悖论在林语堂那里已经不是什么难题，读通了生活，也就发现了一种简洁的人生。

林语堂所实践的田园化努力，使他获得一种"少居田野"，"赤足走草坡，入涧淘小虾"[①] 的独特的生命体验，而丰子恺（1898—1975）则通过《缘缘堂随笔》（1931）、《缘缘堂再笔》（1937）等文集表明他更为专注地沉浸在宗教的玄思默想与文化感悟之中。宗教、爱情、故乡被视为人类心灵的栖息地，丰子恺显然看中了宗教。他接受了佛教教义影响，从佛理玄思中寻找精神寄托，试图从佛教这一最为民间化、世俗化的宗教哲学视角去阐释人生，去寻绎生命要义，因而，其散文创作别具一种田园色彩，以宗教思辨与人生关注相结合的努力丰富和拓展了乡情散文的艺术实践。

乡情散文还有一类形态，即通过展示不同的乡风民俗，表达某种特殊感悟或生命态度的那一类创作，我们可以认定为乡情散文的"民俗方志型"。

最具代表性的实证就是以上海时代图书公司出版的《论语》半月刊为阵地刊发的那一类小品文字，代表作品有何芳洲《谈岁时风土》《求雨》、种因《扬州春灯》、许钦文《杭州人的那个》、司马訏《秦淮河畔的除夕》、李之谟《闲话端午》、子恺《钱江看潮记》、老向《国故考证拾遗——冥锣起源》《糖瓜祭灶》、李淑英《莲花灯》等等。林语堂就是《论语》半月刊最热心的主持。他在后来有名的《说乡情》这篇文字中，仔细咀嚼、品味了福建漳州的乡情、乡俗、乡音。

> 乡情宰（怎）样好/让我说给你/民风还淳厚/原来是按尼（如此）/汉唐语如此/有的尚迷离/莫问东西晋/桃源人不知/父老皆伯叔/村姬尽姑姨/地上香瓜熟/枝上红荔枝/新笋园中剥/早起（上）食

---

① 林语堂:《说乡情》。

诣糜（粥）/胪脍莼羹好/吼值（不比）水（田）鸡低（甜）/查母（女人）真正水（美）/郎郎（人）都秀媚/今天戴草笠/明日装入时/脱去白花袍/后天又把锄/茫（黄）昏倒的困（睡）/击壤可吟诗

也许 30 年代的林语堂并没有认真体味这乡俗乡音的美妙，事实上，也只是到了晚年才将这蕴积于胸的乡思倾诉于笔端，但是，故乡风情作为记忆潜存，是不能不作用于作为《论语》主持的林语堂的，也正是由于他的倡导和实践，才使乡村民俗成为乡情散文的一大关注视点。

破产、凋敝、灰暗、苦难、挣扎、反抗等等一类语汇成为 30 年代的基本背景词。在艰难的觉醒过程中，土地终于实现了同革命的结合，千百年来的稳态结构在世纪动荡中开始失衡、倾斜，先驱者们的旷野呐喊最终获得一种现实呼应，古老田园梦想也已化为一种浸透着忧伤的现代自由神话。

沉睡得太久的土地到底醒来了。

醒了的土地又将被赋予怎样的内涵呢？

第三章

寒江乍暖与大地本色：40—70年代乡土文学

抗日的烽火、解放战争的硝烟、土改、农业社会主义改造与社会主义建设，这一组主流文化意识形态语汇恰恰代表着乡土地所经历过的历史真实。无论承认与否，40—70年代整个中国文学事实上已经被置于主流文化意识形态话语系统内，尤其到了新的建设时期，更纯化为一种政治话语系统，私人话语权利则基本上被取消。当然，我们也并不承认乡土文学已经被完全纳入政治权力话语系统，这里面的情形要做具体分析。实际上，乡土文学因为照顾到乡土特性而形成对权力话语的某种消解，或者说，对于土性的倚重恰好与政治需要达成一致，也使乡土文学自身获得某种独立，因而显得非常地道本色。赵树理的解放区乡土小说具体代表了这一倾向，其在思想主题、人物塑造、叙述语言、文本风格等方面体现出来的一系列特色重新成就了一种文体格式并产生了广泛影响。与战争相关的现代乡土传奇、与建设相关的乡土"巨变"构成本时期乡土文学的基本内容，而在艺术格式上，乡土文学基本上朝趋同的方向发展，只有以孙犁为代表的"荷花淀"派乡土文学算是对大一统格局的一种补充形式。另外，乡土诗作（特别是长篇叙事诗）也以一种土性显示了乡土文学实绩。

第一节 赵树理的"本色"及其艺术影响

谈到赵树理，人们很自然地就会联想到"山药蛋"派。"山药蛋"派大约形成于40年代中。赵树理（1906—1970）率先发表的一批具有浓厚乡土气息和山西地方色彩的作品，使同在山西的一部分年轻作家深受影响，他们很快也写出了具有大致相同特色的作品。事有凑巧，山西就以盛产山药蛋而著称，50年代还向全国推广介绍这一物产，而同时山西文学创作也渐成气候，于是有人就以"山药蛋"这一名称总冠了这类有相近特色的山西乡土文学创作，其中坚人物就是被人戏称为"西（戎）李（束为）马（烽）胡（正）孙（谦）"的五位作家。

然而，赵树理的辐射力又远远不止于"山药蛋"派，实际上，他是继鲁迅、沈从文之后又一特具文体意义的乡土文学大家。

一　赵树理的乡土小说"本色"

赵树理是真心诚意地、也是较早地实践毛泽东文艺思想的作家之一。1943年夏天，他在中共中央北方局党校学习时第一次见到《讲话》内容，就感到于心戚戚，颇有感悟，后来在"文革"中，他这样追述当时的心情与体会："毛主席的《讲话》传到太行山区之后，我像翻了身的农民一样感到高兴。我那时虽然还没有见过毛主席，可是我觉得毛主席是那么了解我，说出了我心里想要说的话。十几年来，我和爱好文艺的熟人们争论的，但是始终没有得到人们同意的问题，在《讲话》中成了提倡的、合法的东西了。我心里有一种说不出的高兴。"[①] 这是政治与文艺的第一次谐振，是政治家与文学艺术家之间的一种难得的默契。这种谐振、默契的形成不是偶然的，相反，对乡土问题的共同关注是必然会产生文艺理论与文艺创作实践的和谐共振的。

《讲话》的精神实质就是工农兵方向，亦即文艺"为群众"和"如何为群众"的根本问题。这一思想是很早就开始酝酿的。也许是站在"橘子洲头""问苍茫大地，谁主沉浮"的同时，芸芸众生的面影就已经在一颗博大的心胸间跃动，而农村社会调查、农民运动考察、土地革命、农村包围城市等等历史步履也应该成为一种文艺思想产生的母体。可以说，为劳苦大众，为工农兵群众，是多年以来的一个情结，是毛泽东历来考虑文化问题的一个基本出发点。当谈到新文化问题时，他就强调了中国共产党领导下的新文化应该具有"新鲜活泼的、为中国老百姓所喜闻乐见的中国作风和中国气派"[②]；在建设新民主主义文化时又特别指出其根本性质是"民族的科学的大众的文化"，"它应为全民族中百分之九十以上的工农劳苦民众服务，并逐渐成为他们的文化"[③]。可见，《讲话》精神实际上

[①] 赵树理：《回忆历史，认识自己》，《赵树理全集》第5卷，北岳文艺出版社2000年版。

[②] 毛泽东：《中国共产党在民族战争中的地位》。

[③] 毛泽东：《新民主主义论》。

是多年来革命历史与文化观念的最后凝集，其关切点就指向普通大众。

赵树理恰恰就是从大众中走出来的大众作家，他一生为大众而写作，并在大众文化的熏染下形成了一种近乎天然的大众情感。"家庭和他生长的农村环境，给赵树理同志带来了三件宝，保证他一辈子使用不尽：头一宝是他懂得农民的痛苦……第二宝是他熟悉农村各方面的知识、习惯、人情等等。他的父亲除了种田外，还以编簸箕、治外科、诌扯奇门遁甲等为副业，《小二黑结婚》上的'二孔明'在迷信与强调弄钱这两点上，就是取的他父亲的影子……第三宝是他通晓农民的艺术，特别是关于音乐戏剧这一方面的。他参加农民的'八音会'，锣鼓笙笛没一样弄不响；他接近唱戏的，戏台上的乐器件件可以顶一手；他听了说书就能自己说，看了把戏就能自己耍。他能一个人打动鼓、钹、锣、镲四样乐器，而且舌头打梆子，口带胡琴还不误唱。"① 作为挚友，王春对赵树理的了解和认识算是深刻的，赵树理确实就是一位土性十足的"文摊文学家"②。当然，私塾中的古代文学养分、"五四"新文学影响、创造社与"左联"的启迪、文艺大众化与民族形式问题的讨论等也同样作用于赵树理乡土文学创作，但这类作用更多地表现为写作技法的作用，他的乡土文学精神实质还是那种本色的乡土人生，而这一实质又刚好契合于《讲话》的精神实质，这就难免要让人有"说不出的高兴"了。

受到激励与鼓舞的赵树理全身心地投入到了大众文艺、通俗文艺的创作实践。如果说1942年以前写作《铁牛之复职》《糊涂县长》《蟠龙峪》《巫婆祭灶》《变了》《万象楼》《清债》《神仙世界》（《神仙家族》）、《小二黑结婚》等等大众文艺作品时，赵树理还只是处于一种朦胧自发的创作状态，那么，从1943年写作《李有才板话》开始，则已经形成了大众文艺自觉，而《地板》《孟祥英翻身》《李家庄的变迁》《催粮差》《福贵》《刘二和与王继圣》《邪不压正》《传家宝》《田寡妇看瓜》《登记》《三里湾》《灵泉洞》《"锻炼锻炼"》《老定额》《套不住的手》《实干家潘永福》等一类创作，以及主编大众文艺杂志《说说唱唱》等一类工作，则更使赵树理乡土文学形成了多方面的艺术特色，并由这类特色最终凝结为"中国作风与中国气派"的经典格式，我们可以将这一格式暂定为

---

① 王春：《赵树理是怎样成为作家的》，《人民日报》1949年1月16日。
② 李普：《赵树理印象记》，《长江文艺》1949年6月创刊号。

"本色派"乡土文学。

这种"本色"有多方面的具体体现:

第一,"本色"体现为对乡土民间文化空间的全面认同。赵树理所代表的乡土文学方向,首先是要求对乡村民间的朴素的认同情感,要求一种仰视,一种全身心的融会,而这也几乎是所有"土著"型作家的普遍情感。作为政治家与诗人的毛泽东最真切地表述了他的这种情感:"我是个学生出身的人,在学校养成了一种学生习惯,在一大群肩不能挑手不能提的学生面前做一点劳动的事,比如自己挑行李吧,也觉得不像样子。那时,我觉得世界上干净的人只有知识分子,工人农民总是比较脏的……革命了,同工人农民和革命军的战士在一起了,我逐渐熟悉他们……拿未曾改造的知识分子和工人农民比较,就觉得知识分子不干净了,最干净的还是工人农民,尽管他们手是黑的,脚上有牛屎,还是比资产阶级和小资产阶级知识分子都干净。"① 然而,赵树理的民间情感融入似乎并不需要特别的"改造制作功夫",相反,他倒是很有必要同知识分子多接近,为此,他甚至还挨过李伯钊的批评。一种近于顽固的乡土理念使赵树理即便是进了城,住上四合院,还要坚持养鸡,目的是能经常嗅到某种"土气息泥滋味"。可以说,赵树理乡土文学的"土气"本质即源于这种顽固理念。正因为赵树理特别照顾到乡土的本然实际,其表现的革命性变化也才不至于架空,如果他过分拘泥于抗日民主根据地的民族解放斗争和土改政治斗争、翻身农民积极组织起来等等一类政治语汇,而不去考虑血肉的现实生活、土里土气的民俗细节、土性十足的乡土精神等一类乡土本然实际,是肯定难于取得创作成功的,而关于这一点也将被后来的极左主义创作事实予以反证。

第二,"本色"体现为尊重了大众喜爱的叙事模式,即强调故事性,尽量减少甚至不用太长的描绘。在这一点上,鲁迅第一次表现了对这一欣赏习惯的反动,赵树理则重新照顾了这一传统趣味,尽量做到故事性强一些,情节引人入胜一些,因为农村人不注重阅读,听故事就成了主要的接受方式,那么,写作的人就要讲求靠流贯整一、紧凑有趣的故事情节抓人,各种交代则要求简洁明了。《三里湾》中写玉梅出场是这样的:"就在这年(1952年)九月一号晚上,刚吃过晚饭,支部书记王金生的妹妹

---

① 毛泽东:《在延安文艺座谈会上的讲话》。

王玉梅便到旗杆院西房的小学教室里来上课……"按照描写习惯,可能就是另外一个样子了:"九月的三里湾,夜幕轻轻垂下,不知疲倦的秋虫开始了它们的鸣叫,下弦月悄悄爬上村东旗杆院房顶。人们劳累了一整天回到各自的家中,不一会儿,炊烟的气息也就渐渐地淡了下去。静谧中,只听'吱呀——'一声院门响,出来一个人影,踏着月色朝旗杆院西房的小学教室走去……"这种叙事也许可以用于制造案头读品,而置之野台,恐怕听众早就跑光了。

第三,"本色"体现为多方面融会运用了大众文化艺术手段。赵树理一再表示:"我写的东西,大部分是想写给农村中的识字人读,并且通过他们介绍给不识字的人听的,所以在写法上对传统的那一套照顾得多一些。"① 在具体创作中,他广泛应用了评书、鼓词、民间故事、民间小戏、梆子、章回体小说等各类艺术的各种有效表现手段,调动一切配器汇成热闹诱人的民间交响曲。比如从传统章回体小说与民间故事里借鉴来的"关节""扣子"一类手法,就使故事情节发展波澜起伏,跌宕多姿,产生意料之外而又情理之中的效果,显示了扣人心弦的艺术魅力。又比如圆整一贯的情节结构,使故事浑然一致,连贯到底,不至于因头绪纷繁而发生断裂。再比如开门见山、喜剧结尾、反复照应等,也使叙事变得平易简洁,而叙述口气颇似说书;反复照应也是说书的特点,它使前后关系因多次"闪现"而联结一致;喜剧结尾更暗合于传统戏曲那种"公子落难,小姐养汉;状元一点,烟消云散"的"大团圆"格式,这些都赢得了大众喜爱。

第四,"本色"还体现为通过活用地道的乡土语言刻画人物,透视性格内涵与乡土文化内涵。赵树理常说,"说话各人有各人的习惯,中国人有中国人的习惯,外国人有外国人的习惯",他深知"群众的语言最丰富",认为"写进作品里的语言应该尽量跟口头上的语言一样……如果把语言分成两套,说的时候是一套,写的时候又是一套,这样我觉得不大好"②,因而主张"从群众的话海中吸取了丰富的养料,再经过我们充分的加工,把我们的语言锻炼得要说什么就能恰如其分地把什么说清楚……"③他的乡土小说创作也正是这样做的。

---

① 赵树理:《〈三里湾〉写作前后》,《赵树理文集》第4卷,工人出版社1985年版。
② 赵树理:《当前创作中的几个问题》,《赵树理文集》第4卷,工人出版社1985年版。
③ 赵树理:《语言小谈》,《赵树理文集》第4卷,工人出版社1985年版。

从人物语言来看,赵树理总是尽量采用那些最普通的、平常的话语,要求每一句话都能适合每个人物的特殊身份、状态和心理。比如玉梅来到夜校,摆好桌椅,做教员的回乡高中生马有翼就来了。有翼在黑板上教玉梅写她那个"梅"字,并玩笑说:"你那个'梅'字怎么那么难写?"玉梅反驳道:"你那个'翼'字更难写,越写越长!"这一幕恰好让撞进门来的另一位回乡高中生范灵芝看见,灵芝姑娘就取笑:"握着手教呢!我说玉梅写字为什么长进那么快!"玉梅红了脸,赶紧把黑板上排在一起的两个字擦掉了,灵芝就又打趣:"两个字排在一起很好玩,为什么擦了呢?"缓过劲儿来的玉梅毫不示弱,回敬道:"两个'字'排在一块有什么好玩?像你们一块儿上学、一块儿当教员、一个互助组里做活,不更好玩吗?"读到这样的文字,不能不令人生出会心的笑!灵芝的语言透着一点知识分子腔调,含蓄、带刺儿、俏皮,也不失从容、大方,有"怨而不怒"之遗风,活脱脱一个有个性、有特点的农村文化人。相对而言,玉梅就天然多了:害羞而又泼辣,聪颖而又尖锐,一看就是个活泼跳脱的农村女青年。由此看来,作家赵树理对农村人物、农村文化心理等的理解与把握是极其准确的。

就叙述和描写语言而论,赵树理也同样用的是大众化的语言,这一点尤其值得称道。一般而言,对作家叙述语言并未作太多规定,赵树理的叙述语言却是通体显示着土生土长的"土气",并由此而外化为最基本的文体特色(这一特色甚至延续到了 90 年代刘玉堂那里)。可贵的是,赵树理并不是在刻意追求这种艺术效果。"我的语言是被我的出身所决定的。我生在农村,中农家庭,父亲是给'八音会'里拉弦的。那里'八音会'的领导人是个老贫农,五个儿子都没有娶过媳妇,都能打能唱,乐器就在他们家,每年冬季的夜里,和农忙的雨天,我们就常到他家里凑热闹。在不打不唱的时候,就没头没尾的漫谈。往往是俏皮话联成串,随时引起哄堂大笑,这便是我初级的语言学校。""我在学生时代也曾学过五四时期的语体文(书报语,不能做口头语用)和新诗(语言上属翻译语),而且一度深感兴趣,后来厌其做作太大,放弃了。"[①] 看来,是一种乡土根性在起作用,或者说,赵树理不大可能再用别的什么口气去完成叙事,他只愿意使用一种语言工具,那就是农民口语。"我似乎对农民有些偏爱,总

---

① 赵树理:《回忆历史,认识自己》。

觉得农民的语言比较丰富、粗野、生动。到农村，声音有多大就喊多大，到城市讲文明，有些话就不好讲了。"① 从这一表白，我们甚至发现了赵树理群众化口语实践中潜在的某种深刻的文化心理动因。

作为对毛泽东文艺思想最朴素、最真诚的艺术注脚，赵树理乡土文学所取得的艺术成就是无法抹杀的。不管人们出于什么样的考虑、站在什么样的视角做出什么样的评判，也不管有着什么样的诟病与非议，他所创造的极其本色的乡土文学都将是一种客观存在，都将发挥其固有的艺术效用与艺术价值。事实上，不光是山西作家群，不光是延安及其他解放区文学群体，也不光是新中国成立后几十年的乡土文学创作，即便是世纪末乃至新世纪初的乡土文学创作，也都从赵树理乡土文学创作中获取了不同程度的艺术启迪。

二 赵树理的艺术影响

赵树理最直接、最充分的艺术影响恐怕还是表现在山西作家群的乡土文学中。

此处所言山西作家群主要是指"山药蛋"派。至于后来被称作"晋军"的一些山西籍或写山西的作家，比如张石山、韩映山、郑义、李锐等并不一定接受着赵树理影响，有些甚至发生了背离，因此，我们不将其列入此间范畴。"山药蛋"派中的束为也不是山西人（山东平县人），但他早在少年时期就参加了"山西少年抗日先锋队"，后来又长期生活、工作在山西，习惯上，人们似乎早已让他加入了山西籍。

山西作家和赵树理一样，也认同了自己的民间身份，并在具体创作中体现了对乡村空间的熟悉、了解及各自的乡土秉性。与按照深入工农兵要求而走近民间的那一类乡土文学作家不同的是，山西作家根本就是一群"土著"，其土性是一种自然流露，而不是某种刻意索要。从某种程度上讲，赵树理是很难"学"得来的，而山西作家也只是尝试着如何同赵树理一样用好自身土性资源罢了。

有研究者发现："'山药蛋派'作家们的一生的经历几乎都可以用'土生土长''离土不离乡''离乡不离土'这三个阶段来概括。这批作家在走向工作岗位之前一直生活在山西乡间，即所谓'土生土长'；工作

---

① 赵树理：《赵树理论创作》，上海文艺出版社1985年版，第221页。

后在较长时间内仍始终没有离开过山西乡村,虽然工作性质使他们脱离了直接的土地劳动,但工作、生活的范围并未脱出自己的故乡,这就是所谓'离土不离乡'……新中国成立前后,他们之间的多数作家都曾陆续一度离开山西到北京等山西之外的地区工作过,但他们却都未能与新的生活环境认同,始终保持着那股来自山西乡野的'土'气,这就是所谓'离乡不离土'。最终,他们还是挡不住家乡的诱惑,又都先后回到了山西地区。"① 这种难以更改的土性,使他们只能写土气的作品,就像安泰那样,离开了大地,就会束手无策。也许人们要说这是一种狭隘(人们不是对刘绍棠矢志于一村一地打深井的努力表示怀疑么),而民间视角也的确有其局限性,但我们仍然无法掩饰对这种土得掉渣的土性之作的欣赏,因为,周作人一开始就提出的"土气息泥滋味"的要求至少是部分地得到了满足。

  同赵树理一样,山西作家在具体创作中全面展示了乡土民间文化的方方面面。首先,他们对早已了然于心的乡村生活及乡村人物的乡土品性作了客观逼真的反映。较早的生活题材是阶级矛盾与阶级斗争、民族斗争,如马烽的《野庄闻见录》《村仇》、孙谦的《胜利之夜》、束为的《红契》、马烽与西戎合写的《吕梁英雄传》等;再一类生活题材就是新的生活变化,如西戎的《喜事》、束为的《第一次收获》《卖鸡》、马烽的《一架弹花机》《结婚》《三年早知道》《我的第一个上级》等。另外,日常生活也得到反映,如西戎的《谁害的》《赖大嫂》、马烽的《难忘的人》《四访孙玉厚》《一个下贱的女人》《光棍汉》《结婚现场会》、胡正《汾水长流》《长烟袋》、孙谦《村东十亩地》等等。由于这类作品基本不脱离实际生活场景,人物也大都有其生活原型,一种土性本色就被保留下来。其次,乡土民间文化的展示也表现在同赵树理一样的民俗民情方面。乡土文学的基本职能之一,就是通过民俗描绘给人们以某种审美"餍足",而山西作家对民俗民风的展示则已经成为有较大规模的集体行为。仅仅一个婚嫁礼俗,在西戎《谁害的》《喜事》《终身大事》、马烽《光棍汉》《金宝娘》、胡正《几度元宵》、孙谦《大门开了》等创作中就有着不厌其详的渲染、状绘;祈雨、祭祀、各类节庆等民俗习尚在胡正《七月古庙会》《盲女乔玉梅》《汾水长流》《几度元宵》、西戎《姑娘的

---

① 朱晓进:《"山药蛋派"与三晋文化》,湖南教育出版社1995年版,第237页。

秘密》、孙谦《大门开了》、马烽《谁可恶》等作品中得到再现；马烽《饲养员赵大叔》《光棍汉》《老社员》、孙谦《元老社员》、胡正《七月古庙会》等创作中则表现了民间草台演剧活动（如《天河配》《铡美》《下南唐》《杀狗》等）对乡村文化精神的广泛影响……再次，乡土民间文化的展示还表现在特定区域的特殊文化精神方面。一般来讲，本色的土性是一种总体精神，即是说，乡土社会的土性精神呈现为集体共相，实际上，十里不同俗，各地的精神内质是相互区别的。就山西精神而言，人们认为应以"崇实""俭啬""倔赖"之类特性为最，这大概与"太行""王屋""吕梁"一类水土及"愚公""大禹"之类品质有关。即以"倔赖"之性来看，或者也可以作正面解释——"昔者大禹导（汾）河积石，疏决梁山"[1]，不就表现了坚如磐石的意志吗？所以，胡正在《汾水长流》中就推出了一个人物叫王连生，这个人五次要求入社，多次受阻而不灰心，终于以其执着达成愿望，因而使骨子里的执拗、暴桀的特性获得某种价值肯定。这类人物还有德厚老汉（西戎《盖马棚》）、王三女（孙谦《拾谷穗的女人》）、李旺身（胡正《除害》）、老田头（马烽《我的第一个上级》）等。但在有的时候，"倔赖"之性却又是被赋予一种否定意义的。比如"赖大嫂"：

> 赖永福平素是很怕赖大嫂的。两个人的性情，完全相反，赖大嫂一天说了的话，赖永福十天也用不完。他不爱多说话，并不是遇事没有主见。赖大嫂平日的一些作为，村里人有意见，他自己也看不惯。看不惯有什么办法？打架，赖永福不动火，打不起来；吵嘴，不管有理没理，赖大嫂张口就骂，没有他回嘴辩解的余地。因为处理家庭事务，只有赖大嫂说了算数；就连村里有关会议，光叫赖永福点头不算，还得赖大嫂说了话，这才真正合法了。

这位泼悍撒赖的赖大嫂过于霸道使性，的确有些过分，万事失度，则要招致非议，而西戎也正是否定了这种"倔赖"的。上述晋地精神似乎还辐射、延伸到周边豫陕地方，比如在"李双双""秋菊"（乡土电影《秋菊打官司》）、"母亲"（乡土电影《我的父亲母亲》）等人身上也同

---

[1] 郦道元：《水经注》卷四"河水四"。

样潜藏着各种"倔赖"的因子,其间关联与区别的问题值得我们进一步探讨。

同赵树理一样,山西作家也运用了大众化的一切配器及和声表达乡土本色。他们都表现出长于叙事、不擅抒情写景的特点。大概是因为山、塬的静默单调的关系,"山就好象进入你的血液一样……山的力量的巨大不可抵抗……山逼得你谦——逊——恭——敬"①。也就是说,山、塬的个性培植了朴质敦实的文化个性,这一个性就使他们在面对景致、情感一类问题时流露着局促窘迫,大概也就是"人说山西好风光,地肥水美五谷香"的水平,尚且不大切实。而一旦讲起山、塬地方的故事、人物来,却又显得格外生动自然。这样的地方似乎又特别能生长一种土里土气的民间艺术,比如晋剧、传奇、故事、梆子、说书、曲艺等等;这样的地方说着土里土气的方言,比如那个"无处不在的'圪'字"②,制造了种种神奇的交流效果。所有这些,都使山西作家的乡土文学深烙着土性的标识,显示了共同的"本色"。

延安及其他根据地、解放区文学的本质说到底也是土性的:土的形式、土的人物、土的生活内容、土地上的革命等等,而这类土性的形成,除了革命文论的倡导外,很大限度上也来自赵树理的影响以及作家本人的创作自觉。在那些已经觉醒的土地上,站立着一群身份有些特殊的人:康濯、周立波、丁玲、王汶石、谷峪、柯蓝、柳青、孙犁、孔厥、袁静、秦兆阳、欧阳山、冯德英、林兰、潘之汀、葛洛、林漫、王铁、洪林、俞林、邵子南、于黑丁、西虹、王林、梁斌、刘知侠、刘流、徐光耀、李英儒、管桦、峻青、冯志、华山、胡田、雷加、玛拉沁夫、曲波、贺敬之、安波、荒草、胡果刚、翟强、马可、胡可、阮章竞、张志民、李季、田间、严辰、苏里、刘佳、柯仲平、马健翎、严寄洲、鲁煤、刘沧浪、孙万福、韩起祥、毕革飞……他们从不同的乡土地域来到觉醒的土地,为了革命又穿上军装,于是就成为土地上的革命和斗争的灵魂。这是代表着普通老百姓的特殊灵魂。尽管一个时期还暂时不被理解,他们却表现了十分的耐心和十二分的真诚,于是,那时的革命便显得格外本真,穷苦的泥腿子们也便"用仅有的一根线缝补红旗的弹洞,拿出仅有的一把米挽救饥饿

---

① 林语堂:《八十自叙·童年》,《我这一生:林语堂口述自传》,江苏人民出版社 2014 年版。

② 朱晓进:《"山药蛋派"与三晋文化》,第 25 页。

的革命"①。他们怀着特别的激情与感念记录下了这一切令人难以忘怀的内容:《我的两家房东》《春种秋收》《暴风骤雨》《山乡巨变》《太阳照在桑干河上》《石爱妮的命运》《新结识的伙伴》《洋铁桶的故事》《铜墙铁壁》《创业史》《荷花淀》《风云初记》《铁木前传》《新儿女英雄传》《大地》《农村散记》《三家巷》《苦菜花》《人民在战斗》《地雷阵》《红旗谱》《铁道游击队》《烈火金钢》《平原烈火》《战斗在滹沱河上》《雨来没有死》《敌后武工队》《鸡毛信》《春天来到了鸭绿江》《茫茫的草原》《林海雪原》《白毛女》《兄妹开荒》《烧炭英雄张德胜》《战斗里成长》《槐树庄》《漳河水》《王九诉苦》《死不着》《王贵与李香香》《赶车传》……这类根据地、解放区以及新生的人民共和国乡土文学创作固然是由血与火、泪与汗的斗争生活实际催生的,但从内在神韵来讲,都与赵树理艺术影响有着千丝万缕的联系,很多作品从形式上就直接沿用了大众艺术样式,同赵树理有着共同的艺术旨趣。当然,"方向不是模型,向赵树理同志学习,走赵树理方向,绝不会限制了文艺创作更进一步的自由发展,限制文艺创作的形式的多样性"②。话虽这么说,乡土文学乃至整个文学艺术发展在新中国成立后 30 年内基本承用着赵树理格式,这却又是一个无可辩驳的事实,而且,这一过程中客观存在着的成败得失与是非曲直,也确实值得深思——这已经不是一个简单命题了。

第二节 与战争相关的现代乡土传奇

文学史事实表明,文学从一开始就是与一种乡土相关联的,作为一种风格甚至一种文体的传奇也是这样。传奇这一名称在不同时代是有不同内涵的,其最初意义应该就是传说(或即上古神话)。上古传说当然属于先民口头文学传承,只是这类传承多数已经失传,少量保存在典籍之中,而且多已走样。可以想象,先民最初能够进行语言交流的时候,劳作之余一定是会有着很多故事的,而且流传一定也会有较长一段时期。传说的意义即在于它从一开始就是属于民间的,或者说从一开始就具备了一种乡土特

---

① 叶文福:《将军,不能这样做》,《诗刊》1979 年第 8 期。
② 陈荒煤:《向赵树理方向迈进》,《人民日报》1947 年 8 月 10 日。

质，其表现形态就是庄子最先提出的那个"小说"①概念，也就是那些不登大雅之堂、不合大道的琐屑之谈。班固则更明确将"小说"之义理解为民间流传的奇事异闻、神话传说："小说家者流，盖出于稗官，街谈巷语，道听途说者之所造也。"②这种观念已接近于今天的小说观，同时也说明了传奇似乎就是小说题中应有之义，传奇与小说就是一体的东西，它们都与生活更为贴近，天生就属于民间。六朝的那些志怪、志人及轶闻趣事等的辑录或创作已具备现代小说品格，人们也习惯将其视为小说，但我们更愿意把它们就叫做一种传奇。唐代倒是很坦率地将那些成熟的文言小说叫作传奇，但"论者每訾其卑下，贬之曰'传奇'，以别于韩柳辈之高文"，其实这种传奇"叙述宛转，文辞华艳，与六朝之粗陈梗概者较，演进之迹甚明"③，艺术上倒更是地道的小说，与传奇的本义却有些出入了。宋金时期，传奇与讲唱体"诸宫调"成为一家，其内涵与小说（话本）似乎已经分离（实际上话本来源于唐变文，而变文倒更具传奇属性），这种分离是没有什么道理的，应该说，话本与诸宫调都具有传奇素质。元代，传奇与杂剧相关联，大约是诸宫调发展的惯性作用力所致。随着南方乡村南戏的发展，传奇逐渐脱离北杂剧而成为专门的戏剧样式（如"荆刘拜杀"），至明清则干脆就把用南曲（如昆山腔、弋阳腔）演唱的戏剧叫做传奇，与小说也几乎不存在内涵关联，这同样是没什么道理的（无论章回体，还是拟话本、"聊斋"体，其实都包蕴了明显的传奇元素）。

通过这样的"粗陈梗概"，我们不难看出，传奇是一种土性深重的文学叙述方式，也是乡土社会习以为常的认识和评判现象世界的特殊视角或手段。它强调的是对于事件或人物的主观演义和离奇化处理，同正史的严谨拘实是有所区别的，因而更属于民间范畴。我们有理由认为，站在传奇立场上对所有社会人生作出艺术反映的创作其实都是乡土文学（包括对于政治、对战争、对城市和海洋等等），比如《三国演义》《水浒传》《西游记》《说唐》《说岳全传》等等。这类传奇之作站在民间立场上面向大众评古论今，其乡土特性是显而易见的，也并不在乎它们是否反映了农村题材。农村题材如果不是从乡土特性出发，而是从政治概念或其他视

---

① 《庄子·外物篇》说："饰小说以干县令，其于大达亦远矣。"这就等于从一开始就把"小说"——传说置于民间范畴，与"大达"的庙堂性质相区别。

② 班固：《汉书·艺文志》。

③ 鲁迅：《中国小说史略》。

角出发去作出反映，那也不能算作乡土文学，比如《征途》《雁鸣湖畔》《胶林儿女》《春苗》等一类"文革"创作，以及《这是一片神奇的土地》《雪城》《鱼鹰来归》《龙江颂》（京剧）、《灵与肉》《绿化树》等创作，就失却了乡土特性，尽管其中也点缀某些"乡土气息"，却已离乡土文学特质去之甚远了。

一　弥漫着硝烟的英雄传奇

此处所言英雄，更指向一种品质、一种气息。这是一个极易产生英雄，弥漫着英雄气息的时代，即使乡土民间空间也漾存着一股崇高之气，而且这种崇高在相当长一段时间内甚至被要求于建设生活之中，并民间化为一种人生理想。这里，在概念内涵的一致性上也许会产生一些误解，即战争题材（非农村题材）的创作是否也是乡土文学呢？其实，前面我们已经回答了这一问题，结论是，这类战争题材英雄传奇是属于乡土文学范畴的，因为它通体散发着"土气息泥滋味"，照顾到了乡土特性，因为战争题材英雄传奇的发生背景、具体场景、人物出身及其活动、叙述口气、表达方式等等都关涉一种乡土特性，整个创作都浸透着"个性的土之力"。当然，像《保卫延安》《红日》等等军事题材（战争题材）创作是无论如何也不好同乡土文学画上等号的，因为它们与《新儿女英雄传》《烈火金钢》等分属于不同的文化空间，它们的立足点、出发点并不在乡土民间。

艺术上更近于传统技法的乡土英雄传奇是《吕梁英雄传》《新儿女英雄传》《洋铁桶的故事》《烈火金钢》等一类创作。

柯蓝的《洋铁桶的故事》正是学习民间文艺和古典传统的结果，也是有意写作通俗文艺作品的一次较成功的尝试。小说背景在晋东南沁源，主人公是抗日英雄民兵队长吴贵。吴贵就叫"洋铁桶"，因脾气躁，嗓门大而得名。他带领民兵小队抗击日本侵略者，建立政权，捉特锄奸，以在洋铁桶内放鞭炮充当机关枪为最富传奇色彩。在40回的篇幅内，作品涉及了晋东南抗日时期的广泛的斗争内容，洋溢着战胜敌人的英雄气概和乐观精神。

《吕梁英雄传》的规模和容量则更大些，影响也更为广泛。作品写于1945年，至1949年初新华书店再版时定为80回，最初的雏形是马烽、西戎根据晋绥边区1945年春第四届群英大会后的要求，在《晋绥大众报》上编发的介绍民兵英雄们对敌斗争的连载事迹《吕梁民兵斗争故事》。"写这本书的时候,我们都很年轻,在那艰苦的战争年代里,和当地人民群众一块战争,共同生活,内心里总有一种冲动,总觉得应该把敌后抗日军民在伟大领袖毛主席领导下,与日本帝国主义、汉奸走狗斗争的英雄事迹记载下来,使人民群众从中受到一些教益。"[1] 应该说,这一创作意图是得到实现的,不光根据地反响强烈,重庆谈判时代表团将其带到国统区后也获得了好评,《新华日报》予以连载,茅盾写文章加以介绍。吕梁文化教育出版社、东北书店、新华书店、苏中韬奋书店、大连大众书店等也纷纷出版单行本。

作者很能讲故事。小说背景是吕梁山支脉桦林山下的一个村子康家寨。1940年春,八路军解放了这个寨子,建立了民主政权,1943年忙于反"扫荡"时又沦陷了,故事也就从这里开始。日军联结当地地主和汉奸康锡雪,成立了一个维持会,逼粮、催捐、抓人,闹得鸡犬不宁。这时,八路军武工队进村,发动群众,实行"劳武结合",里应外合,声东击西,打地道战、地雷战,组织"变工爆炸",断粮、断水、切电线,创造了明的、暗的、软的、硬的各种战术,粉碎了敌人的"蚕食政策""怀柔政策""三光政策""强化治安",实现了毛泽东"把敌人挤出去"的战略目标。在引人入胜的故事发展中,一个个清晰的乡土英雄人物凸显出来了:康家寨民兵中队长、共产党员雷石柱,勇武顽强的康明理、孟二楞、武二娃,壮烈牺牲的马保儿等等,他们体现了战争年代的新的乡土精神。武工队员武得民的形象也很成功。他是正规部队成员,肩负领导地方斗争的使命,却又"不是高高在上的发号施令者,而是人民中的一员,艰苦奋斗的一员。由于工作关系,这位'老武'的行踪似乎有点飘忽,然而……他是一个刻苦耐劳,忠实执行政策,领导着群众斗争而又虚心向群众学习的人"[2] 这就显得难能可贵。作为领导者,他并不显得神秘,也不是什么超人,更不是鬼见愁式的英雄,而是如土地、如大山一样的朴实的人,因而,与后来一些纯而又纯的"英雄"相比,显得更为人间化。当然,总体来看,"一些人物写得没血没肉;性格不突出,没有心理变化;故事发展不够自然,没过程,甚至有些前后矛盾的地方"[3]。之所以

---

[1] 马烽、西戎:《〈吕梁英雄传〉再版后记》。
[2] 茅盾:《关于〈吕梁英雄传〉》,《中华论丛》1946年第2卷第1期。
[3] 马烽、西戎:《〈吕梁英雄传〉再版后记》。

出现这类缺陷，还是由于山西作家不擅描写的拘实风格使然。

相比之下，20回本的《新儿女英雄传》则更具性格魅力了。

故事的背景是冀中白洋淀，主要内容是敌后地区在抗战八年中的整个对敌斗争过程，具体环境是申家庄，发生的事情是乡土地上的普通老百姓实实在在经历过的一切。作品主要线索是牛大水与从保定逃难来申家庄的杨小梅之间感情的悲欢离合及其作为新的战争岁月的儿女英雄的成长历程，由此再现了共产党员黑老蔡以八路军吕正操将军的队伍为后盾，发动领导农民成立抗日武装力量自卫队并逐步发展壮大，而日寇及其扶植的地主汉奸势力则从横行乡里到日暮途穷并最终灭亡的真实历史。

《吕梁英雄传》主要考虑的恐怕还是颂扬"事迹"，其艺术重心在故事本身，相对而言，人物只是为串联和演绎情节发展服务的第二性的艺术元素，在艺术渊源上与"山药蛋派"联结更为紧密。《新儿女英雄传》就不是这样了。作家意图是为乡土地上的英雄儿女树碑立传，主要考虑的是人，所以，人是艺术重心，人物走到了前台，这恐怕与"荷花淀派"的艺术启迪有关。因此，我们可以说《吕梁英雄传》是一部乡村英雄事迹传，而《新儿女英雄传》则是一部乡土英雄人物传。

牛大水"这好小伙子，长得挺壮实，宽肩膀，粗胳膊，最能干活；总是熬星星，熬月亮，想熬个不短人、不欠人的，松松心儿再娶媳妇"。他厚道、胆小，一心指着五亩苇子地过日子。"七七事变"，卢沟桥的炮声改变了他的生活，侵略者烧起的战火扰乱苦难岁月的平静；败兵、土匪、日军、汉奸等新的灾难改变了他的性格，在黑老蔡启发下，在残酷斗争的磨砺中，他变得坚强不屈、坚韧勇武。他当农会主任、村长、中心村抗日自卫中队长、区小队队长、区委书记、民兵连指导员，一步步成长，一次次创造着乡土神奇。

杨小梅也历经生活坎坷，承受身心煎熬，最后找到了幸福。从逃难到申家庄她姐夫黑老蔡家开始，饱尝酸辛苦难。娘做主把她嫁给了张金龙，哪知张金龙最终却沦为汉奸，她也陷入火坑。慢慢地，她开始觉悟了，勇敢地走出家庭牢笼，投入了革命怀抱，在斗争中成长为一名坚定的共产党员，党的农村妇女工作干部。在共同的战斗交往中，她深深地喜欢上了牛大水，最后离开张金龙，与牛大水组建了新的家庭。

牛大水的表哥黑老蔡，本来是个铁匠，农民革命斗争中成为地下党员。抗战开始，他回到家乡组织开展抗日武装斗争，成为乡土地的新的核心和灵魂。但他也同武得民一样，来自乡土，扎根乡土，是有着大地根基的领导人物，既有着领导者坚毅果敢、沉着机智的一般素质，也有着乡下人厚实纯朴的基本品性。他那黑不溜、笑眯眯的脸，那毛扎扎的连鬓胡子，给人一种天然的亲切、一种昂奋的力量。

总之，"这里面进步的人物都是平凡的儿女，但也都是集体的英雄。是他们的平凡品质使我们感觉亲热，是他们的英雄气概使我们感觉崇敬"[1]。除了这些新儿女英雄外，小说对反面人物的描写也相当成功，比如对日伪汉奸头目何世雄，为何世雄看家护院的地痞流氓张金龙，对动摇派人物、申家庄村长、地主申耀宗等等，都作了真实描绘。正是特殊岁月里乡土地上的各类真实人物成就了真实的历史，也丰富了乡土文学艺术宝库。"这的确是一部成功的作品，大可以和旧的《儿女英雄传》，甚至和《水浒传》《三国志》之类争取大众的读者了。"[2] 这一成功主要表现为记录了真实历史中的真实人物，即为乡村世界所认同的一种成功。据说，袁静还特地将小说读给白洋淀的老乡们听，大家都说爱听，因为书中所写的，都是大家熟悉的、了解的人和事，而艺术上又采用了普通大众喜闻乐见的艺术表现方式。

30回评书体小说《烈火金钢》所反映的是从1942年"五一"反"扫荡"开始，到我军大反攻前夕这段时间冀中平原最艰难最残酷的斗争生活。这是一部典型的英雄传奇，是经典的乡土小说范本——八路军排长史更新在距离小李庄不远的滹沱河下游桥头镇反"扫荡"战中身负重伤，却能从死人堆里挺然站起，带着满身血迹，刀劈特务，"火葬"日军，孤身一人枪挑三个鬼子；在刀弯枪断情况下"白手夺枪"，使猪头小队长仰面喷血，丧魂失胆；孤身一人四面迎战却能游刃有余，居然使猫眼司令"调动了一个日军联队，一个伪警备队，一营伪治安军，两个骑兵中队，两个摩托小队，配备了重机枪、迫击炮，放毒瓦斯的化学兵，还有两辆小型的坦克车"来与之展开较量，"单枪打开千军阵，独身冲破重兵围"，勇猛之处颇得子龙精神，煞气生时似有冀德虎威，也一点不比什么史泰龙、施瓦辛格逊色。县大队飞行侦察员肖飞，人称"飞毛腿""鬼难拿"，也是极富传奇魅力的乡土英雄人物，只身"大闹县城"那一次最集中也

---

[1] 郭沫若：《〈新儿女英雄传〉序》，新文艺出版社1953年版。
[2] 同上。

最精彩地体现了他的传奇魅力。老史生命垂危,为了弄药,肖飞只身前往县城,路上恰巧就碰上汉奸地主何大拿父子,于是巧取了他们的自行车和特务证,闯进县城。买好药后,他被敌人发觉,危急中双枪齐发,击毙站岗伪军和特务,冲过吊桥,登车如飞,潜入青纱帐里。敌人兴师动众,派出快速机动部队三路追击,抓到的却是被捆绑着的何大拿父子,而肖飞却安然潜回小李庄!至于其他人物,比如丁尚武、孙定邦、赵连荣、田大姑等也都给人们留下了深刻的"传奇"印象。

作品的乡土味是多方面的。其间流动着的一股英雄之气极有"三国""水浒"神韵,同时也流贯着一种新的乡土精神。这群炎黄儿女、华夏精魂恰恰是不可战胜的,这是这种传奇所以能够真实动人的原因所在,也是能够产生某种传奇的依托与必然。评论家侯金镜认为,这类英雄"都显得独往独来、单枪匹马,表现了一种游离于群众斗争之外的状态",但他同时也认为"《烈火金钢》的作者在运用评书体裁方面,取得了很大的成绩"①,这两种相悖的态度其实暴露了侯金镜评论中的内心矛盾。一方面,他要为时代和政治语汇找寻某种"合理"的注脚,所以在衡量《烈火金钢》的价值时用了一把可以适合于评价《创业史》《金光大道》那一类创作的标尺,但他也发现这样做其实是不合适的,所以另一方面,又不得不承认《烈火金钢》是很成功的创作。他看到了两种标准之间存在着的悖论纠缠,于是以一种特别聪明的方式去处理时代所给予他和他那一代人的两难。

和这类接近传统路数的乡土英雄传奇相映的,是另一类呈现出现代小说风格的英雄传奇,比如徐光耀的《平原烈火》、邵子南的《地雷阵》、冯德英的《苦菜花》、华山的《鸡毛信》、管桦的《雨来没有死》、冯志的《敌后武工队》、刘知侠的《铁道游击队》、雪克的《战斗的青春》以及国统区姚雪垠的《差半车麦秸》《牛全德与红萝卜》等等。这一类乡土英雄传奇并不追求形式上的大众化,而是按照选材立意、结构、人物塑造等一般要求刻画人物,叙述乡土战争传奇。当然,其中也不排除采用某些传统技法的可能,比如《地雷阵》(《李勇大摆地雷阵》)在叙事中就插进了不少快板和落子式的韵白,吸取了民间说唱文学的一些优点,况且,

---

① 侯金镜:《小说的民族形式、评书和〈烈火金钢〉》,《侯金镜文艺评论选集》,人民文学出版社1979年版。

传奇本身也往往就意味着一种传统。因此，所谓区别，也只是就艺术的总体畛域而言，区别或对立的本质实即一种联系，或即对立的统一。

二 氤氲着诗意的浪漫传奇

人们习惯于将孙犁为代表的所谓"荷花淀派"乡土文学视为一种有田园特色的抒情小说，这是很有道理的，但据此就认为"四十年代诞生的孙犁小说，使'田园抒情小说'跃上了另一座新的顶峰"，因为"他以革命的理想主义、乐观精神、浪漫主义的抒情笔调，独树一帜地实现了这一流派的巨大飞跃"，因为他"没有了废名式的晦涩、隐逸与参禅超度，也没有了沈从文的神秘、幻美以及与现实的隔膜，更没有了他们思想上存在的独善其身、消极避世因素，对原始古朴的宗法制乡村，对幻想中的世外桃源的无限向往"[①]，这类看法则又有些武断了。田园派的正宗，就是通过静穆平和的田园生活及空明澄澈的自然风光表达澹定、简朴、高雅等等一类文化追求，从根本上讲，它才是一个文化哲学高峰，是有深远历史渊源、深厚思想根柢以及现实人文基础的文化形态和理念形态，对此，不能予以简单否定，因为，一个千百年来人们试图言说而又无从说透的文化命题，是自有其人文支撑的。

实际上，孙犁的意义并不在于体现了田园派的文化精髓或思想特征与否，而在于他对具体历史中的乡土世界的诗性态度。严格地讲，他并不属于我们所理解的田园派范畴，因为他仅仅是撷取着乡土人生的某种诗情画意。当然，田园派的所有努力也是诗性的，但这与孙犁的努力却有着本质区别。田园派诗性透现着一种主观心性，是一种哲学文化层面的理性玄思，即如我们后文综论中要论及的那样，是在"借乡土说事儿"，因而从具体文化实践上来看，这种诗性是对乡土本然之上的诗的赠予，乡村自然其实往往只是人格化的自然，乡土也只是当然形态的乡土；孙犁的诗性却更与静态农业文明下的田园牧歌情调相关联，其本质更指向本然乡土实际，其态度也更为人间化、生活化，所谓诗情画意也只是向本然乡土刻意索要的结果，田园牧歌所表述的，还是乡土地上本来就有的那些事儿。这样看来，孙犁所对应和相关联的，恰恰是赵树理的那样一种路数。他们都

[①] 彭在钦：《乡土·乡风·乡情·乡音——略论中国现代田园抒情小说流》，《理论与创作》2000 年第 5 期。

比较注重乡土本然，具备一种大地根性，所不同的是，赵树理们更愿意追求土的本色，孙犁们则更趋于努力发现土地诗意，使其乡土文学创作凸显一种大地诗性。

尽管孙犁本人并不承认"荷花淀派"的存在，但事实上他又确实处在一个举旗、领军的位置之上，包括孔厥、袁静、刘绍棠、房树民、甚至还可以包括汪曾祺等在内的一些乡土文学作家都与之有着艺术上的追随、传承关系，比如刘绍棠，就将孙犁视为艺术导师，甚至还自觉接受了孙犁所特具的淡泊坚定一类人格气质影响。"香远益清，亭亭净植"（周敦颐《爱莲说》）的荷花品格代表着"荷花淀派"为人为文的总体特征，具体表现则包括这样一些方面。首先，"白洋淀""滹沱河""运河"等等物象昭示了特定水乡的区域特征，而这类地域也似乎特别能升腾一种诗情画意与泥土气息。其次，对水乡日常人生与乡土平凡人物（尤其是劳动妇女）的倚重，使这类乡土文学体现了牧歌情调与美好人性。再次，散文化、抒情化的叙事语言及其他民族化的表达方式（如白描等）也使乡土诗情画意获得某种外在形式，制造了清新隽永、诗意绵长的浪漫效果。

"华北""冀中"这类字眼，往往使人望去就会怦然心动，这也许是因为它连接着某种历史的缘故罢——涿鹿的战尘、易水的壮别，成就了永远的悲歌；平原烈火、滹沱风云，铸造着民族的慷慨，而这一切在孙犁的笔下又氤氲着一股诗意，难免不使人产生激情怀想。这本来是一片苦寒多难的土地，但在孙犁的视线内，这种苦寒多难情景却已为原野大道、河流湖泊、瓜田港汊、小草蝈蝈、莲荷芦花……的清亮飘逸所代替。据有的学者考证，"古代黄河以北平原地区确实曾经有过河湖密布、水源丰沛、森林茂密、禽兽繁多、气候温暖的生态环境，这种局面到唐代还有所延续，到宋代才开始急剧变化"[1]。孙犁乡土文学的环境选择是否也表现着一种对诗意的古典自然的激情怀想呢？同沈从文一样，孙犁的文化意象里也有一个清晰的水的影子：清冽澄澈的湖水、水一样的情怀、水一样的儿女，使我们形成了关于孙犁乡土文学的基本背景印象（《荷花淀》《芦花荡》《山地回忆》《风云初记》等浪漫传奇系列中都洋溢着水的清丽与诗情）。所谓仁者爱山，智者爱水，大凡古往今来的文人墨客都或多或少地写到水，并通过这一意象而生发出一种智性的力量。孙犁笔下的乡土故事几乎

---

[1] 张京华：《燕赵文化》，辽宁教育出版社1995年版，第7页。

都关涉到水，特别是有女性形象在场的时候更是如此，看来，他写水已经在指称着一种品格，抒发着诗的情感了，而这种艺术趣味、价值取向也是深深地影响了刘绍棠、汪曾祺等人的乡土文学创作的。

"我最喜爱我写的抗日小说，因为它们是时代、个人的完美真实的结合，我的这一组作品，是对时代和故乡人民的赞歌。我喜欢写欢乐的东西。我以为女人比男人更乐观，而人生的悲欢离合，总是与她们有关，所以常常以崇拜的心情写到她们。"[①] 让我们具体看看这些生活在风云时代的平凡而又有着传奇经历的乡土人物及其荡漾着的美好诗情。

《女人们》（1941）包含三个短篇，是孙犁最早写农村妇女的作品。《红棉袄》写一个16岁的小姑娘关爱部队战士，温暖他人，自己"受冻"的"大庇"情怀；《瓜的故事》写小姑娘马金霞献上西瓜，慰劳百团大战战士的亮丽心灵；《子弟兵之家》写农村媳妇李小翠为子弟兵身份的丈夫而骄傲欢喜的美好情感。《琴和箫》（1942）写两个女孩子大菱和二菱跟着父母献身抗战事业的故事；《走出以后》（1942）写17岁的年轻媳妇王振中摆脱婆婆折磨与旧生活束缚参加革命的故事；《老胡的事》（1942）写热爱劳动的小梅、热爱战斗的妹妹那种花不能比、月不能比、山不能比、水不能比的美质；《丈夫》（1943）写年轻媳妇对丈夫参军由不理解到感到光荣的故事……所有这一类型作品中，最具代表性的还是那篇《荷花淀》，其成功主要在于透过水生嫂让人们看到了一群普通"女人"如水的柔肠和莲荷一样圣洁的内心世界。这一类乡土短篇大概都属于急就篇，但从艺术质量上讲，却如一颗颗晶莹透亮的珍珠，由这些"珍珠"串起一种质朴明丽的乡土人生。中华人民共和国成立后，孙犁有了较充裕的写作时间，创作了长篇乡土小说《风云初记》。这部作品集中代表了乡土浪漫传奇的特出成就。滹沱河畔的子午镇和五龙堂这两个小村庄是发生过农民暴动、有革命基础的一块红色土地，出走的农民领袖高庆山又回到故乡组建抗日武装支队，发动群众抗日。积极分子吴春儿作了妇救会主任和妇女自卫队队长，"喊出了平原上妇女保卫家乡的第一声口令"。她带领妇女们为前线将士做军鞋，动员"心上人"芒种第一个参军。变吉、老常、高四海等其他抗日积极分子也组织人们挖沟破路、拆除城墙、站岗放哨，开展平原上轰轰烈烈的抗日斗争。但斗争也是复杂残酷的。"中央

---

① 孙犁：《〈孙犁文集〉自序》，《孙犁文集》第1卷，百花文艺出版社2002年版。

军"的降日剿共，收编的杂牌军中高疤一部投向中央军，反革命投降派田大瞎子之流破坏抗日，俗儿等落后群众的政治投机与唯利是图……都使乡土地上的斗争形势变得尖锐复杂。然而，正直热情的人们是坚定的，他们表现了顽强韧性的战斗意识。

　　这一简要勾勒表明，民族解放斗争是乡土地新的本然实际，其间总是存在着对这一新的实际的认同或犹疑、反对等各类情形。其实这类事实在所有乡村大地都是存在着的，《风云初记》所反映的也只是大家都熟知、都在反映着的历史共鸣，所以，作品真正特出的意义即表现在叙事的独到新颖方面，其最显著的特色就是让战争站在了背景位置，让人物走到前台，让人物成为叙事的核心与角度。显然，春儿与芒种就是叙事的核心人物。这一叙事模式并不刻意表现宏大的战争场面，不大注重史诗品格，而是特别注意表现人物，通过人物活动透视乡村人生，表现时代理念与乡土精神，因而，这类传奇显得更为人间化、生活化、生命化。

　　对于这一切内容，作家孙犁以诗性态度做出了诗性处理。"把浓郁的令人神往的诗性和真实的人物性格的刻画结合起来，把诗歌和小说结合起来，是《风云初记》一个最显著的艺术特色。"① 的确，在孙犁看来，世间一切都是诗性的，或者说应该是诗性的、美好的。他似乎更愿意展示一种纯净，有意识地稀释、化解由战争制造的滞重、阴沉。一般来讲，对待现实本来就有两种基本态度，一种是现实主义的客观态度，另一种是浪漫主义的理想态度。孙犁显然取后一种态度，所以才把实际所有的历史写成了按照人们理解所应该有的样子，为我们展现了灵动灿然的一方乡土，无论写景、叙事，还是刻画人物，都特别注意了大地的诗意和特殊情韵。他的确有一种特殊的本领，笔尖所触之处，一景一物、一人一事，皆能诗趣满中。他写溪水，"安静得就像躺在爱人怀抱里睡眠的女人一样"；写大白菜，"肥大得像怀了八个月孕的妇女"；写小姑娘，"她的声音很嫩很脆，难道是从小吃这些新鲜蔬菜的关系吗"……诗与情往往是紧密联系的，诗不关情，也就会被大打折扣。孙犁乡土浪漫传奇的重要艺术表征，就在于一种浓厚的抒情气息，而且，这种情感的抒发往往又不是那种喷发的激情的外在宣泄，而是敛藏内里的更见深厚的一种诗意律动，激情见于平静安澹的口气之中。风雨交加的一个夜晚，因为暴动失败，农运领袖高

---

① 黄秋耘：《一部诗的小说——漫谈〈风云初记〉的艺术特色》，《新港》1963年第2期。

庆山不得不坐船逃出去。他的17岁刚过门的妻子秋分"没有说话","只是傍着小船在河边上走","紧密的铜钱大的雨点,打得河水拍拍的响。西北风吹送着小船,一个亮闪,接着一声暴雷。亮闪照得清清楚楚,她卷起裤脚,把带来的一条破口袋,折成一个三角风帽,披在头上,一直遮到大腿,跟着小船跑了十里路"……"跟着小船跑了十里路",极其平易而又极端写真的一句话,却又如此奇崛,如此深情,所有关于乡土地上风雨人生中的努力、苦寒凄恻中的期待、绵绵执着中的依恋……都在这"十里路"中了。

当黄秋耘、钟本康等人在肯定《风云初记》的诗性特征时,也表示了"作品的抒情成分超过了精雕细琢的刻画"而使人物"挖得还不够深,写得不够细"的意见,大概就是在指责孙犁儿女情多,风云气少罢。这类理解是不切实的。燕赵大地历来流贯着耿烈慷慨之气,胡服骑射的结果,更培养了刚勇侠义、犷悍卞急的性情,即便女子也多数表现不同寻常。先秦佚名小说《燕丹子》就记载了荆轲因喜爱"好手琴者"而得能琴美人之手的故事,实在是关于"士为知己者死,女为悦己者容"一类真性情的象征性的隐喻,至于普通民间夫妻,更有着与周边地域相异甚至异质的特殊品格:率性热烈的情爱、尔汝相称的平等、拙俗耿介的纯真。这一类真精神、真性情在孙犁那里并不是直截了当地袒露着的,需要我们也以一种诗性态度用心加以体会。水生嫂们、秋分们、春儿们的诗性人生与诗意性情是传达了深厚人文历史内蕴的,不是作家挖得不深、写得不细,而是我们没有认真体味水乡儿女们诗样性情中的真实精神,实际上,"捉住了要和他拼命""我们也成立队伍""跑了十里路"……这一类朴实的乡土情感中,是融贯交会了极其深广的现实历史内容与人文精神思考的。

比起孙犁的诗性态度来,曲波、知侠等人则更显一种浪漫气质,其主要表现就在于,他们的乡土小说都有紧张惊险的故事情节和富于传奇色彩的人物经历,对历史事件的反映取一种理想主义态度。《林海雪原》中的36人小分队就制造了一系列神奇:奇袭许大马棒的虎狼窝奶头山,智取座山雕的烂螃蟹塘威虎山,捣毁匪首侯、马、谢等在绥芬甸子的老巢,全歼各类顽匪于四方台,以这四次大的战斗为主干,又穿插了一系列小故事,环环紧扣,纵横交错,构成一个个曲折、惊险的故事情节,立体地凸显了小分队的神勇无敌。尤其是偶然插入一些突发事件,更增强了作品的离奇色彩，比如眼看杨子荣就要大功告成，突然杀进来一个小炉匠，使情节陡地发生变化，险象环生，读来扣人心弦，当然，也活现了革命战斗英雄的过人胆识。在人物塑造上，英雄人物几乎无一例外都带有浪漫传奇色彩。杨子荣化装侦察，身入虎穴，舌战土匪，大摆百鸡宴，盛布酒肉兵；少剑波多谋善断，巧运神算；孙达得吃苦耐劳，往来如飞；高波只身拼群匪、救乡亲；还有民兵队长李勇奇的勇猛剽悍、青年猎手姜青山的威武英俊、蘑菇老人的智慧忠诚等等，都极富传奇艺术魅力，具体体现了理想主义创作态度。

这类浪漫传奇也关联着民族文化传统，特别是民间传统与武侠传统，由此也使该类传奇获得一种乡土文学属性。即以《林海雪原》来讲，黑土地上的生命强力与枭雄本色仍然作为一种地域文化精神得到某种程度的反映，特别是从李勇奇、姜青山等民间英雄身上可以很清楚地看到这种内在文化精神，即便是那些"胡子"，也体现着鲜明的地域文化个性。当然，这类"胡子"与国民党势力相勾结，性质上已经发生变化，即由梁山好汉式的抗恶范型转为为害乡里、对抗正义的作恶范型，政治上理所当然地应该予以价值否定。除了乡土精神的影响外，民间民谣、俗谚、山歌、俚语（甚至土匪"黑话"）、传说等的运用，也从外在形式上强化了乡土文学属性。武侠传统中弥漫着的英雄气息对《林海雪原》的创作熏染，更是显而易见的艺术事实，有人甚至指责少剑波是个"个人英雄主义气息很浓的形象"，又说"书中地理形势完全不符合当地情况"，"夸张到了脱离现实的地步"[①]，当然，这类指责立刻就招致了人们的反对。另外，评书传统也发生某些艺术作用，比如那些"关节"、悬念等等的设置，都使作品获得一种大众品格。《林海雪原》这一创作个案同样表明，客观存在的乡土浪漫传奇已经作为一大艺术范型，构造了独具品格的一方风景。

第三节　与建设相关的乡土"巨变"

土地改革与农业社会主义改造、农村社会主义建设等等一系列政治运动，是确确实实引起了乡村大地的震动的，无论自觉还是不自觉，人们都

[①] 冯仲云：《评影片〈林海雪原〉和同名小说》，《北京日报》1961年5月9日。

在经历着亘古未有的物质文化和精神文化新变，乡土文学更是积极地迎合了这类乡土新变，主动谐和着政治律吕和时代主调，对新的乡土人生表示了热诚关注。不管对于这类实践有着怎样的评价，可以肯定的是，作家们的态度是认真的，情感是诚挚的——比如浩然或者浩然们，也许他们根本就不曾意识到轰轰烈烈的革命会有什么失误！然而，这一类乡土文学也确实引发了人们对诸多艺术问题的审视与反省。

一　就物质生活基础而言

解放或变化的意义，首先是对物质生产资料和生活资料的真正拥有。土地与农业生产工具的获得、赖以生存的粮食问题的解决，都是最切乎农民实际的热点，因此，土地革命的本质，就是通过阶级斗争，使农民实现耕者有其田，使人们夺回劳动果实，最终实现农村的革命变革。乡土文学热情地表现了这一革命变革，当然，这一革命并不是一蹴而就的，它经历了一个极其艰难的过程。

抗日民主根据地的减租减息斗争拉开了这一变革的序幕。俞林的《老赵下乡》、束为的《红契》、王希坚的《地覆天翻记》等创作，具体展示了乡土地的人们与地主阶级的减租减息斗争。其基本格式为：这些地主（如《老赵下乡》中的刘维孝、《红契》中的"笑面虎"胡丙仁）都很狡猾，变着法儿对抗民主政府的减租政策（比如明减暗不减、加收杂租、虚报损失、背地里拿回租契等），加上农民多年来因袭下来的胆小怕事等等积习的作用，工作难度往往很大，但区干部们都通过发动群众斗地主的方式最终达到了斗争目的。显然，这类革命急就章从艺术上一开始就在暴露着某种局促与稚拙，关于这一点，我们将在稍后的其他乡土文学文本中看得更为清楚。

王希坚（1918—1995）《地覆天翻记》是最早反映翻身解放问题的长篇乡土小说，也是减租减息题材创作的代表作品。它以鲁南新辟根据地莲花汪为背景，写了减租减息、建立农村基层民主政权、武装反"扫荡"等历史斗争，为同类题材创作作了艺术化的小结。工作组下乡后，恶霸地主吴二蛙子钻空子混进农救会当了会长，并转移目标导演了假斗争，继而又联合、依赖臭于等反动分子组织暗杀团，表现上则又伪装开明，拉拢腐蚀干部。但是，工作组还是依靠老毛叔、李福祥、李小牛等农民代表发动群众，斗争了地主，赢得了减租减息的最后胜利。与同样题材的短篇创作相比,《地覆天翻记》在更为广阔的时代背景下更全面、更具生活依托地反映了斗争双方力量此消彼长的斗争历程,写出了斗争的复杂性、残酷性。同时,艺术上也能采用章回体形式,通过有吸引力的故事情节,运用白描手法和大众化的叙述语言去表现时代历史内容,应该说是一部有价值的乡土小说。

解放区土地改革斗争是减租减息斗争的深化发展,是随着国内阶级矛盾日益激烈而终于爆发的彻底的乡村革命——没收地主土地分配给农民!这是中国农村历史上最深刻、最彻底的根本性革命,是有史以来最尖锐、最猛烈、最复杂的一场阶级大搏斗,斗地主、分田地,农民革命其势如暴风骤雨,迅猛地席卷了一切解放区的农村,这一斗争一直延续到1951年年底开始的农业合作化运动时期。乡土文学作家们以高涨的创作热情,调动各自最大的艺术潜能表现这一新的生活主题和政治主题,在艺术上自觉地站立于政治角度,开始了政治话语化的创作。

这类小说中,最突出的代表就是人们熟知的《太阳照在桑干河上》和《暴风骤雨》(当然,马加的《江山村十日》、马峰的《村仇》、孔厥、袁静的《血尸案》、韩川的《乌龟店》,或者还有谷峪《石爱妮的命运》等也是不错的作品)。应该肯定的是,由于作家往往都亲身经历了土改工作,对这场暴风骤雨式的农村革命理解较为透彻,对农村革命实际也有较深切的了解,所以,他们对农村革命的反映还是真实的。这种真实,主要表现为真实地描写了农村革命斗争的尖锐复杂性,写出了艰难的斗争过程,而不是一厢情愿地按主观想象去解释、演绎革命。一般论者都承认,革命与民众其实往往是很难扭结一致的,老中国儿女们在惯性的轨道里运转得太久,一切新变在他们那里首先就是一个"谬种",其次就是反应漠然。有的学者甚至设想祥林嫂假如活到了解放以后,究竟会是怎么样一种生活境况呢?她会很积极地投身到革命运动中来么?似乎不大可能——不是有不少农民把分得的地主浮财到晚上又偷偷地给人家送回去吗?所以,革命是太难了,尤其在现实斗争中,是不允许以诗意的主观想象代替艰难的实际努力的。

以农业合作化运动和人民公社化运动为核心的社会主义革命、社会主义建设最终完成了乡土地的革命变革。在铺天盖地的集体化斗争实践中,乡土文学作家也大都被卷入农村,回到各自的故乡亲身参加集体生产劳动,亲身感受社会主义新农村的新变化。政治经济生活呈现出的大一统格局也使乡土文学创作呈现出一种"集体"气象。

最早反映新的生活变化的长篇乡土小说是《三里湾》，同类题材最早的短篇则是李准的《不能走那条路》，而最有影响的却是柳青的长篇《创业史》、周立波的长篇《山乡巨变》。另外，刘绍棠也以"神童"面目出现，带着稚气，在《村歌》《红花》《青枝绿叶》《摆渡口》等一系列短篇乡土小说中形象化地演绎他对于乡土地政治新变的认识和理解，而浩然则更显老到地以《艳阳天》《金光大道》式的皇皇巨著阐发着关于农村两条道路斗争的形象化的道理。其他作家如李乔、玛拉沁夫、石果、白桦、胡学文、刘勇、李威仑、吴晨笳等也勾画了广阔的新变图景。与这类正面表现农村政治经济新变相映衬的是，一大批回忆乡土地过去苦难，尤其是通过"倒苦水"表现阶级苦、血泪仇主旨的创作，从另一个角度应和了走集体化道路这一时代新声。像《高玉宝》（高玉宝）、《石土地》（石果）、《山前山后》（李威仑）、《韩波砍柴》（冯至）、《把一切献给党》（吴运铎）等以及专门控诉恶霸地主罪恶的速写、报告等一类作品，都以"字字血，声声泪"的调式展览了"在那万恶的旧社会"失地农民的种种苦情，而在这种基本格式中所寄寓着的主题，除了告诫人们"不忘阶级苦，牢记血泪仇"之外，就是要求珍惜来之不易的解放，走集体合作的道路，千万不能好了伤疤忘了痛，后面这一点，我们也可以从乡土文学创作实际中得到证明。当时鼓动农村落后人物入社的主要方式，往往就是通过"忆苦思甜"启发人们转变态度（当然还有其他转化方式），比如李准的《不能走那条路》就是这样。共产党员宋东山的父亲宋老定要买张栓的地，宋东山正是通过回忆过去苦难，使宋老定记起了自己失去土地的苦痛和地主欺凌、盘剥的罪恶的。一旦明白买地的行为有可能制造新的地主和新的赤贫，老定便很快退还了土地，还借给张栓 20 万元（旧法币）发展农业生产。这就是解决问题时最典范的一种轻松简单态度。

由《三里湾》《不能走那条路》最初萌生的对政治意图的阐释仅仅置放于一种单线的、平面化的简单模型之中，某一概念只需对应一种明白无误的生活证明，到《创业史》《山乡巨变》《艳阳天》中，路线斗争问题获得了一种二元对立构架，对政治意图的解释也就显示出复合的、立体的特征了。新的合作化力量由弱小到强大，必定对应一种反动势力由嚣张到日暮途穷的斗争过程，这种通过乡土地此消彼长的两种力量变化而演绎乡土新的政治革命斗争的"集体"表达格式，终于成就了一种新的乡土文学文本模态。

二 就精神文化现象而言

"随着经济基础的变更,全部庞大的上层建筑也或慢或快地发生变革。"① 因此,乡土文学在注意到乡村大地的经济变革的同时,也注意到了与一系列经济变革相适应的生产关系的变化。但是,意识革命乃是更其深刻、更为艰难的"或慢或快"的革命,而作家们为了急于适应政治概念要求,多数没有认真考虑乡土文化的本然实际,因而在表现这一类变化的时候,或者更为确切地说,在寻找、发掘这类变化的时候,基本采取了一种简单的想当然的态度,所显示出来的种种"巨变"也便是离现实较远的按照我们的理解应当如此的一种变化。

应该说,乡土文学对于农民翻身感、主人翁意识的表现还是相对真实的。试想,对于像梁三老汉那样一些一生都在为自己能拥有几亩地而艰苦创业、到头来仍是两手空空、对生活几乎都已经失望的农民们而言,突然在一个早晨就有几亩地姓梁了,这一份实实在在的欢喜与感激应该是发自内心的,其翻身的喜悦很难说是一种矫情。这是与经济基础变更相适应的最真实、最直接的精神变化。"无论哪一个社会形态,在它们所能容纳的全部生产力发挥出来以前,是决不会灭亡的;而新的更高的生产关系,在它存在的物质条件在旧社会的胎胞里成熟以前,是决不会出现的。"② 土地革命这一新的物质条件经历了在旧社会的胎胞里长达几十年的孕育,而一旦成熟,就必然要出现"新的更高的生产关系",翻身的喜悦与主人翁的骄傲这类情感形态就是最初始、最朴素的一种新的生产关系,甚至还在早先"旧社会的胎胞里"的时候,在乍暖还寒的时节,人们就在传递着"解放区的天是明朗的天,解放区的人民好喜欢"的快乐情感。而此时,土地的子民们,再不是"老马""老哥哥"一类苦寒形象了,也不是旧时代的"王九""死不着""石不烂"们的悲惨形象了,更不是自由战士裴多菲笔下匈牙利人民饱受磨难的形象了:"你吃的是什么?大地/请你回答我的问题/你为什么要喝着这样多的鲜血/你为什么要喝这么多的眼泪。"(《你吃的是什么,大地?》) 总之,他们已不再是被侮辱与被损害

---

① [德]马克思:《〈政治经济学批判〉序言》,《马克思恩格斯选集》第2卷,人民出版社1972年版。

② [德]马克思:《〈政治经济学批判〉序言》。

的一群。他们是土地的主人，是新时代的劳动者和建设者。严阵有一首题为《老张的手》的乡土诗作，饱含激情地为淮北大平原张会庭农业合作社的老张画像，通过老张的粗大的手这一特定侧面，精炼地浓缩了大地上的人们为了生存拿起锄头，为求解放拿起枪杆，最后终于把握住自己命运、幸福、和平地劳动生产的土地历史，从而使"老张的手"成为新的翻身喜悦与时代骄傲的象征图示。

然而，落实到土地上具体的精神文化时代新变的时候，一种诗意的态度和土地激情便显得有些尴尬了。尽管赵树理一开始就通过《登记》《三里湾》等他自己熟悉的路数做了某种示范，人们仍然显露出学生作文式的生涩。无论是谷峪《新事新办》《强扭的瓜不甜》、高晓声《解约》、刘绍棠《过帖》等等一类表现新的婚恋观念的创作，还是马烽《一架弹花机》《结婚》、康濯《春种秋收》、秦兆阳《老羊工》、张志民《倔老婆子》《听房》等等一类表现新的精神风貌的创作，都或多或少地暴露出"青枝绿叶"式的生涩。诗人艾青在转向大众化实践时，甚至在《藏枪记》中写出了"杨家有个杨大妈/今年年纪五十八/长得身材很高大/浓眉长脸阔嘴巴"这样的"诗"句。张志民的一系列乡土小叙事诗，不能说不具备一定的生活情趣，然其所传达的新时代的"村风"，总让人感觉有些"隔"，即不大符合乡土本然情形，比如"有个新娘好奇怪/不坐花轿走了来/没陪送，没嫁妆/怀里揣着本记工账/饭没吃，茶没喝/先帮婆婆去做活/星光闪闪月亮上/一帮小伙子来听房/半晌没听着一句话/难道新人睡着啦/老太太又是乐呵又是夸/小两口浇园还没来家"（《听房》），这就显得有悖于生活常理了，因为实际生活中似乎很难得有这样的新娘罢？再比如《小姑的亲事》，写秀芝姑娘开始是嫌三锁没多大出息，后来三锁当了拖拉机手，她又回心转意了，对此，嫂子批评她："你嫂我口里没说啥/心里呀——/可也不断骂/一是替三锁不服气/多好个小伙儿呀/——你甩了人家/再是我肚里火气大/嫂问你——/你那么瞧不起庄稼汉/你哥哥——/他可算个啥！"这里所传达的思想情感，也让人感觉有些别扭、失真。严阵在《江南春歌》中同样将一种生活情感与精神面貌作了诗性的拔高："十里桃花/十里杨柳/十里红旗风里抖/江南春/浓似酒……"这一类事实都表明了，对表现时代新变的乡土文学模态艺术价值的探问、反思仍然是十分必要的。

三 纳入主流话语系统之后

我们承认解放后 30 年内乡土文学都是具有某种乡土气息的。只要翻开任何一部有关农村题材的文学作品，扉页背面的"内容说明"或"内容简介"一类文字中几乎都会提示"具有浓厚的地方色彩""有浓厚的乡土气息"一类特色。出版家们自然没有撒谎。问题在于"浓厚"的程度。按照我们对乡土文学实质的认识，乡土气息或地方色彩在实际文本中必须作为一种主导存在，不能仅仅只把它当作一种点缀。而新中国成立后几十年"乡土文学"由于特别强调了一种政治概念主体地位，恰恰就把乡土气息或地域色彩置于一种背景位置，这就从根本上对乡土文学进行了颠覆，这样一来也就自然会影响到艺术质地的纯粹性了。

在"导语"部分，我们已经概略地探讨了新中国成立初期乡土文学的总体特点和导致产生艺术危机的原因，这里，我们试图借助实际创作材料作进一步论证、说明。

实际上，人们的疑问只关涉反映新的时代变化的那些创作，至于乡土传奇的艺术质地则是无可怀疑的。总体来讲，反映时代新变的乡土文学所有问题的关键就在于欠缺较为真实的乡村情感和对于乡土的真切理解，或者说现成的政治结论削弱了对乡土本然情形的认识与判断。这也不能全怪作家，因为某些流行概念实际上也已经渗入乡土大地并部分地被吸收为一种新的乡土本然，比如"大跃进民歌运动"中的那些艺术"土产"，就部分地表现了人们较为自觉的新生活观念，政治与民间在民间认识的前提下实现了合一，从而铸造、催生了一个新民间。作为对抽象观念的演绎或图示，乡土文学势必要舍弃那些与政治观念不一致的真实生活部分，即便是写景，其所展示的如诗如画的乡村大地其实也往往只是主观心造的幻影。"莲塘团团菱塘圆，采莲过后采菱天，红盆朝着绿云飘，绿叶翻开红菱跳。采菱勿过九月九，十只木盆廿只手，看谁采菱先采齐，绿杨村里夺红旗。"（卞之琳《采菱》）诗是做得极为圆整讲究的，写景也本来写得好好的，突然在下半截失去本味，实在可惜。至于对乡土地的政治革命认识的肤浅，大概是自《不能走那条路》开始之后的一种"集体"事实，这条"路"其实也是"不能走"的。有趣的是，李准写《李双双小传》却获得了某种成功，而这一成功恰恰是因为走了另外一条"路"的结果。

柳青与浩然大抵属于同一路数的乡土文学作家，其主要相似之点就在于他们的创作都是一种矛盾扭结体。他们服务于政治的自觉价值取向的确是出于一种真诚。柳青甚至将子女们的户口都统统加入了"农籍",将《创业史》出版后1万多元的稿费所得也全部"还给人民",修建了王曲人民公社卫生院。无独有偶,20世纪50年代末期《文艺报》《人民日报》等资料显示,大批作家都在吁请、要求"降低稿费标准",其理由是人民养育了作家,而作家收入却远高于工人、农民收入,这样的结果容易使作家特殊化,容易脱离群众。我们还能找到对土地与人民如此"纯情"的作家么?因此,就作家人格力量与政治品质来讲,柳青或柳青们几乎是无可挑剔的。浩然的真诚后来则是彻底地为一种伪社会主义政治所利用了,这也是人们熟知的事实。也许正是这种真诚使他们陷入一种两难,在具体艺术处理上干脆就把两者扭结起来,即把政治性与一种土性扭结起来,甚至即使是《金光大道》那样的创作也不能说就毫无土性魅力,相反,正因为土性本色强化了艺术性,才使这种创作的政治属性也一同被得到强化。相对而言,这种在迎合政治需要时仍然不愿意丢弃某种乡土特性的努力,也正体现了作家本人所具备的较清醒的艺术自觉,比较起像《鱼鹰来归》《铁笔御史》那一类反映农村"阶级斗争"动向的创作来,浩然的创作显然有别于那种简单的政治主题演绎。

土地在政治生活中扮演了主要角色,这是泥土社会的革命与变革的必然选择,没有哪一个时代能像这个时代那样将土地与革命紧密联结并使之沉淀为一个经典的话题。土地的本色谐和了革命的本质,土地的诗意映照了革命的本真。对于这曾经有过的一切,人们似乎在渐渐淡忘,而对几十年风雨人生中的创痛、对乡土地所经历的是非曲直,人们似乎也渐渐失去了言说的兴趣。

除了历史。

除了文学——关乎乡土人生与乡土命运的那一类文学。

这究竟是一种不幸呢,还是某种大幸?

第四章

人间正道与泥土沧桑：80—90年代乡土文学

历史呈现着螺旋式的发展，乡土又一次成为表达社会问题的焦点，五四精神再度得到高扬。整体地看，80—90年代中国乡土文学经历了一个从激情走向现实、从"集体"走向多元、从感觉走向理性的发展变化过程，而这类发展变化的根本当然还是从计划到市场的乡土社会经济发展变化，是乡土地政治经济的发展变化牵动着乡土精神文化的发展变化。变化是发展的前提，也是发展的结果，变化问题成为世纪末期整个乡土问题的核心与焦点，而围绕乡土变化问题所体现出来的各种不同态度与不同思考，则显示了一种总体人文理性关怀，在关注乡土现实的同时，一种家园理想也被再次提起。

第一节 对乡土历史的热情关注

一 唱一曲严峻的乡村牧歌

《芙蓉镇》的意义，在于它代表了对乡土地过去几十年历史的全面深刻的反省，而且在艺术上还能够做到"寓政治风云于风俗民情图画，借人物命运演乡镇生活变迁"①。除《芙蓉镇》之外，较早的《剪辑错了的故事》《李顺大造屋》《笨人王老大》《犯人李铜钟的故事》《被爱情遗忘的角落》及稍后的《许茂和他的女儿们》《山村诗人》《张铁匠的罗曼史》《人生》《爬满青藤的木屋》《绿化树》《山道弯弯》《风吹唢呐声》《狗儿爷涅槃》等等一大批创作，也都对中华人民共和国成立后的乡土历

---

① 古华：《〈芙蓉镇〉后记》，人民文学出版社1981年版。

史进行了多方面的艺术反思，所以，《芙蓉镇》不是个别行为，它代表着一种集体现象。

　　反省或反思不等同于人们所理解的那个狭隘范畴，即不仅仅是所谓"反思文学"。反思，既可以是《芙蓉镇》那样的对极"左"路线导致乡村灾难的思考和认识，也可以是对人性、对乡土精神或民族文化特质的检省与叩问；既可以是80年代初共时状态下的大一统行为，也可以是市场经济时代极具个性的私人化再思考（比如刘玉堂《秋天的错误》《乡村温柔》、谈歌《天下荒年》等）；既可以是对历史（包括新中国成立以前）的反思，也可以是对现实生活实际的反思。反思的直接结果，就是变革的呼声及以土地承包、土地开发、招商引资等经济行为为表征的实际变革浪潮。

　　因此，反思即意味变革。

　　反思也即意味着批判。80年代初反思潮流中所体现的，是关于乡土历史的激越的社会批判，而80年代中后期所谓乡土文化"寻根"，则是反思的另一形态，是现代人对乡土文化历史的追问和批判。90年代的反思就不再具有大一统性质，相比之下，这种极其个人化、个性化的思考追问往往直逼某类历史文化问题的本质，因而其批判力量显得更其深刻厚重，与80年代初期的激昂单纯大异其趣。

　　通常意义上的那一类"反思小说"大体上还在沿袭着几十年习惯的言说方式。这首先表现为某种趋同或一致：一致的主题、一致的思想认识、一致的故事背景、一致的文体格式与文本风格……总之，大家好像面对一份共同的"计划"，各自分担了一份"任务"！古华说他是要唱"一曲严峻的乡村牧歌"，实际上也就是按大家熟知的政治演绎与历史演绎格式表现了政治风雨给乡村小镇带来的种种不幸，他的"任务"似乎就只是展览江南山镇的这些不幸，而大家的共同"计划"也就是分别展示各自乡土的不幸。其次，这类"反思小说"有着清晰浅近的共同主题与大致相似的生活内容，对生活的思考都不是很深入，较少有私人个性的艺术思考。所谓"严峻"，不是作家主体对生活与历史的逼视、拷问，严峻的意义仅止于生活本身的不幸，这种不幸越是惨厉，越是带着形而下的滞涩。

　　80年代中后期及90年代的乡土反思则走近深层本质，对历史文化现象普遍作出了某种形而上思考。李锐的长篇《无风之树》与前期"厚土"

系列一样，都是在"做一种另外的人生证明"①，"矮子坪"众生灵表明其关注焦点仍然在饥饿、性、政治等等方面。尽管封闭与惰性不免让人伤感，这种乡土人生却是"不戴镣铐的生命"，是"有欲望的生命"，而"有欲望的生命才有鲜活的本象，舒展欲望的生命才有生命的尊严"，所以"大道无情。人生苦短。人生更苦于没有属于自己的人生"②，如此也才显示了"厚土"人生的某些可贵。张宇的《疼痛与抚摸》写了水家三代四个女性的命运，思考着家庭与政治、男权与女权、性爱与生命本体之类的问题，以至于存在着萨特式的抽象哲理化倾向。刘恒《狗日的粮食》《伏羲伏羲》关注的是极其形而下的生存，却又作着极其形而上的思考，使"狗日的粮食"成为对绝对不只是一个"瘿袋"女人才经历着的艰难生存境遇的共同怨詈之辞。关仁山写商风渐入渤海湾渔乡的《太极地》《落魂天》，表明了商业化解构着古朴的道义和人伦亲情的文化现实；何申以更为传统的笔致表达他对乡村社会现实问题的思考；刘玉堂更以其独特的民间竖琴弹奏着沂蒙小调，审视革命老区的现实与历史……

更典范的实证也许是谭文峰的《走过乡村》。单纯的美少女倪豆豆被村长倪土改糟蹋了，这是这位花季少女最初的不幸。而她的另一种不幸则是人们——同乡、家人、政府官员等等对倪土改的恶劣行径抱一种淡然的息事宁人的态度，甚至因为倪土改出钱收买，各人都因得以分一杯羹而心满意足，连豆豆的家人也是如此。这里所体现出的乡土社会批判是极其具有震撼力的。

反思与批判结合在一起，历史文化与乡村社会人生才真正显得"严峻"，尤其是90年代关注乡土历史与现实的那一类创作，使80年代初的反思走近了较高形态。

二 泥土社会的精神负累

同当初"暴风骤雨"式的土改运动与艰难的合作化运动一样，这一时期乡土所经历的新的时代变革也是迅猛异常，震撼强烈的。只是在剧烈的社会变革之中或之后，乡村大地到底有着怎样的发展和进步？人们究竟在多大限度上与改革产生了和谐共振？回答这类问题是需要热情和勇气

---

① 李锐：《〈厚土〉再版序》，浙江文艺出版社2000年版。

② 同上。

的，同时，也需要一种静观默想和分析研究。贾平凹、张炜、张承志、陈忠实、高晓声、孙健忠等等都曾通过各自的乡土文学实践作出了各自的回答，高晓声更是以一种系列创作，记下时代发展在乡土地人群中的不同反应。

这是一个物化和泛商主义时代，也是生存哲学与文化的转型时代。不容否认，物质基础在日益雄厚，新的观念与生活方式显示出强劲的吸引力，各种新的倾斜制造着种种不平衡态，冲击着一切既定规范。无序包含机遇，象征道德进步，表现着新的合理性，即便乡土社会，也打破了往日的诗意和宁静。"世界上样样都要起变化，就连最硬的石头也在变"，而且"变起来快得打呵欠割舌头"！[1] 处于这种文化背景下的陈奂生，的确就是一幅发黄的、很不协调的风景画，而他尴尬的生存境遇与流淌在自身血液中的某些文化习性，则清晰地表明了传统惰性越来越成为冥顽不灵的掣肘。

并非像有的论者所说的那样，"商品经济观念和改革开放意识已彻底取代了陈家村的旧有经济观念和封闭保守的农民意识"[2]。这种对现实的诗性解释与热情想象显得过于轻松。实际上，陈奂生仍然是一个广泛事实，而那个处在"地球中心"的陈家村也哪里如此快地就"现代化"了呢？且不说陈奂生的存在有着客观的现实依据，就是那些"变"了的人们，情形又怎样呢？被陈奂生看成比亲爹还重要的人物——队长王生发，那个浇漓的"尖钻货"，所以要钻到队办工厂当采购员，无非是因为责任制实施以后考虑到"再下去队长还有啥当头"才作出的投机性选择。与其视这种钻营为观念更新，毋宁说是一种"老犬的狡黠"[3]，一种低飞才能的灵活变通和固有经验的现实应用，而这恰恰是为现代文明所不容的。作家高晓声自己对此也有着深刻的认识："我希望我的作品，能够面对人的灵魂……一个作家应该有一个终身奋斗的目标，有一个总的主题。就我来说，这个总的主题，就是促使人的灵魂完美起来。"[4] 因此，他也热切地主张陈奂生们能够在灵魂完美之后早点"退休"，但这又谈何容易！

---

[1] 高晓声：《陈奂生战术》，《钟山》1991年第1期。

[2] 李晓峰：《重复的局限与意味——谈〈陈奂生战术〉与〈陈奂生出国〉》，《当代作家评论》1993年第1期。

[3] 林语堂：《中国人》，第19页。

[4] 高晓声：《且说陈奂生》，《人民文学》1980年第6期。

"陈奂生思想、习惯形成的年轮，一圈叠一圈"，"无论谁都还没有从因袭的重负下解脱出来"，"一切都还在可料难料之间"，"陈奂生们也还没有退休的观念和习惯"①。诸多积重与国民灵魂哪能说变就"彻底"变了呢？如果真是那样，陈奂生形象还有什么现实意义和存在必要呢？

"我们判断一个人不能以他对自己的看法为根据，同样，我们判断这样一个变革时代也不能以它的意识为根据；相反，这个意识必须从物质生活的矛盾中，从社会生产力和生产关系之间的现存冲突中去解释。"② 我们确实身处于一个伟大的变革时代，社会生产力表现了前所未有的进步，但我们也确实是一个传统文化积淀很深的农业型国度，各种旧的习惯意识往往凝固为某种种族记忆，给予整个国民心灵以一种无意识影响。以农业文化（或农民文化）为根柢的文化传统，深深植根于广袤的泥土地上，像一棵参天大树，潜在地决定着人们的生活方式、思维方式。曾经有人这样指出："每当陈奂生自然而然地走向性格的超越时，高晓声都极武断地挡住去路，让人物重新回归故我"，继而诘问"陈奂生的变与不变，哪个更具有时代的精神真实"，由此得出结论说，是作家高晓声"有意、甚至是刻意"地让陈奂生"继续演绎自己的先入观念，把人物性格的发展推向回路"，不让陈奂生按照"应有的性格逻辑去发展"③，这样说实在是对创作本意的曲解，也多少让高晓声感觉有点冤屈。作家的态度是，尽管对陈奂生"一直深怀着眷恋之情"，尽管陈奂生"是一个实实在在的好人"，但"依然故我，太不象话"，"就像一块成型的铸铁，一榔头打下去，连痕迹都没有"，实在是"营养丰富的坏人培养基"，所以，"还是主张他退休"的好，如此看来，陈奂生的问题并不是高晓声在作祟。那么，究竟是什么力量使陈奂生总要"慢半拍"呢？是不以自身意志为转移的传统积弊的浸淫在作祟，是流淌在陈奂生血液中的、与生俱来的某些文化惯性的因子在作祟，"是某种遗传的心理气质"④ 在作祟，"不是歌德创造了《浮士德》，而是《浮士德》创造了歌德"⑤。陈奂生自己不肯接受新变，不能归咎于作家。

---

① 高晓声：《陈奂生出国·后记》，《小说界》1991年第4期。
② 《马克思恩格斯选集》第2卷，人民出版社1972年版，第83页。
③ 李晓峰：《重复的局限与意味——谈〈陈奂生战术〉与〈陈奂生出国〉》。
④ ［瑞士］荣格：《心理学与文学》，顾良译，《文艺理论研究》1982年第1期。
⑤ 同上。

既然陈奂生仍然是一种客观存在的现象的综合，代表着某种普遍的文化事实，就有必要发掘其真正的文化蕴藏并寻求切实的解释，而要认识和解释陈奂生所代表的"这个意识"——"变革时代"的种种不相适应的观念形态，就必须"从社会生产力和生产关系之间的现存冲突"着手。我们认为，陈奂生现象与现实基础的冲突的具体形态，主要表现为构成中国传统文化问题核心之一的主体自觉性的消解和迷失及由此导致的与社会现实客体的种种不适应方面，这种主体自觉性的消解和迷失几乎成为公然伦理或集体无意识。

主体自觉性的消解迷失及其与现实冲突的实际形态之一，就是某种绝对责任观的桎梏，比如礼俗社会的家庭中心意识、孝悌与忠君事主观念等，它使个性泯灭或扭曲，造成社会发展的停滞。长期以来，我们学会并习惯了为他人活着，忘记了"我是谁"，失却了"我从哪里来""要到哪里去"这类基本观照，只管稀里糊涂过下去。严格地说，陈奂生正是这样一个悲剧人物，其可悲就在于他始终"抓拿不住自己"，始终背负着沉重的责任，从来没有真正把命运掌握在自己手里。他一次次面对着时代机遇，却又一次次隐没在各种责任中，终于未能真正寻回自己的主体意识。在"漏斗户"主的年代，尽管"饿得头昏目眩"，仍要像"投煞青鱼"一样地上工，免得别人瞧不起；从城里"中兴"回来，明明为五块钱"肉痛"不已，却是有苦道不得；拿到奖金本是好事，倒反而因此睡不踏实……垂垂老矣，只得伴了冬日的太阳，昏昏然聊度光阴。他总在接受着各种外在力量的操纵，顾忌不可谓不多，唯独欠缺自己的打算。再不肯去找吴楚购原料看来是个例外，但在另一层面上，我们发现这仍然是某种绝对责任观在起作用，即对于权力的条件反射式的服从意识的影响。在陈家村，他接触的也就是"队长爹""大队长爷""公社主任祖爷爷"这三辈人，自然也就"分得出亲疏、晓得一代管一代的道理"，正靠了这点"简单的道理"，他也才能触类旁通地"仗着吴书记的名骗一骗厂长"而替自己找到一个不肯去求吴书记的理由（不是因为自己的什么别的理由）！这种与家庭紧密相关的伦理本位观念已经深入到陈奂生的骨髓，沉淀为无意识的经验，以至于"出国"了，在异国他乡连想出去打工挣点钱一类事情也要习惯性地请示主人能否同意——如此芝麻小事也请示领导，领导还活不活了！这个"简单的道理"陈奂生倒又不懂了。

绝对责任观的本质实即无责任。我们知道，日本、韩国等同属于东方文化大系的国家也非常注重责任心（"松下精神"的核心就是要求员工好好工作、感谢报恩），他们的社会集团意识也是根据"家"的观念形成的，是家庭意识的延伸、扩大，"是一种建立在居住组合基础上的经营团体"[1]。这种家庭意识更多自主性（主体参与的自觉性），每个成员自觉地（非教化地）融入团体，显示出来的往往是一种较高素质。而我们传统意义上的家庭，主要是以血缘关系为基础的宗法家庭，由此推延开来的"家庭""家天下"等等，就显得过于拘泥，就不如别人借家之名行团体组织之实的灵动。更何况，我们又恰恰是把家的一切恶习给放大了。对于这种"家庭—天下"格局，陈奂生也有一定的认识，虽说他凡事"从不爱动脑筋"，但"家"是再熟悉不过的，再难的问题只要"同家一联系起来他就懂，就有好感"。其实，这样的格局下是不存在真正意义上的责任观的，也就是说，团体、公共等概念的缺失，使每一个生存个体绝对地身家念重，身家而外并不存在什么责任！当陈奂生实在饿得没办法，硬着头皮找"家长"借粮度荒的时候，他未得允诺，像个不懂事的孩子似的仅仅得到一通训斥："又不是你一个人的问题！"挨了训起码也得有些不快，怪就怪在"家长"们不以身作则，弄得多数人吃不饱，挨了训斥的"孩子"也不深究，"倒反欣慰有许多同伴"，这世界就维持着一种奇怪的"和谐"。至于陈奂生本人，作为一家之主，当然也有神气的时候。自从陈家村出现了一个短暂的"陈奂生热"，甚至公社一把手见了"都笑呵呵地主动打招呼"时，陈奂生不禁"有点飘飘然了"。责任似乎也已经尽到了，于是也该让"责任"歇息歇息，安下心来学一点祖宗流传下来的"管老婆的经验"，耍耍"家主公"的派头！一切原不过是个巨大的虚无！"权利、自由这类观念，不但是中国人心目中从来所没有的，并且是至今看了不得其解的。"[2] 受累于这种虚空的责任观念，陈奂生在诸多新变面前不可避免地要呈露出惊讶不解的"阿Q相"并遭遇各种冲突。他很不理解，陈浩松造楼房，自己出于礼俗习惯和伦理责任做了20多天义工，而等他借用了浩松的船以后，竟被收了相当于90斤麦子的11元租船钱！当别人私拆他的信件后，他也只是好脾气地笑笑了事。"出国"以后，他也搞不明白辛主平等人为什么竟撺掇他找餐馆的周老板索要广告费！看

---

[1] 司马云杰：《论社会文化与人物性格塑造》，《学术与探索》1984年第6期。
[2] 梁漱溟：《中国文化要义》，学林出版社1987年版，第15页。

来，契约、法律这类字眼对陈奂生而言，不是天书就是怪物！这个背负沉重的可悲的人，弄不明白的事太多了，往往也就只好被变化的时代甩在轨道之外。

　　主体自觉性的消解和迷失及其与现实冲突的实际形态之二，是传统内倾文化的负面影响。礼俗社会的一个显著特点是道德教化（周孔教化），而得道的根本途径是"通过'内省''克己'的修持，把外在的要求变为主体的心理自觉要求，去在必然的社会存在形式中，在文明社会应该遵循的最基本的人我关系的道德原则指导下……为社会做出自己的表率和贡献"[1]。问题是文化史实际表明，某些外在教化并不能真正"变为主体的心理自觉要求"，于是有了公认的专制去泯灭能动性、自主性（尽管常常披一件慈善的外衣），由此就又有了并非由衷的走样的内心超越——一种颇具道家精神的畸形平衡术和简单庸见。尤其在乡土社会（当然，绝不止于乡土社会），农民受土地的局限（土地所有权的丧失），为了一根骨头的利益，为了求得对土地的依附权，也就只好把那个文化的主体贱卖了，委屈而柔韧地生存下去。这就是传统社会生存个体真正的内心超越！"中国人向来就没有争到过'人'的价格，至多不过是奴隶。"[2] 难怪陈奂生是那样地对土地情有独钟，在这个基础上，其内倾超越便有了一条奇特的轨迹。首先，是以一种盲目的优胜感实现超越。一方面，他坚信"陈家村中心主义"，坚守"靠自己劳动吃饭"的人生信条，他甚至很看不起美国人造在海边山壁上的那些房子，对养花种草很不以为然，对机器耕作与专业化农业生产很觉诧异，对美国农场惨无"鸡"道主义的做法很是不满，当然对"日光浴"的男男女女更要忿忿然而至于昏厥了；另一方面，当传统经验面临挑战，当自己产生严重挫折感的时候，他很能将自己调整到另一样非凡境界，从而实现他的"超越"。其次，更多的时候，陈奂生的内倾超越表现为一种被动而地道的小民心态，使他不能进入崇高与大化神圣。他有着"兔子似的怯懦"本质，其表现是始终不敢相信自己的能耐和创造力，从来不曾想过要去冒什么险，平平安安就是福了。他在永远的劳碌中砥砺出了一种"有如中国景泰蓝一样举世无双"[3]

---

　　[1] 敏泽：《传统文化与时代精神——关于建设有中国特色的社会主义文化问题》，《光明日报》1991年10月13日。

　　[2] 鲁迅：《坟·灯下漫笔》。

　　[3] 林语堂：《中国人》，第59页。

的顽强耐力和固执品性，比如患了牙痛病的第一反应就是不去医院花冤枉钱（而最终又还是花掉了）！他也慢慢学会了一些狡黠——陈奂生式的狡黠：那种用简单溟蒙的狭隘直觉感知世事而不去细究的弱者的狡黠，那种面对强力"聪明"退让的狡黠，那种心有所求又左右顾忌而遮遮掩掩闪烁不定的狡黠。以上可见，陈奂生把中国人传统的内倾性格发挥得淋漓尽致，从而也将整个国民性格弱质暴露无遗。这就是那种从乡土文化传统中走出来的人们的共相，集体显示出因为缺少流动、缺乏沟通和交流而导致的迂腐和土气。无疑，它与现代文明格格不入。

由内倾性格负面影响又产生了价值判断失范的惶惑，陈奂生们再度迷失和消解了主体自觉性并表现了与时代要求的冲突。处在这样一个变动的时代，是逃遁而潜心修持，还是入市而参与革新？现实困扰与选择失范的确使人们陷于两难境地。这里似乎存在一个悖论：在田园情结与市声喧腾之间究竟谁对谁错？陈奂生也在这里迷失了自己。一方面，他惊异于现代文明的美妙，忍不住要称赞美国人"好好好，日脚过得像白相一样有趣"，并试图带点在美国土地上能够茁长的"种子"回陈家村去，看看能否在陈家村也能品味美国菜的韵致。可惜那种子就硬是没有带得回来——别人的文明岂是那么容易就带得回来的？带得回来又如何？抑或陈奂生压根儿就没有真想把它带回来（这个颇富象征性的结局倒真是一种创作机智）？所以，另一方面，陈奂生始终不能有大出息。他老是抱定那个陈家村视角不放手——或者改换一下视角，他倒真能把种子带回来也未可知。"从土里长出过光荣的历史，自然也会受到土的束缚，现在很有些飞不上天的样子。"① 传统农民的固有信条使陈奂生特具一种超常的稳态和自控力，他还是那个陈奂生，即使出过国留过洋打过工，也还是不配享有更好的命运，飞了一遭又回到原地，仍是两手空空。

陈奂生另一次迷失是在陈家村自己的土地上。如果说贫困使他陷入困窘迷惘是一种道德应然，则富裕也像锁链一样束缚、捆绑着他就是怪事了。通过奋斗，他终于成了"种田大户"，成了陈家村的"种粮状元"，照理应该很可以高兴一番了，却偏偏犯起愁来。本来要俯首听命于钞票、接受这个企盼已久的美的精灵的蛊惑了，"但陈奂生的精神世界还有另一

---

① 费孝通：《乡土中国》，第 2 页。

根绳索在操纵他,这就是守本分不发横财的可以称为义的观念"①。于是他又一次听了堂兄陈正清的话:"宁可吃亏也不要见钱眼开,做出不干净的事来。"一方面,金钱的诱惑太迷人了,有了钱,只要"他高兴的话随时可以再讨一个老婆了"(这很像阿Q的"革命"方式),另一方面,那个有文化的小学教师、总在关键时刻出来为陈奂生指点迷津的堂兄的规劝,很快又让他成了不敢发横财的种大田藏死钱的角色。看起来,陈奂生这辈子注定要"飞不上天"了,即便有了钱,顶多也不过是个土财主,一个安分而吝啬的土财主。现实诱惑和内心压力两种力量胶着纠结在一起,搅得陈奂生好不痛苦。但他又从来就是善于"超越"和平衡的,他本来就是个不爱动脑筋、不愿把一些事情想明白的人,他怕想多了会看清自己白活一辈子,也就干脆不去想它,再一次地"依附"于土地,沉浸在某种虚妄和自足中求得"胜利"了。

也许还可以罗列出更多有关陈奂生由主体自觉性迷失而导致的各种冲突。总之,陈奂生身上凝聚着由土里刨食的小生产方式决定的世代相袭的生活方式、思维方式、宗族血缘观念、伦理道德观念、审美观、天命观等,而其核心则表现为主体自觉性的集体迷失,其现实存在的全部合理性即在于通过他与现实存在的冲突展示了传统国民性格的局限性和文化变革的历史必然性,提出了一个传统如何面对新的变革现实的时代命题。也就是说,传统习惯与礼俗对契约和法律效用的否定、消解,对民主与自立的替代、剪灭,习惯、道德、宗教作为传统农业社会的真正法律,直觉、庸见和因袭构成的溟蒙文化等一切"原型"式存在,都在期待着反省,召唤着自觉,或者说属望着"这个"陈奂生的再生。

三 重现古典

随着国际性的"同祖先对话"潮流的蔓延渗透,随着经济文化多元复合格局的逐步形成,一批作家从共同演绎某一既定主题的喧腾中悄悄退出,走进原始古朴的乡间,掀开记忆的矿藏,从中提炼具有不同价值属性的精神内核,从而使得中国当代乡土文学也"爆炸"开来一片新天地。

汪曾祺、刘绍棠、张承志、冯骥才、李杭育等作家对乡土地的某种文

---

① 王尧:《"陈奂生战术":高晓声的创造与缺失——重读"陈奂生系列小说"札记》,《小说评论》1996年第1期。

化精神内核取认同态度。在多彩绚烂而古朴淳厚的风土风物与民俗民情的展现中，可以感受到作家流溢在字里行间的欢愉、感激与热爱，可以寻找到现代人与土地的过去的某种精神联结，可以为现代人带来某些生存启示。

汪曾祺无疑是一位民俗画、风情画的丹青妙手，其"高邮系列"，通过对偏乡僻壤有古典神韵的地方风习的描述，点染出传统生活方式和民族性格及心理的种种光彩。《受戒》《大淖记事》《故乡人》《异秉》《露水》《八千岁》等创作都是如此。寂静的寺庙，银白的朗月，洁净的凡心，平和的性情，清亮的人生，安澹的时日……一切都透着一种灵动灿然，而从中也能照见宁静致虚，返璞归真之类的文化情怀。

刘绍棠怀着感激，为头顶着高粱花的粗手大脚而又多情重义的家乡父老画像，着重凸显了一种好气任侠的蓟地精神和爽朗仗义的古道热肠。在《京门脸子》《敬柳亭说书》《水边人的哀乐故事》《野婚》等长篇和《蒲柳人家》《瓜棚柳巷》《小荷才露尖尖角》《黄花闺女池塘》等中短篇中，极具代表性地展现着优秀的民族精神品格，同时对乡土文学的文体建设也起到了积极作用。

另外，张承志对"黑骏马"的伤感追寻、对"北方的河"坚韧品格的探求、对哲合忍耶教的心灵皈依，冯骥才对"过去的中国人"弄出的"绝活"的好奇、对某种气节的赞赏，李杭育对吴越文化精粹的流连，郑万隆对原始生命强力的崇拜，莫言对野性生命力量的张扬等等，都具体体现出古典认同倾向。这是一个很有意义的文化命题，刘再复及刘再复们针对所谓革命语言暴力，甚至已经在倡导一种"回归古典"的反现代化思潮。看来，社会历史发展到一定阶段，或即在其发展的过程当中，总是有一种与此对应或对立的思潮存在着的，譬如现代化与保守主义思潮等等。

重现古典的乡土文学实践中，多数都是采取一种批判审视的态度，将传统文化或地域文化中的有毒元素提取出来，化为具体艺术形象，以作为对现代生活的某种警醒。韩少功、王安忆、贾平凹、郑义、张炜等就是这类代表。他们大多有着强烈的社会责任感和深深的忧患意识，在民族进步的沉重步履中感受到传统文化负累的沉重。他们以启蒙角色进行自我定位，继承五四新文学传统，高扬现代理性精神，反省民族的自我，揭露落后的文化心理，努力探索民族现代化的重大课题。因而，他们的创作以深沉的历史意识和强烈的批判意识著称，表现出坚持文化启蒙，批判国民顽劣性格的一种寻根精神选择。

　　文化的古典中既有辉煌的灿烂，也有丑陋、愚昧、麻木、阴暗，其中最主要的丑陋就是人的矮化或个体精神矮化。在南方社会尤其是这样，一种精巧、多忌的文化使人们处处显得小心翼翼，中规中矩。妇女可能就更惨了。相对而言，北方各地总体来讲就较少这类顾忌与羁绊。作为所谓寻根文学的较早实践者，韩少功大致上采取一种批判审视态度去看待文化传统。批判其实也是一种建设，从文化批判中也能了解和懂得所应该有的和不应该有的一切，所以，韩少功及其战友们的冷峻中其实也是潜涌着爱的热流的，更多的时候，一种理性审视与批判同时也就交织着爱与恨的复杂情感。即以《爸爸爸》来讲，鸡头寨的祖先倒真正是值得人们敬仰的。"那就是刑天，刑天刚生下来时天像白泥、地像黑泥，叠在一起，连老鼠也住不下，他举斧猛一砍，天地才分开。可是他用劲太猛了，把自己的头也砍掉了，于是以后以乳头为眼，以肚脐为嘴，他笑得地动山摇，还是舞着大斧，向上敲了三年，天才升上去，向下敲了三年，地才降下来。"从《山海经·海外西经》中援引过来的神话被加以改造、移植、用以指称一种人类祖先的伟大精神，而其悲剧性却在于，到鸡头寨的丙崽那里，原先的"猛志"已变异为愚昧莽勇，一个白痴在左右着鸡头寨人的历史！韩少功这里所批判的，正是传统的惰力作用——巫风怪术庇护下的隐忍懈怠，而这些正是迈向现代的最大掣肘。

　　马桥和当年的鸡头寨一样，也是一个封闭、落后、蒙昧的自然村落，一个悠久的农业文化与独特的地域文化交会融合的所在。生活在马桥的人，和生活在鸡头寨的刑天氏之后裔一样，都是在被一个强大的敌人战败以后流亡迁徙，进入一个相对封闭的地域并由此而保留了较多远古文化遗留的所在。那流行的150个词目就是马桥人生活与生命的全部，是该地人们约定俗成的共同文化，是历史与现实的积淀，是独有的地域文化精神。它是有生命的，是交织着传统与现实、智慧与蒙昧、诙谐与苦涩、日常性与怪诞性的。从作家情感来讲，主要是对马桥传统受到现代文明（比如信息文明）挤压而能硕果仅存的事实所感到的一种惊奇和这一传统即将消亡与必然退出的深深忧虑。

　　《小鲍庄》《古船》"商州系列""厚土系列""异乡异闻""仇犹遗风""红高粱家族"等乡土文学事实，也都具体展示了文化传统中的某些负面因素，或优质文化传承在乡土地新的现实条件下的各种变异，从中凸显了作家复杂的思想情感。"在你我的身上已经没有很多中国的气味，中国的气质。我们的民族个性在一天天地削弱，民族意识是愈来愈淡薄了。"① 这一思想情感使作家们都为古典传统和民族文化的断裂（如"隋见素"）而深表痛心，为民族意识的淡化而惋惜，但同时，又为文化传统与现代社会的某些抵牾与尴尬（比如"韩玄子"）而深感忧虑。这其实也就是所谓文学"寻根"的原初意义，"寻根"，就是一种文化回归。具体来讲，文学有根，文学之根应深植于民族传统文化的土壤里面。对于外来文化，当然不能一味拒斥，但必须是在民族传统文化的总体格局内消化吸收，而不是全盘接受，不能数典忘祖甚至假扮洋鬼子，不能做倒插门女婿。当然，文学的"根"本身也是需要加以甄辨的，因此，寻根的努力不是猎奇，不是展玩奇风异俗，而是站在现代人文理性标准下对文学之根做出价值评判与价值选择。

所以，乡土历史文化寻根工作是一项庞大而复杂的系统工程，而且这一工程的精微艰巨性质还决定了它不是靠哪一代作家的短期努力就能成就的。人们习惯以为，寻根文学发展至莫言便告一段落，特别是马建在1987年因"寻"出一篇《亮出你的舌苔和空空荡荡》而惹祸之后，寻根也确实面临了一种危机。但是，寻根的努力并没有消歇，90年代仍然有着寻根文学实践，比如《马桥词典》就是一种文化寻根，苏童、刘震云、格非、余华等人也在寻根，不过人们又给了它一个别名：新历史主义。由冯骥才等有识之士为保护人类非物质文化遗产而付出的种种艰辛、努力和所取得的系列成就，更使得这样的文化寻根最终获得一种国家许可和世界认同。

寻根的最终目标是寻求一种人类文化的理想形态。"习惯于在农业文明环境中生活的大多数中国作家，尽管在日常生活中也向往着现代的城市文明，但是在内在情感的精神归趋上，却早已习惯了以否定城市文明的价值标准，而去传递出对于农业文明的皈依、留恋和向往的。因此，他们常认定农村才是'家园'，而城市只是一种'漂泊地'。"② 当然，如果仅仅局限于将寻根理解为80年代的一种文学倾向的话，则"人类文化的理想形态"一说便有些言过其实，而一旦将其视为一种开放的全球性的文化

---

① 李杭育：《文化的"尴尬"》，《文学评论》1986年第2期。
② 高松年：《当代吴越小说概论》，学林出版社1999年版，第126页。

实践的话，我们就会发现，人类对精神家园的激情怀想与理性思考，其实也就是一种寻根。

四　民族精神——永恒的文学艺术母题

文学史和文学理论一再表明，民族精神话题始终是文学艺术必须面对的一个根本主题，也是人类思想史上一个永远的文化母题。19世纪俄国批评家别林斯基就十分注重文艺民族精神问题。他非常赞同果戈理提出的"真正的民族性不在于描写农妇穿的无袖长衫，而在于具有民族的精神"[①]的艺术主张，高度评价了拜伦、歌德、席勒、普希金、科尔卓夫这些"巨大的诗人"和"自己民族精神的代表"所做的实际贡献，而在《"文学"一词的概括的意义》这一批评文献中，更是把"表现自己民族的意识，表现它的精神生活"视为"文学"的应有之义，视为文学本身所以能够成为文学而独立存在的标识与特性。今天，我们再谈文艺民族精神问题，表面看来不过是一种"旧事重提"，实际却是有着新的时代意义的，因为它既关乎文艺所应负的责任和使命，更关乎文艺所应有的价值诉求与世纪文化品格。

文艺所体现的民族精神，就其基本属性来讲，是一种融会、流贯在具体创作中的为本民族所熟悉和认同的精神集合或意识形态凝结；就其蕴涵而言，则是指文艺创作通过艺术地再现本民族的生产、生存竞争和生活实践所反映的由生产生活理念、生存方式、思维习惯、人生信仰、价值观念、审美眼光、情感态度、意志品格、风物习性、语言文字、地缘关系等实际形态所构成的具有本民族鲜明风格特色的精神文化现象。潜存于文学作品中的这种精神文化或意识形态凝结，如此庞大又如此纤细，如此凝练又如此具体，因为它的存在，才最终提供了坚实有力的思想文化支撑，赋予文学艺术以磅礴大气的审美特质。

文学艺术表现和高扬民族精神，往往要借助于刻画和展示民族性格这一具体途径，也就是说，文艺必须以民族精神为主导，通过陶冶、铸炼民族性格来塑造民族灵魂，纯化时代品质。由此可见，表现民族精神与展示民族性格，二者在内涵和功能上是既相互联系又有所区别的。文艺民族精神的实质应该指向某种时代性或先进性，是那种能够凝聚人心、陶铸国

---

① ［俄］别林斯基：《1841年的俄国文学》，《别林斯基论文学》，新文艺出版社1958年版。

魂、诠释时代的强大的精神力量，很大限度上，这就是主导文化与大众文化、国家意志与民间空间的谐振和默契，是相互的渗透和吸引，是彼此的接纳和认同，如此，也才有"文艺是民族精神的火炬，是人民奋进的号角"这一命题的提出。其功能意义明显关涉劝谕、激励、渲染、烛照一类语词，其担负的责任和使命是弘扬与培植——对业已生成的优质文化传承的发掘、播扬及对新的优秀文化精神的提炼、整合。

相对而言，文艺刻画和展示的民族性或民族性格，则是指民族历史积淀中一切优质与劣质文化传承的原型式自在，是所有人性本来和性格差异的庞杂集合，其实质则指向某种原生性、丰富性、复杂性。面对这样一种繁复的性格组合，文学艺术显然发挥着彰善瘅恶、激浊扬清的重要作用，肩负着改造、提升的历史责任和时代使命，其目的，就是要通过这样的"改造制作功夫"而最终汇入文艺民族精神的合唱。

因此，文艺表现民族精神母题，体现了一种价值立场或态度，体现了一种方法论。作为一种观念形态，作为一种特殊的精神生产，文学艺术创作始终是要依据特定的方法论去表达自己关于世界和人生的独特理解、认识、判断、取舍与选择的。世界上并不存在什么不带任何主观倾向的纯客观创作，即便那种号称"还原生活本色""情感零度介入"的所谓纯客观写作，仍然在自觉不自觉地表明了某种创作态度和价值取向。文艺表现民族精神，就是要诠释和宣扬时代的主导文化精神，以此达到"教育人""鼓舞人"的目的。没必要掩饰或耻言这一目的，不能因为在这个问题上曾经有过教训就因噎废食、自轻自贱，甚至曲意逢迎、恶意堕落。我们的文艺在市侩低级的庸俗文化威逼面前羞涩、挣扎得太久了，有谁能"救救文艺"，让文艺重新找回自信，恢复品格，让文艺"不关风化体"的现状能够得以改变？当然只有文学艺术自己，而文艺要想自救，"第一要着"，当然是自己先要"改变精神"！

表现民族精神母题，具体讲就是要着眼于当前这个"实现中华民族伟大复兴的时代"，努力创造能够提升这个时代精神需求的"伟大文艺作品"。文艺作品的"伟大"并不一定体现为以往所谓题材的重大或"史诗"型叙事的宏大，尤其对今天这一建设时代而言，伟大应该是一种"厚德载物""有容乃大"——元本虚静，怀抱大器，洞察敏锐，识见卓越，在平常人生中体悟生命感动，在生存艰难中演绎人间温情，在简单朴素中发现真实深刻！总之，是那种人格襟怀的澄澈、思想境界的博大、生命理想的坚定、共同秩序的规约成就了文艺作品的伟大。

首先,文学艺术应该通过对时代精神的深刻领悟及对民族命运、前途的思考、关怀来建树一种"伟大"品格。这就需要一种阔大的文化心胸与文化器识,需要一种大深刻、大悲悯、大关怀,需要一种激情,一种境界,一种出于世俗而又高于世俗的崇高与神圣。回首革命战争年代,有哪一位真正的作家、艺术家是只会唱个人的休戚、"一点正经没有"的?他们的笔墨所展示的,正是所有"不愿做奴隶的人们"用血肉筑成民族新长城的悲壮图景,他们的记忆所珍藏的,是贫瘠的乡土地上,那些穷苦的泥腿子们为了民族的未来,"用仅有的一根线缝补红旗的弹洞,拿出仅有的一把米挽救饥饿的革命"的和谐与本真、温馨与感动,是解放区那些淳朴厚道的乡亲推着小车随大军南下支援淮海战役的顽强意志与必胜信念……而这些恰恰凝聚了整个中华民族团结御侮、自由独立的时代精神,同时也铸炼了文学艺术自身的"伟大"品格。

一曲"抗战",弹奏了军民的和弦,谱写了生命的强音,汇集了民族的交响,相比之下,属于今天时代、同样有着深刻内涵的"一带一路"、留住乡愁、"全面建成小康社会"等等一类时代命题,却比较难于走进文学艺术视野。相反,时下文艺鲜有冷静和耐性,缺乏谛视与聆听,疏于融会与体察,懒于思考与关切,由大量泡沫支撑起来的"热闹"和浮华(尤其是那些粗制滥造、不怕浪费的"连续剧")背后,是无法掩盖的苍白与贫弱。这种情形,不能不说是一种倒退和悲哀!

其次,关注时代,关注民族的命运前途,最根本的是要关注普通的现实人生,关注人。时代的民族精神不是无所附丽的抽象物,不是空洞的玄想,正是各行各业的那些辛勤劳动者,正是我们的父老乡亲——崖畔山沟、塬上岭下、渡头村口那些"热辣辣的婆姨火爆爆的汉"们,是他们背负沉重,甘享艰难;是他们氤氲着诗意,升腾起希望,只一嗓子信天游,便看轻一切艰难,抖落一身沉重;也正是他们秉承了一切美德,凸显了民族气质,注解、阐发了时代要义。所以,文学艺术的眼光,只能注视着这样的普通男女,从他们身上找寻到某种文化精髓与撼人心魄的精神力量。

"我们从古以来,就有埋头苦干的人,有拼命硬干的人,有为民请命的人,有舍身求法的人……虽是等于为帝王将相作家谱的所谓'正史',

也往往掩不住他们的光耀，这就是中国的脊梁。"① 当然，文艺表现民族精神母题，除了要注视这种脊梁式人物之外，还应该肩负起对那种"愚弱的国民""毫无意义的示众的材料和看客"等病态人群的劣质人格实施精神改造的艺术使命，尤其是在这样一种市声喧腾、欲望汹涌的物化背景下，各种原生与新生之恶都得以充分暴露，文学艺术更应该勇敢地承担某种历史责任。

最后，作为艺术创作活动主体的作家应该培植一种执着坚韧的艺术精神，以此来建树文艺的"伟大"品格。

作家张炜说得好："人类的短期利益与根本目的之间总是存有深刻的矛盾，人类的欲望也牵动自身走向歧途，缺乏节制，导致毁灭。他们当中理应有一些值勤者，彻夜不眠地睁大着警醒的眼睛。这些人就是作家。"②他有意识地把作家摆在了一个监护者"守夜人"的位置，但是，如果这些人监守自盗怎么办？实际上，张炜看到了这一悖论，所以，他不过是提出了一种要求，同时，他也一直以某种精神固守躬身实践着自己的道德理想。

既然选择了文艺，选择了做这个时代的作家，也就意味着选择了清苦与寂寞，选择了艰辛与责任，甚至是选择了献身与殉道，因此，庸俗浅薄实在是毫无道理。文艺工作者从来就不是达官显贵，不是殷商富贾。李、杜不是，关汉卿、曹雪芹不是，鲁迅、沈从文也不是。20世纪50年代初，作家柳青曾把《创业史》的1万多元稿酬全部"还给人民"，用来修建了一所乡卫生院，理由很简单，因为创作"收获"本来就是人民赐予的，是从人民的田土里"摘"来的。也许是受到柳青的影响，50年代中国作家居然还集体发起了大概要空前绝后的要求降低稿酬标准的倡议！这些，当然并不意味着凡作家都要像曹雪芹那样的穷困潦倒，"当然不是要人们去过清教徒式、苦行僧式的生活，也不是要否定合理的物质利益"，问题是，经赤裸裸地宣称"我爱美元"，拿文学艺术的纯洁与童贞去换取钱财，还有什么"文德"可言，又同面目可憎、令人恶心的捐客、老鸨们有什么分别！更有甚者，某几位"沉滓"靠玩空手道"泛起"之后，竟反过来讥消艺术的清贫，与这种人讲艺术精神，又何从谈起！文学艺术

---

① 鲁迅：《且介亭杂文·中国人失掉自信力了吗》，《鲁迅全集》第六卷，人民文学出版社2005年版。

② 张炜：《文学是忧虑的、不通俗的》，《张炜文集》第6卷，上海文艺出版社1997年版。

创作作为一种"自由的精神生产""真正自由的劳动",是需要某种独立品格与超脱情怀的,而作为"自己民族精神的代表"和艺术创作活动主体的作家,理应振奋精神,摆脱物与欲的羁绊,重归文学艺术本身。

第二节 对家园现实的理性解读

一 分享艰难

现实物质家园同样面临着社会经济文化转型。转型中的家园经历并承受了剧烈的倾斜与阵痛,这一过程中,所有的欣喜与期待、困难与艰辛、诚实与努力、卑俗与恶劣……一同汇成了世纪末期最真实的乡土画面。乡土文学作家走进了这些真实的画面,感受着时代激变所引起的强烈阵痛,以传统现实主义笔调记录了乡村艰难,展示了各种各样的农民(包括涌入城市的打工族)在泛商主义潮流中的茫然、困惑、希冀、痛苦和蜕变,由此而形成一个新的现实主义乡土小说群体。他们分享着乡村艰难,代表乡村大众表达他们的痛苦、迷惘、撞击与追求,思考着新的乡土社会的诸多现实问题并试图探索有效的乡村生活出路,积极提出解决乡村现实困扰的各种办法,体现了对乡村世俗人生与普通大众命运前途的真切关怀。

这类乡土文学真实而艺术地表现了转型期中国农村错综复杂的矛盾冲突和农村的现实走向。刘醒龙是一个杰出代表。在他的笔下,恬淡安谧的田园图景不见了,一种风风火火的平凡人生搏斗和近于惨烈的乡土生存纪实使人们深切地感受着一种艰难和"热也好冷也好活着就好"的世俗的安稳与期盼。"'乡土'在刘醒龙视野里只是一个棋盘,而棋子是按着他的想象与构思去落位,铺成一幅强调主体观照的新乡村图。"[1] 也就是说,刘醒龙出于乡土本然,但并不曾滞留于这种本然现象世界,而是力求向生活本质方面靠近。《分享艰难》描述了90年代后期一个叫西河镇的镇子里的种种矛盾纠葛。这里,有书记与镇长之间的权力角逐,有一触即发的经济危机,有政府与公安部门的利益之争,有党委、政府同企业家之间的相互依存又相互摩擦的微妙,有猝不及防的自然灾害,有随时可能发生的

---

[1] 赵怡生:《刘醒龙与新乡村小说》,《江汉大学学报》1995 年第 5 期。

"民变"因素……而所有的矛盾又与经济这条社会命脉紧紧相连，所折射的是90年代中国农村社会变革的真实图景。《白菜萝卜》则有意识地通过"包围城市"的先头部队（大河、小河、芙蓉、佩玉等人）的挣扎与撞击表现城乡之间的某种联结互渗，《恩重如山》《村支书》《凤凰琴》《农民作家》等也从不同角度展示了多样的乡土人生，并由此而使人们得以见到农村社会历史演进的真实面影。

与刘醒龙现实主义态度相一致的作家还有何申、阎连科、关仁山、谭文峰、周大新、李佩甫、张宇、刘玉堂、王祥夫等。前面提及的《走过乡村》表达的是谭文峰由乡村另一种现实引发的灵魂的战栗，而《乡殇》则通过乡政府话务员"唐姐"为一个农转非指标展开肉的搏击与角逐的乡土事实，表述着一种心灵悲哀。农民与乡镇干部、农村基层政府的矛盾冲突也成为乡土现实之一种，这一矛盾冲突的实质不是关于观念与认识方面的意识形态冲突，而主要表现为一种与经济利益、生存利益相关的一系列具体问题上的摩擦。刘玉堂《上上下下》就写了沂北农民轰动一时的蒜台事件；李佩甫《乡村蒙太奇———九九二》则写到哄抢苹果园的恶行；玉祥夫《早春》、刘醒龙《挑担茶叶上北京》《分享艰难》等也都涉及这类矛盾。当然，表现这类矛盾的同时，作家们也表现了乡土社会发展中潜存的生机与希望，表现了民众特具的力量与美德，表现了对如何解决这类乡土危机问题的思考与探索，表现了真正艺术家的勇气和真诚的社会历史责任感、使命感。

反映农村进入市场经济之后在各个方面发生的强烈震荡，以及农民的各种命运沉浮和他们的心理变迁，这一点在关仁山的乡土小说创作中体现尤为充分。他在初期"雪湾系列小说"中对这一题材就有所涉猎，后来又在《大雪无乡》《破产》《太极地》《九月还乡》《落魂天》等创作中更详尽地表现了市场经济背景下的农村生活。《太极地》写的是农民跌入市场"场"力之中所显示出来的窘迫与无奈，《九月还乡》中的村民则在商品化潮流冲击下盲目进城，又无奈还乡，还乡之后抢夺种粮大户的土地、粮食，通过这类躁动、挣扎，复合地、立体地表现了市场化时代乡村世界特有的生活气象与精神现象，敏锐地提出了规范市场秩序和社会行为秩序的问题。

"何申对乡村干部'情有独钟'"①。他本人就是从一位普通农民一步一个脚印走向县级领导干部工作岗位的,后来又担任了《承德日报》社社长,因此,对于农村干部有很深的了解,对他们勤恳务实的作风,对他们工作和生活中的困难与艰辛也都有着切身体会,在描写这些基层干部的时候便显得非常本色、自然。何申对他们充满理解和同情,力图表现他们工作与生活的原生状态,使人们能够了解一种真实的"七品官"人生,并给予同样的理解、同情。这类形象,从村民代表(《奔小康的王老祥》)、村民组长(《村民组长》)、村长(《村长》)到乡镇干部(《乡干部老秦》《穷乡》《年前年后》等)、县级干部(《穷县》《七品县令和办公室主任》等)、地区干部(《信访办主任》等)都是活生生的现实中人。他们有热情,有能力,有人望,有缺陷,而在关键时候却又往往显示着某种力量和略显悲壮的崇高。那些村干部们往往不能及时兑现拿到工资,工作却照样干得很起劲。乡干部们私心里总还是想往上提一提,往往遂心的事儿没有,窝心的事倒一件不少!副县长郑德海(《穷县》)升迁无望,却又不愿清闲,处心积虑地调和一班人的关系,平息解决各方面的矛盾。信访办主任孙正明(《信访办主任》)天天要接待上访群众,调查工作又阻力重重,搁一般人身上大概要烦死了,他却硬是耐心耐烦为普通民众撑起一小片天,显示了很强的工作责任心和机智的办事作风,令人看后心生感动,升腾起希望!相比之下,其他"官场"中人(指非何申所作的其他"官场"小说)似乎就只剩下平庸、阴暗、别扭、龌龊等令人丧气的"洪洞"德行了。他们似乎只知道相互利用又相互倾轧,拿着国家的"俸禄"却又不干点人事儿,整天狗苟蝇营,也不知干了些什么!这两类(当然还有一类绝对清廉正直、呕心沥血的"焦裕禄"式干部,我们暂不予论及)截然不同的干部形象,究竟哪一类更代表着生活的本质,更具人性与党性力量呢?何申的艺术回答明白地告诉我们,他所塑造的基层干部形象是更能体现本质主流的,因而也更为真实可信。

与现实主义笔调相对应的另一类透着浪漫情调的乡土文学作品,则使我们体味到别一样的乡村艰难。李佩甫以其一贯的舒缓的调性叙述着他的"颍河故事";傅太平用诗的语言描画着乡村"春天";阎连科绵绵执着的乡情,使其乡土小说琉璃着故乡特殊的光与色;张继、铁凝、周大新、迟

---

① 段崇轩:《90年代乡村小说综论》,《文学评论》1998年第3期。

子建、李贯通等人勾画的乡村图景，也都能将某种特殊精神、特殊情韵悠然释放出来，通过这一类实践，一种艰难得以稀释，而凭借诗意和情韵，人们实现了某种精神超越。

二　乡关何处

贾平凹、张炜、张承志、陈忠实、韩少功、罗强烈等作家的艺术思考与文化感悟，使家园问题更上升到独具理性的形而上层次。

面对日益剧烈的物化侵蚀与人文精神的最后蜕变，面对城市化进程加快所形成的对乡村世界的强劲冲击，人们的精神游走在两种文明之间，开始了城乡何处是归宿的心灵流浪。这是一个近似于悖论的无法作出简单回答的文化命题，是难以从实践意义上作出决绝式的价值选择的人生两难！罗强烈在其长篇乡情散文《故乡之旅》中以诗性语言清晰地呈现出了这种两难，并最终表达了他的某种价值观念与价值态度：

> 如果你在人生的旅程中产生了迷惘，你就回到你的起点站去，然后重新校对一下出发时的想法。——这些年来，我就受着这种心灵意念的驱使，不断在北京和故乡之间往覆地行走。然而，我每次都搞不清楚，我是怎样从北京回到贵州的大娄山中，然后又是怎样从贵州的大娄山中回到北京的……因为其间要穿越的时间和空间，实在是太幽深迷茫了。每当我的思绪烟缕般迷惘起来的时候，我便拎着简单的行囊出发了：刚一踏上我所栖身的这座都市的码头，透过海浪一样起伏的重重青山，和着烟波样浩渺的茫茫时空，故乡就作为彼岸开始浮现在我的眼前；然而，当我真正回到故乡之后，这座都市却反过来成了我的彼岸……

这种典型的游子情结提供了一种现代生存模式，即左手牵着大山和故乡，右手牵着城市和现代，也就是说，有朝一日，故乡终究只能作为一种诗意的和哲性的怀想与玄思，实践意义的返乡将不复存在——家园最终只能作为一种理想形态。理想之所以成为理想，就因为它是理想。理想是有自己的特殊品格的，那就是它只能是一种现实烛照，理想一旦变为现实，理想便不复存在！

这真是一种美艳无比的哀伤，一个具有世界共性的文化难题。

贾平凹最早进入这一难题的思考。还在90年代之初，他就通过《废都》《白夜》等创作"写了人的灵魂沉落与破碎，或精神苦闷烦恼及无指向的突围追寻"①，表达了对城市文明的反思批判，并通过奶牛的哲理"反刍"，渴望回归终南山地的隐喻式自白，表达了乡土文化价值取向。到《土门》问世，则开始专心一意地表现城市文明与乡村文明的冲突，寄寓作者对理想生存方式的思考与追寻，而那个被城市完全吞并的仁厚村，以及力避仁厚村走向覆亡的、代表传统魅力灵魂的云林爷、村长成义，都不过是贾平凹文化理念的载体。云林爷们最终陷入一种惶惑——一种贾平凹式的价值观念与价值选择惶惑。

　　《高老庄》更具形而上意义地对城乡两种文化形态作立体的透视，在多元对比格局内进行多向思考。这比《土门》的纯粹乡土文化视角似乎又进了一步。在贾平凹看来，两种文化都有缺陷，互有优长，而表述这一观念则靠了两个人物：子路和西夏。子路是从高老庄走出去的大学教授。他带着从未离开过城市的妻子西夏回高老庄祭奠去世已经三年的父亲。一回到高老庄，便有一种"回家"的欢悦与自在，因为在这里可缓解城市生活所给予的挤压与紧张，可以忘掉自卑、不快、压抑等等不良感受，可以调试和尝试改变一下城市生活模式所带来的不适。连西夏也奇怪，回到乡下，子路怎么就跟换了个人似的！然而住得久了，他实际上又成为乡下的多余人，他不介入高老庄人的生活，人家也不需要他，他的家园感也就渐渐消失殆尽，又逃回城里。相比之下，西夏则代表着城市文明与现代文明。她形体健美，开朗大方，真诚热情，思维开阔。她以开放心态接纳着高老庄，介入其中人事，真心帮助排忧解难，显示了现代人的良好素质。她身上似乎也寄托着贾平凹思想情感的某些内容。一种二难选择使贾平凹本人在子路与西夏之间也产生了一种价值惶惑。菊娃与蔡老黑等人物也寄托着作者独特的文化感悟，同时也为子路、西夏这一主体无法自言的一些文化问题作了某种注解、说明。

　　陈忠实、韩少功深入乡土，对家园文化的历史形态与现实形态进行了哲学理性化的剖析，耐心地通过资料、传说、民情风俗及实际考证等研究、传统魅力及现实价值，表述了一种对古老生存经验的现实感悟。《白鹿原》所描绘的是有极高文化含量的那块泥土地的历史与现实沧桑——

---

① 赖大仁：《魂归何处——贾平凹论》，华夏出版社2000年版，第153页。

白鹿原所经历和证明的 20 世纪上半叶时代的政治、经济、文化衍化及自身人事变迁，透过这一层原生化的历史的面影，人们各自体味着某种特殊的情与理，获得不同的文化体悟。《马桥词典》也以一种特殊言说方式表达着对家园文化的特殊体验，使人们看到了处于一种柔韧的自然生存状态下的独特经验世界与精神世界。

张炜、张承志等人更将一种家园模态纯化、提升到哲学理性文化层次和形而上的美丽玄思阶段。"《九月寓言》和《融入野地》一样，至关重要之处，就是包含着某种激活灵性催人返本归家的精神召唤。"[①] 接着，张炜又以建设姿态通过他的"家族"故事具体构造了理想的家园模态，将一种人文精神理想标准化、客观化，以期指导世俗人群的回家实践。整个 90 年代，张炜都在进行净化心灵的战斗。他创作中不断出现的以"回顾""寻找""野地""清洁"或"纯洁""如花似玉的原野"等等一类意象，表达了作家清晰的价值观念与战斗意识。他站立在文化哲学的制高点，通过一系列家园小说以及《缺少说教》《缺少不宽容》《缺少保守主义者》《缺少自省精神》《缺少行动》《缺少稳定的情绪》等一系列有檄文性质的随笔公开向世俗主义挑战，关心着人生中永恒的内涵及永恒价值，提醒着在一片冷冰冰的闹哄哄中追名逐利的世人还有另外一种生活存在！山东果然有着两种"特产"：圣人和好汉。张炜是站立在世俗中有圣人情怀的清醒的智者，是齐鲁大地略显苍凉孤独的民间英雄。

一部《心灵史》，已经将一种家园文化玄想外化为具体的生命实践。回归民间，沉醉家园，是张承志多年来的一个情结。从《黑骏马》《骑手为什么歌唱母亲》等创作对母亲的寻找开始，到《北方的河》《金牧场》等创作对父亲的寻找，其实，都是在寻求着心灵的归宿，寻找的结果，终于通过《心灵史》实现了一种家园建构。这是心灵的憩园，是有着宗教圣洁的一种文化情怀，是对家园理想模态的精神认同与心灵皈依。具体来讲，"是什么东西具有如此大的收容力，使一位文坛的独行者、一位以漂泊作为自己的宿命的精神浪人最终谦卑地匍匐在地，渴望收容？是宗教……走向宗教对张承志来说并不是一个偶然，从个人的精神品质来看，在张承志的创作中早就蕴含着走向宗教的两个基本的心理趋势。一种心理

---

① 郜元宝：《保护大地——〈九月寓言〉的本源哲学》，《当代作家评论》1993 年第 6 期。

趋势是寻根的执着。……另一种心理趋势是精神浪人对家园的寻找"①。而从客观的文化条件来讲，一种哲学期待也早已为张承志预备了精神接纳，清洁现实，守望家园的社会文化驱动使他经月穷年找寻着家园形态的物质托附，存在于哲合忍耶中的内在契合则终于帮助实现了精神回归，完成了他的心灵之旅，同时也代表着人们关于家园理想建构的阶段性的终结。

三　物化与泛商的最后屏障

从"原型"的意义上看，乡土的确就是上帝赐予人类的共同的故乡，是现代人永远的精神家园和心灵栖息地。回到这个家，就可以重新调整和校对一切。无疑，乡土诗人们就是常常"回家"的一群"游子"。他们穿行于乡村和城市的时空之间，探究着过去与现在的文明嬗递，思索着"归乡"这样一个古老的母题并从而急切地表达着对现实生存和命运前途的期待、关怀。

陈所巨曾热情唱道："我用水禽的白羽拂亮弦一般的河流/我用厚茧的脚板擦拭弓一般的小路/我伴着禾桶和混流泵的节奏/试唱着我的带着泥香的乐谱。"应该说，他这里所表达的，乃是乡土诗人们的共同情怀，尤其是最初的乡土诗作，更以"带着泥香的乐谱"为艺术规范和自觉追求。

乡土诗所昭示的文化品格之一，就是透过如歌的乡土风韵与人生图景，袒露出乡村的淡远纯净、明丽自然，同时也由此隐喻着某种固守与对抗。

有着几千年农耕文明传统的中国乡村，绝少物质的冷光，不善矫情虚饰，由乡村的生产方式、生活方式营造了清新、缠绵、真纯的文化品格，亦即乡土诗人们看准、追求的理想文明。诗人们不厌其烦地在两地之间作出比较，最终都生发出了"不如归去"的人生感悟。"……父亲进城/提一个网袋/许多思想/还没有到家就漏掉了"。"父亲"的眼光与感受所传达的，实际是诗人自己的文化观念和文化抉择，这一抉择势必要与另一样文明相龃龉、相抗衡。"城市醒来只用钢铁的手/揉着眼睛了/……歇脚的农民喘气的农民/城市企图用自来水洗净他们/而自来水也是居住在钢铁里的/在城市什么都钢铁了/钢铁揉过的日子冒着/钢铁的寒气"。由此，诗人们对物质之光的对抗态度便可见一斑。

---

①　谭桂林：《论〈心灵史〉的宗教母题叙事》，《常德师范学院学报》2001 年第 3 期。

与此相应的是，诗人们对心目中的理想文明表示了真诚拥抱与厮守，并以此而激活诗的感觉和意绪。有故乡和土地，乡土诗的生命就不会枯萎、泯灭，即如力夫的《井》表达的那样，"村庄是人类的胎盘"，土地与乡村涵盖、包容着人类的一切。越是走向现代化，对乡土的依恋也越是强烈，土地的内涵也越加宽泛深邃。基于这样的当代意识和思想背景，乡土诗人们从各种不同的侧面和各个不同的角度，热切地、甚而几乎是理想主义地描绘着他们心目中的乡土，表现着他们的眷恋，抒写着他们的向往，乡村的风景、人物、文化、习俗、生活、劳作、爱情以及一些细小的事件，甚至某个有一定年纪的器皿……都成了吟咏对象和美的载体，成为强烈乡村情感的寄托。

首先，与物化的城市不同，乡村的一切都充盈着牧歌情绪，乡村的日子呈露出一种真纯的自然状态。刘章在《我的牧歌》中就这样悠然述说着他的生命体味："烟一支，入晚霞/酒一杯，荡落晖/柳丝飘举处/荆妻提篮归"，写得满纸古意，令人想起"田夫荷锄立，相见语依依"的构境，而"小雨儿沙沙地下/榆钱满地春无价/桑叶儿，云里摘/稻苗儿，镜里插/鱼一塘，牛一洼/汽笛声中燕子斜"之类，其神韵同样有如传统田园山水诗，其情其景则叫人怦然为之心动。至于对乡风民俗的状摹，更是乡土诗自身的精髓。"抬碾不叫抬，叫请/如同请神/请碾子要请人帮工/请帮工要格外认真/要属龙的、属虎的、属马的/不用属鼠的人……寡妇最好要回避/最吉利是遇上娶亲"，个中原委，一望即知为一种共同的文化习性。再比如写禁忌，"过红事 一定要蒙住碌碡/那副石头面孔/一眼也不能让它瞅见"，这也是一种文化心态。另外，乡村爱情也是人们常常涉笔的一隅，而在诗人们笔下，乡哥村姑的情爱之事却被刻意地显示了相对于其他情爱模式的特有魅力。这里，"没有热烈地拥抱/羞怩的眼波把心灵沟通/没有甜甜的接吻/微微的假嗔比接吻更多情/他们有特殊的爱的语言/一个手势，或一声轻轻的咳声/……有时，骂得狠，反而是爱得深"；那种对有些人来讲毫不感到脸红耳热的精赤表白，"从来/都不敢说/说了丢人/总是在暗中/用尖尖的指甲/唯一锋利的语言/狠狠地/在你的肉上/掐一下/再掐一下 叫你/疼在眉头/喜在心头"。这弥散着田野气息的和谐，谁又能说不比那种"青春"得起腻而又"甜"得发冷的"爱情"更其真纯可贵，更有魅力呢？当然，乡间的爱情同时也是多姿多彩的。与这种"阴柔"之爱相反，还有大胆、热烈、"阳刚"得令人吃惊的另一样表达式。比如陈有才的《小槐树·槐树槐》："小槐树　槐树槐／槐树下面搭戏台／人家的小哥哥早来了／俺家的小哥哥咋还不来／……今夜晚月色多么好啊／快拉我去那陡石崖／我白天和你烧木炭／我夜晚和你放木排／假如是老虎吃了我／我还落个肉棺材／我上山不用你来抬／我自己刨坑自己埋"！为了爱情，已经顾不得许多了！这真是如那首有名的《上邪》一样的一种典型的乡土表达式。多情重义的乡土，女人为男人而生，男人为女人而死，爱就不要造作，爱就爱个痛快！单纯的黄土地上，那一群"热辣辣的婆姨火爆爆的汉"们，"一声呼唤　率直地／不施任何脂粉"，以一个"真"字演绎了无比大气的人生，同时也体现了对固有文化传统的自然赓续。

其次，与上述外在形态的状绘不同，乡土还不是纯粹实存意义的乡土，而更是文化的乡土、寄寓着理想的乡土，因此，诗的乡土便更多地流溢着特有的文化色彩与理性光晕，大量的意象所传达的复杂内涵，使乡土本身更具哲学的高层品位。"汪洋中的花朵／没有被宁静所打湿／母亲与妹妹，衣衫褴褛／一路收拢朴素的月色／啊，这一片地方／埋人的地方／祖先粗糙的表情／在苦难的织物上生动／一朵朵／这是土中沉睡的人说出的话／温软／柔和／比盐洁白／一万朵棉花在风中翔向月亮／来自天堂的温暖／将多少朝代的贫寒包裹／淹没／母亲，月下你的白发一闪／就成了一种棉质的花卉／妹妹，青青年龄的妹妹／站在那寂寞的棉枝上／等待绽开。"不仅仅只是月下的棉花给人以温柔和感动——物化的一切都不能真正使人感动，使人感动的是"棉花"所蕴藏的人格情怀与博大的生命过程："祖先""母亲""妹妹"、非实数的"棉花"以及"天堂"般的乡村土地，这些才是一种真正的温暖——无价的温暖，一旦进入并体味到这永恒的温暖，也便得到净化，完成对土地的哲学思考。

也许会有这样的诘问：乡土诗是不是太牧歌化，太过天真，以致忘却了责任，逃避倒退到过去了呢？事实上，对乡土的迷恋，不只有诗人才这样，乡土诗不过是做得更为自觉，不过是反映了普遍的文化心态罢了，它更自觉地担负起了文学应尽的义务。相反，"为数众多的文学家识时务地从急流中拔足下来"，正是他们"忘却记忆并拒绝责任"！他们在商潮面前"把文学定格于满足快感的欲望功能"，"在现实的逃逸既潇洒又机智，既避隐现实的积重，也避隐自身的困顿"①。在这样的情势之下，乡土诗的出现反而是更负责任的表现，它企图解决的正是这类"积重"和"困顿"问题。它积极地提出一种理想文明，即重构人类的精神家园（绝非简单地倒退）。诚然，乡土诗以不少篇幅勾画着牧歌式人生，甚至对乡村的一系列问题也只流露出淡淡的愁绪或美丽的忧伤，但诗人们并不是看不见困苦和痛楚，并不是感受不到丑恶和愤怒！"我知道我还没有全部唱出/葱绿和金黄掩盖下的泪珠"，只不过"我是怕乡亲们未愈的破碎的心/再也盛不下过多的苦涩酸楚"，因此才"把黎明般绚丽的希望/更多地填进我的乐谱"！这反映了乡土文学作家们的一种共识和意愿，那就是向往美好，憧憬明丽纯净，皈依自然，而不愿滞留在污浊之中作苦痛的挣扎——谁又能说这不是一种更其深刻的"天真"呢？

乡土诗所昭示的文化品格之二，就是以"游子"的眼光，审视和观照自己心目中的乡土，揭示"归来"主题，进而将最后的人文理想明朗化。

乡土诗浮现着显见的"游子情结"。这一情结不能视为一种单纯泥土亲近感，其复杂性即在于，心中的故乡与身处的境域之间、彼岸和此岸之间，要穿越的时空隧道，实在太幽深窅渺了，各种思虑、遗憾、残缺和感伤总也排遣不去，"从田园到大海，从大海到田园/我的灵魂始终徘徊往复，没有一时平安"！置身"大海"，波险浪恶，"田园"便成为一种召唤；而一旦真正置身"田园"，"大海"作为彼岸，又成为刻骨铭心的思念！世界总是这样，在永恒的逝去与获得之中制造了绝对的残缺。完美只在"创世"那里，所以生活就只能置于不完全之中。人是受精神之苦的永恒的劳工。实际上，一切壮阔、悲怆、崇高、丑陋都只是非完全状态的产物，是悖谬的结果：忠孝不能两全而择忠即见崇高；义利不可得兼则行义即见伟岸；相爱不得结合而见其悲怆；命途多舛则见出慷慨英雄……人们厌恶冲突与战争，冲突和战争却也砥砺着生存意志，和平与安逸则又产生了可怕的慵惰与麻木；物质发达、后工业化的城市文明是人类的骄傲，却无形中遗弃和破坏了闳阔悠远的田园境界，制造出高分贝的噪声和过稠的人群，滋生着这样那样的"恶心"（加缪语）……于是，绝对的残缺产生了本质意义上的"游子情结"：即眷爱，又背离。一方面，在商品经济

---

① 谢冕：《理想的召唤》，《中华读书报》1995年5月3日。

大潮的迅猛冲击下渴望走出家园，摆脱贫穷和落后，对特有的乡村停滞还是要作理性批判；另一方面，又不满于庸俗与贪欲，希望回归到敦厚之乡去。矛盾的纠结与撕缠在诗人内心形成强烈的灵魂撞击，最终发出"归去"的呐喊并从而建构了透着感伤、悲壮和超越的美的艺术。

这一文化动因，也就使乡土诗终于明确了自己企图实现的人文理想，那就是面对现实积重，在途程中产生迷惘困顿时，亲近乡土国度，回归内心中的"田园"，积极调适、创建一种全新的文明模式，由此种意绪也同时化解了困顿迷惘，完成了对生存境遇与命运前途的终极关怀。

多数乡土诗人都不无自豪、不无期待地宣称自己是"乡土的儿子""大山的儿子""大地的儿子""也是大海的儿子"，是由"家乡的泥土组成的/泥土的躯壳、灵魂、内脏/黝黑、倔强、善良"，同时"又接受了现代雕琢"的清新健美的个体，表达的生活理想则是将世俗关怀与终极命运结合起来的相对超然境界。"我们造屋……/左辟一条小径通向山外/请现代生活来深山巡视/右辟一条小径通向深山/像脐带系我大山之子"。物质之光也不再是怪物和洪水猛兽，"远处一座陌生而神秘的城市/在他们的体内燃烧起火焰"，"活着老守田园，忠孝已尽/死了，就让我做一回逆子吧/让灵魂做一回真正的流浪"。与这种略带幽怨感伤的意识不同，另一些觉悟者则起而行之："没有祠堂族规乡约/山脚供的财神爷就是村长/农村包围城市的先头部队/鸡一叫就开始一天的渗透式攻城战"……这一类表达不能不说是对现实乡土的一种现代观照与理性关怀，同时也促使乡土诗人们常常流露着淡淡的愁绪——以怜悯和挚爱审视自己尚很悲凉的乡土。"吾乡孩子/生于泥土/长于泥土/比泥土还要厚实/从不生病/就是生病/顶多做碗面汤/一喝就会百病皆治……吃上了面汤/有病不好/再没法了/就像深深的日垅里/有锄头晃动/误伤了一棵两棵的禾苗"；"麦客的家乡不长麦子/只长土豆和大块的石头/收麦时期/麦客从山里蜂拥而出/……麦期过后/麦客们一个个饱含热泪/回到他们没有麦子的山中"……一种平静的话语，一种平凡的事实与本土文化，却氤氲着刻骨铭心的隐痛和期待。这不是一般的悯农，也不是立于云端的下界俯视与批判，而更多本质的爱！与这种本质的爱紧密联系，乡土诗人们还以独特的审美眼光，将故土、亲人、自我浑然融为一体，形成一种大意大象，表达出深层次的血缘亲情。刘德吾在《水》中体会出，"水是庄稼听得见的人声"，"水"流注的，是浓浓的血肉之情——庄稼是农人所疼爱的、心尖上的儿女！反过来看，儿女也是父母的庄稼，他们必须接受浇灌然后颗粒归仓，即如李华在《牛》中感受的那样，"父亲，你鞭声四起/催我在漫山遍野里长高长大"。更多的时候，父母就是庄稼，是绿树，是泥土，是任何一件农具，儿女们——"我"以及整个人类也就将这些视为父母。"望一片玉米/泪眼里/一棵是爹/一棵是娘"，所以，"望一片玉米眼睛里就有泪"！"娘是一棵移动的树/巢就筑在娘的背上/……孩子一入世就有了高度/在如此海拔/笑一声嘹亮/哭一声也嘹亮"……由这类含蕴深广的原乡情韵，不难体认到如土地般厚重的乡土意识与深切呼唤！

"昨夜一只蝈蝈在梦中喊我/那声音翠绿翠绿的/说不出的好听/这是故乡唤我回去"！"兄弟，回家吧/回家的时候别走那青苔路/……与宽厚的大地隔一层能不跌倒吗/兄弟呀，看见你走那土里土气的土路回来/我就高兴"！"当你们把自己武装到牙齿/黄金不可饮/孩子，你们迟早还会回来/拾起你们遗弃的一些东西"……这是人类共同的家园发出的宽容、热切的约请。这个"家园"具体而抽象，美丽又忧伤！归来吧，领略自然的赋予，寻求创造的契机，人类便可以进入一种澄澈、纯净、浩然的全新的文明境域。

或者，与其将"归来"当成某种固守与对抗，毋宁将其视为一种更高意义上的创造、一份更为丰赡的期待、一丝更加切实的慰藉？

四 强化乡土民间特质

就实际意义而言，民间是一个存在于城市和乡村的庞大的社会空间，即由底层大众所营造的、体现了城乡世界普通人群真实而鲜活的生态景观、人文景观的一种生存空间和文化空间；就文化意义而言，民间是个所指宽泛、能指丰富的大的概念，是涵盖了底层生活必须面对的柴米油盐、生老病死、喜怒哀乐、是非美丑等日常琐碎的一个经验范畴，是所有人性本来与性格差异的庞杂集合；就方法论意义而言，民间是一种视角、一种工具、一种价值立场或价值态度、一种思维方式甚至生活方式，依据这样一种方法论，也就产生了具有民间特殊属性的那一类价值判断与价值取舍。民间固有的这类意义和特殊品格反映在具体文学艺术之中，就使这种文学艺术具备了一种民间特质，尤其是对乡土农村题材文学创作而言，强化那种乡土民间特质就是非常必需的。

文学从它的发生开始就是与一种乡土民间相关联的，一出生就深烙着乡土民间的印记。按理说，建立于上下几千年传统农业文明基础之上的中国文学是应该注视民间空间、延续一种乡土民间特质的，实际情形却不然。少年时候的毛泽东就已经看出，古典文学，特别是"古传奇和小说……中没有耕田种地的乡下人。一切人物都是武士、官吏，或学者，从未有过一个农民英雄"。即使出现过一个乡下"刘姥姥"，也早已淹没在降贵屈尊的笑声中了。人们也许要问，古代"官吏，或学者"们不是也在忧时悯农、抒写田园渔樵吗？问题的实质却在于，那些士大夫文人们"穷年忧黎元"的最终目的，不过是"愿得天子闻"，他们系怀苍生、采菊东篱的真正意义，不过是在借乡土民间说事儿，所谓乡土民间，只是某种言说方式而已，其内核仍然是那种文人情绪或胸中块垒，很难说真正体现出了人们所要求的民间意识或乡土民间特质，李白就曾坦言："我辈岂是蓬蒿人！"至于《七月》《硕鼠》《伐檀》等篇章及历代乐府，则本来就出自乡土民间，是农民直接进入文学创作的结果。所以说，在深入底层、分享苦难、表现乡土民间这一问题上，古代士人文学传统所给予后世的主要是缺失和遗憾！20世纪是关于土地问题的世纪：打土豪、分田地、土地革命、土改、土地承包等等，土地与革命是贯穿始终的关键词，文学也只有在这个时候才真正开始眼光向下，广袤的乡村大地一旦被摄入启蒙主义者视野，文学也便被赋予一种乡土民间文化品格。

今天，重提民间或乡土民间特质问题，不仅是十分必要的，同时也是体现着新的历史必然、新的文学使命和新的世纪文化品格的。重提不是简单重复，其意义更关乎一种提炼、上升，其实质更指向一种创造、一种新的文学建设。

强化农村题材文学的乡土民间特质，首先应解决的就是为什么要和怎么样走进底层、融会民间的问题。本来，知识分子群体就是属于民间这一生存文化空间的，同底层民众之间有着天然的联系，从这一前提出发再谈什么"走进""融会"，多少有些滑稽。但是，正如毛泽东《讲话》所阐明的那样，这里有一个"文艺工作者的思想感情和工农兵大众的思想感情打成一片"的问题，也就是说存在一个前面已经谈到的方法论问题。知识分子有了知识，成了"干部""专门家"，成了文化"精英"，再回到民间就不那么容易，就想在群众面前摆一摆老资格、装得像个"英雄"，结果群众并不买账！孔乙己就是这样一个典型。他是很有知识的，知道"茴"字的四种写法，于是穿起了"长衫"，却又是酒店里"站着喝酒而穿长衫的唯一的人"！这一文化象征的悲剧意味即在于，既然"连半个秀才也捞不到"，为什么就不能融会到做工的"短衣帮"中去体味那"快活的空气"呢？为什么宁可这样上不着天、下不着地活着，也不愿回到民间去找寻某种价值实现呢？

　　走进和融会乡土民间，是否即意味着像20世纪五六十年代所倡导的那样在田间劳动、在地头写作，实行一种实践意义的返乡呢？显然不能作如此机械、绝对的理解。作家生活及其相应身份可以是"土著"的，也完全可以是"游历"的和"侨寓"的。何处栖身不是问题的关键，关键是能否具备一种乡土民间情怀与底层意识，能否脱掉那件"长衫"，真正做到元本虚静、怀抱大器、洞察敏锐、见解卓越，能否培植耐性与冷静，学会谛视与聆听，表达思考与关切，能否在平常人生中体悟生命感动、在生存艰难中演绎人间温情、在简单朴素中发现真实深刻！因此，走进和融会乡土民间，主要是个价值取向的问题，也就是说，农村题材文学创作应该自觉地站立于一种民间立场，以知识者觉醒的现代意识和哲学眼光审视和演绎乡村人生，体现独特的价值选择与价值判断。古代士大夫文人比较欠缺对农村、农民及农业问题本身的言说兴趣，就因为他们并没有真正确立一种民间立场，由此导致农民形象的长期"缺席"。五四新文学先驱者们从人道主义、平民主义立场出发，审视甚至"仰视"乡村民间，体察乡间的死生与病苦，思考最广大下层平民的命运前途，表达对最普通人群的真切关怀，为后来的农村题材文学乃至整个文学创作建树了典范，确立了一种创作高度和写作境界，而这也正是今天的创作应该达到并力求有所突破、有所超越的高度和境界。

　　强化农村题材文学的乡土民间特质，就应该特别注重通过创作传达一种"原乡况味"，努力呈现乡土生活本色。所谓原乡况味，就是由特定乡土地域的特殊生态景观、风土习俗、乡村情感、乡土精神、乡土理念等等文化因子圆整和合而成的总体景况与氛围，恰恰是这样的景况与氛围，使农村题材文学最终获得某种特殊质地、某种独立品格。需要加以说明的是，乡土是个文化母题，母题的基本特质在于最能够接纳和融会新的时代要义，否则，母题便不能成其为母题，最多只能算某个即时性话题，因而，乡土是个动态范畴，其内涵是会"随着经济基础的变更"与时代变革而"或慢或快地发生变革"的。在漫长而又缺乏参照的静态农业文明时代，乡土的文化内涵主要指向苦难、野蛮、粗糙以及牧歌等一类文化领悟；到工业文明时代，乡土更多地被用来表达某种固守与对抗，被赋予的是贫穷、愚昧、落后、敦厚、淳朴及精神家园等内涵；今天，随着城市化进程的加快，传统意义上的乡村渐趋隐没，人们不再津津乐道于城乡二元价值对立，城乡界限开始变得模糊，也许过不多久，乡土就将成为纯粹的地理概念和永远的文化记忆！所以，不同时期的乡土意味是有所区别的，而具体到某一处乡土的原乡况味也各不一样。

表现乡土民间生活本色，传达特定乡土地域的真实景况与特殊氛围，重要的是应该努力发掘和提炼那种体现出生活本质与生命韧性的乡土民间精神——那种流贯在最普通的人群、最本真的现实人生、最具体的生活实践中的真性情、真精神。从艺术本身来讲，正是因为有着这样的精神文化支撑，文学才具备了一种可贵的民间气质——为今天的创作竭力追求的一种品质。

强化农村题材的乡土民间特质，还应该通过创作凸显创作主体自身的民间情怀与精神力量，体现出应有的责任感和使命意识。作家首先应该是人格的楷模，不能拿文学当纯粹的游戏，不能"一点正经没有"。不能指望靠所谓"玉女作家""美男作家"的那种"下半身写作"或"胸口写作"来求得文学的生存发展，文坛还没有沦落到要靠"小鬼当家"的地步，尽管韩寒们、郭敬明们、张悦然们身价可逾百万、"人气指数"飙升，这群身体过于早熟而精神相对贫弱、喜爱用文字打打闹闹的"小鬼"们暂时还当不了家！文学艺术创作作为一种"自由的精神生产""真正自由的劳动"，是需要摆脱私利与欲望的羁绊，需要一种虚静的。当然，不能说作家就应该甘享物质清贫，相反，如何创作出受大众欢迎的优秀作品、如何让农村题材作品吸引城市人群的注意、如何激发乡土民间的文学消费欲求、如何提高文学作品的发行数量……这些一直是摆在面前的现实课题。但是，既然选择了创作，选择了做这个时代的作家，也就是选择了某种道义和担当，选择了艰辛与责任，这类选择体现在具体创作中，也必然会凝结为一种很宝贵的民间特质。

第三节　创作实证——荆楚文化濡润下的沅澧大地

沅澧流域，或一般所称"湘西北"，面积约 2 万平方千米，人口 600

多万，衣食往来独具荆楚文化质地，人文风情尽显区域灵动个性，素有"鱼米之乡"和"天下粮仓"的盛誉。城头山，把稻花飘香的耕耘智慧窖藏了6000多年；桃花源，把五彩缤纷的生活理想开遍了原野山冈；而楚辞的鼻祖屈原，也早已把一方水土带向远方。承续楚风流韵和沈从文、丁玲文脉，沅澧流域再次涌现一大批有一定影响力的作家、诗人，形成区域特有文学气象。

一 少鸿乡土小说的大地品格

艺术品格关乎艺术生命。艺术品格学的理论核心应该指向那种凝结在具体艺术品中、涌荡着创造者自身个性、气质、才情、器识之类元素的特别成色与特殊质地。真正有成就的艺术家往往就是那些"蘸着自己的血液和胆汁来写作的作家"①。他们总是在追问，在寻找，为发现和凝练这样的成色与质地而不遗余力，比如，韩少功植根传统文化土壤的文学努力、莫言力图散发自己独特"气味"②、通过胸中"大沟壑、大山脉、大气象"表达"大苦闷、大悲悯、大抱负"以及"大精神""大感悟"③的小说实践等等。

诚如有的论者所言，"和他心爱的人物陶秉坤一样，少鸿从来没有忘记自己脚下的土地，是一位真正在大地上行走的人。能这样行走的人，眼里便只有世事如潮、人间沧桑，胸中吐纳的只是对生命途程的感怀、悲悯和关切，体内缭绕的便是智性的芬芳。"④ 三十年来，少鸿的小说阈限大体经纬在20世纪湘西北的资江、沅水流域，由穿越世纪的"两江"勾连起一个叫作"石蛙溪—莲城"的基本格局，由这一格局舒卷山川沟壑，摇荡年华日月，蒸腾生命气象，从中凸显出来的，便是一种极具"成心"⑤、极富质感的大地品格。

1. 大地根性

少鸿小说的一大质地，是由区域历史及山水自然所彰显的文化根性与

---

① ［法］左拉：《论小说》，北京师范大学中文系文艺理论教研室编《文学理论学习参考资料》（下），春风文艺出版社1982年版，第896页。
② 参阅莫言《小说的气味》，当代世界出版社2004年版。
③ 莫言：《捍卫长篇小说的尊严》，《当代作家评论》2006年第1期。
④ 夏子：《少鸿小说的意义阈》，《湖南工业大学学报》（社会科学版）2012年第5期。
⑤ （梁）刘勰：《文心雕龙·体性》。

生命本性。

湘西北、武陵、沅水、资江，这不是一组普通的地理名词，而是令人望去就会怦然心动的一串字眼，其原因，大抵在于这片热土连接了某种历史，牵绕了太多沧桑。这里的天空、河流以及花草、鸟兽，这里的楠木、黑松林以及水稻、红薯，这里的小镇、田园以及扎排、龙舟，这里的义士、贤达以及愚妇、村夫，这里的哭泣、歌声乃至巫觋、鬼魅……这里的一切，都映现着久远年代的肃穆身影，氤氲了往古岁月的神秘气息。

这种往古积淀，主要表现为自先楚而降、绵延不已的勤恳踏实、执着虔诚之类血脉、精神。谈到这类积淀，人们不无道理地认为是一种"楚文化积淀"[①]。此处所言楚文化如果不是特指成王分封以来的中原主导文化，如果没有忽略此前更早的三苗文化、善德文化、8000年前的彭头山文化甚至采集与狩猎文化，则"楚文化积淀"一说是相对完整、可靠的。强调这一点是有必要的，因为就事实而言，少鸿小说透射的文化精神往往更具自然生命气息与先楚意味。陶秉坤（《梦土》或《大地芬芳》）这一人物几乎就是楚地先民的化身，是对祖先"筚路蓝缕，以启山林"事迹的诠释和印证。对于土地的痴迷、虔敬，使陶秉坤形象已然成为古老农耕文化的符号和象征，尤其是那双青筋盘绕、十指虬曲的手，那把犹如身体的一个部分和天然"器官"的锄头，那种燃烧的热望与蓬勃的生命激情，这一切无不激荡着古老文化的回音。的确，文化本来就意味着自然、原始。文化自一开始就与大地品格相关联——culture（文化）一词的本义即"开垦""耕作"，而civilization（文明）只是后来人工、人为的城市化结果。也许正是基于这样的认识，诗人库泊才会说，城市是人造的，乡村是神造的。

中篇《红薯的故乡》《九三年的早稻》也是积淀、散发着古老文化气息的优秀文本，前者缠绕着牧歌意绪，后者释放了某种大地感伤。"红薯"的"故乡"问题是一个关涉人类自身身世、颇具形上意味的"天问"。红薯充盈着生命的汁液，从久远的过去年代一路走来，以最简单、最朴实、最宽和、最谦逊的形式表达关切与牵挂，延续着父母对孩子般的情愫，恰恰是在这里，人类找到了自己的真正故乡。小说可谓标本式地"实录"了从储种、蓄肥、着床、培种、松土、掐秧，到栽种、锄薯、翻

[①] 何镇邦：《花冢·序》，少鸿著，湖南文艺出版社1998年版。

藤、守夜、收获、加工的生产、生活过程，揭示了古老的生存经验。无论哪一方水土，无论怎样的艰难时世，看到这样的记录和经验，大概都会收获一种慰藉，唤起一种记忆，重拾一种理由——日出日落的安澜，天地神灵的期待，江南采莲的怡悦，东篱采菊的闲适……这类事实和经验提示、寓言了某种现代存在的可能。《九三年的早稻》则流露出古典感伤和深深的现代忧虑：传统耕作文化的危机与出路问题。冬生，似乎是世纪末最后一位耕者，又抑或是新一代希望。父母双亡，高考落榜之后无奈返乡，冬生在邻居毛老倌、又福嫂指点、帮扶下跌进日子，扛起艰难。此时，外面的世界正冷冰冰地闹哄哄着，打工的喧嚷如潮水来袭，一阵接一阵。喧嚷之于冬生本不构成太多吸引，只为暂避一种特殊的生活麻烦，他才仓皇南下，碰壁之后能去的地方还是只有家，而成熟的早稻、厚实的泥土以及同样厚实的又福嫂也在以亘古的平静表达着接纳。也许，冬生的心中，荒芜的不只是田园，也不只是又福嫂那样的女人——大地根基、家园理想，这些才是"归去来兮"的全部理由。

《梦生子》《红鸟》《皇木》《花冢》《冲喜》等早期创作表明，根性或本性的东西是需要甄别，需要扬弃、再造的，否则，它就只是痛疽，是掣肘。"梦生子"身上的愚昧性、"红鸟"羽翼下的欺骗性、"皇木"培植的奴性、"花冢"远遁着的顽固性、"冲喜"折射出的荒诞性……这些都只能是一种精神毒性与文化劣性。对于这样一类习性，少鸿的态度是决绝而坚定的，那就是与80年代寻根思潮相和谐，参与了文化批判的集体实践。这是世纪之初鲁迅式"国民性"批判以来又一次比较集中的文化大清理，应该说，这样的清理是必要的，同时也使人们对于大地根性的认识走向完整、深入。

精神血脉也好，文化遗留也罢，往古岁月积淀并不总是一些难以捉摸的影子，它们常常会附丽于某一具体形态，由此而使那些根性或本性获得一种标识，烙下区域历史的印记。这些形态，有时是历史人物形象，有时是历史文化事象，有时是地方特有自然物象，更多时候则是某种区域人文经典的实际在场。小说《溯流》所追溯的就是一条历史之流，所演奏的是一曲灵动的水文化交响。这是一条渊源深厚的河流。千古流淌的沅水，至今依然流动、鲜活着我们熟悉和温暖的面影：泽畔行吟、从枉渚逆流而上前往辰阳的屈原；伏波将军马援的三千兵马以及青浪滩幸存的杨姓士兵；五强溪的五位好汉；沈从文先生和他笔下的柏子以及先生的大表哥……千古流淌的沅水，又是一条率性自由的河流：后生和他那为爱殉身的母亲；透着水鬼般邪气的促狭的水猴子；把人生"相好"看得最重要的东、桂莲、小旅馆老板娘……这些水汽淋漓的形象张扬甚至放纵着楚地个性，演绎了另一样生命质地。长篇《大地芬芳》、中篇《白鹭河排佬》等作品的关注视域在资江两岸，其所展示的当是所谓湘楚文化个性。人们大多承认，楚文化是有荆楚、湘楚之分的。荆、湘之间较为确定的界线就在沅水流域，这一界域的语言、习俗乃至地理环境等都更具荆楚平原特点。资江沿岸湘楚文化颇具山地个性：沉默而丰富，局促而热烈，厚重而飞扬。从小淹镇走向大世界的著名历史人物陶澍就是这种山地文化的代表，双幅崖七星岩的星光因此而成为一种象征、一种烛照和"悬临"[①]，成为"耕读传家"的典范，成为陶秉坤那样的普通山民心中的楷模。

历史文化事象，主要包括特殊习俗（比如龙舟、上梁、冲喜、冥婚、赶尸、卜卦）、历史事件（比如辛亥革命、常德保卫战、侵华日军细菌战罪行）等；自然物象则涵盖花草树木鸟兽虫鱼等天地万物。这类事象或物象同样激扬着真精神、大气象，即便一棵楠木（《皇木》）、一根松树（《黑松林》）、一只赶山狗（《赶山狗》），也可以回荡一股或凄怆、或悲壮的"国殇"品格。

区域人文经典的实际在场，所指当然是那些流贯在少鸿小说故事、人物、语言、结构、细节等等之中的具体文化秉性，比如楚辞的忧愤、坚韧、奔放，比如老庄的通脱、恣肆、老猾，比如傩巫的怪诞、神秘与民歌的率直、热烈。显然，这样的楚文化特质是必定要赋予作品某种特殊品格的。即就巫觋之事来看，楚地"信巫鬼，重淫祀"早已是不争的事实，这和"子不语怪力乱神"、周人"事鬼敬神而远之"的北地正统大相径庭，着实十分有趣，大概也是楚地之为楚地的基本表征吧。其实，楚人很是慧黠，明知鬼乃无稽之谈，却依然要做得一丝不苟，何也？鬼者，神也；神者，人也，娱神的最后不过是为了娱人！少鸿是很清楚这点的，所以，作品写到的鬼神之事终究也不过是人世之事。但是，从《皇木》《花冢》等文本实际来看，那些阴森森影幢幢的场景仍然造成了不小的阅读冲击："冷汗从背上渗出来，酉知道碰上岔路鬼了。若没别人唤醒他，他

[①] ［德］马丁·海德格尔：《存在与时间》，陈嘉映、王庆节合译，三联书店2006年版，第287页。

将永远在这山谷里绕圈子。""赶尸人从腰间掏出个葫芦，呕了一口什么东西，向那尸体迎面喷去，接着微闭双眼念念有词。尸体忽然自己坐了起来……木偶一般向前走。""西肛门一紧，不敢出声，讷讷地辞别赶尸人……回头一望，只见一堵悬崖壁立在那里，没有石桌石凳，也没有赶尸人。"(《皇木》) "我是在那个阴沉的暮春的傍晚发现黑影的跟踪的……我转身往回走，这时那黑影悄然出现，飘飘忽忽跟在后面。"(《花冢》) 看看，这也许就是楚地和那些看透了生死的楚人。再看看"山鬼"意象。学者们考证，山鬼就是巫山神女，是追求爱情、渴望幸福、期待永恒的人们共同的精神寄托。然而，即令这样的情爱女神也很难把握自己命运："风飒飒兮木萧萧，思公子兮徒离忧。"这是否就是一种生命真实、一种大地本质呢？神巫尚且如此，凡人又当如何！如果说，又福嫂（《九三年的早稻》）们还没来得及品味自己"粲然一笑"中的真正宿命时，素云（《服丧的树》）们却像"等待戈多"似的，从一开始就在清楚、坚执地等待着，直到"意外地"死去——仿佛一位现代"山鬼"。

2. 大地智性

少鸿小说的又一质地，是那种立足大地、源自大地的理性思考。

由特定地域的特殊生态景观、风土习俗、文化品格、乡村情感或乡土精神、乡土理念等文化因子聚合而成的那种整体状态，我们姑且名曰"原乡况味"，少鸿小说注重发掘这类况味并以此承载、表达某种大地思考。

费孝通《乡土中国》说，中国社会的基层是乡土性的；《易》说"至哉坤元，万物资生"；《管子》说"地者，万物之本原，诸生之根菀也，美恶、贤不肖、愚俊之所生也"；诗人们说"村庄是人类的胎盘""井是脐带"……这类表述，都袒露着深刻的土地意识，阐发了乡土、大地的原型或母体意义。这是一种命定，是无法摆开的情结与纠缠，一旦失去这种联结，人就将饱尝失去归宿的无根之苦，就将经历孤独无依的精神流浪。《红薯的故乡》表明，故乡既是自古以来就有红薯的地方，也是红薯特别能够生长的地方，更是人类适宜生存的地方，故乡，土地，红薯，人，这些是密不可分的一个整体，是家或者家园、田园的全部内涵。《九三年的早稻》蕴含的土地意义即在于，土地是母性的，相应地，女性也是生命的土地，她们都是需要耕作、需要浇灌、需要呵护的。这样看来，无论对于土地还是对自己女人，常年在外而又无生殖功能的毛又福都是没有尽到职责的,而依据哈贝马斯那种所谓"商谈伦理学"(Discussethics)观念,冬生与又福嫂的不伦结合便具有了某种现实合理性。自此,土地与女性两位一体的意识成为少鸿体悟、把握大地的基本认知方式和表达方式,成为后来的一种写作常态。少鸿小说中,纯婚恋问题的文本也许只有一个:《服丧的树》。它试图告诉我们的是,爱情的树生长在最初的土地上。在梅山村下放期间,素云爱上了陈辰。她十分珍惜自己的初恋,还在"扎根树"上偷偷刻下了两人的名字。返城后,素云进了纱厂,同曾子铭结了婚,随即又离了婚。下岗后,找到一家地处偏僻的宾馆上班,并邂逅了同样单身的许杰。然而,正如楚狂接舆曾经感叹的那样,"福轻乎羽,莫之知载"①,婚姻、邂逅都没能给素云带来幸福,她真正想要和内心坚守的,是童话一样"种"在山上的初恋。也许,所有女性都是不能容忍对于初恋的背叛的,一旦遭遇背叛,所谓爱,也就只是岁月风干的供桌祭品!这便是一种集体的悲剧,一个残忍的悖论,于是,素云就必然地有了那样一个神女般石化的结局。中篇小说《皇木》《花冢》也在一定的智性高度表现出不同的土地意识。单一地定性"酉"这个人物似乎有些难。或者可以说,这是一名孤独英雄,他让我们记起那些为王朝的倾覆而殉身的人,比如屈原,比如王国维。作为一名吃着皇粮的世袭采官,酉的职责是将发现的上等楠木组织采伐后扎簰贡往皇都。酉是很英雄气的,一生行止颇显悲壮,悲壮到近乎诡秘;酉又是孤独的,孤独到连他的儿子卯也不愿合作的地步。酉是替皇室尽忠的英雄,在寒来暑往、光阴流转中逐渐地忘却大地,步入虚妄,背负起背离大地的孤独,同那容与不进,淹回凝滞的皇簰一道,最终只能化为历史的陈迹。和酉的自我背离与背离的孤独相区别,《花冢》中的"我父亲"却是被世俗放逐而走进死亡的,这种死亡表达的便是一种大地回归与回归的安详。"父亲"是位乡下裁缝,苦恨年年压金线,为他人做嫁衣裳。怎奈好人多舛,世事无常,"父亲"罹患了麻风抑或天花之类传染病。面对不幸,"父亲"毕竟不同于祥林嫂。他的善良和内心的强大在于,自己一个人静静地走出村庄,即使事隔多年痊愈,也因为担心吓着大家,只能潜回家园,门户紧闭。"父亲"好了,村人病了——那些堪称顽固的狭隘使"父亲"成了健康的鬼魂。他宽容、迁就了这样的狭隘,"穿着他亲手制作的一套黑色西装,搀着母亲的手,

---

① 《庄子·人间世》。

庄严地走向山坡"去"欢喜成仙"、走向新生和永恒。那坟冢上的荞麦花，一如土中沉睡的人无言的祝福与期待，期待"鲁四老爷"们阴魂早散，祝福祥林嫂们得到拯救……

与上述大地思考相呼应，少鸿小说在历史的社会的人性的不同布景上解剖乡间"恶心"，表述一种悲剧体验与大地关怀。《梦生子》《红鸟》是二而一的姊妹篇，同属所谓寻根小说。少鸿并不讳言当初的拉美"爆炸"冲击波给予自身的创作冲击，但我们宁肯愿意相信，曲尺镇和镇上那些曾经的荒诞、诡异面目，其内质，仍然只是一种民族固有表达方式。因为，庄周个性、楚地风格早已完成思想和经验储备，同时，20世纪革命、特别是十年"文化大革命"往往同民众期待及人性本来相抵牾的事实所引发、提供的，也只能是中国化的思考与批判。就实际情形看，从"禄子"到"雷黑儿"，从禄子他娘到雷黑儿的"堂客"李子花；从亢奋到魔怔，从肉体到灵魂都上演着"革命"对大地的奸污、呈露着令人战栗的悲苦与凄怆，难怪雷黑儿会感觉"脸皮一块一块地掉下来，如半生不熟的肉片"。荒诞的"革命"制造了"革命"的荒诞。受害的土地愤怒地肤浅、幼稚了，以肤浅对抗愚弄，以幼稚"欺骗"欺骗，这，就是恣意率性的楚文化精要，是透着凄凉的苦难智慧。还有一个颇堪玩味的人物：镇长。真跟陶秉坤（《大地芬芳》）感慨的那样，"我们石蛙溪，山好水好，可是一样的风水不一定出一样的人"。这个人浑身上下都"存在着一种老犬的狡黠，一种给人以奇怪印象的狡黠"[①]。长期的农村基层干部经历使他培养了"一种低飞的才能"，而且"岁数越大越不要脸"[②]，曲尺镇的悲剧往往就是他直接酿成的。对这种受恩于大地而又自觉背弃大地的"恶之花"，对脑满肠肥晃荡于大地之上而又恬不自知的所有那些浅薄、奸猾、腐恶、虚伪，必当剪除后快。果然，《龙船》《冲喜》以及《歌王之殁》《美足》等创作更具体地展现了各类缺失，更清晰地表达出不同的批判指向。"冲喜"陋习至今已不太能够见到，而作为一个怪胎，作为20世纪最后的田野事实，那种一如既往的别扭、恶心依旧令人窒息，那种"濒临冥界"、行将覆亡的愚昧、蛮横依旧令人震撼，而颇具警醒意味的是，"罗妈"那样嗜痂成癖的人尚未死去！"龙船"的昂奋、精进特

[①] 林语堂：《中国人》，郝志东、沈益洪译，学林出版社1994年版，第19页。
[②] 同上书，第66页。

质如果不凝集在更广阔的生命舞台,则某种局限和狭隘便会被放大,这个时候,合作似乎更能够体现宝贵的现代品格。这一点,在《法西斯细菌》中同样得到证明。日本人屠城常德,因为细菌感染死亡的第一例是一位名叫蔡桃儿的少女,但是,比这一史实更让人痛心、愤怒的却是民众的麻木、无知和唤醒他们的艰难。这种贯穿世纪的国民性批判今天看来依然是十分必要的,所以,《歌王之殁》中,歌王的过去与蜕变就有了清晰的现代指向。歌王原先不叫歌王,叫"歌鸟"。歌鸟的家在山谷,那里树木葳蕤,花草繁茂,洋溢着苞米的香味。歌鸟身体雄壮健旺,歌声穿云裂帛,居然因此而引发空难。"我"和"乐"好不容易将他带到城里,希望他的原生态能给城市一些新的东西——不,让城市看到自己的曾经,可是事与愿违——歌鸟已被城市同化得惨不忍睹。从这一象征、隐喻式文本不难看出,"唤醒"的努力仍在继续,而思考与批判的重心已经发生转移:伴随物化与泛商的脚步,人类在土壤匮乏的路上渐行渐远,一些新生之恶的面孔正变得越来越清晰,譬如掠夺,譬如病菌、雾霾和沙尘。

3. 大地诗性

少鸿小说还呈现出诗的质地——对大地诗意的索要,根植于生命之流的诗化叙事与判断。

人们的潜意识里,"诗"与"骚"还是有区别的。同样拿槐树比兴,北地就做得比较质实粗放:"小槐树,槐树槐,槐树下面搭戏台。人家的小哥哥早来了,俺家小哥哥咋还不来。"南方则显得比较古灵精怪:"高高山上一树槐,手把栏杆望郎来。娘问女儿望什么,我望槐花几时开。"如此看来,诗是以《诗》三百篇为代表的风土文化,骚是以屈《骚》为典范的浪漫文化,似乎,"骚"是比"诗"更显诗性的诗。这种比较当然没有太多必要,但至少还是证明了两类不同的事实存在:对大地诗意的刻意索要和浪漫赋予。

大地本身展现了一种诗意自然。青山满目,俯仰皆诗:"青山默默地伫立,洁白的雪花轻轻地飘落,松林穿上了白绒绒的雪袍,岭上岭下一片雪白。太阳出来,雪水从枝头滴下,松林里滴滴答答奏起一片美妙音乐"(《黑松林》);"头上,被重峦叠嶂圈定的那块天空,云已全部散去,湛蓝如洗;岸上的灌木摇曳着树冠,蜡质的叶面银子似的闪着斑斑的光点"(《白鹢河排佬》)……水是流动的诗:"白鹢河被峡谷挤疼了,怒吼着,蹦跳着,往前扑腾翻滚。大浪摔在岩石上,玻璃似地碎裂开来。峡谷里河浪的轰鸣震耳欲聋"（《白鹭河排佬》）……即便是陶秉坤（《大地芬芳》）那样的山民也常常会感受、涌动某种诗意："他贪婪地嗅着泥巴的气息，不时地扬一下鞭，但那竹枝做的牛鞭并不落到牛背上去……一只丁丁草鸟落到牛背上，尾巴一翘一翘，啼啭得十分动听，犹如珠子在瓷盘里滚动。又有一只瘦腿鹭鸶飞来，落到田里，伸出长喙，啄着田里的螺蛳。"正所谓"一切景语皆情语"，这类诗意不是孤立的、游离于小说之外的点缀，相反，它们是经过选择的、与人的心境或事件发展的情境相契合的必然要素，是小说整体的有机部分，而这一点恰恰满足了所谓抒情体小说或诗化小说的基本要求。

大地同时也展现出诗性的生命自然。初看起来，白鹭河那位"排佬"与海明威笔下的桑提亚哥（Santiago）"老人"颇为相似，究其实质，却依然是一位流淌着先楚文化血液的自然之子、倔蛮硬汉。战胜卑怯懦弱，征服急流险滩，寻求价值实现，这便是排佬们的宿命，因此，借用庄一夫（《溯流》）的话来说，"水是他们生命的一部分，是他们心灵的寓所，精神的家园，是塑造他们个性的元素……"水是抵达安宁、自由的唯一通道，是灵魂获救的最后证明。"白鹭河排佬"曾经是一位失败者，败得很惨，散排落水后连短裤都被撕烂冲走了。没人会同情一位失败者，人们毫不留情地嘲笑、羞辱了他，连定了亲的妹子也走了，相好的女人也鄙夷他"不是个男子汉"……从此，他的腰开始佝偻了。多年以来，"排佬"一直不能原谅自己，在痛苦、自责和不屈中顽强地等待着，尽管等出了"一张酱色的核桃壳似的脸"，尽管等成了一个驼背，尽管时过境迁，人群尽散，撑排行当几成历史。"再撑一次排，成功地撑一次排，是他此生的最后愿望。""这张排对他太重要，这不是排，是他这个人，是他一生的结局。"经历艰难，"白鹭河排佬"终于征服凶险、证明了自己。"衰老的生命此时此刻坚强得如钢似铁"，眼角却"渗出一颗亮晶晶的东西"。登上码头，走在空寂的街道，"他只想以生命的全部大笑"。他一身轻松，那驼背居然又直了！这真是一部典型的浪漫传奇。沿着这一诗性生命轨迹，人们是否能够想起，日子之上应该还有一些别的什么？是的，顽强、忠贞、尊严，甚至崇高，尤其在这样一个"英雄气短"的年代，"排佬"的这类诗意的传奇几乎已经是一种奢侈。除"白鹭河排佬"之外，少鸿又在他的鸿篇巨制《大地芬芳》中发掘了另一位排佬形象：水上飙。不同的是，水上飙的诗性人生更有一种英雄传奇色彩。他的生命开始于"排古佬"却并未止于排古佬,或者说,他的生命价值和意义并不是在"水上"得到最后实现的。年轻的时候,这位"能日死牛的飙后生"颇有绿林精神,极端适意率性,被陶秉坤救成"堂客"的黄幺姑就是因为同他恋爱而遭遇沉塘之祸的。他不慎弄死族长,躲进山中,收养了义女山娥,一刀阉了奸污自己女儿的劣绅吴清斋,在安华县城一头撞进革命。以后的岁月,水上飙逐渐走向自觉,最终成为坚定的革命者,而年轻时的快意恩仇也随之升华为革命的英雄主义,在剿匪战斗中抱着匪首一同坠下悬崖。令人钦敬而又伤痛的是,这位一生英雄的"排古佬",不曾从革命中获取任何个人利益,却用苦难的一生抒写着诗性的壮烈与纯粹,比较而言,他的生命传奇应该更具世俗拯救意义。这样的生命诗意还有很多,比如陈梦园(《大地芬芳》)"烹汤杀寇""慷慨赴死"的凛然、肃然,又比如尤奇(《溺水的鱼》)皈依自然的温暖、安然,后者因为象征式地回答了"魂归何处"的现代诘问而获得一种更高诗性。

现代小说中最能发掘和记录大地诗意的作家就是孙犁,少鸿的发展却在于,某种诗性思考、诗性判断沉淀其中,濡润着小说的整体构建,不是点缀,不是色彩,而是内在旋律,或者说就是一种整体表达方式。尤其像《赶山狗》《乌麂》一类短篇,不光有着诗的内质,不光是整体方式,还兼具诗的外形——诗的跳脱,诗的节奏、诗的句式等。"赶山狗"形象已被人格化。它知道自己无法对抗命运——从猎狗变为菜狗的命运,便自行找到一个机会惨烈地死去,保持了自身作为猎狗的完整性。"乌麂"是山民娄贵的个人要求得不到满足便向乡干部撒气的手段和工具,尽管不免失之农民式的狡黠,又未尝不通透着某种诗性的智慧,欢跃着普通人的快意。至于小说中那些具体的诗化语言,像"酉的日子全装在褡裢里""酉觉得岁月真是蛮不讲理,残酷无情""风的舌头舔凉了他的身体""清凉的夜气水一样掠过酉的身体"(《皇木》)等等之类,早已是一个常见事实。这也难怪——小说家的少鸿,他的起点本来就是一位诗人。

二 世纪乡村及其记忆伦理——读少鸿乡土小说新作《百年不孤》

如果文艺伦理学作为一门新学科的系统构建是必要和可能的话,记忆的伦理(The Ethics of Memory)命题便是该学科重要的组成部分。按命题首创者马格利特的阐释①，我们理解：个体或集体可以而且应该立于现实伦理需要，通过规避、面对、显现、揭示等不同选择充实或再造我们关于具体历史的新的印象和记忆。显然，这一记忆所呈现的历史已不纯然是"好像一条被冻结的长河……静静地躺在那里"② 的历史本身，而只是客观存在的本来历史的"摹本"和"影子"③。所以，这样的记忆描摹的往往是经过选择的场景或愿景，关涉的是记忆主体对于历史的某种动机（亲历、见证或旁观、指认），表达的是个体或集体的价值观念、价值判断，"也就是说，记忆从一开始可能就不仅仅是一个心理学的概念，它根本地属于伦理和道德的领域"④。

在长达50万言的小说新作《百年不孤》中，作家少鸿坚持从善德、礼仁、孝悌、忠信等基本价值立场出发，依托双龙镇这样一处相对偏僻的区域位置和开明乡绅岑国仁的生命行止，通过岁月流转和历史演进中不同时段的山镇生活记忆，呈现了"对故乡的重新想象"⑤，从而也实现了对整个20世纪中国乡村形态的价值重构。

1. 家族记忆

当探讨、研究以家族为核心的中国乡村结构问题时，社会学、人类学者们历来喜欢拿西方做参照，于是有了诸如"伦理本位""差序格局""长老统治"等系列发现和命名，由此形成关于乡村社会封闭、无序、保守、落后的总体认识。这类判断很快得到认同，以各类乡绅为实体的家族制度成为万恶之源、成为"革命"的直接理由，而文学展示种种恶的形态、表达各式各样道德谴责的努力也便顺理成章地成为贯穿世纪的广泛事实（除了张爱玲《赤地之恋》那样一个众所周知的特例外）。直到改革开放，特别是20世纪90年代以来（坦率地说是从《白鹿原》那里开始），重现家族记忆、重建乡绅伦理效应的反拨之声再度成为某种新的共识。更

---

① Avishai Margalit, The Ethics of Memory, Cambridge, Massachusetts: Harvard University Press, 2002.

② 冯友兰:《中国哲学史新编》（上），人民出版社1998年版，第1页。

③ 同上书，第2页。

④ 赵静蓉:《记忆的德行及其与中国记忆伦理化的现实路径》，《文学与文化》2015年第1期。

⑤ ［美］卡罗琳·菲茨杰拉德（FitzGerald Carolyn）:《制造记忆的谱系学：对故乡的重新想象》，秦烨译，《南方文坛》2015年第5期。

有甚者，近年来一帮"已经阔得不耐烦"①的老总们公然提出要"恢复乡绅"制度，认为"没有乡绅，农村就无法繁荣"。作为呼应，《南方都市报》还专门发表社论，表示"中国只有催生出新的乡绅阶层，乡村的秩序才能逐渐有序，乡村的文化才能日渐繁荣"②。这类不同的价值理念表明，家族历史记忆仍然需要某种新的建树。

《百年不孤》的主要建树在于，岑氏家族记忆所关注的主导或根本内容是寒来暑往、日出日落的那些岁月和"琐事一箩筐"③的一个个日子，是本来如此、历来如此的那些耕读事实，所显露的是一种审慎克制的态度、温和平静的格调以及安稳、沉潜的乡村本然状态。过日子，成为整个家族记忆价值评判的人性尺度与生活伦理。

无疑，活了整整100岁、一辈子坚守在故乡双龙镇的家族核心人物岑国仁是所有那些日子的亲历者、见证者。不过，要清晰地辨识这样一位家族生活核心人物并对其身份、禀赋、作用、面貌等角色特性给出较为明朗的判定，仍然是一件挺为难的事情。他不是严格意义上的地主（人们似乎也从没拿他当地主看）。将其划为地主，初看起来明白无疑、合情合理，仔细看来，这样的面目却又显得比较模糊、不太真切——不能说他不曾享用由曾祖吾之公亲手置下的山林、田土带来的实惠，但他从来就不是家族财富真正的持有者、占用者，他甚至来不及接手和支配那些资产，就在一夜之间变成了自食其力的劳动者。他也不是严格意义上的长老、乡绅。虽然最终实现了从"大少爷"到"国仁公"的身份转变，但那也仅仅就是个称谓而已，并无多少实际内涵和政治作为。作为长子，他"得听父亲的话"、比家中任何人都"怕父亲"、几乎一生都活在父亲岑励畬的影子里。他甚至显得有些孱弱和迟钝，习惯"沉默不语"，即便在二弟岑国义、三弟岑国安面前也"历来是善于倾听、很少置喙的"；做过两单木材生意，实在看不出他有多少经营头脑；两次见习做"中人"，既弄不清套路，更无行之有效的调解办法，显示不出他有多大的长老才能；无业游民廖光忠挑头洗劫岑家财物、母亲在拦阻中受伤而亡，为此，岑国仁一直想找机会报仇，而一旦真正找到和面对仇人，却又没了主张，终于只是

---

① 鲁迅：《鲁迅全集》第二卷，第294页。
② 寒竹：《恢复乡绅制度有违民主法治潮流》，《社会观察》2014年第3期。
③ 少鸿：《百年不孤》，湖南文艺出版社2016年版，第174页。

"啐了一口痰在廖光忠脸上"完事……他更不是能够决然离家出走的远行者或反叛者。他的血液里、骨子里土性深重，"很有些飞不上天的样子"①。因为晕血、因为受不了那些血腥的屠杀场面，他选择了逃离，一逃就是一辈子；他爱上青年共产党人、游击队女战士杨霖，却始终不能或根本就未曾意识到要迈向"革命"的同道，这样的"爱情"也便失去了根基和依据。

  这类近乎创痛的记忆是否即意味着：这是个立不起来的无用之人呢？当然不是。"现代理想人格的总体发展趋势是由精英（儒家讲圣贤人格）走向平民，'由圣入凡'。平民化人格成为时代的要求。"②岑国仁的乡村人生恰恰体现了这一要求，凸显了新的记忆策略和价值期待：山野小镇平淡无奇的那些日子沉潜了大地安稳、袅娜着乡村本然。作为家族中颇有文化的读书人，岑国仁葆有一颗童稚的心：他用孩子般的单纯去亲近世界——赶山的时候遇到一只褐色花面狸，便"摘了一颗八月瓜，扬手扔过去。花面狸准确地接住了，也像他一样，掏出果瓤塞进嘴里，嘴巴直咂。花面狸，你家在哪儿呢？他轻声问，带我去你家做客好不？花面狸舌尖在嘴边舔一圈，蹑手蹑脚往山上走"③；他也是很能思考的人，常常看遍群山、望断浮云，而有的时候，似乎又更愿意调动自己的嗅觉和味觉去感知、去咀嚼那些迷茫和沧桑："从三叔公家的菁华堂门口过，嗅着墙角苔藓里蒸发出来的霉腥味，岑国仁感觉闻到了家族衰败的味道"，"岑国仁闻到了这些人身上的汗酸味，以及饥饿与慌乱的气息"，"尿臊气、牛粪味、稻草的香还有黑儿身上的膻羼合在一起，带点甜，很好闻"……这样的人性本来与生命本真是内核，是起点。从这里出发，一种岑国仁式的平民人格最终生成：孝悌忠信、慈悲礼仁、忍辱含垢、通达坚韧——我们感念那个舟车辗转、不辞辛劳护送国英妹子远嫁他乡的"大哥"的身影；我们感佩那些孝侍双亲、守护家园而翘首企望兄弟归来的"家兄"的情谊；我们欣赏那种略显青涩、怀抱善良救下要被吴老卫溺死的女婴的"大少爷"的勇敢；我们怀念那样含辛茹苦、历经磨难而求生求义、九死未悔的"国仁公"的安详……至此，一种浸染世纪而又牢笼后来的生命

---

  ① 费孝通：《乡土中国·乡土本色》。

  ② 顾红亮：《现代中国平民化人格话语·导论》，华东师范大学出版社2005年版，第10页。

  ③ 少鸿：《百年不孤》，第140页。

质地和伦理维尺终于袒露在世人面前。

岑国仁，这位名实不副的地主、末世卑微的乡绅、终老是乡的村夫，应该可以有一个恰当的名分了。他曾经保证过"一辈子做好事，不做坏事"①，而他也真的做到了。也许，这就是他的宿命——他的确是个好人，或者，一个平庸的好人。

2. 家国记忆

双龙镇这一记忆之所（sites of memory）并非世外桃源，乡村的日子早已失去亘古的平静，尤其处于那样一个以土地与革命为贯穿主题、躁动而飞扬的20世纪。

"我们判断一个人不能以他对自己的看法为依据，同样，我们判断这样一个变革时代也不能以它的意识为根据；相反，这个意识必须从物质生活的矛盾中，从社会生产力和生产关系之间的现存冲突中去解释。"② 对于发生在20世纪中国乡村大地上的所有那些革命（包括战争以及各种各样的运动、斗争），除了少量经典（像《白毛女》《黄河大合唱》《暴风骤雨》等外，大量"红色经典"出现在新中国成立之后），同时代大多数人们都是不太能够（准确说是不太注重）揭示物质生活矛盾和现存冲突的，其结果要么被新的历史淹没和遮蔽，要么被后来记忆颠覆和反证。以所谓"知青题材小说"为例。我们似乎较难从《征途》《雁鸣湖畔》《胶林儿女》乃至《分水岭集体户日记选》等同时代即时性纪事中去识得庐山真面目、去寻求对知青历史的合理解释，反倒可以通过《蹉跎岁月》《年轮》《孽债》或者《血色黄昏》《黄金时代》等后来的知青记忆来触摸那个时代的灵魂。其原因就在于，前者对上山下乡事实的评价所依据的往往是那个时代的意识和他们"自己的看法"，这些意识或看法通常不是来自生活矛盾与现存冲突，故其"价值"也仅在于彼时代意识的图解和无效的"佐证"；相反，后者关注的重点则恰好是记忆中各式各样的矛盾冲突，所依据的是由这些矛盾冲突蒸馏、凝结的道德应然或价值应该。

看来，历史是需要"反刍"的，其本质就是再写。《百年不孤》的革命书写或家国记忆就正是通过各种生活矛盾及生产力和生产关系之间现存冲突来反刍历史、表达选择的，这也正是它相比而言显得特出的地方。自

---

① 少鸿：《百年不孤》，第47页。
② 马克思：《〈政治经济学批判〉序言》。

"伤痕""反思"以来,有关新中国成立后甚至成立前革命历史的"文学记忆主要集中于精英阶层'被革命'的经验,尤其是民国时期官僚、乡绅、资本家及上层知识分子等旧精英的不幸遭际。这一群体是革命前中国国家权力与社会资源的掌控者,也是革命后被损害甚至被毁灭的对象"①。这里面存在一个简单的逻辑预设:革命是灾难;则我和革命之间,革命是施难者,我是受难者。就好比农民革命运动,在革命看来是正义运动,在我看来是痞子运动;于革命而言是"好得很",于我而言则"糟得很"。很明显,这样的预设前提十分可疑、很有些靠不住。

双龙镇的人们却没有这么简单。

在这里,革命命题为真。巴尔扎克说过:"穷人多到一个相当数目,富人屈指可数,革命就不远了。"② 失踪多年又出现在镇上参与土改工作的廖光忠也曾神秘地"拍拍岑国仁的肩"说了句颇有意味的话:"谁不想发家致富呢?"对于农民革命,甚至包括"知识青年到农村去"接受教育那样的理念本身,人们从来就未曾质疑其合理性、必要性,至于"联合起来""组织起来"的种种努力,则更关乎人类社会的未来发展。也许,"励奋公"的经验与心境更能说明问题。可以说,这是一位动荡年代颇具家国情怀的乡村智者。他可能早就看清了,物质财富可得而人格尊贵难求,"富"与"贵"是很难"得兼"的一个永远的悖论(又比如,想发财就不要当官的伦理要求)。他不像一般地主那样斤斤计较而又睚眦必报,总显得那样沉着雍容,豁然淡定。岑国仁要求资助卧龙岭游击队、提出创办育婴会,对此他一律不加阻拦;岑国仁外出做生意,赔了还是赚了,他也一律不加过问。慈善募捐、"减租退押""征爱国粮"、让出祖宅、上台接受批斗,面对这些别人看来几乎要命的艰难抉择,励奋公都是那样的坦然、平静。他以这样的睿智和诚意表达了对新的时代和革命的认同、接纳,他甚至早就"指着桌上的那堆金圆券"预言:"就凭这个,国民党政府也该垮台了!"在励奋公那里,"物质生活的矛盾"不是矛盾,真正的"现存冲突"是自身德行与尊严在新时代条件下能否继续被接受、被认可的危机。挨批斗的时候,他自信不会像其他地主那样挨打,然而偏偏就挨了一竹扫帚,这一打也就打下了一块心病:"我究竟哪里做错了

---

① 张均:《中国当代文学中的记忆伦理》,《文学与文化》2015年第1期。
② [法]巴尔扎克:《关于劳动的信》,《西方文论选》(下卷),伍蠡甫主编,上海译文出版社1979年版。

呢?"很长时间,他一直在四下求证,始终不能释怀。有一天午间去青龙桥凉亭"歇伏",有位后生满怀歉意地承认是他"不小心"误扫了励畲公一扫把。仿佛得救一般,励畲公这才"欣然一笑",在快乐自足中倒向躺椅、长睡而去——"瞧,这个人",这位乡村智者,终于走进自己毕生追求的幸福和完善。

在双龙镇,生产关系的真正"主人"是那种建立在传统耕读基础之上的道德维系,革命,常常只是某种外来客居,想要获得"主人"属性,就需径由审读、校验而后才有可能得到重新确认。所以,民间或大众消化力、文化母题包容力的存在,使施害者、受害者角色属性被弱化而变得模糊,那些荡涤"一切污泥浊水"的行动也仅仅只成为"被压迫者和被剥削者的盛大节日"① 而已。这也就使我们理解了,为什么清醒、正直的共产党人杨华毓(杨霖)对双龙镇这块土地会那样地情有独钟;为什么外表透射出痞气和严厉的基层干部王元信、廖光忠们对励畲公、国仁公那样的地主分子会心存敬畏、心气相求;为什么面对红卫兵小将破四旧的捣毁行动,普通人群只会大度地将其视为孩子般的淘气、却并不影响自身依然要保持对檀木雕刻的谷王神农氏与财神赵公元帅近于顽固的记忆⋯⋯在这样的意义上,双龙镇多数人都不是真正的受害者,岑佩琪也不是,甚至连悲剧都谈不上——他那样的魔怔与迷失恰恰暴露出对革命、对故土咎由自取的偏离和反动。真正的受害者,也许就只有二弟岑国义,以及双龙镇的那位女婿宋学礼了。

3. 家园记忆

世纪将去、暮年已至的岑国仁曾经感慨:"镇里的年轻人不是到城里打工去了,就是天南海北地做生意去了。即使是赶场的日子,街上也不如以往热闹。"这一感慨不免要唤起人们对于世纪家园的共同记忆。尤其在这样一个物化与泛商主义时代,由生存的惶惑、漂泊及生命的无奈、感伤激发了"魂归何处"的现代拷问,生成了"回家"的集体诉求。正如莫言体验的那样,"对于生你养你、埋葬着你祖先灵骨的那片土地,你可以爱它,也可以恨它,但你无法摆脱它。"② 土地、故乡,这是一种命定、一种"原型"式存在,是脱不开的精神纠缠,是抹不掉的潜藏记忆,失

---

① [苏] 列宁:《社会民主党在民主革命中的两种策略》,北京师范大学中文系文艺理论教研室编《文学理论学习参考资料》(上),春风文艺出版社 1981 年版,第 47 页。

② 莫言:《我的故乡和童年》。

去这样的记忆,人就将饱尝失去归宿的无根之苦,就将经历孤独无依的精神流浪。

这样的家园,是包含了自然山水和家乡亲人的确定的故土、故园。卧龙岭"冬天积雪的岭脊""秋天枫叶染红的山林"令人神往,"那些绵延起伏的山梁和纵横交错的沟壑总是呈现出深浅不一的灰蓝,深邃而神秘,每当雨后,就有白纱似的雾岚袅袅升起";镇口双龙河边的水车"像个老朋友似的"站在那里,迎送着回家、离家的人们,滋润着镇上的每个日子;回到家中的岑国仁在灶前蹲下帮助母亲烧火,"灶膛里的火焰映红了他的脸,他的胸中有一盆温水在荡漾"……这些自农耕文明以来最基本的田园事实表明,我们各自的故乡是有专属性的,那里有日出东方、地经四时,有父亲读经的声音、妹妹扫地的声音以及母亲忙碌的身影,不可替代,不可复制,也不可再造。一种被名为"倒置的民族志"[①]行为暴露了:某些田野调查为了得到"原始",竟不惜对土著研究对象施以先验的影响,使这种影响变成那些土著"真"的身份认同。这也使我们联想到,当前铺天盖地的那些"农家乐""农庄行""生态游"之类行为,除了物的消耗与满足外,并未剩下多少家园意味。这样一种无根系、无沉淀的模拟和仿造,除了收集一点陌生的热闹、表达一种群体的孤独之外,并无多少积极的建设意义,因而,它只能是一种近乎徒劳的伪家园形态。

这样的家园,也是连接着某种乡土历史、上演着乡村人事活剧的有区域个性的故土、故园。开秧门、办婚礼、做大寿、划龙舟、赶山、冲喜、伐木、撑排、出殡、喊魂、祭祀、打会,还有无处不在的那些讲究与禁忌,颇具风情与狂欢特质的山村风俗习惯充斥着双龙镇几乎所有的日子,帮着人们抖落沉重、看轻苦难。同时,这类习俗也使那些稍显静态、松散的日子具备了一定的仪式感、节奏感,有的时候甚至抵达某种宗教的神秘、神圣。岑国仁为已经过世的母亲"叫饭"——"摆好碗筷和酒盅,喃喃念道:娘,今天是庆祝抗战胜利的好日子,跟我们一起喝一盅吧。说完,他就盯着酒盅,酒盅里的酒隐隐约约浅了下去。母亲果然来了",以后,每当他给已故亲人的亡灵"叫饭"时似乎都能出现这样的神奇。人们宁可相信它是真的,因为,那酒盅里挥发着肃穆的祈愿、氤氲着虔敬的

---

① [英]乔治·E. 马尔库斯、米开尔·M. J. 费彻尔(George Marcus, Michael Fischer):《作为文化批评的人类学——一个人文学科的实验时代》,王铭铭、蓝达居译,生活·读书·新知三联书店1998年版,第61页。

思念。

这样的家园,更是凝聚着某种乡村精神、体现着某种民间情怀的故土、故园。由吾之公亲手创立的那座义仓早已超越救助急难的物质功能,升华为善德与荣耀的象征;卧龙岭游击队栖身过的那处无名洞穴,也已成为革命历史见证和后世景仰;游击队的借款凭证、募捐购买的"浮山号"战斗机、匪首马老大寄存在岑家的那口皮箱,这些也分明已经是笃诚和信义的代名词;甚至林小梅给邻家送去一钵"泥鳅钻豆腐"、黄唯臻面对回家的三弟竟有些慌乱地拍打着自己的衣襟,这样一类细节也无非是传统礼俗文化之光的现实映射……

三 少鸿小说的意义阈

一般来讲,阈的所指是某种精神维度,或即文学思想意义的深度、广度和高度。意义深、广度是根系,是大地的厚重,是历史纵深,是绵延的"人生之心境情调"[1];意义高度则是花朵,是智性的芬芳和未来召唤,是海德格尔特指的那种缄默的本真能在。

对于写作经验,少鸿一直是审慎甚至回避对待的,这一"缄默"态度使他很少"慷慨地捐献'创作谈'"[2]之类文字,只有一个例外,那就是有关文本意义或"意味"的阐述。在他看来,作家的最大收获和价值实现"不在于他写了多少作品……而在于他建立了自己的一块精神领地,他可以邀请人们来这块领地上做客,领略心灵世界的旖旎风光,让人们认识他,也认识人们自己"[3]。据此,少鸿进一步认为,"所谓小说创作,简而言之,就是叙述有意味的故事"[4]。"我要考虑赋予故事某种意味,让意味弥漫其间,让它从文本中氤氲起来,散发出来,进而感染读者。没有意味的故事难以成为小说,更难以成为好小说。"[5] 在这种观念支配下,少鸿创作力图超越经验,直面灵魂,自觉追问和探寻人的存在,就实际情形而言,世纪之交以来接连出版的《溺水的鱼》《花枝乱颤》

---

[1] [德]吕迪格尔·萨弗兰斯基:《海德格尔传》,靳希平译,商务印书馆1999年版,第7页。
[2] 少鸿:《水中的母爱——少鸿散文选》,远方出版社2002年版,第140页。
[3] 同上书,第135页。
[4] 同上书,第153页。
[5] 吴了然:《与少鸿谈〈抱月行〉》,《江南》(长篇小说月报)2008年第5期。

《抱月行》《大地芬芳》等长篇小说也的确呈现着一个个具备丰富可能性的寓言状态，由此构筑起属于他自己的精神领地和意义世界。

1. 那个孤独的人

从几个主要形象看，尤奇、袁真、覃玉成、水上飙、陈秀英乃至陶秉坤等人物明显就是克尔凯郭尔所说的"那个孤独者"。

那个孤独者的本质实即主观思想者，是立足个体此在而又连接和通往"上帝"或所谓终极存在的一种精神自我。有"意味"的是，孤独的个体常常要面对一些悖论式的生命尴尬，正如柏拉图《泰阿泰德篇》记载的那位泰勒士先生一样，一心仰观天象，不慎跌入井中，结果被侍女嘲笑：你急于了解高天之上，却忘了脚边身旁一切！无独有偶。上世纪末人文精神大讨论中，"躲避崇高"的那一群与"拒绝妥协"那一派几度交锋，煞是热闹，最终仍只落得个"废墟嘲笑废墟"① 而草草收场，回头看看，躲避者不见得就那么恶俗不堪，而拒绝者也未必就那么冰清玉洁。其实，按照海德格尔的解释，此在之外还有一个共在，它们是蜗牛在壳中式的一个整体，而那孤独者同时也必然地和"常人"世界有着千丝万缕的联系，"此在首先是常人而且通常一直是常人"② 。唯其如此，他才能在人生"被抛"历程中不断消解那些悖论式尴尬并从而获得一种诗意栖居品格。所以，躲避也好，拒绝也罢，问题症结就在于忽略了整体可能而把一个方面推向极端。

尤奇、袁真（或者还有那个秦小谨）都是被抛和栖身"官场"的孤独者。应该加以区分的是，这个官场并不完全等同于一般所是的那个官场，其意义指向已经被充分虚拟化、能指化。对此，少鸿曾明确表示："我也不太认可官场小说这一说法，我写的是官场人小说。文学关注的是特定环境中的人，官场不官场，只是人物所处环境而已。"③ 这类区分、界定本来是必要的、有价值的，值得商谈的是，"官场人"这一颇具歧义的说法仍然只是意识到了人的存在的主导事实，相对弱化了此在与共在作为一种结构整体的本体论意义。换言之，人（尤奇、袁真）与环境（官场、周围世界）是鱼水一样密不可分的结构整体，他们之间是一种相互

---

① 愚士选编：《以笔为旗——世纪末文化批判》，湖南文艺出版社1997年版，第8页。

② ［德］马丁·海德格尔：《存在与时间》，陈嘉映、王庆节合译，三联书店2006年版，第150页。

③ 吴了然：《与少鸿谈〈抱月行〉》。

影响、相互作用、相互补充、相互依存的关系（尽管往往是那种悬浮、冲突的联系）。强调这一常识绝非意指少鸿企图拔着自己头发脱离地球，相反，一般所是的"那个"官场环境恰恰是需要加以弱化的，如此才凸显出"这个"官场环境的在场及人的"在其中"意义。那么，"这个"官场又是什么呢？米兰·昆德拉认为，"答案首先要求人对世界是什么有一种想法。对它有一个本体论的设想。在卡夫卡眼里的世界：官僚化的世界。办公室不是作为许多社会现象中的一个，而是世界的本质"[①]。"……和约瑟夫·K在法庭或土地测量员K面对城堡的处境一样。他们都处在一个世界中，这个世界不过是一个巨大的迷宫似的机关，他们逃不出那里，永远不明白它。在卡夫卡之前，小说家经常把机关揭露成个人与社会利益冲突的竞技场。在卡夫卡那里，机关是一个服从它自己的法则的机械装置，那些法则不知是由什么人什么时候制定，它们与人的利益毫无关系，因而让人无法理解。"[②] 可见，"这个"官场不是那种"个人与社会利益冲突的竞技场"，其"在场"意义十分重要，不仅不能弱化，相反应成为一种理性自觉，因为它就是世界，所涵盖、呈露的是人的利益（冲突）和世界的本质。

办公室是机关或"这个"官场的细胞。这个所在，如此纤小如此庞杂，如此空洞如此真切，仿佛牵系着世间万有和一切可能，又仿佛通往一个巨大的虚妄、虚无。这就是那个汇聚了诸多世故、摇曳着万般风情的"常人"，是那个"鲁四老爷"和弥漫在鲁镇上空及每个角落潮冷的空气……这个所在，好像什么都不缺，唯独缺少人——那种被海德格尔习惯称作的"本己的自己"；这个所在，所有祥林嫂们都将无可饶恕，所有"本真的自己存在"都将无处遁形。难怪不幸栖身于此的两位可怜的孤独者——尤奇、袁真刚一出场就都上演着（精神）逃离的悲剧。袁真是那种纯得让人心痛、美得无可挑剔的知识女性。她的逃离方式很沉静：上办公楼楼顶去"透口气"。这一再自然不过的举动居然引起一场轩然大波："常人"们骇然以为她要跳楼了；秘书长吴大德匆忙前往"现场"信誓旦旦做劝说工作；几乎所有人都坚信袁真这下子"仕途"无望了；丈夫方为雄颇觉殃及池鱼、沮丧至极；表妹吴晓露甚至凭借色相代为寻求解

[①] [捷] 米兰·昆德拉：《小说的艺术》，孟湄译，三联书店1992年版，第45页。
[②] 同上书，第98页。

释……被荒诞"包裹"的袁真好笑之余,也体验着一种彻骨的凄怆!这一场景不由使我们联想到约瑟夫·斯克沃雷奇讲述的一个真实的故事:一位捷克籍工程师前往伦敦参加学术研讨,回来就发现自己成了官方报纸所披露的那样的叛国者。上帝!他再也无法安宁地生活了——监视、窃听、跟踪、悸然、噩梦终于使他真的移民到了国外。① 这一情形,西方人称为卡夫卡现象,中国人叫做众口铄金。由此可见,庸常的力量对一切纯粹而言只是一种恶心、一种孤独和悲哀。再看看"那个孤独者"尤奇。他的逃离方式则更具某种形而上的苍凉意味,一出场就发出一声亘古旷世的"天问":"什么是我该待的地方?"这一追问立即暴露出他全部的生命尴尬:贫寒的出身,卑贱的职位,微薄的薪水,虚伪的上司,"庸常"的妻子,沉重的义务……不,这些都不算什么,常态的日子并不可怕,"畏惧"常态并不解决问题。这条"溺水的鱼"、这个年轻男人的全部委屈就在于:何处安置灵魂。实际上,他是非常清楚"自己"的真正需要的——睿智的思想的阳光、理想与信念的空气、真诚的情感的水,也许,这才是他该待的地方。

如果说知识者的精神孤独主要表现为这种极致对立、对抗的话,民间孤独形态是否更具一些融合、调和性质?或者说,民间孤独更基于某种情感的、道德的、诗性的选择?

把覃玉成跟水上飙放在一起对比考察是很有意味的(尽管不是同一作品中的人物)。他们绝对是两种不同类型的日常存在,而在"本真的自己存在"意义上却又表征着高度的同一:逸出常态,回归孤独。覃玉成患有(后天)心因性性功能障碍,惧怕女人裸体,"不喜欢"女人,新婚之夜便逃离洞房去追逐一把月琴,这一去就是他的一辈子。常态来看,他的确就是个不可理喻、只知迷琴的"玩货",过日子几乎一窍不通。然而,也正是这种无经验成就了宝贵的执着和本真,使他以一种懵懂的轻盈、精神的健全扛起了生活的艰难与沉重,使南门小雅这样的好女人心甘如饴地坚守、相伴一生。与覃玉成不同,水上飙体格壮实,生命力健旺:喜欢和追求乡村女子黄幺姑,却又终生未娶;孤身一人,却又背负种种牵挂;无根无业,却能四海为家;性情桀骜,却能虔诚追随革命。相对而言,水上飙更具常态色彩,但常人却很难有他那样的快意恩仇、率性自由

---

① [捷] 米兰·昆德拉:《小说的艺术》,孟湄译,三联书店1992年版,第96页。

境界，因而，他又只是一个传奇、一种渴望，同覃玉成一样，本质上是诗意的、孤独的。

至此，需要强调的是，孤独现象涵盖和建树的是清晰而坚定的生命高度和精神气度，其本质并不指向迷惘、无助之类负面意义——上述人物已经证明了这一点。

2. 大地芬芳

秘书长吴大德这样指责袁真："（跑到楼顶）你不怕死吗？"袁真颇感好笑，心里嘀咕道：活都不怕我还怕死？这话说得好，倒过来说就更好、更具一种向死而生的勇气。"创世纪"有言：你是从土而出的。你来自泥土，仍要归于泥土。佛家也说，生本不乐。诚然，生命维艰，死是最广泛的事实，是命定和无奈的终极，是每一此在与生俱来的不可逾越的可能性或"与众不同的悬临"（海德格尔语）。但是，生的意义向来就是在超越死亡阈限的途程中得到显现的。"向死存在的意思并不是指'实现'死亡，那么向死存在也就不能是指：停留在终结的可能性中。"[①] 这就像鲁迅先生笔下的那位匆匆过客一样，明知前面是坟，仍要奋然前行，更何况"那里有许多许多的野百合，野蔷薇"，死亡所见证、所激励的恰恰是九死未悔的坚韧和向死而在的新生。

和他心爱的人物陶秉坤一样，少鸿从来没有忘记自己脚下的土地，是一位真正在大地上行走的人。能这样行走的人，眼里便只有世事如潮、人间沧桑，胸中吐纳的只是对生命途程的感怀、悲悯和关切，体内缭绕的便是智性的芬芳。

20世纪是少鸿小说最主要的"曾在"，资江北岸的石蛙溪、沅水之阳的莲城是确定的大地，涌流、绵延、蒸腾于大地之上的所有那些忧烦、期待、操劳、撞击、挣扎、恶心、惊叹、好奇、愉悦、狂欢等极具民间特质的"人生之心境情调"随即氤氲、散发为"芬芳"的意义世界，这一世界才最终"赋予"大地以新的姿态和品质。所以说，"作品使大地成为大地"[②]。石蛙溪这一大地形态的意义在于，它是南中国百年乡村的象征，"在其中"的陶秉坤是那些岁月的见证人，土地和人成为贯穿世纪的生命主题。活了102岁的陶秉坤为土地而生，为土地而死，有着近乎顽固的土

---

① ［德］马丁·海德格尔：《存在与时间》，第300页。
② ［德］马丁·海德格尔：《人，诗意地安居——海德格尔语要》，郜元宝译，上海远东出版社2004年版，第101页。

地意识,这一意识就像那七星岩的星光,"悬临"、照亮他"方圆五十里,上下百余年"人生。地之吐生万物。的确,土地是血脉,是延续,是踏实,是安慰,是生生不息的生命之流。整个20世纪就是土地问题的世纪:土地契约;土地争夺;打土豪、分田地;土地革命;土地战争;土改;土地公有;土地承包;土地开发……土地问题撼动世纪风潮,摇荡万家忧乐。从一位百岁老人的视角诉说百年情态,虽不是什么新奇创造,却仍然是十分必要和非常务实的,这种民间态度或民间视角所特具的方法论意义,使人们获得了关于百年乡村"曾在"清晰、完整、真实的印象。在陶秉坤意识深处,土地才是安身立命的根本,其他都不过是浮云,是无价值、无意义的。他的一生表明,对土地的眷爱是生命的最后理由。四时流转,泥土芳香,薯藤乱爬,草茎甘洌,甚至牛背上丁丁草鸟的啼嗪、瘦腿鹭鸶的闲适,一切都有着"说不出的熨帖和惬意"。缘于这种自然之爱或赤子之爱,才有了与土地问题密切关联的企望、忧思、受难和争斗,即便对待乡土地上的那一系列"革命",价值评判与取舍的依据仍然是土地。土地意识赋予这一价值效准以更为本真的属性,合乎这一效准,"革命"便获得一种乡村合理性,否则就只是灾难。较之石蛙溪,莲城这一大地形态更多废墟性质和精神荒原意义。这是一个无根的所在。"被抛"的人群酷似"溺水的鱼",跌跌撞撞,争先恐后,真可谓"花枝乱颤",呈现着冷冰冰的闹哄哄:机关小人物尤奇满眼是"灯红酒绿""高谈阔论"之类"俗流";市委办公室科员袁真承受着肉体和精神的双重"强奸";保卫科长徐向阳求证了冠冕堂皇的下流;民间艺人南门秋、覃玉成面对折磨和荒诞弹奏善良、诉说纯粹……看来,这真是一个已然迷途、值得怜悯、亟须救赎的所在,需要培植,需要建树,甚至需要陶秉坤那样的开垦、耕作,而这一类关切和努力所面对、表达的已经是一种"将在"。

人们确实很容易形成这样的印象:少鸿的小说世界似乎没有什么十恶不赦,哪怕是吴清斋那样的地主,龙老大、二道疤那样的匪首。仅仅"停留在"这一意义层面将是滑稽可笑的,因为这种线形单一的好坏评判正是消解意义、否认冲突、模糊善恶、削弱对抗的真正手段。"冲突是为他的存在的原始意义。"[①] 行走在大地的少鸿从来不会如此轻松随意地忘却使命、有意忽略世界的艰难"处境"与"恶心"现象,比如,社会学

[①] [法]让-保尔·萨特:《存在与虚无》,陈宣良等译,三联书店1987年版,第470页。

者一般所指的那个"游民无产者"或"流氓无产者"现象就一直是一个巨大的存在。"石蛙溪－莲城"处境中同样存在一个堪称庞大的"流氓无产者"群。举凡：伪道的木瓜寨族长、下作的地主吴清斋、褊狭的伯父陶立德、轻狂的堂兄陶秉乾、刻薄的烟鬼陶秉贵、偏执的支书陶玉财、滑头的议长蔡如廉、可恶的败类周布尔、混账的长工铜锁、鄙俗的社员岩巴、无聊的小人李世杰、贪婪的县办主任老梁、腐臭的秘书长吴大德……他们，居然如此声势浩大，如此甚嚣尘上，如此"正大光明"，如此十恶不赦！追踪"师门"，阿Q或那些帮会头子大抵应算是"师傅"，而这后起人众相比"前辈"更是"青出于蓝"、过犹不及。阿Q"师傅"也许顶多有些油滑，某种意义上还显出小小可爱，这却是一群穷凶极恶、十足流氓的无产者；阿Q"师傅"倒真因无产而"流氓"，"徒儿"们却是因流氓而无产——彻底的精神扭曲，灵魂肮脏，人格残疾，品质孱弱。因此，这里的"冲突"意义即在于，同枪毙几个"坏人"相比，救治这样的恶心才是更为棘手的事情。

3. 缄默的本真能在

先知穆罕默德曾诙谐说，既然山不来就我，我便去就山罢。作品无处不在的意味便是这样的"山"。任何有成就的作品都只是一种所谓召唤结构、"都包含一个未完成的部分"①，这就需要读者亲往"山中"，亲身领会和聆听那"缄默的本真能在"，以期（"部分"地）完成"未完成"。

话语及其形式是小说质料与意味的基本承载。极端主义更进一步认为，形式即内容，话语即意味或本质，譬如盐之于菜，盐的形态消解了，质料与意味却在菜中，能看见的只是菜这一形式。"唯有所领会者能聆听。"② 稍加"聆听"就会发现，少鸿创作是很在乎怎么说、很用心经营语言的，而其目的，自然还是为了指向某种蕴含、某种意味，并非全为一份光鲜。"（陶秉坤）放下柴刀，脱下上衣，绾起裤腿，又将长辫在头顶盘紧扎牢，然后往手心里啐一口，操起了锄头……锄尖深深地锲进土里……"一串动词很是精致、很见功夫，那锄头便挥舞了蓬勃着的年轻与燃烧着的热望。这是一类。"用乡下话说"又是一类，这类表达往往更见精神、更显本色。还有一类，就是通过具体语句或细节、段落来"散发"

---

① 〔捷〕米兰·昆德拉：《小说的艺术》，第63页。
② 〔德〕马丁·海德格尔：《存在与时间》，第192页。

某种意味,借用海德格尔的说法,即通过"此在的展开状态"与"话语的分环勾连"(含义整体)而预示、期待一种聆听的可能。"(等人)等得腿杆上长出了菌子","有酒有肉,十几条喉咙响得快活","他(水上飙)发现岁月都充实到女儿身子里来了","陈梦园瞻望前程,但见群山重叠,绿水迂回,苍茫山水间一只雪白的江鸥孤独地滑翔,消失在空蒙的远方","(陶秉坤)能感觉蒸发的水气火焰一样在身下摇曳","龙老大说完,瘸着腿转身,钻到另一个山洞里去了","这一声叹息是陶秉坤妥协的先兆","天空阴沉沉的,似乎也蒙上了往事的色彩","之后,(于亚男、黄慈予)两人都不吱声了,她们用身体温暖着对方。窗外的风平息下来,在这个寂静寒冷的雪夜,她们感到被一种广阔无边的温馨所包容了","陶秉坤生命中的最后一天并无特别之处,秋风飒然,茅花飞白,阳光明净,牛铃悠扬,一派亘古相承的安详与宁谧"……孤立地看,这类表述也许并非什么惊人语,但置于具体语境、联系一生行止或整个此在,就发现它们都呈露一种"展开"着的"勾连"状态,"散发"一种撞击灵魂、摇撼心魄的"本真能在"。

　　语词及结构形态也承载着能在或者意味。语词所覆盖的意义阈和蕴含的能在,已经令小说家们着迷,以至于形成了一种"词典小说"现象。昆德拉就是用那些"不解之词"来表述人的存在状态与生命意义的,例如,弗兰茨说"萨比娜,您是个女人","女人"就是很"有趣"的一个词,因为它至少"代表着一种价值"——"并非所有的女人都称得上是女人"。少鸿也很讲究用词,讲究到常常使我们仿佛看到摆在他案头的那本厚厚的词典(尽管有的时候我们并不太愿意看他刻意地依赖那本词典)。"大地"之类具有母题意义的词汇自不必说,单是从泥土中"长"出来的那些词就尽够回味的了,像"挖他一眼""蚂蟥"一样叮在心里的念头等等,都是一种"未完成",留下了一定的解读空间。"妄混"是个方言词,如果用在陶玉林身上是再合适不过的了,因为那就是他的"途程"、他的一生。无论如何也不能把陶玉林归入"流氓无产者"一类,他的歪理、荒唐、冲动、仗义等等生命轨迹只能用"妄混"来解释。"水上飙"这个名字本身已经传递了一种本然意义,而对陈秀英(于亚男)却始终没有给出一个恰当的语词。当然,这是个近乎故意的"未完成"。陈秀英是一位令人感佩、令人尊敬的女性:美丽、知性、执着、旷达,怀抱大爱一生未嫁,历尽坎坷担当道义,矢志革命无怨无悔。这样的女性已达圣洁，语词形式已无关紧要，也许在昆德拉"七十一个词"中可以找到一些切近的词：激情、背叛与忠诚。激情是生命燃烧，背叛是走向新生，而忠诚，则注定只是一种诗意的悲壮。从上述这类"聆听"中应该可以看出语词所具有的某些结构功能，还可以通过袁真的此在状态更明确地证实这种结构意义。袁真也是那种美丽、才华、纯粹、独立的女性，但给人总的印象是干净。干净一旦孤独地面对周围的龌龊，生命便翻滚着无可回避的悲怆气息。"跳楼"风波的当晚，丈夫便一面发着牢骚，另一面晃荡着"暄软的肚腩"和庸常的嘴脸"蛮横地""冲撞"了她。受伤的袁真痛苦地呜咽："我被你强奸了！""强奸"这一语词立刻成为整部小说的基本连接点：从家内到家外，从生活到工作，从肉体到灵魂，无处不游荡着这种"强奸"感。

如果"能在"是指由此在而"展开"的丰富可能，那么，缄默与本真就成为这些可能的必要的属性。海德格尔一再强调，真正的缄默只能存在于真实的话语中，不是哑巴，也不是故意不说，更不是随意乱说。这也就揭示出，作品一经形成便是缄默，同时，这一缄默也在静候另外一种缄默——聆听。本真，就是那些"真实的话语"，是此在"本身的真正而丰富的展开状态"，正所谓真理是朴素坦荡的、无遮蔽的。无疑，少鸿本人与他的小说都是很本真地缄默着的，有时甚至到了"忘言""无语"的地步，比如说，他从不直接评价自己的人物，也好像没有给小说章节安一个什么标题的兴趣、习惯，总是充分信任人们的聆听力，尽可能充分地腾出空间，增强挑战性。这样的特性显得很有魅力，也显得很有境界——正如米兰·昆德拉所期望的那样，小说家真正地消失在了自己的作品之后。

四　寻找生命和谐——评《溺水的鱼》

正如亚里士多德曾"玩笑"过的那样，人群中确实呈现着截然不同的两种生命态度或生存境界：有的人活着是为了吃饭，有的人吃饭是为了活着！无疑，少鸿是属于那种守望尊严，以坚执的文化信念与对人生的和谐渴望为生存养料的人群中的一个，正因为这样，他才能在一片冷冰冰的哄闹中清晰地表达一份旷达坚定，在体验着痛苦与悲剧的同时顽强地"绵延"、涌动着一股生命之流或生命冲动（vital impetus）。读他的长篇新作《溺水的鱼》，在他心爱的人物"尤奇"身上，我们再一次领略、感受到了这种生命的本色与执着的精神气质。

1. 躁动——尴尬境遇与无奈人生中的突围、逃离

茫茫人海，芸芸众生，"什么是我该待的地方？"这就是《溺水的鱼》试图回答的问题——一个具有终极意义的话题，也是古往今来多少睿智的思想者力图说清而又难以说清的千古难题！我们并不期待一部20多万字的小说就能完成对这样的生命难题的终极思考，事实上，作品也只是通过尤奇这一人物形象客观地展示了一种生命状态，体现了对于理想、信念、尊严、意志、品格等等一类价值范畴的固守与凝望，表达了对生命和谐的渴求和关于心灵归宿的诗化判断。它没有、也不可能实现什么"慈航普渡"，甚至也很难说就能借以劝谕时代、拯救灵魂，但那种直面现实的勇气和指点人生的努力仍然是富于积极意义的。尤奇是明显属于今天时代的"这一个"：出身贫寒、身份低微而又情感丰富、孤独自尊，凭借寒窗苦读走出泥土社会，大学毕业后谋得一份差事，然后娶妻生子，靠微薄的薪水解决"吃饭"问题，靠爱好与追求来充实精神世界，生活上不求奢华，但求充实，不求显赫，但求平安。应该说，这也算是较经典的、不错的生存模式了。尤奇本来打算要虔诚皈依这一模式的。因为就他个人而言，抵御物欲、享受清贫已经不是问题，经受诱惑、看轻虚荣也不是问题，长期的底层经验早已为他预备了足够的承载能力和坚定自制的意志力，所以，作为政府机关一名普通工作人员，他能够做到安心本职，心无杂念地为科长、为办公室"扫地抹桌"，为局长起草报告甚至代写论文；他可以将别人说说而已的"青草理论"付诸生活实践，不去理会身边同事一个个晋升处长、科长而自己依然是个小办事员的事实，心中只装着他的文学创作；他愿意为兑现让母亲抱上孙子的承诺而包揽家务、取悦妻子……不能说尤奇受了多么大的委屈，他所付出的这些也不过呈现出生活常态，如果一切相安无事，他的"饭"就会"吃"得很好，那也不啻为一位十分幸福的"成功人士"了！然而，尤奇没有这么幸运，生存理想与现实境遇的冲突一直挟裹着他，使他从一开始就不得不面对种种尴尬、困扰。处于这样一个心灵钝化、缺乏诗意的时代，想要保持一份纯粹已变得异常艰难，偶尔的生命感动也便显得弥足珍贵。一路挣扎、满腹疑问的尤奇好像已经很难做到心平气和，悄悄滋长的对抗情绪变得日渐明确，且在拒绝欲望、寻找和谐的途程中常常被赋予一定的物化形式，进而最终将其定型为某种理性的对抗形式——逃离，用逃离来表达对抗。面对妻子谭琴赤裸裸的权力崇拜及对他毫不掩饰的轻慢态度，尤奇感到了前所未有的无趣和痛

苦，于是，他选择了逃离，母亲想抱孙子的愿望也便一次次落空；面对庸俗、势利的机关和"假惺惺"的上司，尤奇只感到极度的厌倦与"恶心"，为了自己的尊严，他选择了逃离，"对科长的桌子就抹得不那么精心了，手在一个来回之间故意留下了一道空隙，灰尘历历在目。"即便对自己钟情的文学写作，他也"非常清楚，文学是无法让他安身立命的，它仅仅能给他一点精神安慰而已"，因此不免常常产生怀疑："那么，他要什么呢？他这一生，能够做什么呢？"他究竟应该"待"在哪里呢？几经考虑，尤奇还是选择了逃离。他坚信，尽管满眼是令人眩惑的"灯红酒绿"，满耳是烦闷乏味的"高谈阔论"，"但是那些真正睿智的思想，那些淳朴真挚的情感，一定在这俗流之外，像青草般不为人知地生长着。"

2. "悬浮"——漂泊心境与物化世界中的游弋、撞击

毋庸讳言，尤奇是个"小人物"，物质地看，无论他逃到哪里，都摆脱不了作为一名小人物的悲剧命运。小人物尤奇显然就是那条"溺水的鱼"。是鱼则善游，所谓"如鱼得水"，当属常理；鱼而居然溺水，就有悖常理了。《管子·水地篇》尝谓："水者，地之血气，如筋脉之通流者也。故曰：水，具材也。"西哲亦谓，水乃宇宙之本原，万物因之而得滋生。至于鱼，作为地球上最古老、最简单、最朴素、最顽强不过的生命形态，更是以水为居室和家园的，焉得"溺水"呢？到底是谁使事情变得这样？这倒是值得深思的问题。究其原因，要么是"水"有问题，要么是"鱼"有问题，要么就是"水"和"鱼"都有问题。也许尤奇的逃离是个错误，或者，选择漂流异地这一物化形式的逃离是一个致命的错误。这是一个欲望过盛、失却诗意的物化与泛商主义时代，在这样一个市声喧腾、人欲汹涌的年代，想象与创造的热情让位于直接的工具理性，攫取与破坏的习性引发了广泛的社会危机，浪潮后的泡沫在一点点啃噬着最后的精神底线，貌似理性的人们制造着和制造了最大的非理性。在这样的背景下，尤奇的缺陷就很明显了——不能"如鱼得水"，也就只好呛水！他的问题在于不光是缺乏下海的必要的物质准备，也缺乏必要的精神准备；不光是不能做到如鱼得水，还处处显得"水土不服"，缺乏起码的融合会通能力。面对他的大学同学、同是下海中人的刘媚所表现出的能干，特别是在为那种"赚钱的'广告文学'"拉赞助费时的精明和坦然，他唯有诧异和自叹弗如；对于随沉渣一同泛起、靠行骗而暴富的金鑫或金鑫们，他只能是表示极端的憎恶而已；对好不容易通过妻妹的关系找好的富丽集团

内刊《富丽大观》编辑工作，也因为逞一时之快而辞掉了。小人物尤奇再次陷入深深的孤独和悲哀，巨大的悬空感、虚幻感阵阵袭来，使一颗漂泊的游子的心隐忍着无法排解的痛苦与精神纠结，经历着物质的和精神的双重流浪，感受着刻骨铭心的悲剧体验。像他这样的游子和游弋在现代都市的孤寂的零余者、边缘人，也许尚能经受物质窘困的考验，却无论如何也不能忍受灵魂无依的煎熬。像他这样以灵魂和信仰来滋养生命的人，像他这样追求生命与精神的和谐的人，怎么可能为一点稿费而与朋友煞有介事地签订合同、怎么可能会与金鑫之类渣滓握手言欢、共享筵宴，怎么可能为了工作安稳而藏匿自己的"爱国之心和民族情感"，对洋老板欺侮同胞的事实视而不见呢？这里的悲剧意义即在于，当尤奇怀着一颗悲哀的心漂泊、挣扎于物质世界时，他其实是一个失败者，这里的确不是他该"待"的地方。他是活在精神世界的人。他真正需要的是一种生命和谐——睿智的思想的阳光、理想与信念的空气、真诚的情感的水以及融洽、熟悉的文化土壤，这些才是维系生命的必需营养，是赖以生存的基本条件，而这一切，都不是这块漂泊之地所能提供给他的，也绝不是通过简单的物质交换所能获得的。单靠尤奇一个人的努力，是怎么也无法调节这种道与器、灵与肉、信念与欲望、纯粹与恶俗等等之间的平衡的。但是，尤奇又确实象征着这个时代的希望，是物化现实中的痛苦的智者和一线光明——他其实很清楚自己到底想要什么。他在努力寻找一种和谐，一种不附丽于任何交换形态的纯粹精神和谐。既然这种和谐难以找寻，便只好内化为一种独立品格和精神追求；既然不能同妻子琴瑟相和，也便只好在叶曼、丁小颖，甚至莫大明那里寻求心灵的慰藉；既然找不到化解悲剧的妙方，也就无法抵御悲剧的诱惑——孤独而又顽强地寻找被遗忘和散落的真正有价值的碎片。至此，他究竟应该"待"在哪里、包括灵魂应该如何安置的问题被再度提起。

3. "归宿"——生命本然与生命当然中的选择、皈依

一个时期以来，人们始终在世俗与神圣、滑稽与崇高、处境与前途、现实与未来一类话题上面争论不休。事实上，这两类价值范畴之间并不矛盾，说穿了就是一个"吃饭"与"活着"的关系问题，或者说得术语化一点，就是一个生命本然与生命当然（应然）的关系问题。马克思早就指明了这样的简单事实：人们首先必须吃、喝、住、穿，然后才能从事艺术、科学、宗教等等的生产。因此，本然与应然的关系，就像正、负两极

或一根同轴电缆,切不可机械、割裂地看待它们,否则就要陷入一点论或简单二元价值判断。我们实在没有理由笼统地指责关注当下、体察苦难就是"媚俗""做'鸡'",也大可不必将追求崇高、渴望神圣讥诮为"活在云端",甚至诋毁为"奥姆真理教"!无论关注世俗,还是追求神圣,都体现了对人、对人类生存的关切与忧思,都反映出人性本来或人类天性,他们所关心的,无非就是人以及人的共同生活,所建树的,也恰恰是一种轻盈、本真的生活品格与圆整、和谐的生命追求。这实际上又回到了马克思主义的一个经典命题:"人的本质并不是单个人所固有的抽象物,在其现实性上,他是一切社会关系的总和。"正如鱼水关系那样,个体始终不能脱离群体而存在,和谐、本真的群体关系才是每个生存个体真正的生命住所和最后的精神归宿,而这一点恰恰构成这个时代的最大欠缺。对于这些,尤奇是看得非常明白的。他努力寻找、发现甚至积极培植的,正是人间普普通通的温情与真实的生命感动,那也正是一种极为纯粹的生命和谐;而他所困惑、苦闷、伤感乃至感到愤怒的,不过是人间和谐本真的异常难得和属人本质的过度异化而已。那么,究竟怎样才能达成一种圆整和谐呢?尤奇最终选择了实践意义的返乡,选择了回到生命本然,在本然中通过寻找和谐、发现和谐、享受和谐来实现当然。最初回到家乡,他并没有发现什么和谐。作为农村扶贫工作队队员,他不能像别人那样"带资金来"扶贫,也就没有哪个村愿意接受他。这个时候,只要有人说一声"要是不嫌弃,就到我们村去罢",此时"头皮发麻、尴尬之极"的尤奇马上就能得救了,也就因为青龙峡村支书明确地发出了这种友好的约请,尤奇的胸中便立即氤氲了一种回家的安宁与感动。可以想象,那颗"获救"的茸茸的心会是怎样的盈盈飘舞而义无反顾,青龙峡的翠绿与天空的湛蓝将是怎样一种深厚的温暖和柔软,而他在尽情享受这种生命和谐的同时,又会怎样地倾其所有和以身相许!这是对生命纯粹与文化母题的认同,是对人类和谐与心灵家园的皈依,是关于生命形态的经典图式和当然意义的美丽诠释。

在经历了太多的挣扎、游弋、撞击、躁动和反叛之后,现代人究竟"魂归何处"?哪里才是灵魂的住所?对此,尤奇已经作出了一种回答:回到我们的人性本来去吧,回到生命和谐中去吧,回到由蓝天碧水和疏星朗月、由厚实的泥土和野旷的风雪、由朴实的人群和心与心的交流……所组成的家园中去吧——那也便是童年,是童话,是根系,是原型,是溶进血液的与生俱来的文化品格与人性特征，回到这一精神之"家"，就可以重新调整和校对一切，就能够重获一种安宁和拯救。

五　似水绵延——《水族》阅读印象

往往，祖父就是历史。

按照冯友兰先生的理解，历史有两重意义："本来的历史"和"写的历史"[①]。二者的区别和关联即在于，本来的历史是时间已然静止的标本式存在，写的历史则属于主观认识；事情的自身是前提与根本，而事情的记述却是生成与创造，它们之间是原本和摹本、原形和影像的关系。因此，所谓历史（无论天文史、地球史，还是人类社会史）向来都不过是史家们对本来历史的最大可能还原。

刘绍英的长篇新作《水族》便是这样，尊重20世纪中国的历史本来，从民间草根立场出发，直面人生，还原血肉，复活性格，叩问灵魂，在时间节奏中绵延生命之流，在整体认知中阐释生命本原，在诗化叙事中呈现生命质地，在昔日变动不居的澧水河渔家光景中抒写、表达特殊的生命体验。

1. 那些事，已经尘埃落定

《水族》的历史书写显得精巧用心、才情独具，尽管表面看来是那样的不紧不慢、轻松适意——孙女坐在河堤上啃完一根糯苞谷的工夫，就完成了对祖父近百年渔民生涯及命运遭际的静观默想。

祖父的名字滑稽有趣而又贴近生命：憨陀。

同澧水河的恣意率性一样，少年憨陀有些青涩、有点莽撞。对家庭的艰辛似乎不太理会，对父母的苦心好像也不太领情，所以，对难得的读书机会就不怎么珍惜，倒是练就一手铜钱押宝作弊的本事，最终因为冒犯女同学而被教书先生赶出学堂。尔后上街闲逛，自此多年不知所踪，原来是被人强行带到了五十多里外的白云观。在道观收了顽劣心性，习得一身武艺，初通一些药理，莽撞少年长成侠义青年。

此时，日本人带着枪炮闯了过来，村庄受掠道观遭焚，青年憨陀"毫无征兆"地回到渔乡，而日本人的轮船也"不可避免地开到了澧水

[①] 冯友兰：《中国哲学史新编》（上），第1页。

河，开进了芦苇荡"①。灾难紧随日本人而来。愤怒了的憨陀领着众人杀了一伙作恶的日本兵，沉了他们的船。

从这次惊心动魄的壮举开始，祖父憨陀几近张扬地舒展着自己的生命辉煌：逢赌常常得意；路见不平敢于出手相助；被抽丁当兵而得团副赏识；退役后为保渔民平安再次挑头勇战兵匪；将已经同黑皮定亲的水芹姑娘活生生抢过来结婚成家；给仇恨自己的黑皮倾力治疗蛇伤；殊无顾忌地顶撞土改干部；父母走后恪尽长兄之责；义务组织渔民们集体灭螺；已近耄耋之年，居然硬是"闹"垮了向河里排污的造纸厂……

坐在河边，祖父憨陀的那些事扑面而来。孙女凝望河面，成为一种视角。孙女视角内，远处是铅灰色的天幕，那上面点缀着由庙堂华屋炮制的若隐若现、若即若离、不太真切的布景——沉睡、贫弱、兵灾、匪患、抗日、内战、解放、土改、朝鲜、跃进、饥饿、大队、承包、开发等等一类抽象共名；孙女视角内，真正站在前台的却是江湖草台血泪儿女演绎的艰难险阻、甘苦辛酸，是绵延如水的生命涌流；孙女视角内，祖父的面影挥之不去，那些事挤满心头。

生命哲学强调，生命活动、生命过程本质上就是一种生存的活动、一个实践的过程，其间绵延的，总体来讲就是柏格森所说的那种生生不息的生命本能和冲动，那种永不中断、不可分割的生成、创造力量，那种裂、聚变式的能量自我生成。憨陀的生存实践恰如一尾灵动、健旺的"红鲷鱼"，燃烧和爆发的正是这样一种生成能量。这种能量，令小者若巨，令卑者若尊，令危者如逸，令瞬间永恒。小的时候，憨陀做错了事，被戒尺打肿手掌、被赶出学堂，竟还敢"梗着脖子"跟父亲说话，可谓天赐肝胆，已然超乎常态，难怪会被玩蟒蛇的徐师傅"相中"带入道观。杀了几个日本兵，一般人早已战战兢兢、惶惶不可终日，他却能大摇大摆走进茶馆"高门大嗓"吆五喝六，真所谓"器大者声必闳"也！明知因为"抢"了黑皮媳妇，人家对他恨不得食肉寝皮，但一知道黑皮被毒蛇咬伤，却跟没事人一样，大大方方上门为其治伤。最典型的事件也许就是同张干部的那场正面冲突了，嬉笑怒骂，甚至辅以拳勇，到头来，连原本十分蛮横嚣张的张干部也沮丧地感到"真是拿他一点辙都没有"②。爹娘故

---

① 刘绍英：《水族》，湖南人民出版社2014年版，第38页。
② 同上书，第183页。

去，长兄如父，兄弟们看他却"总是是有种畏惧的眼神"、总要"无端地害怕自己"①……需要说明的是，憨陀生命中生成和凸显的这类能量、气度，是以正义和担当为预设前提的，唯其如此，也才最终赋予那些生命活动以充分价值和理性。

祖父的生命终止了。一切皆成历史，所有那些事都已被沉淀为厚重的记忆，融进我们的血液，流淌为新的生命。

2. 那些人，有着清澈透亮的眼睛

祖父憨陀的历史当然不只是他一个人的历史。

当罗素在介绍柏格森直觉理论时通俗地说，本能是好孩子，理智是坏孩子。理智的方式适用于认识外在的物质世界，但不适用于把握以绵延为本质的生命活动，直觉才是生命本来能量的最佳状态。所以，与（理智的）逻辑实证不同，生命哲学更加看重和依赖一种整体直观，要求认识主体与认识对象完全融为一体，从而达到对对象的有机的整体把握。也就是在这个意义上，柏格森欣喜地发现，"唯有与人物本身打成一片，才会使我得到绝对"②。走进《水族》，走近那些人物、那些游弋在水中的"红鲷鱼"群，最能够使我们整体直观和把握的就是那一双双清澈透亮的眼睛。那里面微漾着生命渴望，激荡着生命热情，摇曳着生命智慧，汹涌着生命韧性。其间流露的，是生命的欢乐与忧伤、柔情与执着；其间绵延的，是生命的狂放和不屈、率意和本真。

老道士和小叫花子之间并没什么实际生活关联，却都有着清澈透亮的眼睛，也就是在生命自然上存在某种同一。老道士是憨陀的师傅，是在那样的艰难时世、那样的寒山僻野坚持读着《抱朴子》的人。"这么大年纪的人，那眼睛却是干净得像门前溪沟里的溪水，透亮透亮。"③ 应该说，这是一位安贫乐道的老者，也是一位乡村智者，是他砥砺了憨陀的心性，铸造了憨陀的灵魂。小叫花子肮脏的脸上同样是一双清澈的眼睛，"而且那眼睛里闪烁着一抹固执的光芒"④ ——硬要把还是单身青年的憨陀认作爹。这个被生活遗弃、颠沛挣扎在日子边缘的孩子，心地干净得令人心

---

① 刘绍英：《水族》，湖南人民出版社 2014 年版，第 187 页。

② ［法］柏格森：《形而上学引论》，《二十世纪西方美学经典文本》第 1 卷，张德兴译，复旦大学出版社 2000 年版，第 197 页。

③ 刘绍英：《水族》，湖南人民出版社 2014 年版，第 57 页。

④ 同上书，第 100 页。

疼、无助、无奈的眼神里写满渴望和不屈，用尚未健硕的体魄与心智安置自己的未来。终于，新家的接纳使他有了归宿，新的国家使他寻求了另一种价值实现——在朝鲜战场上慨然国殇！

杆子和兰子是憨陀的父亲、母亲，标本式的中国农（渔）民：勤劳、善良、慈爱、坚韧。父亲母亲都不是什么文化人，却自有着难能可贵的文化秉承，在那些艰难岁月里建树着某种生命的高度，在平常的日子里释放出某种生命感动。他们有爱，蘸着苦涩，却一生相知；他们有情，栉风沐雨，却彼此坚守、生死相随；他们有义，信守家规，善待四邻。杆子也许是水上渔家唯一不打老婆的男人。兰子是在上游垮垸后扶着脚盆漂到渔村、被杆子救起活下来的，从此留在船上，不再回头。杆子去世，兰子也便悄然一同而去，"当初是以这样的方式来的，又以这样的方式走了"①。

芦根与黑皮、来宝媳妇和水芹以及其他众多水上儿女，也都在各自生命轨迹里绵延某种质地，比如芦根的漂浮散淡、黑皮的刚直暴烈、来宝媳妇的呆傻疯癫、水芹的笃定柔韧。

比较而言，还是祖父憨陀的生命特质得到了较全面、较充分的显现。无疑，他的眼睛同样地清澈透亮，而跳跃、燃烧在里面的生命内涵——我们期望和应该得到的那些"绝对"，却又是需要仔细加以体味的。设想，那眼神似乎不曾有过迷惘的时候，因为心底从来都十分的安静。那眼神有时是凌厉如炬的，因为一生遭罹太多灾难与邪恶。那眼神有时又是温润似水的，因为怀抱善良，因为豪气任侠，因为多情重义。那眼神常常是意得志满的，因为快意恩仇，因为坦荡无羁、通透大器。那眼神又分明是沉静深邃的，因为心有所系，因为担当和责任。那眼神，也曾经黯然神伤，因为步履维艰，因为知交零落、亲人离散。那眼神，也曾经是孤独倔强的，因为老冉冉其将至，因为韶光易逝、盛年难再……水上人家的历史，就这样写在祖父憨陀那些人的眼睛里。

3. 那条河，显得空旷沉寂

最后一条渔船也上了岸。

祖父憨陀的时代结束了。"河面上一条渔船都没有，显得无限的空旷和寂寞。"昔日那些沧桑动荡、惊心动魄，那些辉煌得意失落哀伤都已远

---

① 刘绍英：《水族》，湖南人民出版社2014年版，第171页。

去,"渔民已经全部搬家上岸定居……他们享受着这个时代的一切"①,只有祖父憨陀永远地留在了芦苇荡,守护着属于他的那个时代。

正如美国人艾恺(Guy S. Alitto)在其论著《世界范围内的反现代化思潮——论文化守成主义》中所谈的那样:"现代化是一个古典意义的悲剧,它带来的每一个利益都要求人类付出对他们仍有价值的其他东西作为代价。""当人们在现代化社会中,从过往经验中做概推,不可免的结果是预期超过了实得,他们因而感到不快乐、不满足、不满意。""……现代化自促进人类快乐的观点言,是自毁性的。"②历史远去,而生命之河绵延未已,因此,祖父憨陀是不能被抛弃和遗忘的。他所守护的,恰恰是生命的快乐之源,是对于我们仍有价值的东西,抛弃它,即意味着被抛弃或自我抛弃。

这类价值,首先应该是那种自然之子的生命情怀。河的儿女,水的子孙,自有一种河的品格、水的胸怀。就以人的名字来讲:杆子、兰子、憨陀、水芹、芦根、云彩……是的,还有红鲷鱼,一串命名一望即知出自天然。这样的自然之子,崇尚和实践着生命的无拘无束、无牵无碍——"澧水河上好行船/洗衣姐儿认得全/棒槌催我把路赶/转来记得带绸缎/洞庭麻雀吓大胆/恶水险滩不怕难……"反复出现的澧水歌谣,常常把我们带到"鱼戏莲叶东/鱼戏莲叶西/鱼戏莲叶南/鱼戏莲叶北"的自由境界。这样的自然之子,不会沉溺于悲伤,面对不幸,他们总会记得阴霾之外的阳光——"他望了一眼掩埋师傅的土堆。他想,明年春天,这里又该漫山遍野地盛开好看的杜鹃花了。""师傅!憨陀喊了一句,竟然揪心一样的疼痛……师傅是不是真的已经羽化成仙了呢?如果羽化成仙了,自己就不应该这么伤心。"③……这样的自然之子,也不会戚戚于一己一时之得失,面对伤害,他们袒露着海一样的胸襟——"两天后,憨陀去给黑皮换药,黑皮很意外。黑皮低着头,对憨陀说:'害你这样,都是因为我;''都是命。不怪你。'"④简短的对话,一句"不怪你",缠绕多少生命况味!

---

① 刘绍英:《水族》,湖南人民出版社 2014 年版,第 226 页。
② [美]艾恺:《世界范围内的反现代化思潮——论文化守成主义》,贵州人民出版社 1991 年版,第 231 页。
③ 刘绍英:《水族》,湖南人民出版社 2014 年版,第 64 页。
④ 同上书,第 161 页。

这类价值，其次应该是那种暗涌、潜在的生命诗性。显而易见，《水族》流淌着诗的旋律：苦难是顽强的诗，梦境是象征的诗，离别是销魂的诗，抗争是豪迈的诗，生存与死亡是交响着欢乐和忧伤基调的牧歌的诗。如果不是那么拘谨，则每一生命个体都是有着诗的潜质的，或者说，诗性乃是生命的又一"绝对"。从远古歌谣到《诗经》《楚辞》，再到历朝历代乐府民歌，这一事实已然清晰地呈现了在大众生命中氤氲、缭绕的诗的气息。就现代文学自身来看，也的确存在一种叫做"诗化小说"的东西，比如废名、萧红、孙犁，比如汪曾祺、刘绍棠、姜滇，或者还有张炜、莫言等等。罗列这一历史或现象，不是为了用以简单比附小说《水族》的创作发生。事实上，刘绍英对生命诗性的书写与体验始终显得很克制、很有个性：热烈而不泛滥，大胆而不莽撞，感伤而不放纵，深邃而不神秘，似野鹤闲云，声色不动。憨陀豪气冲天去当兵，"待娘迈着双小脚由二陀搀扶着追来时，杆子正擦着眼角的泪，憨陀已没有了踪影"；搬家时，憨陀不是把"光荣烈属"的牌子钉在门框上，而是钉在了床头的墙壁上，"他舍不得让云彩站在屋外，已经入冬了，天气逐渐寒冷，云彩在屋外会冷的"①。这样的叙事运笔极轻、极淡，而潜藏的生命体悟、生活指向却令人无限遐想。

值得守护的生命价值，应该还有善良、慈爱、真诚、忠信、情义等等一类世俗生活品质。云彩的离去便是关于爱和真、信与义的一种透着感伤气质的生命诘问。借用传统批评术语，云彩不是作品的主要人物（生命平等，其实是不应该有主、次角之分的——每一个生命体都是他自己的主角），所以关于他的笔墨并不多，但这一生命的分量却很重，因为他留给人们一个必须面对的现实课题："……太阳只剩下一个大红脸，憨陀看见，有几只雁儿排着剪刀形状的队伍，往头顶飞过，掠过了芦苇荡，它们要飞往哪里？哪里是它们的归宿？"② 历史远去，哪些已被带走，哪些还在它的身后保留？生命短暂又偶然，现实途程中的人们到底应该怎么办？

岁月如流水。

那条河，空旷而沉寂。

---

① 刘绍英：《水族》，湖南人民出版社2014年版，第202页。
② 同上书，第209页。

六 沅有芷兮澧有兰——当代常德地方文学论略

如果说，从"洞庭""沅澧""武陵""湘西北"一类地理名词中氤氲、蒸腾出来的"泱泱乎鱼米饶足之乡"① 气象更多地连接着一种乡土历史，表述着一种常德的古老田园经验或牧歌人生的话，那么，由"大湖股份""金健米业""芙蓉烟草"等当代语汇所勾勒、描画的"今日常德"图景则显然具备了极为清晰的现代指向，表明了一种新的世纪关联与生存品格。这样的变化，必然会在建立其上的常德地方文学形态中得到反映，同时，也必然要影响创作者们的精神气质与艺术思考：既眷恋，又背离；既放纵，又内敛；既宁静，又躁动；既充实，又渴望；既聆听，又谛视；既固守，又超越……而所有这类复杂的情感态度与智性选择又无疑都源于一种爱——对置身其间、与自己血脉相连、休戚相关的文化母土和现实家园的一种本质之爱。

1. 小说："叙述有意味的故事"

小说界近年来的"缤纷"和"热闹"似乎不大容易能够赢得常德那群"写手"们的注意，甚至连周边的"文坛岳家军"、湘西作者群及省城的"湘军"余勇们也较难形成吸引。倒不是因为感觉迟钝，也并非有意闭塞视听，实在是因为他们自认为有自己的事情要做：叙述有意味的故事。这也并不等于说别人的故事就没意味，只能说各自的意味应该是各不相同的，或者说，每一位作家都应该通过一种故事积极寻找和努力散发真正属于自己意念中的那种意味。具体来讲，小说家应看重和追求的是故事、意味和叙述三者的和谐一致，而其中起主导作用的就是那种由故事及其潜藏的意味所铸就的朴素的质地，所谓"风骨不飞，则振采失鲜，负声无力"②。"有些小说家对叙述技巧的热情过了头，他们痴迷于技巧，而疏远了故事本身"，此一做派，常德的小说作者们是不以为然的，他们否认有所谓"不要故事的小说"存在。同时，故事还不是目的，它必须承载某种意味，"故事具有意味，也就具备了小说品质；小说故事缺乏意味，就没有魂魄，没有灵性，就难成其为小说，尤难成其为好小说"③。

---

① （清）应先烈：《常德府志序》，涂春堂、应国斌主编：《清嘉庆常德府志校注》（上卷），湖南人民出版社2001年版，第6页。
② （梁）刘勰：《文心雕龙·风骨》，戚良德注译，河南大学出版社2008年版，第233页。
③ 少鸿：《叙述有意味的故事》，《水中的母爱——少鸿散文选》，第150页。

从这类认识出发，常德的当代小说创作开始了对意义———或即所谓"意味"的追寻。

这种意义，就其基本属性来讲，是那种融会、流贯在具体创作中的精神或意识形态凝结；就其蕴涵而言，则是指凝聚在故事中的生产生活理念、思维方式、情感态度、风物习性等具有地域风格特色的精神文化现象；就表现形态来看，主要是通过流溢在生活与人性本来中的先楚文化遗留，表达一种历史追思和时代追问。

人们的观念中，楚文化实质是因"巫鬼"而灵异，因"淫祠"而浪漫，因"南蛮"而边缘，这实在是某种历史误会与文化错觉。事实上，荆楚文化是北方中原文化与江南"蛮夷"文化的奇妙的结晶，是夷夏混一，而其主导部分、其内核应该是那种勤恳务实、刚健有为的华夏农业文化。这一点，尽可以在楚人那种"老家在中原"的北望情结中，在先民们筚路蓝缕、垦荒创业的生存习性中得到证明，同样，也可以在今天的文学创作中得到证明。

最典型的实证也许就是少鸿的长篇小说《梦土》（《大地芬芳》）。这部洋洋70万言的作品，是"唱给田土的深情恋歌"[①]，也是一种对母土文化及乡村个性的认同与皈依。常德的陶秉坤，虽然比不了关中的白嘉轩作为家族长老的风光威严，也不具备白嘉轩那样作为乡村儒者的雍容高贵，但是，他的辛酸遭遇却更能引发实实在在的生命感动，更富有人性意义与民间意义，也更能代表一种大地品格和楚文化精髓。这是一位背负着太多传统约束与生存挤压的标本式农民，是一个穿越世纪的文化精灵。他活了将近一百岁，一生的憧憬和追求就是希望拥有真正属于自己的"一亩三分地"，其间，几乎每一次喜悦都源自土地的魅力，几乎每一次打击都令他燃起对土地更炽烈的渴望。最后，他终于在人极之年，在田土中央，在快乐冥想与极端自足中安详地老去。想不到，这样一位勤勉、艰难的普通农民，一生守着无宗教的时日，却有着那样美丽的宗教归宿！他使人们不能不相信：失去土地，便失去了根基，失去了依据，也便失去了家园和归宿。除少鸿之外，曾辉的《财女》《情中情》、吴飞舸的《泪土》等长篇及其他一些中、短篇小说也体现了大致相似的固守与考问精神。说

[①] 魏饴：《唱给田土的深情恋歌——就〈梦土〉致作者少鸿》，《理论与创作》1998年第2期。

到"蛮",常德这块土地上的人们历来是很吃得苦、"霸得蛮"的,屈原是这样,宋教仁、蒋翊武是这样,林伯渠、丁玲、翦伯赞是这样,未央、昌耀是这样,水运宪、少鸿等也是这样。这是一种极其儒化的"蛮",其本质应该指向一种勤勉精进,其内涵则是一种较真和执着———较真得有些迂阔,执着得近于顽固。这是由龙舟运载过来的精进较真,是由楚辞喂养成熟的勤勉执着,是一种风骨、一种血脉,她无所不包,无处不在,所以才使有的人居然能从楚辞中天才地读出"反腐倡廉"① 主题!看过蔡德东的《阴雨天》,你一定会强烈地体味到生存艰难中演绎着的人间温情;看过老戈的《嘟噜儿》及罗一德《丛荄井的故事》,从唱汉剧的"老嘎"和校总务"宋泽"身上,一定能感受到平常人生中绵延着的生命感动;看过欧湘林、白旭初的小小说,一定会发现简单朴素中的真实深刻;看过少鸿的长篇《溺水的鱼》,"尤奇"对生命和谐的执着追求会让人感佩不已……还有两个很有"意味"的短篇:满慧文的《艾艾》、李永芹的《轿二》。"艾艾""老板娘子"这两个女人以身家性命为武器向无爱的人生展开搏击,目的就为了维护一个女人的完整性——对爱和尊严的完整拥有,这中间显然缠绵着一种真精神、真性情——那种固有的"蛮"文化个性。

2. 散文:"带着村庄上路"

的确,整个常德就是一个"水气淋漓"的村庄,"良田,绿树,鸡飞狗吠,炊烟缭绕,都氤氲在一派水气里"。"村庄里的物与事,每一个人,一条狗,一棵树,一片禾场,都有自己的名字,个性和故事,都跳跃着自己独特的色彩。"② 这样的一方水土养育了自己的文章,这样的文章也把一方水土带向了远方。

这里,有自己独特的历史文化个性。与先楚文化流韵、屈宋辞赋传统内质接近而又更早形成的,还有善卷文化。史传上古尧舜时代,沅水之阴(枉渚)的枉山(后改称德山)孤峰岭上,隐居着一位名叫善卷的高蹈之士,因为积善行德,帝尧曾拜他为师,舜甚至要将帝位禅让给他,但他坚辞不受:"斯民既已治,我得安林薮",遂成就一种善德文化。③ 这种文化不同于一般所谓避隐文化,其实质应归属于儒家伦理文化范畴,是一种君

---

① 吴广平注译:《楚辞·后记》,岳麓书社2001年版,第416页。
② 王跃文:《与一个村庄的告别》,卢年初:《带着村庄上路》,湖南文艺出版社2003年版。
③ 善卷事迹在《庄子·让王》篇、《荀子·成相》篇、《吕氏春秋·下贤》篇、(民国)钟毓龙《上古神话演义》等文献中均有记载。

为尧舜之君、民为尧舜之民的和谐期待,一种民族道德精神与民族性格渊源。千百年来,德山苍苍,德流汤汤,善卷的道德精神早已内化为一种集体规约,转化为一种民间日常伦理实践。

接受着这一善德文化形态的濡染、烛照,平凡的生命才沐浴着一种温煦幸福,才带来了普通而真切的生命感动。少鸿常常期待着这种感动(《感动》),"一不小心"就在城里某个角落的那些盲人算命子那里体会了这种感动———感动于这种常常被忽略的生命也悄然滋长着绵绵执着的爱情,感动于他们虽然瞎眼而内心却那样的空明澄澈,感动于那种"拄杖依栏""像发出天问的屈原"似的形象以及"一种平和、从容、专注的笑"、一种"宠辱不惊,物我两忘的神情"!在"漫过了1998年夏天"的那场洪水中,母亲把漂来的一捆稻草毅然推给女儿,自己却被洪水卷走,从这里,少鸿又一次感受了一种母爱的伟大(《水中的母爱》),体会到"水中的母爱,比大地更真实,比许多的真理更像真理"。碧云则从"慢慢游"车夫那里,明白了"钱这东西,能让完美的人更完美,使残缺的人更残缺"的道理(《慢慢游》)。看来,"这个"水气淋漓的"村庄"里那些物事、人事及其所特有的朴素中的真实、简单中的深刻,已经成为永远的散文母题。

作为历史文化的一部分,这里,也有令人沉醉的风物名胜。比如,桃花源里可耕田的宁谧安适与柳叶湖的娴静翠碧(解黎晴《走在千古骚人的身后》《乘舟看柳色》)、水府阁的恢宏洒脱与招屈亭的傲岸坚定(彭其芳《水府阁眺望》《情系招屈亭》)、夹山寺的幽旷清寂(王荫槐《夹山觅踪》)、花岩溪的轻盈灵秀(少鸿《白鹭之忧》);令人酽酽至于微醺的擂茶(少鸿《桃源识得擂茶味》)、令人馋涎欲滴的风味小吃(王泸《津市风味小吃》)、令人蚀骨销魂的辣(罗永常《悠悠辣椒情》)等就是代表。面对这样的"村庄",不由得你不心下戚戚、默然神往。

这里,还有作为母土与家园的浪漫温馨。就这一意义层面而言,"村庄"已渐次模糊了最初的物质形态而被黏附了更多固守色彩与形上思考。正如卢年初所体味的那样,"我开始把村庄像糖一样含在嘴里,稍不留神,香甜就脱口而出"(《带着村庄上路》)。村庄的一切都是那么轻盈美丽,万物皆灵,即事可文:"故乡的树……显得拘谨、谦卑……它们才真是故乡的魂灵"(《故乡的树》);"男人的鱼腥味是把年味带进来了"(《乡里的年味》);"往深处听去,仿佛有锅碗瓢盆碰响,叫你顿生回家的念头……平原深处，一片葱茏树荫下，屋舍俨然，恰是我忘不了的家"（修客《澧阳平原》）……同时，对这个村庄本质之美的固守实际上也就是表达了某种对抗。"这世界并不像我现在所处的橘园这般满目清新，空净幽爽，而是随处可见浮尘滚滚，雾气漫天……稍一不慎，雾就可能淹没人身体里两件宝贝：心和灵魂。"[1] 这里所体现的，恰恰是一个"村庄"对于那些出门人、对于时代的胸襟与关爱。

3. 诗歌："鲜嫩的蘑菇长出来"

关于诗歌创作，也许有必要提一提代表常德的那块"文化招牌"、那一堵"以常德古城几千年历史为纵轴线，以当代中国最高水平的书画艺术为横断面……准确反映常德古城的风采和现代常德人的精神风貌"[2] 的"中国常德诗墙"，毕竟那上面也镌刻着当代常德的部分诗作，但，这样的文化工程显然还不是常德诗歌的全部。

与小说作者们的态度有所不同，常德的诗人们同外部诗歌步履保持了和谐一致：既现实过，也现代过；朦胧过，也新生代过；先锋过，也实验过，态度十分合作。不过，他们毕竟又不是天外来客，作为屈宋的后人，其创作内质仍然同自己母土文化根柢及家园现实存在之间有着无法割裂的精神纠结，由此也培植、生长了自身艺术个性。其创作发生，恰如诗人杨亚杰在她新出的诗集《折扇》中所表露的那样，"一天又一天／日子层层叠叠／堆成形状怪异的／记忆的小山……山的周围／一些鲜嫩的蘑菇长出来／顶破忧郁的心情……有位荷锄的小矮人／常常奇迹般地出现……向你捧出／语言的金子"，所以，艺术创作的灵感不会凭空降临，"鲜嫩的蘑菇""语言的金子"当然也不能随意在别人的园地里采摘和攫取。

从杨亚杰那里还可以得到这样一种启示：诗歌来源于一种诗性态度，而这也是作为一名诗人的必备素质。以这种态度去体味记忆的窖藏、聆听现实人生，便时时会碰撞出诗意的发现。如果进一步细分，又有所谓主观、客观两种态度。从主观的诗性态度出发，就会有对生活本然或人性本来之上的诗性赠予，或者说赋予本然形态以诗的意味，杨亚杰、龚道国等大抵属于这类主观诗人。从客观的诗性态度出发，就会有对本然形态固有诗情画意的索要，而所谓本然就是一种客观在场，修客、周碧华等基本属

---

[1] 龚道国：《穿过大雾·自序》，湖南文艺出版社2001年版。
[2] 杨万柱：《城市文化：城市化进程中不可忽视的问题》，《湖南社会科学》2002年第6期。

于这类客观诗人。当然,一般情况下并没有这样严格的区分,尤其就具体创作来讲,两种态度常常并不是不能相互融会的。

于是,一种诗性的土壤与诗性态度便"长出"了缤纷的诗的意象和美丽的思辨的花朵。在修客看来,汨罗江一直深悔自己成全了一个无谓的悲剧:"屈子/你何必像离弦的箭/怀念那把弃你的弓……如今花开如月/五谷丰登/诗人/别为那楚王朝神伤。"(《汨罗吊古》)这到底是修客在劝慰屈子,还是屈子在告诫修客呢?在《夹山寺猎踪》的高立,满心期待着能找到闯王的"轰轰烈烈",无奈只觅得一种"把失败的成功垂名青史,却把不败的正义修炼在庙宇"的喟叹!所幸的是,在常德的土地上"长出"的这类天才造句,如今已过洞庭、下长江,同那些优秀的物产一道"畅销"海内外了。

称诗为"鲜嫩的蘑菇"或"语言的金子"是很恰当也很精妙的:无须太多修饰,里外皆见质地,一如真纯大方的灵魂,总是那样毫无愧疚地裸露着!这其实也提出了一种要求:诗歌创作应尽力摒弃矫揉造作,避免"作诗"。真正的好诗是朴素的,是能指丰富、内涵深刻的。就诗的语言来讲,一定程度上需要充分发挥汉语表意的灵活性和伸张力,但过于随意和不确定,将是苍白的和十分危险的!像"经济的精粹正变成思想/速度在滑行中正变成/弯曲的弧线/变成瞬间辽远的箭/正如发展的理论上升为/时间的真谛"之类"诗句",就很难说有多么卓越的识见!相反,周碧华、修客等诗人写诗并不多,却都是触摸灵魂的好诗,比如周碧华《祥林嫂》中就写道:"沿着悲剧的线索/我再一次走到鲁镇的小河边/这条江南的小河/外表比鲁四老爷还斯文/可是!祥林嫂,你不要靠近/一只白篷船藏着满舱的阴谋/停泊在岸边已有几千年……"短短的几句话,掀开的却是纵横几千年且至今仍潜藏在社会的人性的各个层面的一缕恶的幽魂,可谓掷地有声、撼人心魄。借此,我们也在瞩望着常德文学新的未来!

现代化的确是一柄双刃剑,而理想与现实又总是一对矛盾,因此,80—90年代乡土文学作家们站立于传统乡村情感之上的所有思考、探求,都是谐和着全球整体律动的极富理想关爱和现实意义的文化建设。无论站立在世俗角度,还是站立在理想角度,其目的都指向未来。立于世俗,是将现实作为通向未来的桥梁;立于理想,是将一种未来悬置于现实途程以求得一种现实行为的合理性。回溯历史，环顾现实，想望未来，人们不禁会怀想、感念、欣然于一种自觉的、富有责任感的文化精神。

重要的是，氤氲在湖汊河港、原野山冈的这种文化精神已经开启并浸染着新的乡土文学时代。

第五章

家园反观与百年印象：20世纪中国乡土文学的价值取向与文化轨迹

哲学和文学价值论都证明了，价值观念及其影响、支配下的价值判断、价值选择等具体价值活动是人类与生俱来的生活和生存的基本属性，即从人类学本体论意义上来讲，它是人类自身所独具的质的规定性，是人所以为人的终极根据或原因，"人的价值存在才是区别人与动物的人类学本体论尺度"[①]。显然，文学也便成为主体在一定的审美价值观念引导、制约下的审美价值创造活动。[②] 也就是说，创造主体本身最终形成的审美价值观念及其所包含的爱憎、取舍、抑扬、褒贬等因素，对主体创造活动的价值取向有导向、定向的作用，对具体价值评判有影响、规约作用，文学创作就是在某种价值观念导引下以审美方式表达多样价值取向与价值评判的活动过程。

总体来看，乡土文学以特定乡土地域为客体对象，不同程度地从文化人类学角度，用知识者觉醒的现代意识和哲学眼光去打量、审视这一对象并试图揭示其固有价值属性，表达特定价值观念（比如"为人生"）。这里，乡土文学的固有价值属性就是乡土文学独具的质的规定性，即如周作人强调的那样，"乡土艺术"必须"跳到地面上来，把土气息泥滋味透过了他的脉搏，表现在文字上"，以充分表现"个性的土之力"[③]，这种"土气息泥滋味"以及"个性的土之力"也就是乡土文学内核，是质，是共性，我们不妨称作一种"原乡况味"，即由具体创作展示出来的特定乡土地域的特殊生态景观、风土习俗、文化品格、乡土情感或乡土精神等。乡土文学的特定价值观念则是流贯在具体创作中创造主体个人的乡村情

---

① 何中华：《作为哲学概念的价值》，《哲学研究》1993年第9期。
② 参阅敏泽、党圣元《文学价值论》，中国社会科学文献出版社1999年版。
③ 周作人：《地方与文艺》。

感、乡土意识、哲学思考和理性批判等。它所体现的是个性，是价值选择多样性。这时，作为客体对象的特定地域已经超越了原先的自然性存在，即不再是原先的物自身，而是具备了一种新的质地的形式上存在，亦即被审美化、对象化了的存在，而这一点恰恰就是我们具体考察20世纪中国乡土文学价值取向时要特别留意的地方。

第一节　解构与颠覆：在否定既成价值系统中发生，又在新的否定中完成世纪之旅

与相对静态而稳固的几千年农业社会文明史相比，20世纪中国社会似乎更具一种变动不居的特性。古老的土地正经受着内外危机的双重侵袭，人们再也无法诗意地栖居了。那些躁动不安的灵魂首先"从器物上感觉不足"，继而"从制度上感觉不足"，最终深化为"从文化根本上感觉不足"[1]，诸多"不足"的结果，便是五四新文化运动对传统文化价值体系的解构与颠覆，是总体价值取向上的全面转型。这种价值取向上的否定嬗变成为循环于世纪内部的主导文化品格，否定或颠覆，成为贯穿世纪的文化主题，乡土文学始终以其成功的艺术实践表述着同一价值诉求。

一　道德情感式否定

从最初始的价值层面来看，乡土文学以人本主义思想和人道精神、平民意识为价值尺度，通过"将乡间的死生，泥土的气息，移在纸上"[2] 而表达一种比较情感层次的道德式的悲悯与忧愤情怀，表述着对乡土社会本质的道德式否定。先驱者们早已看出，所谓"仁义道德"的历史实质就是"吃人"的历史，"中国人向来就没有争到过'人'的价格，至多不过是奴隶"[3]。后来的文化研究也逻辑地揭示了中国人缺乏集团生活，中国是伦理本位的社会等等一类文化实际，"旧日中国之政治构造，比国君为

---

[1] 梁启超：《五十年中国进化概论》，李华兴、吴嘉勋编：《梁启超选集》，上海人民出版社1984年版。

[2] 鲁迅：《〈中国新文学大系·小说二集〉序》。

[3] 鲁迅：《坟·灯下漫笔》。

大宗子,称地方官为父母,视一国如一大家庭"①。这一伦理—政治型文化形态使主体的丧失成为道德应然,造成了几千年"人"的"缺席"(absence),当然,也带来种种人间的病苦。对此,启蒙主义者们"拖四十二生的大炮,为之前驱"②而进行了彻底的、不妥协的反叛,并开始在中国"辟人荒","从新发现'人'"③,发现那些普通的平凡的人,尤其是那些社会最广大的下层平民。由此,文学视点公然转移到"世间普通男女的悲欢成败",全力关注"人的平常生活或非人的生活"④,传统文化底蕴深厚的乡土世界便自然而然地进入文学启蒙者视野,乡间的死生与病苦、悲凉的乡土地上牛马人生的哀吟成为人道主义或平民主义文学思潮的物质依托,现代意义上的乡土文学也因此而发生。

最早揭示乡间的苦难,表达上述价值范式的是叶圣陶、杨振声、刘半农、刘大白等。"杨振声是极要描写民间疾苦的"⑤,《渔家》一篇现在看来虽是"较为浅露的速写式的作品"⑥,其对渔民苦情的极力渲染,其作为乡土文学的滥觞,仍然有重要的历史意义。相对而言,叶圣陶的起点就要高些,在《这也是一个人?》(又名《一生》)、《低能儿》(又名《阿菊》)等创作中,乡土世界平凡的小人物的悲苦境遇更多地附着了形而上意义,即在对被侮辱被损害的人们流露出真挚同情的同时,也流贯着清晰的价值指向:"伊"应该是人,而且本来就是人,但非人的世界使"伊"公然地沦为一只雌性的动物。"伊"甚至连名姓也没有,实际上,在非人间的浓黑的悲凉布景上,"伊"只是一个符号,本来就不应该有名姓,本来就不配享有更好的命运!人的权利与价值问题也在乡土诗歌中得到反映,"平民诗人"刘半农的《瓦釜集》、刘大白的《田主来》《卖布谣》等,都使人窥见血泪人生的本相,表达了对人间不平的激愤。

更为专注地以乡土地域非人的生活遭际为蓝本,表达一种弥漫着浓厚感伤情调的否定性价值评判并从而体现一定道德关怀的,是二三十年代由

---

① 梁漱溟:《中国文化要义》,第83页。
② 陈独秀:《文学革命论》,《新青年》1917年第2卷第6号。
③ 周作人:《人的文学》。
④ 周作人:《平民文学》。
⑤ 鲁迅:《〈中国新文学大系·小说二集〉序》。
⑥ 唐弢主编:《中国现代文学史》(一),人民文学出版社1982年版,第167页。

那些"被故乡所放逐,生活驱逐他到异地去了"①的人们组成的文化群体。他们本来并不单纯为了展览乡村苦难,因此就不单纯是所谓"素朴的诗",而成了"感伤的诗",因为他们的本意是为着"用笔写出他的胸臆"②,本意就为浇自己的块垒。这种感伤是有深厚文化背景的。当初,他们为着反叛而"走异路,逃异地,去寻求别样的人们"③,然而灰暗肮脏、同样透着腐气的都市反而使人更多了一层新的失望与愤懑,更痛切地感到百孔千疮的社会的诸多"不足",故乡倒反成为排遣内心感伤的去处。而在具体排遣方式上,则大抵有"主观的""客观的"和"玩世的"④几种。"客观"即写实,是主要方式;"主观"即抒情写意(从价值否定层面讲,是抒写乡土悲苦,表达内心忧愤,此处并不指向牧歌类型);"玩世"则是曲笔,是用"冷静和诙谐来做悲愤的衣裳,裹起来了,聊且当做'看破'"⑤,或者是如酒神精神一样的"与痛苦相嬉戏"⑥,但"在玩世的衣裳下,还闪露着地上的愤懑"⑦,玩世便蕴含一种深刻。受浓厚感伤情绪的蛊惑和驱使,作家们主要是展示了悲凉的乡土地上鲜血淋漓的人生惨剧和令人窒息的沉重,表现了乡土社会的衰微现实与弱国子民人权丧失的屈辱卑微。这里充溢着"乡间习俗的冷酷"⑧(比如为"菊英"举办冥婚、对乡贼"骆毛"处以水葬之刑、"赌徒吉顺"及"黄胖"等人无奈之中典妻、"环溪村"与"玉湖庄"的械斗等),这里还阴森着宗法制的专横(《水葬》《他的子民们》等),这里满目萧索,满耳哀鸣,遍地是灾难,到处是匪患,当然,这里也开始涌动起反叛的暗流(像"生人妻"式的个人反抗与"刁佑权"式的自发暴动等)⋯⋯诚然,作家们"只是站在普泛的人道主义视角上,对苦难和人生的毁灭作常态的描述"⑨,但在形形色色的苦情展览背后,一方面是对"长太息以掩涕兮,哀民生之多艰""穷年忧黎元,叹息肠内热""惟歌生民病,愿得天子闻"

---

① 鲁迅:《〈中国新文学大系·小说二集〉序》。
② 同上。
③ 鲁迅:《热风集·〈呐喊〉自序》。
④ 鲁迅:《〈中国新文学大系·小说二集〉序》。
⑤ 同上。
⑥ [德] 尼采《悲剧的诞生·译序》,周国平译,三联书店1986年版。
⑦ 鲁迅:《〈中国新文学大系·小说二集〉序》。
⑧ 同上。
⑨ 丁帆:《中国乡土小说史论》,江苏文艺出版社1992年版,第244页。

一类悯农传统或忧患传统自觉的价值认同,另一方面是直指黑暗现实的强烈诅咒与抨击所体现的价值否定,两种情感态度仍然表现着乡土文学的特定价值观念,使我们既看到了"特殊的风土人情"和"普遍性的与我们共同的对于运命的挣扎"(乡土文学固有价值属性),也看到了"在悲壮的背景上"所加上的"美丽"①(特定价值观念)。

人道主义尺度的再次大规模运用是在历史"新时期"(暂且沿用这一社会政治化术语)。由于诸多原因(主要是社会政治影响),乡土文学自40—70年代出现了创作萎缩(有人说是"断层",亦非确论),人道主义的价值评判相对弱化。随着新的思想启蒙运动的全面展开,人道主义旗帜被再度竖起,多灾多难的乡土地再一次成为人们否定极"左"政治,声讨践踏人性的野蛮行径的特有文化视角。值得注意的是,"新时期"乡土文学的人道主义价值取向与价值反叛出现了新的变化。与世纪前期对时代与社会黑暗的笼统而情感性的诅咒否定不同,新乡土文学有了更具体、更富理性的反思与批判指向。如果说用乡土地的种种"伤痕"去否定政治失误的努力还停留在一个较为形而下层次的话,则对极"左"路线给乡土地造成的灾难的"反思"与挞伐就进入了一定的理性层次。极"左"形态是多样的,其精神实质则是对人的戕害,对价值主体的粗暴践踏,"是用'虚幻的集体'意识取代具有创造力的个体意识,用整体否定个体,用共性否定个性"②。对此,乡土文学从历史、政治、伦理、人性、心理等不同角度给予了全方位的否定。

情感震撼的能量是巨大的,它代表着价值观念的自觉,体现了认知上的革命性转变。但是,仅仅止于这一层面是远远不够的。道德同情与义愤毕竟缺乏思辨的魅力,缺少哲学理性文化的有力支撑,从这一意义上讲,处于最初价值层面的乡土文学暴露出思想意义上相对贫乏的局限。

二 文化理性式否定

这是乡土文学较高层面的价值选择,正是在这一层面上,乡土文学才真正实现了对历史文化传统中诸多荒原遗留与乡土的一切原生或新生之恶的颠覆性批判。

---

① 茅盾:《关于乡土文学》。
② 徐文斗主编:《新时期小说的文化选择》,中国广播电视出版社1991年版,第10页。

第五章 家园反观与百年印象：20世纪中国乡土文学的价值取向与文化轨迹

"实际上鲁迅就是一位最早的乡土文学作家。"[①] "他的作品满熏着中国的土气，他可以说是眼前我们唯一的乡土艺术家"[②]，即使到了今天，也仍然是一座难以企及的文化高峰，仍然显示着乡土文学的价值和骄傲。可以说，是鲁迅造就了20世纪中国乡土文学。事实上，不仅仅只是"二十年代和三十年代的作者，尤其是北京的青年们，多数是在鲁迅的扶植下，或者受了他的小说的熏陶才从事写作的"[③]，20世纪以来至今的文学都是如此。同时，由以鲁迅式的人格力量、文化情怀与批判理性为主导品格形成的"鲁迅风"给世纪文学，特别是对乡土文学的烛照、影响是全方位的，正是在这类意义上，鲁迅同时又已经超越了或一派别、或一门户的阈限而独具一种巨人的博大深邃，即如有的学者认识的那样，"鲁迅是一个主潮作家，而不是流派作家。……因为他具有过人的，或者说非凡的文化意识或文化器识"[④]。作为大地之子，他与文化的故乡有着无法割裂的精神纠结，而作为思想的巨子，他毅然选择了理性审视，在他的笔下，所谓乡土，注定只是一种物质载体，而非终极价值取向。因此，他放逐了乡土之恋，直面惨淡的人生，背负着"揭出病苦，引起疗救的注意"[⑤] 的沉重使命，走进历史文化深层，用他特有的峻切犀利的解剖刀去杀戮一个个腐恶的灵魂。在他的视界内，"乡土"承载的苦难不再停留于物质层面，更多的是封建礼制文化的"吃人"本质、国民的积弱和冥顽不灵的人性丑陋、乡土人生的悲哀等等精神负累与荒原景象。

从审美价值取向看，鲁迅乡土文学（主要是小说）更倾向于将悲悯与忧患上升为凝重的悲剧意识，把乡土人生的展示化为对产生痛苦的本原的内省与拷问。作为文化先驱者，鲁迅所怀有的是一种大悲悯、大深刻，是无泪的歌哭，是痛定之后的长歌当哭，因而这种悲剧意识透射着理性的凝重冷峻。从《呐喊》到《彷徨》，从精神的病苦到灵魂的震颤，都表述着一种悲剧体验。悲剧来源于痛苦，痛苦来源于人生有价值的东西的毁灭，毁灭呈露于社会的历史的人性的各个层面的各类"恶心"，这就是鲁迅乡土小说的一种内在的认知结构。为着强化对这一认知的表达，先生甚

---

① 蹇先艾：《我所理解的"乡土文学"》。
② 张定璜：《鲁迅先生》。
③ 蹇先艾：《我所理解的"乡土文学"》。
④ 杨义：《杨义文存》第四卷，人民出版社1998年版，第62—63页。
⑤ 鲁迅：《我怎么做起小说来》。

至不避"文化偏至"之嫌，不惜采用撕割痛苦、啮噬痛苦、咀嚼痛苦、把玩痛苦的极端方式，使他的悲剧体验呈现出庄严与悲壮的总体美学效果。即以《故乡》来讲，记忆中的故乡（文化理念中美的"故乡"范型?）与现实故乡反差如此强烈："阴晦""苍黄"的底色，"悲凉"的基调，"萧索"的构图，"冷风"的点染，浓缩为一种深重压抑。为什么会这样？鲁迅的解释是因为"没有什么好心绪"，这一解释在突然间袒露了一颗悲哀的大心——看看那个被民间与王权两头遗弃的孔乙己，看看单四嫂子无望的"明天"，看看"七斤"们对于时代的漠然，看看"祥林嫂"们的满身鬼气……谁还会有什么好心绪！流贯在这类悲剧形态中深刻的悲剧体验，是衰亡民族的默无声息与同道难觅的孤独茫然！这一体验实质上体现了悲哀与沉重之后强烈的使命意识。有人说阅读鲁迅感觉很累，宁可去读张爱玲，这大概就是神圣与凡俗的区别吧。不过鲁迅也有让人感觉不累的时候，由"谐谑""调侃""反讽""佯谬"等一类变调处理往往会带来一种貌似"轻松"的快乐效应，悲哀与沉重之中潜流着炽烈的诗情。实际上，"悲剧包括戏剧类的诗底整个本质，容纳了它的一切因素，因而也有喜剧的因素在内"[①]。读《阿Q正传》《孔乙己》《风波》等都能获得由这种喜剧因素引起的审美愉悦。但是，这种"愉悦""轻松"的实质是对痛苦的嬉戏，是以乐写哀，因而更具一种酒神式的直面病态社会不幸人生的形而上的悲剧意味，更能见出庄严的否定与批判力量。

　　以展示乡土苦难见长的乡土写实派也在一定程度上显示了文化批判意向，体现了一定的悲剧精神，像《天二哥》（台静农）、《惨雾》（许杰）、《水葬》（蹇先艾）、《疯妇》《鼻涕阿二》（许钦文）、《阿长贼骨头》（王鲁彦）、《集成四公》（蒋牧良）、《怂恿》《活鬼》（彭家煌）等都将艺术视点提升到文化精神的否定层面。但无论是批判的角度还是力度，都远远不及鲁迅的宏廓广大与犀利深邃。这一方面是由于自身文化修养、文化器识的局限，另一方面也由于受"为人生"等社会价值论的影响，使他们对鲁迅文化精神作了皮相的模仿，放纵了自己的感伤与同情，因而其眼光只能专注于外部的乡土本然。在稍后的三四十年代，对乡土历史文化的理性反观渐趋淡薄，其间仅仅零星点缀着李劼人、沙汀、艾青、臧克家、端木蕻良、师陀（芦焚）、萧红、洪深等几处风景。而新中国成立后三十年

[①] [苏]别林斯基：《诗的分类和分型》，《别林斯基论文学》，新文艺出版社1958年版。

内对乡土历史文化的理性批判则几近消失。个中原因主要是由于社会历史、政治与时代发展出现了一系列新的变化，使审美价值创造主体在价值观念与价值取向上也淡化了批判意识，其主要努力更多地表现为向时代认同与乡土人生认同方面发生偏移，因此，即便出现某种文化反思、文化批判，也深烙着阶级意识、民族意识、政治意识的功利主义印痕。

历史往往似断而实连地发展着。乡土文学进入80—90年代，再一次高扬起文化批判大旗，乡土苦难与旧文化的负累再一次得到较为充分的理性审视。这一次世纪末的文化批判不是一种简单的历史回应，而是又一次新的背叛，是在以"传统—现代"这一主题词为核心的时代总体思维构架下对一切已然暴露的乡土之恶与负面文化遗留的反叛、否定、清除。

乡土文学首先所作的努力，是从"昨天—今天""原因—结果"的线性角度对极"左"政治文化进行认真的反思和清算，其主要指向是由（昨天）极"左"文化对主体自觉性的钳制戕害导致的各类精神悲剧。同礼俗社会以道德教化泯灭主体一样，极"左"政治更坦然地以政治教化收买主体意识、主体尊严和主体权利。首先站立于这样一种伪民主、非民主的野蛮政治文化背景下的人物是"李顺大"。这是一个丧失了个性意识和个人意志的"跟跟派"。几十年来，他省吃俭用，就是巴望着自己能建三间瓦房，而一次次政治运动一次次轰毁了他原本清晰的价值世界，最终只剩下灵魂丧失后的麻木和盲从，再不敢有自己的打算。"李顺大"实际是"陈奂生"的前身，而到了"陈奂生"，主体性丧失则是全方位的，当然这已是另外的话题。"李顺大"的悲剧表明，民主应该是真正的以民为主，而不是替民作主，更不是践踏民主。"李顺大"之后或同时，又出现了"王老大""冯幺爸""胡玉音""荒妹"等众多曾经受到心灵虐杀的人物，他们或麻木，或忍受，或扭曲，或斗争，引发了人们广泛深入的历史思考。乡土地上的官僚主义作为一种专制形态，也是乡土文学否定极"左"文化的一大视点，矫健《老人仓》中的"田仲亭"、张炜《秋天的愤怒》所塑造的"肖万昌"等人物，再也不是梁生宝、刘雨生式的农村基层干部形象了，他们尖钻浇漓，政治"才干"都用到了谋求一己私利、制造乡间悲剧上面。除了上述形态，现代迷信与政治血统论所滋生的"当代祥林嫂"悲剧"两条道路的斗争"带来的经济悲剧、"无产阶级专政"制造的各种生活悲剧……也都被摄入了乡土文学的反观视野。

从"凤阳"这块土地上发出的变革现实的呼声，很快席卷而为全方位的社会思潮。乡土文学似乎特别具有一种对"传统—现代"二元悖反思维构架的颖悟力,在应和这一社会思潮的时候,对所有构成现代性掣肘的传统惰性给予了解剖、批判。而在艺术的审美把握上,乡土文学也采用了一种二元方式,将社会文化批判建构在乡村与城市、愚昧与文明、进步与落后、贫穷与富裕、卑贱与高贵等具体的价值二元对立上面。人们再也不会受制于虚妄的"理论"诓骗,再不能无视落后贫穷,再也不能忍受乡土积重,现实的困扰使人们"产生了对故乡的反叛情绪,一种仇恨的审视"[1],逃离实存意义的乡土(跳出"农"门)成为时代情结,因为城市毕竟是人类价值实现的一个标志。如此看来,已经接受城市文明熏染的"高加林"是注定了无法与"刘巧珍"走到一起的,"巧英"也必定是要离开那个"孙旺泉"的,这不是命定,而是实实在在的价值规律的象征图示,所以,当"高考""参军""打工"等各类选择为新的价值实现提供可能的时候,人们表现了义无反顾的精神!作为一种"突围",这本身就是价值否定与新的价值肯定的二元对立,表现这一对立实际上也就隐含了知识者自己的价值认识,"突围""逃离"也便具有价值反叛意味。表现价值二元对立中比较典范的个案是贾平凹和高晓声。在《小月前本》《鸡窝洼人家》《腊月·正月》《浮躁》及"陈奂生系列"等创作中所采用的正是一种清晰的价值二元对立结构,其否定指向明显是那些代表着乡土文化负面精神的乡村人物群。

世纪末期乡土文学所作的文化批判还表现在对地域文化、民族历史文化与民族性格渊源中劣质根性的追寻与考问方面。在一般文化论者眼里,民族精神、民族性格劣质大抵有"自私自利""勤俭"(吝啬)、"爱讲礼貌"(欺伪)、"和平文弱"(中庸)、"知足自得""守旧""马虎""坚忍与残忍""韧性及弹性""圆熟老到"[2] 或"老成温厚""超脱老猾""知足常乐"之类,"这些品质都有消极性,意味着镇静和抗御的力量,而不是年轻人的活力和浪漫。这些品质是以某种力量和毅力为目标而不是以进步和征服为目标的文明社会的品质。"[3] 我们不妨把所有那些在古老农业文明传统基础上生衍积淀下来的劣质文化形态或劣质方面(非优质方面)称为"荒原遗留",乡土文学自80年代中期以后对此进行了全面丰富的

---

[1] 丁帆:《中国乡土小说史论》,第30页。
[2] 梁漱溟:《中国文化要义》,第22、23页。
[3] 林语堂:《中国人》,第56、57页。

文化"寻根",并体现了不同程度的否定批判。当然,这里面的情形就显得较为复杂一些。首先,是张炜、韩少功、高晓声、李锐、刘恒、苏童等人在价值判断上体现出了较清晰的否定意向。"《古船》所描述的,果然是深沉厚重悲壮动人的故事,其中关于土改,更不乏惊心动魄的画面。它所具有的悲剧美,令人回肠荡气,感慨良多。……我们有值得自豪、骄傲的光荣历史,也有悲惨、辛酸的民族苦难史,滴着血、流着泪的历史。"[①] "古船"是一种古典辉煌,它究竟能否成为当代生活的烛照呢?张炜通过"洼狸镇"四十年善恶纠缠的历史给予了否定回答。"丙崽"形象也体现出批判意识,其批判坚定地指向传统文化怪圈——那个类似于阴阳二极图式流转弥漫着的神秘荒唐。"丙崽"发育不全,终年流着口涎,一生只会说"爸爸爸""×妈妈"两个简单词,这显然是一种隐喻、一个指称和象形,正是这个文化的怪胎在左右着鸡头寨人的灵魂和历史,这样的文化事实真让人不寒而栗!"出国"以后的"陈奂生"也一样是所有那些背负沉重的灵魂的象征。别以为他出国了也就出息了。一方面,他惊异于现代文明的美妙,甚至还能洗盘子挣钱,并试图带点在美国土地上能够茁长的"种子"回陈家村去碰碰运气,但另一方面,传统负累使他终究一事无成:挣的钱到底扔给了美国牙医,那包种子也硬是没能带得回来——别人的文明岂是那么容易就带得回的?带得回来又如何?抑或陈奂生们压根儿就没真想带回来?"从土里长出过光荣的历史,自然也会受到土的束缚,现在很有些飞不上天的样子。"[②] 传统农民的固有信条使陈奂生特具一种超稳定性,他永远是那个陈奂生,永远不配享有更好的命运。在"厚土"系列、《伏羲伏羲》《狗日的粮食》《妻妾成群》《狗儿爷涅槃》等文本中也一样有着清晰的批判指向。与这类清晰的否定情形相反,相当一部分乡土文化"寻根"往往由批判入手,而最终却做了文化"俘虏",对原始形态或传统人格表现出一种迷醉、留恋,"白嘉轩"与"朱先生"形象就是一个代表。"白嘉轩"是"仁义""温和""稳重"等多样价值范型的实体集合,"朱先生"则更多的是一种观念集合,这两个形象互为依存,相得益彰,表现出传统人格上"老犬的狡黠"[③],这倒的确不是太容易让人一眼识破的,因为没有血,一不小心就会发生迷失、偏离,难怪有的论者

---

① 何启治:《从〈古船〉到〈白鹿原〉》,《漓江》1997年第1期。
② 费孝通:《乡土中国》,第2页。
③ 林语堂:《中国人》,第19页。

会尖锐地指出,《白鹿原》"是'五四'文学的翻案与否定"[①]。同样的情形在郑万隆、马建等人那里也表现得很明显,乡土地的种种"异乡见闻"得到极端形而下的展示,马建甚至在1987年闯下大祸,这都是因为缺乏恰当的价值判断才导致的教训。另外,还有一类情形就是在传统与现代、乡土与城市的总体批判上表现出价值判断的惶惑与混沌,尤其是在市场经济背景下,他们对乡村历史文化的反思更呈现出一种茫然状态,即一方面是传统的丑陋与物化现实的诱惑,另一方面却又是以"破坏"为源头的诸多"文明病"和固有传统的魅力,"其间要穿越的时间和空间,实在是太幽深迷茫了"[②]。贾平凹曾积极地探索一种形而上的解答,结果仍然只是表达了对现代生存混然无序的无奈。在《土门》中,他试图以"仁厚村"为文化范型去抵御城市扩张与"文明"侵蚀,而这一范型自身无可否认的宗法关系弊端使他怎么也难当此任,其结果仍不过是他以为理想的那个社会"必然崩溃的一曲无尽的挽歌"[③],长篇《高老庄》也一样时时刻刻寄寓着这种矛盾的纠结与判断,"子路"和"西夏"这两个人物不过是两个文化符号而已。

本时期乡土文学所作的努力也表现在对现实乡土之恶、城市之恶、社会之恶、文明之恶的披露否定方面。处于变革和全面转型时代,乡土地实实在在地发生着"巨变",而"随着经济基础的变更,全部庞大的上层建筑也或慢或快地发生变革"[④],意识革命乃是更深刻的变革,新的生存哲学与文化观念在引起震荡的同时,也不可避免地使处于这样一个物化与泛商主义时代的人们产生了巨大的价值倾斜与价值失范,乡土地一切原生或新生之恶都得以充分暴露。在朱晓平、田中禾、张宇、何申、关仁山、刘醒龙、谭文峰、李佩甫、阎连科、周大新、莫言、刘恒等人看来,处于这样一个失却诗意、欲望汹涌的年代,乡土远非乐土,是应当背弃、逃离,甚至是应该仇视的。他们恣意张扬乡村之恶,放逐乡土之恋,直接撕破了恶并剥离陈列开来,展示了乡土地令人战栗的丑陋。80年代乡土苦难与乡土之恶更多传统文化重负的因素,比如朱晓平《桑树坪纪事》、张宇

---

① 金春峰:《对深重的文化危机之忧思》,《民主中国》1994年第23期。
② 罗强烈:《故乡之旅》,第1页。
③ [德]恩格斯:《致玛·哈克奈斯》,《马克思恩格斯选集》第4卷,人民出版社1972年版,第463页。
④ [德]马克思:《〈政治经济学批判〉序言》,《马克思恩格斯选集》第2卷,第83页。

《活鬼》等所批判的还是专制、愚昧，90年代乡土之恶则更多新生因素，比如拜金主义、极端物欲与价值沦丧、个性刁顽等。田中禾《枸桃树》就写到一个农村女子在价值迷惘下出卖肉体的事实，而刘醒龙则展示着乡村"艰难"，何申主要以现实主义方法描摹乡间黑暗（像《穷县》《穷人》等）与人性刁钻（像"杨光复""王大鞭子"等），谭文峰也诅咒着乡间特殊的"生存竞争"（像《乡殇》等），李佩甫以略带感伤的柔板抒写着"乡村蒙太奇"……所有这些，都使人们对这个特殊的物化时代有了既感性而又本质的认识，即对艾略特指出的那个"荒原"有着更深刻的领悟。

否定作为一个世纪乡土文学的中心话题，其内核只能是哲学意义的，即是扬弃、发展和更新，"在辩证法中，否定不是简单地说不，或宣布某一事物不存在，或用任何一种方法把它消灭"①。辩证否定始终包含着肯定因素，也就是保留了有利于新事物发展的积极因素。即以乡土文学本身来讲，其批判否定的主要驱动是关爱，是期待，是价值构建的必要环节，也正因为这样，我们才能进入20世纪乡土文学的又一价值世界。

第二节　认同与重构：以一种本色的价值观念去烛照和表达乡土"本然"

"一时代有一时代之文学"②。随着阶级意识、民族意识的觉醒，乡土文学突然舍弃甚至推翻了启蒙主义那种人道主义悲悯和历史文化批判，舍弃了以"救世"姿态站立着的对乡土地的"反观""俯视"角度，调整重组了身份和角色意识，以一种平易的民间视角去融入、"平视"特定时代的农民及其脚下的土地。不管这一调整有着怎样的是非功过，一个简单的事实就是，这类或土得掉渣或清新爽洁的乡土文学的的确确透射着独特的"风土的力"，那种通体散发着的"土气息泥滋味"或所谓原乡况味非常本色地显示着自身特质。这同样体现为一种自觉的价值选择，其关键词是认同、融会与重建。首先是身份认同。这既不是乡土逃离者"侨寓"

---

① ［德］恩格斯：《自然辩证法》，《马克思恩格斯选集》第3卷，第181页。
② 胡适：《文学改良刍议》。

时的审视与叩问，也不是精神"游历"者萦绕于怀的角色提醒（比如沈从文、贾平凹对自己"乡下人"资格的强调），这就是"土著"身份，是实践意义的返乡，是从生活到观念到创作的全部融入，至少也是对生活的躬身体察。其次，这是一种时代认同，即时代的呼吸与民间休戚已重组为创作主体本人的"亲历"或"经历"，成为价值重建的依据与方向。再次，这也是一种文化认同，乡土地和时代所特有的文化精神、文化品格及价值理念、价值标准也已内化为创作主体本人彰善瘅恶、感悟人生、纪录时代的或隐匿或彰显的价值尺度。

一 民间认同

这一选择主要还不是外部驱动使然。当然，"文章入伍""文章下乡"口号的提出、"大众化"问题的讨论、《讲话》精神的启发、50 年代作家返乡潮流的冲击等外部政治或政策因素有一定影响，对有的作家来说可能还有被动意味，而对多数乡土文学作家，特别是对赵树理及其影响下的"西李马胡孙"群体、对康濯、周立波、柳青、艾芜、浩然、刘绍棠、周克芹、古华、孙健忠、叶蔚林、彭见明、刘玉堂等作家而言，恐怕就不是被动驱使，而是一种自觉选择或价值追求了。更为有趣的是，他们似乎很忌讳"知识者"这一角色，甚至"真正认识了知识分子的无知识"[①]。赵树理更近于一种偏执，北京市文联委员会书记李伯钊就曾批评他"不大愿意跟知识分子作家们一块吃吃饭、聊聊天"，"不大对头"[②]。这不能简单视为一种政治矫情。他们的确来自民间、熟悉民间、挚爱民间，与生养他们的那一方水土有着割扯不断的天然联系，因而，他们承认"是个土著"，"土生土长所形成的土性"使他们"只会写土气的作品"[③]，这也不是某种外在驱策，而是"某种遗传的心理气质"[④]使然，"不是歌德创造了《浮士德》，而是《浮士德》创造了歌德"[⑤]。所以，他们一般都表示

---

① 西戎：《在改造的路上》，《山西日报》1950 年 4 月 19 日。
② 高捷等：《赵树理评传》，山西人民出版社 1982 年版，第 131 页。
③ 刘绍棠：《关于乡土文学的通信》，《鸭绿江》1982 年第 1 期。
④ ［瑞士］荣格：《心理学与文学》，《文艺理论研究》1982 年第 1 期。
⑤ 同上。

要"写农民,给农民写"①,并"下决心在一村一地打深井"②。这些努力使他们能够很自如地驾驭民间视角,使乡土文学自身属性得以强化,当然,也使他们受到民间"仰视"及"打深井"的束缚、局限,存在着缺乏磅礴大气的主体自觉和理性自觉的缺憾。

按照陈思和先生的理解,作为一种文化形态的"民间"是指产生于"国家权力控制相对薄弱的领域""自由自在"而又"藏污纳垢"的形态③。无论如何,这一认识具有方法论的意义,即它发现了一个视角,使人们看到了一个事实上的存在——由芸芸众生所营造的生活空间和精神空间,涵盖着普通老百姓真实生态景观、人文景观的庞大文化空间,而且这一空间还可以细分为"乡村民间、市井民间和知识分子自身的民间"④ 等多种类型。存在并不意味着对抗,对抗是为了实现唯一,而民间只是一个(非唯一)存在。历史地看,文化(culture——耕作)本来就生于民间,艺术(诗、剧、小说、歌、舞、乐等)本来就源于民间,民间作为一种存在本来就不是什么新鲜话题,那么,对民间的回归与认同也就成为一种必然:融会民间,寻求某种人生安稳与真实,而这同时也就无可避免地包含了世界观、人生观、价值观等等在内——不只是方法论的问题了。

站立于这种民间视角,乡土文学作家们致力于朴与真的追求和开挖,努力描画本色的世风民情,传达乡土神韵,强化"民间"特质。赵树理及整个"山药蛋"派所体现的是一种敦厚无华、朴直质实的韵致,一种黄土地特有的乡土精神,一种山西农民诚恳厚道、勤勉踏实的本色。这种本色从《李有才板话》《三里湾》《锻炼锻炼》《实干家潘永福》《套不住的手》等等创作都可以得到印证,老杨同志、王金生、潘永福、陈秉正等被肯定的人物就典范地体现了崇实精神,即便是"小腿痛""马家院"人物群等被否定人物也体现着某种可爱,因为他们不虚假,不夸饰,因为正是倚靠他们才体现了可以触指的"个性的土之力",而这一点正是"民间"内质和艺术魅力所在。相比之下,《创业史》似乎就算不得严格意义

---

① 孙大佑、梁春水编:《浩然研究专集》,百花文艺出版社1994年版,第26页。
② 刘绍棠:《关于乡土文学的通信》。
③ 陈思和:《民间的浮沉——从抗战到文革文学史的一个解释》,《上海文学》1994年第1期。
④ 王光东:《民间与启蒙——关于九十年代民间争鸣问题的思考》,《当代作家评论》2000年第5期。

上的乡土文学（因为稀释了"原乡况味"而政治的"况味"多了些）。梁生宝可能是一个时代的真实，却很难使人信服是一种乡土地的真实，作为一个土生土长的人似乎不应该是那个样子。这一形象模仿了基层干部王金生，但又不如王金生真实，因为他过多地流露着抽象概念的痕迹，因而也顺带模糊了乡土文学内质。周立波就高明一些，他让县里给清溪乡派了一个干部来（县里来的干部形象当然应该可以高大一些了），而让土生土长的社长刘雨生有一点怕"堂客"的温馨，让乡支书李月辉有一点"婆婆子"的亲切，也就让我们嗅到了清新爽洁的南国气息。雷达在评述浩然创作时曾"禁不住要佩服浩然把两种相悖的东西融合的本领。在作品里，生趣盎然的形象与外加的观念，回肠荡气的人情与不时插入的冰冷说教，真实的血泪与人为的拔高，常常扭结在同一场景"[1]，这一个案实际上也表明了，什么时候偏离了乡土文学内质，艺术的生命力也就要受到威胁。浩然作为一个矛盾集合体，其主要冲突便是艺术与概念——民间形态与政治范型的冲突，在这两种因子交缠之中，一旦民间形态起主导作用，艺术价值便得以昭显（《艳阳天》），而民间形态的弱化就必定要损伤到艺术价值（《金光大道》），人们对李准前期代表作《李双双小传》的辩证态度也说明了同样的道理。

民间价值取向也使乡土文学作家在艺术审美趣味上努力向大众喜闻乐见的"中国作风与中国气派"要求靠近，在整个话语系统上面制造着土得掉渣的效果。这主要表现在两个方面。其一是走近传统，包括"说话"（话本）的传统、传奇的传统、讲史的传统、评书的传统、地方戏传统等等。这不只是传统神韵的重建、吸收、整合，《十里店》《新儿女英雄传》《烈火金钢》等在外包装上都是传统的。刘绍棠毫不掩饰地表达了对这类传统的热爱，认为"民间文学是乡土文学的一个来源，一条主根"[2]，说"我的教授是民间文学。我的副教授是中国古典文学。我的助教是外国文学"[3]，而实际上，他也常常流露着对"洋玩意儿"的某种拒斥、否定："学习现代派而失掉了乡土文学的面目，那就是更名改姓，变成了倒插门

---

[1] 雷达：《旧轨与新机的缠结——从〈苍生〉反观浩然的创作道路》，《文学评论》1988年第1期。

[2] 刘绍棠：《土著人生》，上海文艺出版社1998年版，第176页。

[3] 同上书，前言。

女婿，算不得成功的经验。"① 这种"行不更名，坐不改姓"的"好汉"态度，使这一路数乡土文学的各种优质与缺陷一下子袒露无遗。其二是走近生活，即努力展现了一种本然的（非当然的或应然的）乡土景观或乡土人生，而为实现这一努力，从人物习性、语言（农民口语、方言及叙述"口气"）、情感到氛围、场景、细节、事件等都已被民间化、写真化。这也就是一般所谓"乡土气息"。通常，在所有农村题材作品中都或多或少会有某种乡土气息，但它不一定就是属于乡土文学范畴的，艺术的分野就在于是否在质地上全方位地通体显示出"个性的土之力"。简言之，"风随少女至，虹共美人归"（上官仪《八咏应制》），此乃庙堂文学；"自君之出矣，明镜暗不治"（徐干《室思》），此为士人文学；"阿婆不嫁女，哪得孙儿抱"（北朝乐府），是为农村题材文学；"愿得连冥不复曙，一年都一晓"（南朝民歌），此是民间文学；"老女不嫁，踏地呼天"（北朝乐府），这才是乡土文学，因为短短两句，运用了乡土语言，活画了乡土性格，袒露了乡土情感，涵盖了乡土精神，通体体现了乡土气息。刘绍棠也曾谈到他与浩然的区别，说"浩然主要写京东山村，反映农村的重大变化；我主要写京东水乡，描写农村的风土人情"②，不啻为价值取向的一种审美自觉。

二 革命认同

一个时代有一个时代的中心话题，这个话题便清晰地显示着人们的所思和所为。回首20世纪，"革命"这一语词无疑是流贯始终的一个核心话题。这一总话题下面又集合了众多子话题，其中引人注目的是与土地相关联的一类"革命"话题。这类话题给人们一个印象，似乎一个世纪的革命总是离不开一个"土"字："打土豪，分田地""土地革命战争""土改""土地承包"……土地问题成为世纪话语，成为新的母题，也成为充斥于民间空间的动态景观，广阔无垠的土地发生着的"暴风骤雨"式的变化，使乡土世界以一种新的资质呈现于整个乡土文学视野。

"最初，文学革命者的要求是人性的解放，他们以为只要扫荡了成法，剩下来的便是原来的人，好的社会了……大约十年之后，阶级意识觉

---

① 刘绍棠：《关于乡土文学的通信》。
② 刘绍棠：《急起直追　迎头赶上》，《北京文学》1983年第10期。

醒了起来，前进的作家，就都成了革命文学者。"① 实际上，陈独秀在《文学革命论》中就已经意向性地表露了文学为革新政治服务的价值取向，但"阶级意识觉醒"的确是后来的事情，而且正是鲁迅最为清晰地表达了"文学是战斗的"②"无产阶级革命文学""是革命的劳苦大众的文学"③ 等革命功利主义价值观念，到了《讲话》的发表，文艺为政治服务、为工农兵服务的价值总原则成为价值选择的最高依据，同时也就在理论上完成了革命功利主义价值构建。知识者新的社会革命眼光使他们终于对乡土世界有了新的诠释，并在这种诠释中逐步形成了两大范式，我们可以将其定位为"时代风云"式和"田园牧歌"式。

"时代风云"式是直接的革命功利主义方式，是那种通过记录乡土地的真实历史衍进实现表同情于无产阶级、表欣喜于革命胜利的功利目的的方式。从乡土"觉醒"过程来看，乡土文学对时代风云的纪录与诠释又可以大致分为三个阶段："朦胧""觉醒""新生"（暂且借用一下这类"革命"表达）。"朦胧"阶段主要相对于30年代而言，农村破产、经济凋敝、阶级剥削、经济入侵、丰收成灾、谷贱伤农、自发反抗等特定语汇构成那个时代的背景词，也成为乡土世界的中心话语。茅盾仅有的几篇乡土题材短篇小说（《泥泞》《小巫》、"农村三部曲"、《林家铺子》《当铺前》《水藻行》等）堪称代表。作者有着清醒的理性自觉，也有着对中国农村社会的深刻体验，所以能够典范地实践着他关于乡土文学"在特殊的风土人情而外，应当还有普遍性的与我们共同的对于运命的挣扎"的艺术主张。另外，在柔石悲哀于人道主义力量的微弱时，叶紫也痛切地看到革命并未深入民众的事实，但我们也终于听到萧军、马子华等讲述的血的反抗的消息……进入40年代，由赵树理、臧克家、沙汀、周立波、丁玲、贺敬之、李季、孙谦、孙犁等作家显示了较清晰的阶级意识、民族意识，但同时也有着唤醒民众的艰难。从50年代到70年代，阶级意识已转化为一种政治意识，对时代与乡土地各种革命的诠释多数都已成为一种政治诠释（重现乡土地革命历史的创作要优于当代革命题材创作）。从以上简要勾勒不难发现一个事实，即乡土文学革命功利主义视角的写作尴尬。

---

① 鲁迅：《且介亭杂文·〈草鞋脚〉（英译中国短篇小说集）小引》，《鲁迅全集》第六卷，人民文学出版社2005年版。
② 鲁迅：《且介亭杂文二集·叶紫作〈丰收〉序》。
③ 鲁迅：《二心集·中国无产阶级革命文学和前驱的血》。

尽管作家竭尽努力想在创作中贯彻固有价值理念，一种几乎成为悖论的两难却使他们常常陷入困惑，即价值理念与乡土本然（非时代的乡土本质）如何扭结的问题。什么是乡土本然呢？就是唤醒老中国儿女们的艰难的事实，就是使全体农民与革命相联结的困难事实，这似乎是一个永远的悖论，一个"为了席勒"就要"忘掉莎士比亚"[1] 的悖论。面对这一悖论，有着诗的天真或不愿深入体察、深入思考的人们就制造着种种"'不应当这么样写'的标本"[2]（比如《咆哮了的土地》《地泉》第一部、《创业史》《不能走那条路》《金光大道》等），聪明的作家则因为对身历其间的乡土本然有着太多了解而不愿作出简单处理，他们要么写出一种复杂的过程或指出"问题"的存在，要么在艺术性上予以更多倚重（比如强化"土"性或田园"诗"性），所以，真正有头脑的作家在直面农民"觉醒"问题的时候都有很大保留，都尽可能地尊重着真实客观，这里没有诗意的轻率结论，而鲁迅也早在革命文学之初就深切指出过"革命之所以于口号，标语，布告，电报，教科书……之外，要用文艺者，就因为它是文艺"[3]，先生似乎一开始就预料或暗示了革命功利主义视角会有的尴尬。

"田园牧歌"式显然作着间接表达功利主义取向的努力，即以艺术性的强化在价值观念与本然现实（非本质现实）的冲突之间制造"间离"，通过这一努力反过来又更强化"革命"效果，也强化了乡土文学固有价值属性。这种间离实质上可以理解为一种"淡化"，淡化革命功利主义观念，淡化乡土的时代本质到背景位置，而让乡土本然走到前台。这似乎为解除先前那个悖论的纠缠找到某种契机。首先必须承认，同其他任何价值取向一样，革命功利主义认同本身并不是一个错误，问题就出在是从观念出发还是从现实出发这个经典话题上。现实就是乡土本然，是乡土地革命的复杂性，艰巨性。革命的复杂艰巨有多样的甚至想象不到的具体表现，其中最根本的恐怕还是农民之所以为农民的本然根性，由这些或敦厚或无赖或绅士或流氓或合理或非分或勤勉或懒惰等本然根性决定了具体真实的乡土，决定了农民注定不能自己解放自己，人为地拔高，就必然要出现

---

[1] ［德］恩格斯：《致斐·拉萨尔》，《马克思恩格斯全集》第 29 卷，人民出版社 1972 年版，第 585 页。

[2] 瞿秋白《革命的浪漫谛克》，《瞿秋白文集》（一），人民文学出版社 1953 年版。

[3] 鲁迅：《三闲集·文艺与革命》。

"历史的必然要求和这个要求的实际上不可能实现之间的悲剧性的冲突"①,在这点上,《暴风骤雨》是有成功经验的,成功就在于真实,在于揭示了一种乡土本然。而到《芙蓉镇》《白鹿原》《梦土》(陶少鸿)等创作那里,乡土本然的揭示就更充分,甚至对像"白嘉轩"那样的地主、对整个乡土革命都有了认识上的突破。所以,对于乡土革命的诠释,就应该是对这样一种实际的乡土革命的诠释,而不是革命观念的诠释,从这个意义上说,茅盾"农村三部曲"就还不像他的《泥泞》《小巫》那样深刻,李准的《不能走那条路》就不如《李双双小传》和《黄河东流去》……其实,毛泽东早就指出:"缺乏艺术性的作品,无论政治上怎样进步,也是没有力量的。"② 害怕对乡土本然的真实诠释会危及革命价值取向,是完全不必的,只有有了对艺术规律的尊重,也才能更好地诠释革命。我们认为"山药蛋"与"荷花淀"的成功,很大限度上就因为照顾到了乡土本然或大地本性,前者照顾到了大地的"土性",后者照顾到了大地的"诗性"。对"土性"的倚重就产生土得掉渣的效果,这一点我们已然论及;对"诗性"的倚重就有了牧歌的空灵与田野的气息。需要加以甄别的是,这里的田园牧歌与那种古典田园情怀及后文要论及的现代田园玄想是有很大不同的,根本的不同就在于,田园情怀或田园玄想是"借乡土说事儿",乡土基本上已被虚拟化、能指化,而田园牧歌则仍然是"说乡土地上的事儿",乡土仍然是一种客观"在场",是一个"所指",或者说,田园牧歌是对乡土本然诗情画意的索要,而非对乡土本然之上的诗的赠予,也正是在这一意义上,我们可以说即使是《新儿女英雄传》《烈火金钢》《敌后武工队》等这样的"土性"之作也仍然流贯着浪漫传奇的诗意,就更不用说孙犁、刘绍棠、严阵、沙白、陈所巨等丹青妙手了。诗性的乡土本然走到前台,就在诸如战争、解放、社会主义改造、改革等一类社会政治取向上加了美丽:那淡淡的、柔和的诗意的轻纱、清新的田野的风和隐约的牧歌曲调等营造了一种极美韵致——与《创业史》《红旗谱》等惊天动地全然不同的"个性的土之力"!

三 精神认同

正如 D. H. 劳伦斯所说的那样,"每个民族都被凝聚在叫做故乡、故

---

① [德]恩格斯:《致斐·拉萨尔》。
② 毛泽东:《在延安文艺座谈会上的讲话》。

土的某个特定地区。地球上不同的地方都洋溢着不同的生气、有着不同的震波、不同的化合蒸发、不同星辰的不同吸引力——随你怎么叫它都行。然而乡土精神是一个伟大的现实"。① 事实上，乡土精神是个芜杂的复合体，但对于乡土文学作家而言，却是非常具体实在的情感、认识、习性、意志与品格，他们长期浸润其间，耳濡目染并积淀为记忆潜藏，也外化为生命风格与价值尺度。乡土精神的渗透力是很强的，它必然也铸造着作家的意志、品格，我们可以从很多实例中窥视这种影响，比如敦厚质实的三晋气息之于"山药蛋""一山一水一圣人"②的齐鲁文化之于山东文人、率性热烈的秦地个性之于文学"陕军"等等，当然，这种渗透和影响肯定是经过重组、经过"扬弃"的，是在可认同的乡土精神内核基础上融入新的时代特质的文化整合与价值观念整合。

对乡土精神的文化认同，首先表现为基本的人格魅力与鲜活的生命风度的认同。在鲁迅那里，还不单单是认同，而简直就是"仰视"，车夫的人格，一下子"榨出"苍白的知识者"皮袍下面藏着的'小'来"；六一公公那透着谐谑和慈爱的宽宏，令那个淘气的小少年多少年以后还心存感念！茅盾也从一种建设性高度肯定着乡土地理想的人格范式，在1936年写作的短篇《水藻行》中，就为我们展示了一种鲜活生命的存在，体现出对健康、乐观、正直、勇敢、自由的文化品格的价值认同，因而也在萧索的30年代背景上加了生气。一般来说，这种文化人格认同总是伴随了另一种否定性陪衬，艺术上就形成一种"认同—否定"的二元结构。除上述实证之外，尚有赵树理《三里湾》、李准《李双双小传》、叶延滨《干妈》等等。即以赵树理来讲，近乎顽固的乡土价值理念及对知识分子的偏见，使他在《三里湾》中硬是拆散了那对文化青年——范灵芝、马有翼的爱情，使一对可怜的文化人只好各自走上了"与工农相结合的道路"，也只有这样才使知识分子被赋予某种价值肯定，这也几乎成为那一时期同类题材的基本表达式。

对乡土文化精神的认同，还表现为对乡土地某种优质民族历史文化传承的肯定上面，比如萧军对不可征服的中国民族的心的发现（《八月的乡村》）、孙犁对生命和谐的追求（《铁木前传》）、李准对民族生存伟力

---

① [美]劳伦斯：《美国古典文学探讨》，[英]戴维·洛奇编：《二十世纪文学评论》（上册），葛林等译，上海译文出版社1987年版。
② 魏建、贾振勇：《齐鲁文化与山东新文学》，湖南教育出版社1995年版，第41页。

与生命韧性的歌赞（《黄河东流去》）、阿城对道文化无为而大为的诠释（《棋王》）、莫言对民族生命之根的张扬（《红高粱家族》）、陈忠实对农业文化精魂的流连膜拜（《白鹿原》）等等，而比较多地投入这一努力的代表则是刘绍棠。在他的经验世界里，是家乡父老的宽仁豪侠、多情重义帮他度过了三灾八难；在他的情感世界里，倾注了对家乡父老的太多热爱；在他的价值世界里，便将民族传统美德具体化为生活态度与价值准绳，其"大运河乡土文学体系"的创作发生，几乎都基于这一价值认识。总体来看，优质民族文化秉承当然是有价值的，但是也应看到，传统与现代总是一对矛盾，且不说价值量大小的问题，就这类秉承本身而言，任何一种形态似乎都是一个悖论体，比如对"隋抱朴"与"隋见素"究竟该作怎样的价值判别？究竟谁更具历史合理性呢？又比如，一种如"仁厚村"（贾平凹《土门》）式的田园模式究竟是意味着进步还是意味着倒退？仁义忠厚到底还能不能拿来诠释现代？乡土文学作家在这里困惑着、思考着。所以，回头再看刘绍棠的那种纯朴情感，似乎显得过于感性而简陋了些（而我们也确实难以寻觅到一种简单中的大深刻），因此就难免要招惹一些微词和非议。

对乡土文化精神的认同，也表现为对特定地域文化个性的认同上面。一方水土养一方人，除了养育出特异的民间习俗，也培植了独具的乡土秉性，而这些也必然会左右乡土文学作家的价值选择，比如"山药蛋"派崇实重利的价值取向，就受到晋地文化个性的制约[1]，那么，赵树理带着一丝调侃的轻喜剧作风（尤其是新中国成立以后）是否也有山西人"其性倔赖"[2]（如"小腿疼""吃不饱"那样）的因子的作祟呢？总之，乡土文学凸视着地域个性，这是普遍的事实，是艺术的基本要求，是价值观念的基本依托。所以，当莫言描述着高密东北乡人们最能喝酒最能爱，最英雄好汉最王八蛋的复合性格的同时，也就表达了作者自身鲜明的情感倾向；当贾平凹执着于城乡何处是归宿的文化探寻时，也就抒发着位于大西北的那一块文化土壤固有个性走向隐没的悲壮——比如慷慨的秦腔，比如坦荡的信天游，比如热辣辣的米脂婆姨，比如火爆爆的绥德汉子……这几乎构成一个象征，一个世纪"绝唱"——随着旧乡土的悲壮"淡出"，新

---

[1]　参阅朱晓进《"山药蛋派"与三晋文化》，湖南教育出版社1995年版。

[2]　同上。

世纪的乡土面影也已浮出海面。

第三节 回归与救赎：在土地怀想及家园玄思中凸显乡土"当然"

如果不是那么拘谨，则呈现在我们面前的整个文化思想史自始至终只有一个主题词，即现代与反现代这一基本的二分概念，亦即两类基本的价值立场或态度。几乎每一种现代化思潮都会有着与之对应或对立的反现代化思潮，譬如黄老之于儒法、民本之于礼制、意志之于科学、整体法则之于工具理性等等，尤其在这样一个物化与泛商主义时代，作为一种价值立场、价值取向的反现代化思潮或文化守成主义理念（Cultural Conservative）更成为世纪思潮。美国人艾恺（Guy S. Alitto）在认真梳理了19世纪以来世界各国的反现代化思想之后终于发现，"现代化是一个古典意义的悲剧，它带来的每一个利益都要求人类付出对他们仍有价值的其他东西作为代价"。[①] 由此，他进一步表达了这样一种深深的忧虑："据现代化的本身标准与原则以观理性的利用——理智化所导致的乃讽刺性的非理性……是故，理智化的成分与表现：科学、技术、民族、国家——引致的不外乎非理性的绝对本质：人类的彻底毁灭。"[②] 这种对"仍有价值的其他东西"（包括社会、人性本身的各个方面）的毁灭的忧虑同样表现在20世纪乡土文学之中。

但是，现代忧虑的存在并不是像激越的社会批判那样以一种直接的方式存在，而只是一种潜在，一种如前面提及的复杂的能指式存在，因而表现在所指层面，则是以冲淡为衣，刻意表现乡村世界的"当然"或"应然"品质，在肯定之中隐含否定，在固守之中体现对抗，在遁逸之中期待介入。从价值论角度来讲，这就是所谓诗意地栖居态度，也就是所谓"回家"——回到自己内心的故乡，或者说回到作为一种"当然"而存在的故乡，通过这种精神返乡去调整、校对由现实"恶心"或"荒原"世界引起的诸多不适。这无疑是一个世界性命题，也是一个时代命题。乡土

---

① [美]艾恺：《世界范围内的反现代化思潮》，第231页。
② 同上书，第229页。

文学作家就是常常回家并企图导引人们一同回家的"游子"的代表。

一　梦回故园

如果说乡土的本然意义是指向物质实存的话，其当然或应然意义则主要指向一种诗性的甚至有着宗教神圣的形而上存在。乡土、故乡、土地等物质形态从一开始就被赋予了特定的文化内涵："至哉坤元，万物资生，乃顺承天……坤至柔而动也刚，至静而德方。"[①] "地者，万物之本原，诸生之根菀也，美恶、贤不肖、愚俊之所生也。"[②] 这就表明，故乡、土地等形态早就以其阴柔、虚静、包容"万物"的至德与品格而被视为一大母题，也就是说，乡土、故乡、土地在原始意义层面上是文明发源地，广袤的乡村大地是人类文明的真正故乡，而人类自身身世也必须从这里才能得到最后解释："你是从土而出的。你本是尘土，仍要归于尘土。"[③] 每个生存个体都是大地之子，每个人内心都拥有一方乡土，这是一种命定，一种血缘连接，是无法摆脱的"原型"自在和永远的精神纠缠。

从这类诗意的、带有宗教虔诚的价值判断出发，乡土文学作家们再现着失去的故乡乐园，抒写着怀想与眷恋，表达着又一种"原乡况味"，实践着一种精神还乡。又是鲁迅开启了这一传统："深蓝的天空中挂着一轮金黄的圆月，下面是海边的沙地，都种着一望无际的碧绿的西瓜，其中有一个十一二岁的少年，项带银圈，手握钢叉……"这是一幅与现实故乡相比"全不如此"的"好得多了"的童年记忆中的故乡图景，它几乎一下子定格为一个范式，使一个世纪的"故乡"都透射着"金黄的"静穆而高贵的气质，甚至连那种"童年视角"也成为一种基本格式，从后来的王鲁彦、许钦文、蹇先艾、废名、沈从文、芦焚、萧乾、周立波、汪曾祺、刘绍棠、何立伟等作家那里都可以看出这类师承。对故乡土地的激情怀想本质上是一种价值判断与选择，是背离现实之恶的精神逃逸，是对失去的乐园的追忆、向往，无论是浪漫写意还是客观纪实，都是对"仍有价值"的当然乡土的精神回归，这一潜在的理性逻辑自然使文化怀乡具备了更多新的美质与价值自觉——一种新的生命体验与"隐现着乡愁"的文化情结。所以，梦回故园既体现为一种价值固守，也体现为一种文化

[①] 《易·坤卦》。

[②] 《管子·水地》。

[③] 《圣经·旧约·创世纪》。

对抗：当许钦文着力渲染"父亲的花园"如何美好时，也就在悲叹着现实衰微；当王鲁彦渴望着"离开了的天上的自由乐土"时，也就在诅咒着人间野兽般的生活；当废名、沈从文亲和着纯净、和谐的乡村世界时，也就疏离了污秽、别扭的都市空间；当汪曾祺、刘绍棠追忆着故乡人的坚韧侠义时，也就表达了对人性异化的反拨……当然，这种价值二元对立往往并不清晰地呈露出来，相反，某种对抗只是一种隐含判断。事实上，这类乡土文学作家一般都在极力避隐着丑陋，只用心体味着乡土的诗意与圣洁，传达着他们的眷恋与热爱！

乡土诗人及乡情散文作家们更直接地表述着乡恋、乡情、乡思、乡风及故乡土地的特殊文化内涵，由周作人、许地山、"湖畔"诗人群、李广田、陆蠡、丰子恺、艾青、臧克家、陈所巨、陈惠芳及90年代的一群"新乡土诗"作者等构筑了一道世纪风景线。在这里，有着对故乡土地刻骨铭心的爱，就像诗人臧克家表白的那样，"我溺爱、偏爱着中国的乡村，爱得心痴、心痛、爱得要死，就象拜伦爱他的祖国的大地一样。我知道，我最合适于唱这样一支歌，竟或许也只能唱这样一支歌"①。正是缘于这种爱，才有了周作人对"故乡的野菜"及"乌篷船"等等的深情流连，才有了诗人们对乡村风景画、风俗画的不厌其详的摹写以及田园牧歌的真诚吟唱，也正因为爱，才又引发了诗人们独特的生命体验与对土地的文化阐释。在他们看来，故乡土地是极富灵性的文化土壤，因而它具有特定的乡土人格力量，乡村自然就成为人化的自然，比如"村庄是人类的胎盘"②，"望一片玉米/泪眼里/一棵是爹/一棵是娘"③ 等一类诗思，就将一种人性与大地性糅合起来，包蕴了深厚的历史文化意识，使一种朴素的乡村情感、乡土意识得以升华，同样地，也隐藏着对冒着"钢铁的寒气"④ 的现代工业文明弊端的抗拒。

二 皈依自然

回归自然是个古老而又常新的反现代化命题，其具体意义变化不定，回归道路、回归方式、回归目的等也千差万别，形态不一。简单来说，中

---

① 臧克家：《泥土的歌》序文。
② 力夫：《井》。
③ 丁庆友：《望一片玉米眼睛里就有泪》，《诗刊》1991年第1期。
④ 白连春：《城市与乡村·钢铁化》，《诗刊》1994年第9期。

西回归有回归自然人性和回归原始大自然两大层面的意义,但具体道路又有区别。以卢梭为代表的西方经典回归理论在自然人性问题上强调一种"主动""感性"[1],即人的自然本性或自由本质,以此反抗社会文明给予的人的异化;在原始大自然问题上主张按黄金时代的模式重建新的、合理的文明制度。以道家为代表的回归理论则强调了人的"被动""无性"特性,摒弃能动自觉,一切顺乎自然,以抵达无知无欲的无为境界;在对人的外部自然问题上,主张"绝圣弃智",毁除一切文明,退回自然原始。应该说,这两类反现代化思潮都对20世纪中国乡土文学作家产生了一定的影响,尤其像周作人现代"隐士"的文化实践、废名"美在自然中"及沈从文"神在生命中"[2]的文化体验、林语堂"闲适幽默"的文化追求、丰子恺"无常之恸"的文化感悟、汪曾祺"适意自然"的文化观念、贾平凹"静虚无为"的文化态度等等就是典型实证。与陶渊明们有所不同的是,这是一群寄居都市的"隐逸"者,是都市中的"乡下人"——乡下人的脾气,乡下人的规矩,乡下人的观念乃至乡下人的生活,而其思想基础则是"回归自然"——一种经过整合的指向现代文明之病的价值观念,一种新的现代意识。在这里,"自然"当然已经超越了那一层所指意义,同时也超越那一类传统意义而直接指向一种活生生的生命风景,或者毋宁说是一个与"人工""人为"相对的哲学范畴,是一种反"人为",而反"人为"也便是"有为",是"大为"。正是接受了这类价值取舍的浸染、烛照,乡土文学才获得一种简单中的深刻、深刻中的灵动、灵动中的诗意与浪漫。

乡土文学首先追求着一种和谐、宁静的自然。在人与自然的关系问题上,作家们充分展示了乡村世界的祥和、安谧:人顺应物华,自然也深通人性;人膜拜自然,自然也厚爱人类,天人合一,圆整无间,乡村世界"一切的自然现象都生命化了"[3],一种充实,一份感动微漾于天地之间,人真切地感到了作为自然之子的快乐与幸福,而这些,也便是一种风景画的本质。废名的小说之所以显得空灵精巧,很大程度上就因为移情于南中国水乡清秀的自然之景所致,同时,竹林、桃园、菱荡、绿洲、沙滩、杨

---

[1] 参阅赵稀方《中西"回归自然"的不同道路——庄子与卢梭"回归自然"思想辨析》,《南京大学学报》1994年第1期。

[2] 杨义:《杨义文存》第四卷,第332页。

[3] 郭沫若:《月蚀》。

柳、古塔等等宁静、恬淡的自然景物又只是人格化的自然，只是人的本质力量的对象化，即被移植了人的情感与心境，表现了一种自然生命，特别是《菱荡》里的陶家村简直就缭绕着一股仙气。沈从文的"湘西世界"更显一种古朴淡远，一句"水中游鱼来去全如漂在空气里"（《边城》）不知引得多少人心驰神往，因为从境界上说，这确实是在写意，但从客观生活来看，又完完全全是写真——那记忆中的"酉水"的确就是那个样子的，并无半点虚构，这就难怪有人要千里迢迢漂流去湘西寻访那自然的洁净、享受健康与美的馈赠了。在这样的乡村世界，"由现代的物质文明产生出来的贫苦之累，渐渐的被大自然掩盖了下去……穷人的享乐，只有陶醉在大自然怀里的一刹那。在这一刹那中间……与悠久的天空，广漠的大地，化而为一"①。面对"两岸的树林沙渚""江岸的农舍，农夫，和偶然出现的鸡犬小孩"等"好象是和平的神话里的材料"②，连一向"厌恶故乡，咒诅故乡"的刘大白也忙不迭地申辩着："我所厌恶，所咒诅的，是故乡底社会，故乡底城市；至于故乡底山水，我始终恋念着，讴歌着，以为远胜于西湖的。"③ 这不仅仅只是单纯自然亲近感。"从城市化的人为形象符号的重压中逃脱，转向质朴的原生态的自然……恐怕有某种更加深层的心理根源。那就是对城市文化、媒介文化和消费文化形象重压和暴政的逃避。"④ 实际上，一种哲学认为，对宇宙本原的认识应该从自然开始，而研究自然中的一个最简单朴素的真理就是，人，以及人的社会，只能是自然的一部分。

　　对于乡村社会，乡土文学也着重表现了特有的宁静、和谐的自然属性，从中透现一种真善本质，也正是在这一点上引起了诸如"对现实闭起眼睛而在幻想中构造一个乌托邦"⑤ 之类价值观念冲突。在废名的笔下，乡村社会所给予人们的是安适与真纯，"浣衣母"那里，纯粹就是一片"天上的自由乐土"，"李妈"的善良不仅使城里人放心，而且也感化着一群蛮横成性的兵士；"三姑娘"则是"真"的精灵，你不会担心在她那里受到欺骗；"阿毛"对生命的热爱则让人窥见一个"美"的世界（尽

---

① 郁达夫：《还乡记》。
② 郁达夫：《还乡后记》。
③ 刘大白：《〈龙山梦痕〉序》。
④ 周宪：《反抗人为的视觉暴力》，《文艺研究》2000 年第 5 期。
⑤ 灌婴：《评废名的〈桥〉》，《新月》1932 年第 4 卷第 5 期。

管很脆弱)……沈从文展示的古朴民风与人际和谐更人间化地表达着自然生命的自在与纯厚,就价值取向来讲,这与废名是有所不同的。废名倾向于追求一种空灵超逸的意境,通过美的自然表达一种天国理想和神性人性,以此来逃脱前现代文明的某种物性,尤其是战争——由理性导致的最大非理性——所给予的人的异化;而沈从文则更愿意立足人间,通过美的生命抒发一种大地理想和人性神圣,以此来表达一种好景不长的慨叹与忧虑。因此,他的思维结构常常是生命理想与生命尴尬的矛盾同构,《萧萧》《会明》《灯》《贵生》《丈夫》《龙朱》《媚金,豹子,与那羊》甚至包括《边城》等就具体体现了这一矛盾同构。废名与沈从文都对后世乡土文学产生了极大影响,比如汪曾祺、何立伟等作家就仍然在寻找着一种生命和谐,而汪曾祺可以说兼具了废名、沈从文两方面的艺术特质,既显得空灵,又有着"大淖"地方的柔韧、结实。

乡土文学还追求着一种真实而热烈的人性自然。这种自然人性不外乎率直、热情、诚实、朴素、善良、仁厚、雄强甚至野性的酒神精神或原始强力等等一类品质,而最重要的,是要求顺乎天然的真实,要求一种人类的"童心"。"夫童心者,真心也。……最初一念之本心也。"[1] 也就是所谓真精神、真性情,一种未被异化的人性本真,一种内在生命冲动或内化自然。在这一点上沈从文堪称代表。一方面,他力图在一种未经任何文明染指的璞玉般的初民特性中找到人性本质,发掘一种善良人性,比如"翠翠""会明""老兵"等,另一方面,又通过"豹子""媚金""龙朱"等对待爱情时的率真与野性展示着固有生命活力,张扬着雄强而奔放、热烈而专注的真性情、真精神。这两类人格都体现了"最初一念之本心",只为一个承诺,便能终生无悔!这种极端纯粹的人格既高扬着超凡脱俗的人性神圣,但同时也不可避免地蕴藏着神性的孤独与尴尬,理想与自由也便只是神话。苏雪林女士在评价这种人性理想时曾说:"这理想是什么?我看就是想借文字的力量,把野蛮人的血液注射到老迈龙钟颓废腐败的中华民族身体里去使他兴奋起来,年青起来,放在二十世纪舞台上与别个民族争生存权利。"[2] 应该说,这种眼光是敏锐的,但多少对沈从文构成一些误解。作家的本意无非在表达他对逝去的自然人性的慨叹与忧

---

[1] 李贽:《焚书・童心说》。
[2] 苏雪林:《沈从文论》,《文学》1934年9月第3卷第3期。

伤："地方的好习惯是消灭了，民族的热情是下降了，女人也慢慢的像汉族女人，把爱情移到牛羊金银虚事上来了，爱情的地位显然是已经堕落，美的歌声与美的身体同样被物质战胜成为无用的东西了。"(《媚金，豹子，与那羊》) 可见，作家所抵御的恰恰是物的侵蚀，这与苏女士的慷慨激昂正好相反。对美与真的自然人性的期待和忧伤显然也是一大世纪旋律，特别是对汪曾祺、刘绍棠、古华、莫言、张承志等人而言，沈从文无疑是他们的精神导师。

还在卢梭、狄德罗刚开始倡导回到一种"生糙的自然"以抗拒"经过教养的自然（即新古典主义）"的时候，伏尔泰就在嘲笑这是"一心想望四脚走路"，但他同时又不得不承认像莎士比亚这样的"乡村小丑""喝醉了的野蛮人"的确"具有雄强而丰富的天才"①，这一矛盾也必须要引发人们进一步的思考、追溯。

三 重返家园

的确，回到自然原始是不可能的，正如人不可能再返回童年，尽管"这种童年对于我们永远是最可爱的"②。实际上，废名、沈从文早就表述着这种矛盾、忧伤。"柚子"(《柚子》) 是"我"，也是废名自己心目中真纯的希望与童话的世界，而甜蜜的往事总随了残酷的岁月烟雾似地只轻漾在忧伤的记忆中，飘荡在对未来的祝福里——鲁迅的《故乡》又何尝不是如此！沈从文则更理性地认识到他心爱的人物所具有的宿命式的悲剧——"现代文明"必然侵袭下原始美丽无可避免地坍塌与裂变。张承志也在《黑骏马》中谐和着那首蒙古族古歌弹奏着哀婉的旋律："黑骏马昂首飞奔哟，跑上那山梁，那熟识的绰约身影哟，却不是她！"古老的民歌诉说着沉重生命的叹息，蒸馏出"过程"的残酷与凄怆。

难道生命的美丽永远只在回忆之中吗？新的价值坐标在哪里呢？乡土文学作家们在追问，在思考。张炜这样问道："没爹没娘的孩儿啊，我往哪里走(《九月寓言》)？"这一颇具形而上意味的追问一下子使人们进入一种对于身世的哲学玄想之中。不久，张承志就完成了他的理想建构："对自己，我要快快上路，让自己回到那迷人的热情，回到那淳朴的风

---

① 参阅朱光潜《西方美学史》(上卷) 有关章节，人民文学出版社1979年版。
② [德] 席勒：《论素朴的诗与感伤的诗》。

景,回到那正常的艰难生存的人们中去。"① 他甚至由学者而作家,由作家而皈依宗教,亲身去实践自己的理想了。张炜也很快明确了一种价值指向:"人类的短期利益与根本目的之间总是存有深刻的矛盾,人类的欲望也牵动自身走向歧途,缺乏节制,导致毁灭。他们当中理应有一些值勤者,彻夜不眠地睁大着警醒的眼睛。这些人就是作家。"② 一批新乡土诗人及诗评家则更清晰地从文体建设上表明着自身价值取向:"新乡土诗的本质指向,是人类生命永恒的家园,是精神处于悬置状态的现代人类对劳动者与大自然化合状态中呈现出的健康、朴素美德的追取。是的,是追取,而不是'回归'。因为,这个家园是从来就不曾存在的,它只是一种理想,是现在时态的人类依据自己的生命需求筑造出的一种精神模型对人类家园形态(乡村)的托附。"③ 这既是对"'不食人间烟火'的倾向的反叛",也是对"'城市病'的精神理疗",因此,其关注视阈也不再只是乡村,而是"深入城市、农村和海洋,体验着更为广泛、更为精粹的乡土生活"④。从这一类表述中,我们可以很清楚地看到乡土文学作家们自觉的价值建构。乡土,已经不是一种物质存在,而是被对象化的理念形态,是对抗着存在于传统或现实肌体中一切理性或非理性之病恶的理想结晶,是人类赖以诗意地栖居的精神家园,所谓回家,也就不是一种现实行为,而只能是精神回家,是现实途程中的心灵休憩与理想烛照,是指向未来的无由及之而心向往之的理想情怀,所以,回家是一个新的有着普遍意义的文化命题。

早在世纪之初,朱自清先生就因为"颇以诱惑的纠缠为苦"而向人们发出"回去"的约请(《毁灭》),这一召唤很快得到一种世纪回应。不必说废名、沈从文们,即便是偶尔涉足乡土的郭沫若、郁达夫等也常常流露出"回家"意识。王统照、冰心对"童心"的盛赞、周作人、丰子恺等人的文化玄思也体现着家园情结。诗人李广田更"无心于住在天国里,因为住在天国时,便失掉了天国,且失掉了我的母亲,这土地"(《地之子》)。世纪末的诗人们更是竞相"回家":"昨夜一只蝈蝈在梦

---

① 张承志:《三舍之避》,愚士主编:《以笔为旗——世纪末文化批判》,湖南文艺出版社1997年版。
② 张炜:《文学是忧虑的、不通俗的》。
③ 江堤等编:《新乡土诗派作品选》,湖南文艺出版社1998年版,第332页。
④ 同上书,第310页。

中喊我/那声音翠绿翠绿的/说不出的好听/这是故乡唤我回去……（贾真《回故乡去》）","兄弟，回家吧……看见你走那土里土气的土路回来/我就高兴（凌非《写给兄弟的信》）","人在闹市/禾在乡下/……电视里的广告/为何不见五谷/不见大豆高粱小麦（赵绪奎《与你分居》）"……张炜以这种理想主义、英雄主义情怀控诉和抵抗着物化侵蚀导致的主体萎缩与价值迷乱，张承志更以一种清洁精神甚至宗教极端表示着理想的皈依，这倒真应了美国诗人库泊的一句话：城市是人造的，乡村是神造的。

　　家园意识是一种理想主义情怀，也是一种无论是面向城市还是面向乡村的激情的现实关照和未来关注，是历史、现实与未来之间的文化对话，而正是在这点上我们避免了"乡土好还是城市好"之类形下之争。尽管它有别于科学主义的理想主义，但仍然有着深刻的人文主义思想基础，同时也有着人类共同的大地根基的物质基础，依托于这样一类基础，我们应该看到它的恒久的生命力和即将会有的新的生命升华，借此我们也属望着整个乡土文学新的未来！

附　录

论乡土文学的总体特征

　　以大量创作实绩为客观依据，以 1979 年底刘绍棠公开扯起一面大纛为基本标识，当代中国文学领地里确然开放着乡土文学这样的"一畦野花"①。由"小乡土"小说、乡土诗、乡土影视、乡情散文等实际形态组成的"乡土家族"，表明了乡土文学"不但是客观存在，而且是一个巨大的存在"② ——自"三百篇"以降，有悠久历史和丰厚传统根柢的一个赫然清晰的事实。作为一大派别和一种文化形态，乡土文学发展中自觉融汇了多种经验以强化个性，无论在生成还是体式上都形成了相对稳定的艺术规范，亦即有别于其他文学现象的自身独特性。

　　一，乡土文学偏重描绘作家"生身之地"的风土人情和原乡况味，并从而揭示民族整体内在的文化品格和精神追求。

　　究竟什么是乡土文学内核呢？我们认为乡土气息或地方色彩的刻意强调就是一个本质方面，它构成乡土文学的灵魂，所谓乡土文学就是指散发着浓郁乡土气息，具有鲜明地方色彩的文学。乡土文学就是要"跳到地面上来，把土气息泥滋味透过了他的脉搏，表现在文字上"③。但是，这里首先必须明确一个问题，即乡土文学是否就等于农村题材文学，这个问题不弄清，就会影响流派特征界定的严密性。人们的观念中，似乎只有写农村题材才会有乡土气息，这一前提导致他们认为乡土文学就是"描写农村生活的"④，甚至作家本人也认定只有"描写农村的风土人情和农民的时代命运"⑤ 才体现了乡土文学本色。这种认识只会模糊乡土文学面

---

　　① 刘绍棠：《关于乡土文学的通信》。
　　② 雷达：《小说艺术探胜》，湖南人民出版社 1982 年版，第 264 页。
　　③ 周作人：《地方与文艺》。
　　④ 雷达：《小说艺术探胜》，湖南人民出版社 1982 年版，第 267 页。
　　⑤ 《刘绍棠谈"乡土文学"与创作》，《中国农民报》1983 年 10 月 16 日。

目。为什么会产生这种模糊性呢？关键之点就在对究竟什么是"乡土气息"这个乡土文学核心问题还没有形成清楚的认识。乡土气息，或所谓地方色彩，应该是指一定地域内特殊自然景观、风俗习惯、人文精神等等的圆整和合，这些内容通过具体作品就体现为特定生存空间内的"风土的力"①——一种原乡况味，使人们能够强烈地感受到特有的文化氛围和风土的浸染。它既能掘自广袤的乡村大地，也可采于其他生活领域，比如说老舍执教英伦期间因为"想北平"而描摹北平生态景观的那些文字，林海音在台湾因回忆北平生活而袒露的强烈乡村情感等等，也是较典型地体现了淳厚乡土气息的作品。

由此看来，乡土文学主要偏向于描绘地方风习以传达独特的"土气息泥滋味"，这同时也构成为乡土文学特色的一个外在标志。一般地讲，所有文学作品都是或多或少地描绘了某些风俗习惯，摹写了各种山川景物的，难怪作家孙犁因此要坚持认为"就文学艺术来说，微观言之，则所有文学作品，皆可称为乡土文学"②了。这样一来，就要以这种一般性消解、否定乡土文学的存在，我们必须特别做出明确区分，不能让那种一般性消解和否定了乡土文学自身所以能够存在的独特性。这个独特性就是乡土文学与一般农村题材文学相比较而显示出的差异性：乡土文学把展现特有的乡土色彩作为自己的主要任务和独特艺术追求，或者说作为乡土文学存在的灵魂，而不是像一般文学那样把乡土文学这一自觉追求仅仅当作某种点缀。刘绍棠在谈到这一区别时，曾将自己的创作同浩然作了一个比较，结果发现"浩然主要写京东山村，反映农村的重大变化；我主要写京东水乡，描写农村的风土人情"③，二者的艺术视角与分野是截然不同的。无独有偶，孙犁、汪曾祺也是典型的乡土文学大家。在《风云初记》《铁木前传》《大淖纪事》《受戒》这一类优秀篇章中，我们看到诸如战争、农业社会主义改造等等一系列重大现实问题已经被笼罩上一层淡淡的、甜甜的、柔美的诗情画意的轻纱，清新的田野的风和隐约的牧歌曲调营造了一种极美韵致——与《保卫延安》《创业史》《红岩》等"史诗"的惊天动地迥乎不同的"风土的力"！

乡土文学以描绘作家心目中那一方乡土地上的地方色彩为主调，是否

---

① 周作人：《地方与文艺》。
② 孙犁：《关于"乡土文学"》。
③ 刘绍棠：《急起直追 迎头赶上》。

意味着只是向人们展示和把玩奇风异俗，"成为他们'采风'的导游"①呢？回答是否定的。果戈理早就对这一庸俗化做法进行了批评，指出"真正的民族性不在于描写农妇穿的无袖长衫，而在表现民族精神本身"②。因此，乡土文学所以成其为一大流派而且颇具特色，就在于它通过风习的罗织而展示了内在的乡土神韵——民族全体的文化品格和精神追求，如果仅仅为着猎奇，则它注定只能行而不远，难以为继。茅盾也早就告诫我们，乡土文学如果"单有了特殊的风土人情的描写，只不过像看一幅异域的图画，虽能引起我们的惊异，然而给我们的，只是好奇心的餍足。因此在除特殊的风土人情而外，应当还有普遍性的与我们共同的对于运命的挣扎"③，"与我们共同的对于运命的挣扎"就是乡土神韵的具体形态。

这里也就牵涉到对"乡土气息"或"地方色彩"这一乡土文学内核如何进一步正确认识的问题。

诚然，外观地看，所谓乡土气息或地方色彩，就是指作家表现了特定地域的自然景色、风俗习惯等。但是，这类外在形态不过是一堆散乱的民俗材料而已，文学中堆砌这些材料是容易的，而要通过这堆材料进行艺术的审美思考就不是轻而易举的事了。材料要活起来，必得有灵魂，这个灵魂相对于"乡土气息"这一乡土文学灵魂来讲就是灵魂之灵魂，核心中的核心。作为乡土文学本质的最高凝结，实际上它表现为一种时代气息与民族精神，具体讲是包蕴在乡土气息或地域风情中的一种时代精神，地方色彩（乡土色彩）实即具体化的时代色彩。

有了这个认识，则乡土文学的"乡土"特性就相对完整具体了。它告诉我们，乡土文学所展示的"土气息泥滋味"，即包含了"十里不同俗"的真实境界，也涵盖着普遍共通的文化内蕴与人生况味。或者说，乡土气息的感性形式是地方风物和人情世态，是属于特定区域的特殊习俗，而流贯在这些具体内容里面的理性主导，则是属于时代、民族的共同精神或共同经验——原型，比如"宗法社会思想的封闭性，小农经济社会生活的凝固性，多民族聚居大国感情的独立性"④，以及济贫扶弱的豪

---

① 春荣：《新时期的乡土文学》，辽宁大学出版社1982年版，第6页。
② ［俄］果戈理：《关于普希金的几句话》，《文学的战斗传统》，新文艺出版社1953年版。
③ 茅盾：《关于乡土文学》。
④ 陈平原：《论"乡土文学"》，《北京文学》1988年第7期。

侠之风，多情重义的素朴伦理，玉洁冰清的童话天地，时代大潮涌动之下隐现的淡淡愁绪，经济文化固有范式的束缚与灵魂撞击……等等，都可以视为一种所谓"集体无意识"。不论愚钝踬涩，还是勇猛精进，都是一种集体文化积淀——已经出现的乡土文学中实际体现了的总体文化氛围。由此也可以说，乡土文学因其展示的独特乡土文化精神和地方气息而成为民族文学的一个具体形态。

二，乡土文学以现实主义和浪漫传奇相结合的叙述方式营构故事或抒写乡思，艺术上更为自觉地追求强烈中国气派和道地民族特色。

乡土文学的地方色彩，还表现在那种戛戛独造的具体艺术性方面，即完全民族化的叙事写意方式上面，民族化的艺术表达既完善了地方色彩的具体内涵，也最终实现了乡土文学内容与形式的和谐统一。

首先，乡土文学总是把对历史、现实场景的实录或描摹同主观化的浪漫传奇完美糅合在一起，展现出或严峻或飘逸的牧歌式人生图景，表达作者独特的审美取向。高晓声别有"咬嚼"的苏南乡土风味，古华的湘南小镇风俗画，汪曾祺的高邮地方风情，孙犁荷花淀里流溢的酽酽清香……都具体体现了这一特点。尤其在乡土文学代表作家刘绍棠那里，这一特点更为突出。作家始终不忘他心目中的北运河滩，矢志给他多情重义的父老乡亲画像。在《蒲柳人家》中，作者安排了一组豪侠仗义、有强烈民族意识的人物群富有传奇色彩的活动，笔法酷似"水浒"。何大学问、一丈青大娘、吉老秤、柳罐斗、云遮月、周檎等人物伴随出场都有各自的"亮相"——都有某种传奇经历，就如同武松打虎、鲁提辖拳打镇关西等等一样，在"上梁山"以前，就已昭示了反抗的必然。然而，这些人物最终一起投身民族革命斗争，却又不是通过正面渲染直截了当予以表现的，而是在大量风俗人情的交织中"侧面地透露出一些政治消息"[①]，这种半掩琵琶式的叙事方式反过来又更强化了一种英雄传奇色彩和某种特殊情韵。应该说，这是深得传统要领的一种表达式。自唐变文开始，中经宋元话本、北杂剧南传奇到明清拟话本、拟宋市人小说，再加上民间故事与传说、民间说书及各种草台样式，我国叙事文学已经走向圆熟并积累了丰富的艺术经验，比如人物塑造、布局谋篇、叙事形态、程式性与虚拟性的表现方法等都是民族宝贵的艺术传统，乡土文学正是在汲取这种民族艺术

---

① 老舍：《答复有关〈茶馆〉的几个问题》。

精华的基础上，融会新的时代特点，创造了写实与传奇相结合，"通俗性与艺术性相结合，读和听相结合"① 这样一种人们喜闻乐见的表达方式，从而也构成为自身艺术的精髓。

其次，乡土文学作为一大派别，不断强化文体意识，在各种具体艺术问题上更为自觉地追求民族特色（同时也是乡土文学本色）。

在人物塑造方面，乡土文学采用了传统的白描手法和性格化方法给人物画像、定格，"努力学习和继承中国古典小说使用个性语言刻划人物性格，对人物在行动中的细节进行描写来描写人物形象"②。从实际效果看，这种写法便于揭示人物性格，每个形象都是朴实鲜活的，个性特征鲜明而且固定，"每个人都是典型，但同时又是一定的单个人，正如老黑格尔所说的，是一个'这个'"③，这样力求使人物符合大众的解读接受习惯。也许因为这种单纯还要遭人诟病，乡土文学作家也试图采用其他手法表现人物性格复杂性，"我真想在写农民闹失眠、妇女闹癔症时，运用一下意识流手法；只是……说到底还是不能丧失中国气派和民族风格。学习现代派而失掉了乡土文学的面目，那就是更名改姓，变成了倒插门女婿，算不得成功的经验"④。因而，颇富乡土气息的个性化人物反而容易受到人们的喜爱，正如黑李逵那样，始终能够活在大众的口头上、印象中。

在情节问题上，乡土文学作家也探索和实践着自成体格的营构方式。一方面，继承传统，强调故事前后发展的关联性、整一性和传奇性，故事"从头到底说下去，故事的转弯抹角处都交代得清清楚楚"⑤，以使人们能形成一个完整印象；另一方面，解构传统，深化艺术革新，加强情节的结构功能。这种情节革命突出表现在刘绍棠进行的"无主角戏"⑥ 的探索和实践上面。作家认为"生活中有主导，有主线，有主体，但是没有主角"，基于这一观念，乡土文学创作中应该"使每个人物都有他自己的戏"，每个人物都应该而且可以成为一个叙述角度，让每个人物都能充分

---

① 刘绍棠：《我为乡土文学抛砖引玉——答谢河南农村读者》，《中岳》1982 年第 4 期。
② 同上。
③ ［德］恩格斯：《致敏·考茨基》。
④ 刘绍棠：《关于乡土文学的通信》。
⑤ 茅盾：《文艺大众化问题——二月十四日在汉口量才图书馆的讲演》，《茅盾全集》第二十一卷，人民文学出版社 1991 年版。
⑥ 刘绍棠：《无主角戏·小说语言》，《长春》1982 年第 6 期。

展示其固有的文化气息和审美意义,"只要不脱离主体,不失去主导,不偏离主线"就行。如果"硬要其中一个人物扮演主角,其他人物都围绕这个主角团团转",就会"破坏生态平衡,伤害自然情趣"。的确,在《蒲柳人家》中,我们很难找出一个"主角"——每个人都是他自己生活的主角!但何满子也好,望日莲也好,他们的活动又都是有着艺术的内在逻辑径由的,那就是服从作品总体文化意蕴的规约合理地演自己的戏,由这些合理的人物群体共同构筑特定乡土人生图式。我们认为,这既是对强化故事性传统的发扬,也顺应了加强艺术性的时代要求。乡土文学的确应该在新的时代条件下自觉进行艺术更新、展示自身文学个性,以适应大众日益提高的审美趣味和鉴赏要求。

语言是文学的第一要素。乡土文学作家尤为重视自己的语言创造能力和语言对强化乡土文学固有功能的作用。能否创造优秀的乡土文学作品,写出独特的乡土神韵,当然首先要靠丰厚的生活积累和发现生活中乡土神韵的独到眼光,而"检验一个作家是否熟悉生活,首先看语言"①。乡土文学作家们一般都很重视积累和融会农民或市民口语,同时融会传统的白话小说、评书、草台戏等等的当行语言,结合新的时代语言,创造了一套生动传神、清新畅达的话语体系,形成了独特的叙述"口气"。当然,这里只是就一般共性而言。具体到每个乡土文学作家的叙述口气来讲,不同的人有不同叙述个性,从而体现的文体风格也不尽一致,但都在强化乡土本色、表现民族特性方面自觉服从流派的上述总体规范。

三、作为文学民族化的实际形态,乡土文学多方探索,铸炼风格,丰富和发展了民族文学格局。

"我们的民族确是和泥土分不开的了。"② 乡土文学以其特有的土气息泥滋味具体体现了民族文学的本质内涵。"民族是人们在历史上形成的一个有共同语言、共同地域、共同经济生活以及表现在共同文化上的共同心理素质的稳定的共同体。"③ 乡土文学采用民族形式、民族手法,通过特定地域风俗人情反映出来的民族生活、民族性格与民族精神,能够使人们获得关于民族的形象而本质的认识。这样的艺术实践也是对自身流派特性的深化,表明了流派固有的生命力——"有地方色彩的,倒容易成为世

---

① 刘绍棠:《我是一个土著》,《十月》1980年第6期。
② 费孝通:《乡土中国》,第2页。
③ [苏] 斯大林:《马克思主义和民族问题》,《斯大林选集》上卷,人民出版社1979年版。

界的，即为别国所注意"①。乡土文学作家自己也看到，"我们眼中的'洋气'，正是这些外国文学作品自身的'土气'；而我们的文学作品越具有中国的'土气'，在外国人眼里也最'洋气'"②。这种朴素而辩证的认识恰恰是催化艺术创新的一个原动力，是保持流派生机，使其长盛不衰的重要契机，是流派意识趋于自觉的表现。

多数乡土文学作家都坚持了自己创作的大众化方向，表示"一辈子写农民"和"为农民而写"③。他们具有一种深深的农民式的恋土情结，对故土"有着一缕深深的、就像'母子连心'那样的情感"④。他们同自己"生身之地"的父老乡亲们保持着密切联系，在那里打深井，创局面。不少作家的既成品都以自己熟悉的"父老兄弟姐妹们为生活原型"⑤，而且写完还要再放回乡间去接受检验，听听乡亲们的意见和感受。这种使命感和务实态度使他们努力发掘和讴歌"人和人的生活中的美"⑥，着意营造清新优美的牧歌图景，展示乡土社会的纯净美好，以期熏染和净化乡土人生与乡土情怀。

乡土作家的大众化实践，丝毫也不排斥对别国良规的学习和借鉴，相反，刘绍棠、孙犁、汪曾祺、贾平凹、张石山、陆文夫、贾大山等大批乡土文学作家无不自觉地接触和消化了异域风情小说的影响。刘绍棠自50年代开始，几十年来，读过不少俄罗斯小说，其次是法国小说，后来扩大到英、美、德、意、印度、日本、东欧、南美各国小说。其中，梅里美小说中的传奇色彩，屠格涅夫、蒲宁等人优美的语言、精简的人物及整个精美文体，巴尔扎克笔下的社会风情和人间百态、肖洛霍夫的史笔风格……都曾给予作家深刻的艺术启迪。总之，乡土文学作家都在描绘故乡的异域文字（包括本国创作间的相互砥砺）那里汲取了有益的艺术养料并消融了这种影响，结合自己的各种体验，铸炼了清新畅达、明净纯美的乡土写实风格，这一特色反过来又给予世界文学以深刻影响，同时充实和发展了整个民族文学，为文学走向世界做出了积极有益的探索。

---

① 鲁迅：《致陈烟桥》。
② 刘绍棠：《我是一个土著》。
③ 刘绍棠：《我为乡土文学抛砖引玉——答谢河南农村读者》。
④ 刘绍棠：《青枝绿叶·前记》。
⑤ 刘绍棠：《〈蒲柳人家〉二三事》，《北京师院学报》1981年第2期。
⑥ 刘绍棠：《乡土与创作——〈蛾眉〉题外》，《人民文学》1981年第7期。

至此，我们可以给这一流派的总体特征作如下规定：

所谓乡土文学就是表述人类普遍的乡村情感，以知识者觉醒的现代意识和哲学眼光审视特定乡土历史文化、传达某种原乡况味，包括特殊乡村习俗、地域风情、时代特征及人文理想等的民族文学形态。

后　记

　　乡土，无疑是一个永远的文化母题。首先应该承认，母题不是那种即时性的话题。母题具有经典性，具有传之久远的延续能力，其基本内核或固有属性并不因时光流转而发生根本变化。但同时，母题之所以成为母题，就因为它始终具备一种共时与历时交叉、融会的全息视角，能够接纳、演绎、阐释和表达新的时代要义，否则，它就只能是一个即时话题。在这个意义上，母题是一个动态范畴，其意味或内涵是会"随着经济基础的变更"与时代变革而"或慢或快地发生变革"的。在漫长而又缺乏参照的静态农业文明时代，乡土的文化内涵主要指向苦难、野蛮、粗粝以及牧歌等等一类文化体悟；到工业文明时代，乡土更多地被用来传达某种固守与对抗，被赋予的是贫穷、愚昧、落后、敦厚、淳朴及精神家园等等内涵；今天，随着城市化进程的加快，传统意义上的乡村渐趋隐没，人们不再津津乐道于城乡二元价值对立，城乡界限开始变得模糊，也许过不多久，乡土就将成为纯粹的地理概念和永远的文化记忆。

　　回想自己多年来所做的各种写作准备，无论就情感层面还是就理性层面而言，都经历了一个漫长而艰辛的积累、认识过程。最初选定20世纪中国乡土文学作为研究专题的动因，也许只是出于沉淀在意识深处的那一类乡村情感或乡土记忆，彼时对于乡土的认识也仅止于现实农村或故乡一类范畴，所谓乡土文学，便是农村现实生活题材文学。随着阅读的增多和认识的加深，乡土已很难简单等同于现实农村，而更多地指向历史文化范畴，即一种与特定乡土历史文化传承密切相关的地方气息或原乡况味成为乡土文学文本的核心与表征。后来，对乡土的认识上升为对一种精神文化现象的审视，也就是对一种家园情感与家园理想模态形上式的触摸、叩问、思考与批判，此时的乡土，早已超越了它固有的物质实存意义，其意义关联域也已广大到了没有边际。上述认识过程其实也体现为人们共同的精神旅程，也就是说，一个世纪乡土文学的基本精神走向已经在表述着同一认识过程。正如少年毛泽东所发现的那样，"中国文学中的古传奇和小说……没有耕田种地的乡下人。一切人物都是武士、官吏，或学者，从未有过一个农民英雄。"世纪之交的启蒙主义思想家们正是从这里出发开启了新的"文学革命"，文学视点公然转移到"世间普通男女的悲欢成败"，被茅盾命名为"农民小说"的那一类创作近乎实录、极端形下地展示出各式各样的乡村苦难，乡间死生与病苦、悲凉乡土地上牛马人生的哀吟与"伤痕"成为一种世纪旋律。而作为这一旋律的呼应与和声，那些不绝如缕氤氲在"无边无际的早晨"、袅娜在"如花似玉的原野"的"乐土"向往、田园情结、牧歌意绪、理性拷问甚至宗教玄想同样清晰地抒写、表达了人们对于乡村大地的诗化态度与哲学判断，使其成为整个20世纪中国乡土文学交响极为和谐的重要组成部分。

还想用一点篇幅记下另外一类感想。首先，应该感恩我的故乡——澧阳大平原。感恩那里的夏日和春雨、繁星和皓月，感恩我的父母和父母一样的水稻、棉花，感恩我的童年和童年的柳荫、桑葚、鹅群鸭伴以及牛背、犬吠，感恩田间地头劳作给予的"锻造"、磨砺和"白话"、传说带来的愉悦、启迪……其次，要感念与我相伴相随的学生们。上世纪末开始，汉语言文学专业便开设了这门"20世纪中国乡土文学"专题选修课程，虽谓选修，实际上却鲜有不修，历届同学差不多都在这里修满学分，表现出了较高学习兴趣，在守望中支持和肯定了课程教学，令为师者感到莫大欣慰，并由此激发了一种"不忘初心""砥砺前行"的信心和决心。此外，单位领导对书稿写作给予了极大理解和关注；学友们对书稿完成提供了无私的帮助；出版社为本书出版付出了大量劳动，在此，也要一并表示深深的感谢！

作者
2018年秋记于武陵·白马湖畔